그들이사는세상 2

그들이 사는 세상 2

초판 1쇄 발행 2009년 10월 30일
초판 20쇄 발행 2025년 3월 7일

저자 | 노희경
펴낸이 | 金湞珉
펴낸곳 | 북로그컴퍼니
주소 | 서울시 마포구 와우산로 44, 3층
전화 | 02-738-0214
팩스 | 02-738-1030
등록 | 제2010-000174호

ISBN 978-89-962617-5-9 03810
     978-89-962617-6-6 03810 (전2권)

그들이사는세상

WORLDS within....

2

노희경
대본집

북로그컴퍼니

드라마 작가로 사는 게 더없이 행복하다

드라마 대본은 다른 문자 간행물과는 사뭇 다르다. 글로 되어 있되, 글만으로는 그 의미 가치가 별로 없다. 본래 목적이 〈글을 '일부' 재료로 한 영상물〉이기 때문이다. 그래서 나는 대본집을 내는 데 상당히 많은 시간을 주저했다. 글을 재료로 했지만 본질은 글보다 말이요, 말을 재료로 했지만 연출력과 연기력이 뒤섞이지 않으면 제품이 되지 않기 때문이다. 그럼에도 불구하고 대본집을 내는 것은 그 어느 간행물보다 독자의 상상력을 자극할 수 있다는 믿음 때문이었으며, 말이 갖는 재미 때문이었다.

마음과 다른 말, 마음과 같은 말, 말로라도 상대의 가슴에 비수를 꽂으려는, 어리석지만 탓할 수 없는 인간의 연약한 의도의 말, 그래서 내게 되돌려지는 아픈 말, 생각보다 먼저 튀어나오는 말, 상처받았던 말, 머뭇대다 내뱉은 말, 머뭇대다 끝내 삼켜버리는 게 훨씬 나았을 거 같은 말, 그러나 끝내 토해버린 말 같지도 않는 말, 오해를 주고 오해를 푸는, '아' 다르고 '어' 다른 말이 갖는 오만 가지 생기와 신비로움! 말로 글을 쓰는 드라마 작가란 직업을 사랑하는 이유가 여기 있다.

독자의 입장에선 낯설기도 하고, 쉽기도 할 것이다. 책을 내는 작가의 입장에선 배우의 연기가, 감독의 연출이, 스태프들의 노고가 빠져 싱겁지는 않을까 걱정도 든다. 그러나 대본의 부족함은 내 동료들의 가치를 알리는 일이 되니 그것으로 또한 족하다.

　말은 마음을 전달하는 수단이다. 오늘도 차기 작품을 준비하며 내가 고민하는 것은 말보다 마음이다. 그런데 참 묘한 건 내 맘이든 그의 맘이든 들여다보려 하면 할수록 사람의 마음이 제법 아름답단 거다. 그래서 나는 말을 탐색하고, 마음을 탐색하는 드라마 작가로 사는 게 더없이, 많이 행복하다.

작가 노희경

주준영

감독 역
송혜교

"나랑 왜 헤어졌는데?
내가 뭐가 문젠데?"

방송가에서 주목 받는 루키 감독! 말은 직설적이고, 일은 열정적이며,
동료와는 유쾌한, 당차고 시원시원한 성격의 소유자이다. 하지만 그녀도
사랑 앞에서는 무한히 약하고, 돌아서서 눈물을 닦는 순정파이다.
지오와는 대학 선후배로 만나 사랑에 빠졌다가 드라마국에서 다시금 사랑을
재확인한다. 남성 중심으로 돌아가는 드라마국에서 당당한 동료,
무서운 경쟁자로 인식되고 싶을 뿐 다른 동정이나 관심은
넘치는 오버 이상도 이하도 아니라고 생각한다.

정지오

감독 역
현빈

"무지 많이 사랑하고, 많이 보고 싶었고,
미안하고… 그리고 우리 이젠 절대 헤어지지 말자!"

몇몇 작품들을 통해 작품성과 대중성을 고루 인정받는 몇 안 되는
감독 중 하나! 예리하고, 정의롭고, 인간미 넘치고, 따뜻하고, 열정적이기
때문에 그는 후배들이 본받고 싶어하는 최고의 선배로 통한다.
드라마가 주는 '인간과의 소통'이라는 신념을 안고서 오늘도 현장을 누빈다.
당차고 매력적인 준영을 만나서 지난 사랑의 아픔을 떨쳐내고,
사랑이 무엇인지 깊이 깨닫는다.

윤영

배우 역
배종옥

"이 세상이 그럴 만한 가치가 있어?"

흥행 파워와 연기력을 모두 갖춘 대한민국 최고의 배우이자,
숱하게 연예지 1면을 장식하는 한때 스캔들 메이커이다.
정상에서 나락으로 떨어졌을 때 끝내 곁을 지켜주는 동료들의 도움으로
제2의 전성기를 맞는다. 진정한 사랑을 애써 외면하며 즐기는 사랑을
선택했지만, 그녀만을 바라보고 살아온 민철의 사랑을 받아들여
새로운 러브스토리를 만들어간다.

김민철

드라마국장 역
김갑수

"인생 한 번 살지, 두 번 살어. 해볼래!"

작품성과 시청률을 동시에 잡았던 젊은 시절, 최고의 감독으로
인정받았기 때문에 일찍부터 드라마국을 호령하는 국장의 자리에 올랐다.
여배우 윤영과의 사랑으로 가정까지 버리지만 그녀의 배신으로 사랑에
실패한 뒤 배신의 아픔을 안고 살아간다. 그러나 15년 동안 윤영만 보고
살아가는 지고지순함으로 결국 그녀와 사랑의 결실을 맺는
해피엔딩의 주인공이 된다.

손규호

김독 역
엄기준

**"너 같은 애 숱해 무시하고 살았어도,
난 한 번도 후회한 적 없거든."**

이기적이며, 왕싸가지에, 자기밖에 모르는 속물 중의 속물! 시청률을
위해서라면 수단과 방법을 가리지 않지만, 방송 3사 중 최고의 시청률을
올리고 있기 때문에 누구도 감히 뭐라고 하지 못한다. 도도하고, 냉정하고,
바람기까지 많으니 동료들에게 왕따가 아닐 수 없다. 하지만 그 역시
가족이라는 십자가를 안고 살아가고 있으며, 남들에게 위로받기를 원한다.

장해진

배우 역
서효림

**"정말 지 무시하고 떨어뜨리심
무지무지 후회하실 건데!"**

청순하면서도 어눌한 말투, 그리고 가끔씩 보여주는 엉뚱함으로
중무장한 신인 여배우! 규호에게 무작정 대책없이 찾아가 드라마 주인공을
따낸다. 즐거운 세상에서 행복하게 살아가고자 하는 따뜻함으로 규호의
닫힌 마음을 활짝 열어 사랑에 빠진다. 연예인으로서가 아닌,
진짜 배우로서의 작은 싹을 틔우는 최고의 신예!

양수경

조감독 역
최다니엘

"선배, 나 누구게?
나 수경이야?! 양수경!"

'미친 양언니'로 통하는 그는 준영과는 동갑이지만 재수, 의가사 제대 및 방송국 두 번 낙방 때문에 이제 겨우 조연출 2년차이다.
성격이 불같이 급하고, 머리는 단순하며, 앞뒤 안 가리는 다혈질인 그는 누구와도 쉽게 작업할 수 없다. 하지만 그런 그도 준영에게는 솔직하고, 다정한 사랑을 표현한다.

김민희

조감독 역
이다인

"선배 좀 이상한 거 아닙니까?"

얼굴, 옷차림, 말투, 성격까지 모든 것이 선머슴이다.
언제 어디서나 준영과 지오를 존경하고 조감독으로서 그들을 보좌하는 든든한 서포터! 그녀는 방송국 내 수많은 남자들을 짝사랑하지만 표현은 하지 못하고 마음속에만 담고 살아간다. 그래도 수경에 대한 마음은 솔직하게 드러내어 주위를 놀라게 한다.

이서우

작가 역
김여진

"남잘 출세의 도구로 삼았다,
그 말 아무나 못하거든. 건배."

거침없는 말투, 칼 같은 대본 제출로 유명한 대한민국 최고의 드라마 작가!
꼼꼼하고, 정확한 그녀이기 때문에 잘난 척이 심하다는 말도 듣는다.
고등학교 졸업이라는 학력이 콤플렉스일 수도 있지만, 그에 전혀 연연하지 않고 일에만 빠져 산다. 사랑이라고는 못해봤을 것만 같지만 21세기판 '사랑에 속고 돈에 울고'는 그녀에게 딱 어울리는 말이다.

박현섭

드라마국 CP 역

김창완

"너는 내가 누누이 말하지만
인정머리가 없어."

드라마국 CP이지만 실력면에서는 장담할 수 없다.
그러나 인정 넘치고, 이해심 많고, 농담 좋아하는 성격 때문에
후배들은 그를 형처럼 잘 따른다.

오민숙

배우 역

윤여정

"내가 니 친구냐? 오민숙씨게?
너는 으른도 몰라? 나가."

사랑과 정에 무관심하고, 날카롭게 갈아놓은 장미가시 같지만
속으로는 사랑을 기다리는 최고의 배우! 아닌 척하면서도
후배들을 아끼고 따끔한 조언을 잊지 않는 엄마 같은 존재!
특히 수경을 친아들처럼 아끼고 따뜻하게 대한다.

김수진

배우 역

김자옥

"언니, 내가 그래도 언니보다
연긴 못해도, 인기는 있잖어."

연기력 지적에도 굴하지 않고 언제나 즐겁게 사는 인기 만점의
배우이자 남편만을 바라보는 진정한 내조의 여왕!
가정적이지 못한 남편과 빈둥거리기만 하는 아들 때문에 속이 썩고,
마음이 아프지만 그래도 가정을 지키기 위해 최선을 다한다.

•• 용어정리

- **씬** 장면(Scene)이라는 의미. 같은 장소, 같은 시간 내에서 이루어지는 일련의 행동이나 대사가 한 씬을 구성한다.

- **점프컷** 두 장면 사이의 부자연스러운 절단을 의미하며, 연속성이 없는 두 장면을 붙이는 편집 방식을 뜻한다.

- **(N)** 내레이션(Narration)을 지칭하는 시나리오 용어로 장면 밖에서 들려오는 목소리를 나타낸다.

- **(E)** 효과음(Effect)의 줄임말로 보통 등장인물은 보이지 않고 소리만 나는 경우에 사용된다.

- **플래시컷** 화면과 화면 사이에 들어가는 순간적인 장면. 극적인 인상이나 충격 효과를 주기 위해 삽입되는 매우 짧은 화면을 지칭한다.

- **(F)** 필터(Filter)의 약자로, 전화기 너머의(필터를 거쳐 들려오는) 목소리나 마음속으로 하는 얘기 등을 표현할 때 쓴다.

- **DIS.** 디졸브(Dissolve)를 의미하며, 두 개의 화면이 겹쳐지거나, 블랙이나 화이트 화면과 기존 화면이 겹칠 때 사용된다. 시간 경과나 씬 마무리 때도 자주 쓰인다.

- **몽타주** 따로따로 촬영한 화면을 적절하게 떼어 붙여서 하나의 긴밀하고도 새로운 장면이나 내용으로 만드는 일 또는 그렇게 만든 화면을 말한다.

- **(OL)** 오버랩(Overlap)을 의미한다. 현재 화면이 사라지면서 뒤 화면으로 바뀌는 기법을 의미한다. 대사에서 OL은 호흡을 주지 않고 앞사람의 말을 끊고 말을 할 때 쓰인다.

- **인서트** 끼워 넣다(Insert)라는 뜻으로, 어떤 동작이나 상황을 강조하기 위해 삽입한 화면이다. 보통은 클로즈업되는 소도구나 움직임이 없는 장면을 클로즈업하여, 줄거리의 진행 도중에 끼워 넣는다.

- **F. O.** 페이드아웃(Fade-Out)을 지칭하는 표현으로, 영화나 텔레비전에서 화면이 처음에 밝았다가 점차 어두워지는 상태를 말한다.

- **플래시백** 원래는 몽타주의 한 방법으로 환상적인 분위기를 만들 때 쓰이나 빠르게 회상신이 나올 때도 많이 쓰인다.

- **틸업** 영어로는 'Tilt up'이라고 쓰며, 카메라의 위치는 고정시키고 카메라 앵글만 상향 또는 하향시키는 것을 의미한다.

Contents

9부

드라마처럼 살아라 1

정말 듣고 싶지 않은 말을 들었다. 어려서 엄말 피해 드라마를 봤는데,
더 이상 엄마를 피하면 내 드라마의 한계를 벗어날 수 없다고?

절대 그럴 리 없다. 드라마는 드라마고, 인생은 인생이다.

그들이 사는 세상

WORLDs Within...

씬 1. 여자 수면실 안, 깜깜한 새벽, 새벽 4시.

자명종 울리고,
민희(헤드랜턴을 한), 벌떡 일어나고, 세연을 포함한 여자 몇몇 힘들게 일어
나는,
민희, 시계를 보면, 새벽 4시다.
혜옥 외 여자들, 피곤한 '죽겠다, 죽겠어' 하며 불을 켜고, 양치할 준비해서
나가는,
민희, 힘들게 자는 준영을 보며, 조금 다급하게,

민 희 선배, 선배?
준 영 (졸린, 눈 안 뜨고, 비몽사몽) 어.
민 희 새벽 4십니다, 새벽 4시, 기상하십시오. (하고, 나가는)
준 영 (그냥 자는)

카메라, 준영의 뒤쪽을 잡으면,
카메라, 이불 속으로 들어가면, 지오, 넋을 놓고 자고 있다.

씬 2. 여자 화장실 안, 깜깜한 새벽 4시.

민희, 양치를 하고 있고, 혜옥과 경희 세수를 하고 있고, 누구는 옷을 갈아입
는, 부산한 분위기다. 민희, 전투적으로 빠르게 양치질을 하고, 물을 입에 담
고 큰 소리로 가글을 하면, 옆사람들 싫은, 민희, 옆사람들을 나오라고 손짓하
고 큰 소리로 퉤 하며 양치물을 뱉고 나가는, 다른 여자들 싫어하는,

씬 3. 여자 수면실 안, 깜깜한 새벽 4시.

민희, 로션 등을 바르고, 가방에 밤에 보던 책을 챙기고, 구시렁대며 '무전기 있고, 물 있고, 모자 있고, 돈 있고..' 하며, 물품 확인하다가, 자는 준영에게로 가서,

민 희 선배, 안 일어나십니까? 촬영 안 가십니까?
준 영 (자는)
민 희 (답답한, 준영의 뺨을 톡톡 치며) 선배, 선배.
준 영 (암것도 모르고, 자는)
민 희 에이.. (하며, 뺨을 확 치려 하다가, 다시 준영을 흔들며) 선배, 선배..
준 영 (그래도 자는)
민 희 (갑자기, 버럭) 선배!

그때, 갑자기, 준영, 지오, 동시에 '어' 하며 벌떡 일어나는,
민희, 지오 보고 놀라 뒤로 넘어지며, '악!' 하고,
준영, 왜 그런가 싶어, 뒤돌아 지오 보고, '악!' 하고 놀라고,
지오, 놀라 준영의 입을 틀어막는,
그때, 문이 열리고,
민희, 놀라 넘어진 채 놀라 출입문 쪽 보면,
경희, 무심하게 민희에게,

경 희 조감독님은 왜 넘어져 있어요? (하며, 가방 챙기는)
민 희 (벌떡 일어나며) 그게 그냥.. 내가 발이 삐그덕.. 해가지고.. (하고, 준영 쪽 보면)

준영, 지오, 이미 누운, 그러나 준영의 입을 틀어막은 지오의 손이 보이는, 민희, 경희 가방 챙기는 걸 보며, 준영 쪽으로 가서, 지오의 손을 톡 치고, 이불 속의 지오, 손을 얼른 이불 속으로 넣는, 민희, 경희가 못 보도록 준영을 제 몸으로 가리고, 말하는,

민 희 주, 주선배님은 내, 내가 챙겨서 내려갈게, 먼저 가십시오.

경 희 (짐 챙기며) 그래요. 아, 세술 해도 잠이 안 깨냐, 어떻게, (하고, 나가는)

민 희 (나가자마자, 문을 걸어 잠그고, 준영 보며) 미치셨습니까?

준영, 지오, 어색하게 일어나며, 웃는,

지 오 (어색하게 웃으며) 놀랬지?

준 영 (민희에게, 어색하게 얼버무리며) 김군아, 아니 민희야, 있잖아, 내가 지금 이 사태에 대해서, 내가 다른 누구보다 너한테 먼저,

민 희 (가방을 들고, 그냥 나가는, 그러다 다시 들어오며, 지오에게, 화나, 속상한) 지오선배님, 어제 내가 팬티하고 브라자 바람으로 (자기가 잔 곳 가리키며) 바로 저기서 대자로 뻗어 잤는데, 혹시 그것도,

지 오 (준영과 민희 번갈아 보며) 저 그게.. 있잖아? 그게.. 내가 다른 것도 못 봤지만, 니가 대자로 자는 건 정말 모, 못 봤지, 그지, 준영아, 나 못 봤지.

준 영 (얼결에 수긍하는) 그지, 그지, 못 봤지.

민 희 대자로 자는 건 못 보고, 그럼 벗은 건 봤단 말씀입니까?

준 영 (당황해, 버벅대며) 야야야, 아냐, 아냐, 지오선배 암것도 못 봤,

민 희 (그냥 문을 쾅 닫고, 나가고)

준 영 (답답한 지오에게) 입 닥치란 뜻이지, 저거?

지 오 (한숨 쉬고) 그럴걸.

씬 4. 몽타주, 낮.

규호, 더빙실에서, 효과음 등을 디빙을 하는,
말달리는 씬에서 효과맨이 소리를 내면,
규호, 컷 하고, 현섭, 규호 뒤에서 심각하게 모니터 보며, 박수를 치며, '좋아 좋아' 하는,

규 호 (현섭 반응 무시하고) 다음 2부 19씬에 바람 소리.

* 점프컷 1〉〉

바닷가, 촬영장 풍경, 낮.
컷컷의 그림들 빠르게 보이는,
봉균과 특수장비팀 화살에 카메라를 장착하는 모습을 보이는, 수경, 사람들을
도와 땀을 흘리며, 한쪽에 크레인을 설치하는,

* 점프컷 2》》
영웅과 호걸, 공분, 미려, 소품팀의 도움을 받아, 안전복을 입고 있고,
민희, 그 옆에서 소품팀에 말하는,

민 희   안전복 확인하고 계시죠?
소 품   (일만 하며, 진지한) 당근이지, 안 함 죽을라고,
민 희   (세팅되는 걸 체크하고)

한쪽에서 준영, 대본을 보며, 콘티를 짜다.

준 영   민희야.
민 희   (못 들은 척, 그냥 가며, 진행에게) 막내야, 보조출연자들 출발시켰냐?
준 영   (답답한, 다른 쪽으로 걸어가는)

* 점프컷 3》》
준영, 대본 들고 걸어와 말에 전기충격기를 장착하는 특수효과팀들에게, 다가
가 말하는,

준 영   전기충격기 그거 안 쓰고 어떻게 테크니컬하게 안 되나? 지난번에 규호선배
　　　　촬영할 때 충격기가 너무 강해서 말 한 마리 죽었다면서요?
특수효과 (진지하게) 말이 곤두박질치는 거 보고 싶다며? (일만 하며) 나도 안 좋아요.
준 영   내가 카메라 감독님한테 부탁해서 기술적으로 해볼 테니까, 살짝 가요.. (그
　　　　때, 전화 오고, 받으며, 걸어가는) 어, 나야... 선배.

그때, 누군가 준영을 툭 치고, 가는,
준영, 놀라 보면,

민희, 그냥 가며, 사람들에게 말하는, '30분 후에 슛 들어갑니다!' 하는,

준 영 (답답한 민희 보고, 전화기에 대고) 또또또 사람 쫀다. 내가 알아서 한다고... 전화할 거야.

　　　* 화면 분할 》 촬영장의 준영과 방송국 앞의 지오
　　　지오, 방송국에서 나와 길을 걸어가며,

지 오 (답답한, 조금 강한 느낌으로) 언제 전화할 건데?
준 영 (귀찮고, 답답한) 이따, 이따가.
지 오 이따 이따가 언제야, 내 전화 끊고 나서 바로?
준 영 나 지금 바쁘거든, 좀 있으면 촬영 들어가거든. 고만하지.
지 오 엄마한테 전화 거는데, 10분이 걸려, 20분이 걸려? 맘만 있으면 1분, 아니 10초도 안 걸려, 엄마 내가 바쁘니까 담에 전화할게요. 그렇게라도 전화해. 어떻게 부모가 이혼한단 소릴 듣고, 임마, 엄마한테 전화 한 통을 안 할 수가 있,

　　　* 플래시컷 4 》
　　　준영(어린 준영), 거실 창가에 서서 멍한,

　　　* 다시 화면 분할 》

준 영 (말꼬리 자르며) 내가 알아서 한다고 내가 몇 번을 말.
지 오 (말꼬리 자르며) 이게 너의 고질적이고도 심각한 문제야.
준 영 뭐?
지 오 힘든 일이 있음 뭐든 일단 피하고 보는 거, 언제까지 그럴래?
준 영 (답답한, 머리 쓸어 올리며) 사랑한다고 말하고 일단 끊지.
지 오 지금 당장 엄마한테 전화해.
준 영 정말 그렇잖아도 아침부터 민희 기집애 토라져서 현장에서도 짜증 나 죽겠는데, 선배까지 왜 그래?
지 오 난 너 이것도 맘에 안 들어. 그러게, 너랑 나랑 사귀는 걸 왜 회사 사람들한테 숨겨?

준 영 (짜증 난) 그건 전에 합의 본 문제거덜랑.

지 오 엄마한테 전화해. 그리고 내가 니 남자친군데, 어떻게 이런 문젤 그냥 넘어가? 너도 내 입장 돼봐봐, 나처럼 할 게 뻔하지.

준 영 누구는 모른 척 잘도 해주드라.

지 오 (화난, 멈춰 서며) 누가 그래? 강준기?

준 영 무슨 말이 듣고 싶어? (짜증 나서, 전화를 확 끊고 걸어가는)

　　　　* 준영의 그림 사라지면,

지 오 (전화기에 대고) 준영아, 준영아, (하는데)

　　　　철이, 지오를 앞질러 뛰어가며,

철 이 형 뭐해, 다 모였다는데, 빨리 와, 빨리.

지 오 (뛰어가며) 야, 대체 무슨 일인데, 소집이야, 또?

씬5. 바닷가, 촬영장, 낮.

　　　　준영, 답답하게 걸어가서 촬영 준비하는 민희를 스쳐 지나가며,

준 영 (N) 친구도 필요 없고, 애인도 필요 없고, 하늘 아래 나 혼자인 것처럼 철저히 외로울 때가 있다.

　　　　* 플래시백 1 >> 도서관 내부, 낮.
　　　　햇살 따뜻한 도서관, 준영부(자는 어린 준영(2살)을 앞으로 해서 안은), 서가 사다리에 올라선 채, 시를 읽어주는, 컷컷으로 보여지는,

준 영 (N) 그럴 때면 어김없이 언제나 아빠가 생각난다. 두 살 난 아이에게 보들레르의 시를 읽어주는 대학교수이며, 학자이고, 시인인 우리 아빠,

씬6. 대학 강의실, 낮.

준영부, 〈보들레르-악의 꽃〉이라고 판서를 한, 학생들과 즐겁게 강의를 하는,
학생들 깔깔대고 웃고, 준영부, 진동음 울리면, '잠깐만, 미안' 하며, 전화 배
터리를 뽑는,

준 영　(N) 지오선배는 왜 우리 엄마를 먼저 본 걸까, 아빠를 먼저 봤다면 정말 좋았
을 텐데.

자막 - 드라마처럼 살아라 1

씬7. 바닷가, 촬영장, 낮.

다다다 큰 소릴 내며, 헬기가 지나가는 (현장 상황에 맞게..)
촬영 준비가 끝난 채, 준영 외 모두 하늘을 바라보며 멍한,
준영, 답답한, 시곌 보는,
헬리콥터 사라지면, 준영, 다시 모니터를 보고,

준 영　자자자자, 풀 샷 먼저 갑니다.

그 말과 동시에, 또 헬리콥터가 뜨는,
촬영감독과 동시에 모두 '뭐야' 하며 짜증 내는, 수경, 아무 생각 없고, 민희,
이상한, 민희, 옆의 진행에게 귓속말로 뭔가를 말하는, 진행, 빠르게 뛰어가는,

준 영　(크게 한숨을 쉬며, 시계 보고, 헬리콥터 지나가길 기다리는데, 다시 큰 소리
가 나서 보면, 헬리콥터가 지나가는)
동시녹음　(헤드폰 빼며) 아, 뭐야, 이거.
준 영　(모니터 보며, 화난) 양수경!
수 경　(오며, 아무렇지 않게) 왜, 왜, 왜 준영아?
준 영　(자리에 앉은 채, 꼬나보며) 너, 오늘 여기 헬기 뜨는 거 알았어, 몰랐어?
수 경　(어이없단 듯, 웃으며) 헬기 뜨는 걸 내가 어떻게 알어, 그리고 헬기 떠서 촬

영 못하는 것도 내 잘못이냐?

준영 헬기 뜨는 거 조감독인 니 잘못인 거 몰라? 비가 와도 니 잘못, 날이 흐려도 니 잘못, 눈이 와도 니 잘못, 배우 다리가 부러져도 니 잘못, 버스가 늦어도 니 잘못, 식당에 밥 먹으러 가서 밥맛이 없어도 조감독인 니 잘못인 거 너 아직도 몰라?

수경 (어이없는) 그게 어떻게 내 잘못,

준영 장소 섭외 전에 이 지역 관제탑에 항공기 및 헬기 상황 확인했어, 안 했어?

수경 (버벅대는) 과, 관제탑?

준영 장소 섭외하면서, 이 지역 군사 지역인데 관제탑 확인도 안,

수경 그건 섭외부장님 일이지, 조감독 일이 얼마나 많은데 내가 그거까지,

준영 (버럭) 넌 여기 일하러 나왔어, 변명하러 나왔어!

그때, 진행 뛰어와, 헉헉대며, 조심스레.

진행 감독님 촬영 못하겠어요, 오늘 훈련하느라 지금부터 오후 4시까지 헬기가 마흔두 번이나 뜬답니다.

수경 (진행에게, 화내며) 얌마 너는 그걸 지금 말하면 어떡해, 진작에 미리미리,

준영 (그대로 수경의 정강일 차는)

수경 악! (하며, 정강일 잡고, 뛰는)

준영 (가며, 소리치는) 장소 철수해! 막내는 인근 지역 안에 비슷한 장소 있는지 알아보고, 빨리빨리 움직여.

진행 네. 감독님. (하고, 뛰어가는)

다들, 답답한, '뭐야, 촬영 준비만 세 시간 걸렸는데, 짜증 나게'
민희, 준영 보고, 수경을 보면,

수경 (웃으며) 기집애 발길질 제법이네. (사람들에게) 살다보면 이런 일도 있죠, 뭐, 자자 철수.

민희 (답답한, 보며, 궁시렁) 잠시 잠깐에 돈 몇백 후루룩 말아먹고.. 말하는 꼴이라고.. (하고, 가며, 문자 넣으며 성큼성큼 가는, E) 지오선배님, 저 양수경한테서 맘 접었습니다. 제가 한때나마 미친 양언니한테 맘 있었다는 거 아무한

테도 말하지 말아주십시오. 부탁합니다.

씬8. 산타마리오 밖 거리, 낮.

지오와 병욱, 두성, 감독 2, 산타마리오에서 나오며,

지 오 난 국장님 만나 얘기해볼 테니까, 니들은 밖에 나가 있는 사람들한테 긴급 소집이라고 알리고, 복도에 소집 공고 내!

병 욱 이번 일은 그냥 지나가면 안 돼, 이건 단순히 호연 형만의 문제가 아니라고,

두 성 피디협회 쪽에는 내가 알아볼게.

지 오 (걸어가며) 병욱인 이번 사태에 대해 사내 평피디 모임에 좀 알려라.

카메라, 산타마리오 창가로 가면,
호연, 눈물 그렁해 막막하게 앉아 있고, 철이, 그런 호연을 보며, 답답하고, 속상하게, 뭐라고 위로하는 듯한,

씬9. 드라마국장실 안, 낮.

민철, 현섭, 지오 얘기하는,
민철, 서류를 보고 있고, 지오, 소파 쪽에 앉아서 민철을 보며, 얘기하는,

지 오 강호연 감사실 발령 건, 저희 평피디 협의회선 용인 못합니다.

민 철 (서류에 사인하다, 보며 어이없고, 화난) 강호연이가 서너 달 남겨놓고, 프로그램 빵꾸 내는 바람에 회사에 대체 얼마나 손실이 났는지 니 아나? 우리가 다급해지니까, 프로덕션에서 요구하는 사항이 몇 가진 줄이나 알아? 알량한 작가에 알량한 감독, 배우 덱고 오면서, 미주 비디오권, 일본 판권, 국내 DVD 시장 점유권까지 온통 지들 맘대로, 퍼센테지 갖고 장난치고,

지 오 (지지 않고, 강하게) 탄원서 제출할 겁니다.

민 철 (어이없게 보며) 라인업 땐 모두 다 적이던 놈들이, 언제부터 그렇게 다들 한 몸이 됐나? 나는 강호연한테 너만한 의리가 없는 줄 아냐?! 조직원이 조직에 불이익을 주면 조직은 뭐 봉이냐, 당하고만 있게!

지 오 (버럭 소리치는) 당연히 조직원이 조직에 불이익을 주면 조직의 대응에 순순히 응해야겠죠! 그런데 그 불이익에 대한 책임권이 왜 강호연입니까? 담당 CP인 오부장님은 왜 빠집니까? 같은 간부니까 싸고도는,

현 섭 (말꼬리 자르며, 버럭, 화난) 우리 드라마국이 언제부터 평피디와 간부들로 나눠 싸웠냐? 이 세상 모든 회사가 그렇게 쌈박질해도 예술 하는 우리가 언제 간부니, 평사원이니 하며 싸웠어? 한 형제처럼.. 자식이 화났다고 어디서 함부로, 그리고 너 존댓말 쓰지 마. 자식이 무섭게.

민 철 (가만 보며) 너 단막 가.

지 오 ?!

민 철 너 방송사에서 재정난으로 단막극 없애자니까, 후배들 키우려면 단막극 없앰 안 된다고, 이 나라 드라마의 질적 향상을 위해 그건 사수해야 한다고, 데모까지 해가며 결국 우리 간부들이며 방송사며 두 손 두 발 다 들게 만들었지. 니가 그렇게 사랑하는 단막극, 이번에 한번 찍어봐.

지 오 (보며, 어이없는) 미니 한 놈한테 단막을. (가만히 민철을 보다가) 보복입니까?

현 섭 (서운한, 소리치는) 얌마, 너 진짜,

민 철 (말꼬리 자르며) 보복임.. 니가 어쩔 건데?

지 오 (어이없고 서글픈 웃음 작게 짓고) 나는 당해도, 연출하는 놈한테 감사실 가서 동료들 뒤나 캐라곤 못합니다. 적극 대응할 겁니다. (하고, 나가는)

현 섭 수단과 방법? 뭐, 용인, 적극 대응? 얌마, 여기가 정치판이야? 어디서 그런 어려운 말들을 배워 와가지고... (하다, 문득 민철 보고, 웃으며) 야, 근데 규호 자식 진짜 드라마 잘 찍드라. 대박이다, 대박.

민 철 (답답한) 예고는 어떻게 잘 내보내고 있나? (하고, TV 켜는)

씬 10. 드라마국 안, 낮.

지오, 국장실에서 나와, 자리로 가서 서서, 서류를 챙기면서, 전화하는 병욱에게 말하는,

지 오 야, 재석이, 재철이, 송민, 선우덕이 연락했냐?

병 욱 (전화하다, 송화기 가리며) 지금 선우덕한테 전화하고,

다른 쪽에서 두성, 전화하다 손 들며,

두 성 송민하고 재철인 내가 하는 중, 피디협회도 내가 연락할게.
지 오 오늘밤 열두 시 넘어도 좋으니까, 무조건 한 사람도 빠짐없이 다 연락해서 참
석시켜! 주준영은 내가 할 거니까, 놔두고. (복사기 쪽에서 복사를 하는, 감독
두 명에게) 대자보는 붙였냐?
감독들 (프린트하고 챙기며) 지금 프린트하는 중이야.

　*점프컷 1》》
오부장의 자리로 가면, 오부장, 전화하는 지오를 (내용: 어, 형, 호연이 징계
문제로 전화했는데, 아.. 형도 들었구나, 그것 땜에 그런데 오늘 몇 시에 일 접
어?) 맘에 안 들게 꼬나보고 있는,

씬 11. 바닷가, 촬영장, 낮.

준영, 슈팅 카를 타고, 말을 달려오는 영웅, 호걸, 미려, 공분을 찍는,
모두 다 얼굴에 피투성이가 된, 준영, 모니터 보며, '캇!' 하고,

　*점프컷 1》》
(준영, 슈팅 카를 타고, 공분, 사다리 위에서 말달리는 시늉을 하다, 화살을 맞
는, 장면을 찍는 중이다)
모니터에 카메라가 장착된, 화살 날아가, 공분의 등에 박혀, 피가 나는,
준영, '캇!' 하는,
회면, 그제야, 모든 상황이 흰눈에 들어오는,

준 영 (큰 소리로) 뒤집어서 한 번 더 갑니다! 공분이 입에 피 좀 많이 먹여, 피가 찔
끔질끔 뭐야?

씬 12. 몽타주.

1, 방송국 전경, 종합편집실, 밤.

규호, 음악 사인을 주는, 현섭, 민철, 뒤에서 심각하게 보는,
진범, 진동음 계속 울리는, 전화기 든, 초조하게 전화기 보다, 규호를 보다, 시
계 보면, 9시 35분이다.

진 범 (민철 귀에 대고) 국장님 방송 20분 전입니다, 송출실에서 계속해서 전화가..
민 철 (그림만 보며, 고개 끄덕이는)
규 호 (신중하게 제 일만 하며) 음악 페이드아웃. 오케이!
현 섭 (전화 오고, 핸드폰 보며, 민철 보며) 송출실에서 나한테도 하네.
민 철 (화면만 보는 규호를 초조히 보는)
현 섭 (핸드폰 안 받고, 넣고) 시청률만 나옴 되지 뭐. (일하는 규호에게) 천천히 해,
천천히.
진 범 (현섭 보며, 싫은, 얼굴 부비고, 다릴 달달 떠는, 초조한)

2, 달리는 준영이 탄 스태프 차, 밤.
창가로 보면, 준영, 초조하게 시계를 보는,

3, 방송국 앞.
진범, 땀을 흘리며, 죽기살기로 뛰고, 진행이 대기해놓은 차를 타고, 출발하
다, 주차장 들어오는 차와 부딪히고, 진범, '그냥 가!' 하고, 차 그냥 가면, 차
주인 나와서 '야!' 하며 소리치고,

4, 방송국, 회의실, 밤.
지오 외 감독들과, 피디협회 사람들 심각하게 얘기하는 모습이 보이는,

5, 송출실 앞, 복도.
진범(땀이 온통 흥건한), '비켜요, 비켜, 안 비키면, 방송 빵꾸야!, 빵꾸' 하고
테이프 들고 죽기 살기로 뛰어가, 송출실 문을 두드리며, '수목 미니, 테입 왔
어요, 테입!'

6, 차수련의 오피스텔, 밤.
차수련, 몸에 링거 꽂고 TV 앞에서 방송을 보며 앉아 있고, 서우, 죽 끓여 차

수련 앞에 주며, '나 간다' 하고 가고, 차수련 병색 짙게 '고마워' 하며 TV 보는,

7, 규호의 집 안, 밤.
해진, 긴장되게 방송 보고 앉아 있는, 초인종 소리 나면, 서둘러 나가, 문 열어주고, 규호, 땀나게 뛰어 들어와, 소파로 와서 앉으며, '방송 몇 분 나갔어', 해진, '이제 38분 경과요', 규호, TV를 진지하게 보며, 좋은,

규호 그림 죽이지?
해진 (웃으며) 내가 젤 잘하는 거 같아요.
규호 (TV만 보며) 방송이나 봐, 임마.

8, 국장실 안, 밤.
오부장, 심부장, 현섭, 소주를 먹으며, '야, 저거저거 봐라, 손규호 일 친다. 일 쳐, 간만에 시청률 나오겠다!' 하며 소주 먹으며 신이 난, 현섭, '야, 딴 데 틀어봐, 딴 데, 다른 애들 어떻게 하나 좀 비교해보자' 등등의 말을 하는, 민철, '좀 조용히 해, 형!' 하고 심각하게 보는, 그때, 우르릉 쾅 천둥 치고, 비가 오는,

9, 준영의 집으로 가는 거리, 비 오는 밤.
준영, 가방으로 머릴 가리고, 비를 쫄딱 맞고, 죽기 살기로 뛰어, 집 쪽으로 가는,

10, 준영의 집 안, 비 오는 밤.
준영, 문 열고 들어오다 이상해서 보면, 지오, 청소기로 청소를 하고 있는, 준영, 반갑게, '와, 우리 애인이다. 애인이 왔다. 애인이' 하고 뛰어가 안고 방방 뛰고, '어머, 이런' 하고, TV를 켜는, 그러나, 엔딩 스크롤 올라가는,

준영 (허탈한) 미쳐, 아, 어떡해, 끝났어.
지오 (청소하며) 녹화해놨어.
준영 (좋아, 지오에게로 가, 입 맞추는)

지 오 김치 냄새나, 너 저녁 먹고 양치도 안 했지.

준 영 (말을 못하게 계속 뽀뽀를 하는)

씬 13. 규호의 집 안, 비 오는 밤.

규호, 해진, 와인을 부딪히며, '건배!' 하고, 단숨에 마셔버리는, 기분 좋은,
그때, 전화 오면, 규호, 받으며,

규 호 (웃으며) 예, 오사장님.. 무슨 40이나... 아, 몰라, 그냥 찍는 대로 찍었는데.
(낄낄대고, 웃으며) 배우들이 괜찮죠? 요즘 애들 신인이다 뭐다 할 거 없이,
어지간히, 다들 잘하잖아.

그때, 해진의 전화 오는,

해 진 (좋아서, 받으며) 어 이모? 방송.. 봤, 나 어땠어? 어땠어?

두 사람 서로 기분 좋게 전화를 받으며, 다시 잔 부딪히고, 마시며, 계속 전화
를 하는,

규 호 (전화하는) 무슨 말, 내가 무슨 장살 잘해, 아냐, 나 장사 못해. (전화 오는) 전
화 온다. 나중에 해요. (다시 오는 전화 받으며) 무슨 대박..

해 진 이모, 나 전화 들어와, 알았어, 일찍 갈게. 엄마한테 맛있는 거 해놓라 그래,
어. (하고, 전화 보고, 문자 보며) 크크 (규호 보며) 친구들이 난리났어요, 미
려보다 공분이가 훨 낫대. (하며, 갑자기 술을 치우는)

규 호 (전화하며, 해진 보는) 네, 네 또 전화합시다. 아, 그럼 일 끝나면 만나서 술
한잔해야지.

해 진 (어느새, 규호 옷방으로 들어가는)

규 호 예예, 연락할게요. (하고, 전화 끊고, 옷방으로 가는)

씬 14. 규호의 옷방, 밤.

해진, 이 옷 저 옷을 뒤지는,

규 호 야, 너 뭐해?
해 진 (옷만 고르며) 옷이 전부 좋네, 후진 게 하나도 없다.
규 호 ?

씬 15. 번화한 거리, 비 오는 밤.

해진, 규호의 손을 잡고 빗속을 마구 뛰는, 규호, 그러다, 버스정류장 안으로 들어가는,

규 호 야, 나 더는 못 가!
해 진 (밖에서 비 맞으며) 에이, 같이 비 맞자. 시원하고, 기분 좋잖아요.
규 호 그러다 감기 들면 니가 책임질 거야? 너 프로의 기본이 제 몸뚱아리 관리란 것도 모르냐? 비 맞고 싶음 너나 맞어?
해 진 투덜이. (하고, 신발을 벗는)
규 호 너 뭐해?
해 진 (신발 벗고, 웃으며) 오늘말곤 다신 이렇게 놀 일 없을지도 모르잖아요. 왜냐? 이제 세상 사람들이 날 너무 다 알아볼 일만 남았기 땜에. (하고, 걸어가는)
규 호 (버스정류장 안에서) 야, 너 그러고 어디 가?
해 진 (가며) 집에요.
규 초 아, 니네 집이 어기서 어딘데? 거길 걸어가.
해 진 (걸어가며) 안 들려요!
규 호 야, 너 이리 와, 택시 잡아줄게!
해 진 (걸어가며) 안 들려요!
규 호 저게 정말.. (하고, 옷을 뒤집어쓰고, 뛰어가, 해진에게 씌워주며) 택시 타자. 내가 택시 잡아줄게.
해 진 (보고, 웃으며, 규호의 얼굴 잡고, 입을 살짝 맞추고)
규 호 (보면)

해 진　(맑고, 따뜻하게 작게 웃으며) 내가 어떤 짓을 해도 감독님한텐 다 꼬리 치는 것처럼 보이죠?

규 호　?

해 진　아닌데, 난 정말 감독님이 좋아서 그런 건데, 안 믿죠?

규 호　(맘은 안 그렇지만, 짐짓 떨떠름히) 집에 가지, 그만. 나 추운데. 넌 주연도 아니니까 일주일에 스케줄 삼사 일만 빼면 되지만, 난 일주일 내내 일하고 하루 두세 시간밖에 못 자. 그리고 이런 거 난... 쇼 같애?

해 진　(서글프게 웃고, 규호의 옷으로 규호가 비를 안 맞게, 머리에 보자기 쓴 것처럼 꽁꽁 매주며) 집에 가세요. 전 정말 걷고 싶어요. 왜냐면 넘 들떠서 어차피 잠도 안 올 거 같으니까. (하고, 가는)

규 호　(가는 해진 보며) 야, 나 정말 집에 간다.

해 진　(걸어가며, 밝게, 손 흔들며) 네!

규 호　(가는 해진을 보며, 망설여지는) 야! 야!

해 진　(춤추듯 비를 맞으며, 아랑곳없이 걸어가는)

규 호　(가는 해진을 보고, 돌아서서 집 쪽으로 가다가, 멈춰 서서, 옷을 풀고, 뒤돌아 뛰어가는)

해 진　(걸어가다, 뭔가 이상해 옆을 보며)

규 호　(신발을 벗고, 해진의 어깨에 손 두르고, 해진 안 보고) 내가 있잖아, 너한테 일단은 맘을 줘보는데, 나 너무 믿지는 마라.

해 진　(웃고, 하늘 보며) 우, 시원하다.

규 호　(웃으며, 가며) 나도 좋다, 첫사랑하고 이 짓 해보고 10년 만이다.

규호, 해진 서로 보고 웃고, 손잡고, 가는,

씬 16. 준영의 집 안, 비 오는 밤.

준영, 수건으로 머리 털며 샤워한 모습으로, 팝콘을 먹으며, TV를 보고 있는,

준 영　(좋은) 애인 있으니까, 너무 좋다, 방 치워줘, 빨래해줘, 녹화까지 싹 해놓고, 근데, 집에 물건들이 좀 이상하다. 인형이랑 사진이 원래 저기 있었나.

지 오　(식기세척기에 그릇 넣는) 내가 좀 옮겼어. 정신이 넘 없어서,

준 영 어. (하고, TV 보며, 샘나는, 웃으며) 야, 손규호. 다른 건 몰라도 카메라 워킹 하난 진짜 화려하다. 얄미워.

지 오 (설거지하며) 낼 평피디들 모두 모여서 같이 탄원서에 서명하고, 본부장 찾아가 전달하기로 했다. 피디협회에서도 협회 차원 일 아니라고 쌩까고... 낼은 어떻게든 오후 여섯 시까지 촬영 접고 집합해.

준 영 (TV만 보며, 아무렇지 않게) 봐서.

지 오 봐서가 어딨냐?

준 영 탄원서에 내 이름 넣는 거까진 찬성인데, 더 이상은 요구하지 마. 난 김국장님 말씀에 적극 동감하니까. 회사에서 감독한테 수많은 권한을 주는 이유 단 하나 아냐? 프로그램의 완성. 근데, 못했음 당연히 책임져야지.

지 오 내 말은 책임권이 왜 강호연이냐, 이거야. 오부장님이 아니라!

준 영 그건 그러네. 그럼 오부장님도,

지 오 (와서, 리모컨으로 TV 끄고, 리모컨 내려놓으며) 넌 왜 그렇게 이기적이야?

준 영 (아무렇지 않게, 리모컨으로 TV 켜며) 알어, 그게 나의 고질적이고도 심각한 문제지.

지 오 (리모컨 뺏어, 끄며) 너 왜 그러는 거냐? 왜 매사에 그 어떤 일도 심각한 게 없어, 넌?

준 영 (리모컨 뺏으려 들며, 화나지만, 참고, 달래듯) 좋게 지내자. 좋게. 연인끼리 집에 와서, 무슨 회사 얘길 이렇게 심각하게,

지 오 (리모컨 안 뺏기며) 좋게 지낸다는 게 뭔데? 주구지장지지 서로 만나서 장난 치고, 입 맞추고, 쓸데없는 남 뒷담화나 하며 끼끼득대고, 남의 드라마 보며 씹는 거?

준 영 (장난스레) 그래서 뭐든 심각한 연희선배가 그립냐? 연희선배나 선배나 심각이 장기 이냐? 그리워?

지 오 (참고) 엄마한테 전화했냐?

준 영 (기분 나쁜) 내가 알아서 한댔다. (하고, 리모컨 뺏어, TV 켜고)

지 오 또 피한다.

준 영 (불쑥, 버럭) 피할 만하니까 피하겠지!

*플래시백 1≫

준영(어린 준영), 거실 창밖에 서 있다가, 도로, 집을 나가는,

*다시 현실 >>

지 오 (답답한) 부모 자식 간에 뭐 그렇게 대단할 일이 있어, 피하냐? 니네 엄마가 화투 치고, 카드 하고, 너 보기에 격이 좀 떨어지는 사람들하고 논다고 해서, 그게 사춘기도 아니고 나이 먹을 만큼 먹은 너한테 뭐 그렇게 큰일이라서 전화 한 통을 못해?!

준 영 (서운하게 보는)

지 오 내가 늘 말하지만, 니 작품이 왜 그렇게 다 차가운지 아냐? 인간에 대한 이해심이 없으니까 그런 거야? 엄마도 이해 못하는 놈이, 무슨 드라마 속 인간을 이해,

준 영 나에 대해 그렇게 잘 알어? (하고 리모컨으로 TV 끄고, 지오를 보며) 선배가 아는 나는.. 힘든 일이 있음 뭐든 일단 피하고 보고, 동료에 대한 의리도 없는 이기적인 기집애에, 게다가 쉽고, 또 뭐가 있드라.. 암튼, 날 그 정도로밖에 생각 안 하면서 대체 날 왜 만나?

지 오 야, 왜 말이 그렇게 튀어,

준 영 (속상해, 소리치는) 나 지금 내가 찍은 방송 볼라고 여기 앉아 있다고?! 내가 찍은 씬이 고작 두세 개래도 나한텐 이게 중요하다고?! 선배만 예술 해?! 선배만 드라마 사랑해?! 선배만 프로야?! 나도 프로야?!

지 오 (답답한) 주준영!

준 영 오늘 새벽부터 지금 이 시간까지, 열네 시간 죽어라 촬영하고 강릉에서 여기까지 달려온 사람한테.. 내가 선배 방송할 때 단 한 번이라도 방송 안 본 적 있는 줄 아니? 말 나온 김에 다 하자, 지난번 특집 때, 선배 나랑 같이 내 방송 보자고 해놓고, 수경이 만나러 갔지?

지 오 야, 그거는.

준 영 그리고 나한테 달랑 문자 두 줄 보냈지, 방송 봤다, 수고했다... (어이없는 웃음 짓고, 서운한) 야, 있잖아, 선배 그런 문자는 안 보내는 게 나. (서운한) 하다못해, 손규호도 나한테 빈말이래도 어떤 한 씬은 디따 잘 찍었다 그러드라.

지 오 내가 그런 건 니가 칭찬하면, 하도 들뜨고 방방 뜨고, 자만하니(까),

준 영 자만 좀 하면 어때? 기죽는 거보다 낫지! 자긴, 자기 방송 안 봄 의리가 어쩌네, 저쩌네, 내가 천 번도 더 좋다고 해도, 어디가 구체적으로 좋냐고 사람 귀찮게 묻고 묻고 또 물으면서,

그때, 지오의 핸드폰에 문자 오는, 지오, 보는,

지 오   (답답한, 한숨) ...

준 영   가지 마. 또 어디 갈라 그러지?

지 오   (문자 보고, 준영 보며) 호연이 와이프야.. 가봐야겠다.

준 영   (지오 꼬나보며) 이제 일하는 동료도 모잘라서, 동료 마누라까지 챙기냐?

지 오   (가방 챙겨 들고) 나중에 얘기하자.

준 영   내가 아는 선배는 어떤 사람인 줄 알어?

지 오   ?

준 영   지 앞가림도 못하면서 남 일에 꼭 끼는 사람에, 언제나 자기만 정의롭고, 바른 사람이야. 내가 선배에 대해 이렇게 다 아는 척하니까, 기분 어때? 드럽지? (하고, 방으로 올라가는)

지 오   (답답한) 전화할게. (하고, 가는)

잠시 후, 준영, 어이없게 웃으며 나와, TV 켜며,

준 영   졌다, 정지오. (하고, 주방으로 가며) 이 마당에 배는 왜 고프고, 난리야. (하고, 냉장고 문을 열어, 반찬통을 열면) 텅텅 비었네. (하고, 옆의 밥통을 열면, 밥풀 몇 개 붙어 있는, 밥알 떼 먹고, 지갑 들고 나가며)

준 영   (N) 애인은 날 의리 없고 이기적인 애라고 단정 짓고 가버리고, 반찬도 동이 나고, 밥도 없고, 춥고, 배도 고프고, 이 문젤 단 한 번에 해결하는 길은 엄마 한테 전화 한 통이면 충분하다. 그럼 엄마는,

씬17. 편의점 가는 길 + 편의점 안 + 밖, 비 오는 밤.

준영, '우산도 안 가져오고, 붕, 진짜' 하며 조금 바쁘게 뛰어가, 편의점으로 들어가는,

준 영   (N) 당장이라도 내가 좋아하는 감자전에 시금치 나물에 문어숙회까지 들고 올 거다. 그리고 따뜻한 밥을 해서, 냉동실에 가득 저장해놓겠지. 1분간의 짧

은 통화면 그 모든 게 해결되는데,

준영, 편의점에서 인스턴트 밥과 라면, 김치, 단무지 등을 잔뜩 사서 나오는,

준영 (N) 나는 그럴 맘이 안 난다. 차라리 굶고 말지. 어떻게 엄마를 떠났는데, 이 제 와 다시 이런 사소한 일로 부딪힐 기회를 만들 순 없다. 엄마는 내가 조금 만 여지를 두면 당장이라도 내 곁에 들러붙어, 온갖 내가 싫어하는 말들과 행 동으로 나를 구렁텅이에 밀어 넣을 게 뻔한데.

준영, 편의점에 산 물건을 비닐봉지에 넣고, 뛰어나오다, 지나가는 남자와 부 딪히고, 그 바람에 물건들이 다 쏟아지는, 화가 나고, 속상한, 그걸 주우려 하 는데, 누군가 밥을 밟고 지나가고, 준영, 황당한, 그것들을 주워, 가슴에 품고, 앉은걸음으로 가면, 다시 가슴에 품은 물건들이 빠지고,
비는 오고,

지오 (E) 니 작품이 왜 그렇게 다 차가운지 아냐? 인간에 대한 이해심이 없으니까 그런 거야? 엄마도 이해 못하는 놈이, 무슨 드라마 속 인간을 이해해!

준영 (N) 정말 듣고 싶지 않은 말을 들었다. 어려서 엄말 피해 드라마를 봤는데, 더 이상 엄마를 피하면 내 드라마의 한계를 벗어날 수 없다고? 절대 그럴 리 없 다. 드라마는 드라마고, 인생은 인생이다. 근데 아빠도 그런 식으로 말한 거 같 다. 시처럼 인생을 살아라. 돌아버리겠네. 아, 모르겠다. 정말.

준영, 화나 물건들을 다 팽개치고, 한쪽 처마로 가서, 민희에게 전화를 거는,

준영 (말을 하는) 야, 김민희 너 나한테 아직도 화났냐?

씬 18. 드라마 국장실 안, 비 오는 밤.

민철, 전화기를 음악이 나오는 오디오 쪽에 대고 있다가, 전화하는,

민철 아직도 이 노래 좋아해?

윤 영 (어이없는, F) 당신 좀 이상한 거 알어?

씬 19. 서우 집 베란다, 비 오는 밤.

거실 안쪽에, 서우(많이 취한), 민희, 준영 있는, 준영은 기분이 그냥 그렇고,
서우, 민희에게 울고불고하며, 과장되게 떠드는,
윤영, 전화하고 있는, 웃음 띤.

윤 영 (어이없이 웃으며) 혼자 그렇게 쌩쇼하면 재밌어? 혼자 괜히 사람 의심하고,
혼자 괜히 상처받고, 혼자 울고, 혼자 지치고, 약간.. 돌았지?
민 철 (창가를 보며, 멋쩍게 웃으며, F) 아마도,
윤 영 (웃으며) 지금이라도 가라, 김민철. (사이) 보내줄 때 가.

씬 20. 드라마 국장실 안, 비 오는 밤.

민 철 (웃으며) 싫어.
윤 영 (F) 그럼.. 약속해.
민 철 ?

그때, 현섭, 민철의 옆에 서며, 품에서 양주 하날 꺼내며, '한잔 더 하자' 하는,

씬 21. 서우의 베란다, 비 오는 밤.

민 철 (F) 무슨 약속?
윤 영 (웃음 띤) 앞으로 그 어떤 일이 있어도, 설사 내가 가라 그래도 가지 않기로?
(웃으며) 자신 없고, 무서움 지금 가셔도 좋고? 보내줄게.

씬 22. 드라마 국장실 안, 비 오는 밤.

민 철 (창가 보며, 따뜻하게) 약속... 해. 안 갈게, 가래도 안 갈게.

씬 23. 서우의 베란다, 비 오는 밤.

윤 영 (어이없고, 재밌단 듯 웃고) 내가 장담하는데, 자긴 많이 미쳤어.

윤영, 전화 끊으며, '미안, 미안, 나도 술 좀 주라' 하고, 거실로 들어서면, 서우, '뭐야, 술 마시러 와서 웬 전화질!' 하는,

씬 24. 드라마 국장실 안, 비 오는 밤.

현 섭 (병마개에 술을 따라 마시며) 너는 윤영이한테 안 돼.

민 철 (어이없게 웃으며 보는) 술 좀 작작 마셔요..

현 섭 (민철 안 보고, 창가만 보며) 윤영이하고 우린 뭐랄까, 태생이 다르다 그럴까? 우린 뭐 그냥 집 있고, 차 있고, 애들 쑥쑥 크고 뭐 그럼 되잖아? 근데 그 여잔 아니야, 세상 걸 다 갖다 줘도, 뭔가 만족을 못하는.. 끝없이 뭔갈 더 가져야 하는, 이 대륙 발견하고 저 대륙 가지러 가는 콜럼버스 같은.. 그런 여자거든. 우리가 종지기면, 윤영인 세숫대야지. 종지기가 세숫대야에 빠지면 어떻게 되게? 꼬르륵... 디져, 임마. (하고, 휘파람을 부는)

민 철 (양주를 한 모금 맛있게 마시며) 인생 한 번 살지, 두 번 살어. 해볼래. (하고, 창가 보며) 비가 잘 온다.

현 섭 (민철의 목을 조르며) 아우 부런 새끼, 부런 새끼. 몸은 늙지만 마음은 안 늙는다는 걸 인류에게 증명해주는 산증인 같은 놈.

씬 25. 서우의 오피스텔 거실 안, 비 오는 밤.

준영(서서 책장에 있는 서우의 책을 보고 있는), 윤영, 서우, 맥주를 마시며 있는, 민희, 계란을 안주로 부치고 있는,

서 우 (한번 울고 난 다음, 코 풀고, 조금 흥분해서 말하는) 낮에 엄마네 강아지 주고 오다, 맨홀에 빠질 때부터 내가 어째 오늘 일진이 심상치 않다 싶드라고, 약국가서 빨간 약 사서 엉덩이에 바르는데, 손규호 작품 하는 차수련이가 전화가 온 거야. 언니 나 죽는다고, 엉엉 울면서,

윤 영　(담담하게, 보면)

서 우　가서 보는데, 이건 가관이 아니드라고, 링거를 꽂고 그래도 뭐라도 한 줄 써보겠다고, 컴퓨터 앞에 이틀 꼬박 앉아 있었다 그러면서 언니 왔어, 그러는데 그냥 눈물이 왈칵, (눈물 나는, 닦고) 걔 옆에서 안 풀리는 데 있대서 같이 얘기하고, 죽 끓여주고, 집으로 오는데 이번엔 그 나쁜 놈이 전화를... (하고, 엉엉 우는)

준 영　(어이없고, 황당하게 보는)

윤 영　(서우 안아서 등 쳐주며) 뚝뚝. (하고)

서 우　(울면서) 미국 가면서, 다시 온다고 해놓고, 나는 기다렸는데...

민 희　(계란 가져와, 놓고, 먹으며, 눈물 닦는)

준 영　(어쩔 줄을 모르겠는, 괜히 책을 보는 척하는)

서 우　(울면서) 내가 기가 차고 코가 막혀서.. 엄마가 오빠 돈 해준다고 사채 써가지고 가뜩이나 골이 딩딩거리는데.. 지까지 3년 만에 전화해서 결혼한다고, 결혼함 했지, 전화는 왜 하고, 지가 언제부터 나한테 모든 걸 보고했다고, 나쁜 새끼.. 몸 주고 맘 주고 돈까지 줬는데..

윤 영　(수건을 서우 코에 대주며) 코 좀 풀고 울어, 드럽게 들이마시지 말고.

서 우　(코만 핑 풀고) 내가 이럼 안 되는데, 정지오 줄 시놉도 써야 하는데.. (갑자기, 울음 멈추고) 언니, 나 그 자식 식장에 갈까, 가서 똥물을 확. (갑자기 또 우는) 그런들 무슨 소용이야! 맘 변한 사람을... 넬모레면 딴 여자랑 사는 사람을.. (하다가, 왝 하고, 토하는)

민 희　(울며, 옆의 쟁반을 대며) 여기여기여기

준 영　(책 보며, 고개를 절레절레 저으며) 내가 여길 왜 와가지고.. 아, 머리 아퍼.

씬 26. 포장마차, 비 오는 밤.

지오, 호연, 수경, 철이, 병욱, 호연처(우는) 등 술을 마시는, 손님 한 테이블 있는,

호연, 술상을 뒤엎으며, '그만 짜, 쌍! 쪽팔리게! 왜 처울어!' 하고, 지오, 말리며, '야야야야, 너 왜 그래, 왜?' 하고, 호연처, '그럼 자기가 속상해를 말든가?!' 하며 대들고, 손님들 '아, 시끄러워! 나가!' 하고, 호연, 손님들에게 가서 '니들은 술이나 처먹어' 하며 술상 엎고, 손님들, 호연, 치고, 수경, 그 사

이에서 말리며 '술 취해서 그래요, 참아' 하다가 맞고, 수경, 화나 손님들을 치고 난리가 난, 병욱, 철이 호연처에게 '형수 나가자' 하며 데리고 나가고, 지오, '다 붙어' 하며 소리치는 호연을 등 뒤에서 안고 말리며, 싸우는 수경을 말리려 '수경아! 그만해, 자식아' 하고 부르는데, 그때, 호연, '좀 놔봐' 하며 자기도 모르게 팔꿈치로, 지오의 눈을 치는,

* 점프컷 1〉〉

지오, 팔꿈치로 눈을 맞고, 두 손으로 눈을 가리고, 뒤로 물러나며 심하게 아파하는(녹내장 암시), 눈을 껌벅이며, 수경과 호연의 싸우는 모습이 희미하게 보이는,

씬 27. 서우의 오피스텔 화장실 + 거실, 비 오는 밤.

서우, 욕실에서 잠옷(옛날 남자배우 임성민이 프린트된) 입고 깡충깡충 뛰어 나오는,

서 우 (해맑게 웃으며, 세수한) 자자자자, 우리우리 술 또 마시고, 하던 진실게임 마저 하자, 마저 해.

윤 영 (웃으며, 민희에게) 돈 좀 있음 정신병원 좀 보내.

민 희 (웃고)

서 우 (웃으며) 이제 나를 절대 배신하지 않을 남자 임성민 아저씨 잠옷 입으니까, 기분 넘 좋다. (하고, 술 따라 마시고) 자자자, 아까 어디까지 했지, (윤영에게) 언니 했나?

윤 영 (담백하게) 나 다 했지. 김민철이 첫 남자가 아니라는 거, 김민철을 출세의 도구로 삼아 일약 스타덤에 오르는 계기가 됐다는 루머는 루머가 아닌 진실이라는 거,

준 영 (어이없게 윤영을 보는)

윤 영 그리고 현재 김민철을 다시 만나며, 나름 우리가 참 재밌는 관계라고 생각한다~까지.

서 우 (박수를 짝짝 치며) 멋있어, 멋있어. 내가 언니 맘에 드는 게 바로 그거야. 남

잘 출세의 도구로 삼았다, 그 말 아무나 못하거든. 건배. (하고, 술잔 부딪히며, 술 마시는) 근데 언니, 내가 진짜 언니 생각해서 하는 말인데, 이런 얘기 다른 데 가선 하지 마,

윤 영　(웃으며) 욕 처먹겠지? (하고, 잔 내밀면)

서 우　(잔 부딪히며) 어쩜 그렇게 맘에 드니?

윤 영　(담백하게) 나 맘에 들어하는 거 자기 하나야. (민희 보고) 자긴 했나?

준 영　(과잘 먹으며, 고개 절레절레 젓고, 혼잣말처럼 궁시렁) 저렇게 놀고 싶나.

민 희　(멋쩍게 웃으며) 했습니다. 초라한 과거거지사 손규호와 아버지가 돌아가신 가슴 아픈 (맘 짠한) 얘기까지.

서 우　맞다맞다. 그건 정말 비극적이었지. 내 얘기만큼이나. 좋아, 통과. (하고, 준영에게) 이제 자기 차례야.

준 영　(대뜸, 아무렇지 않게, 재미없게) 난 정지오랑 사귀어요.

윤영, 서우, 민희　(준영을 보는, 황당하게) ?!

준 영　정지오랑 난 같은 대학 동아리 선후배였는데, 그때 잠깐 사귀다가, 정지오가 여자가 생겨서 날 차고, 아니다 그 여잔 원래 있었던 여잔데.. 암튼 헤어졌다, 입사해서 만나 그냥 좀 불편한 선후배 사이로 있다가, 몇 달 전 내가 남친하고 헤어졌는데, 때마침 정지오도 사귀던 여자랑 헤어져서 다시 만나고 있어요. 땡. (조금 답답한) 근데 이런 얘길 왜 해요?

민 희　그게 친한 관계를 만들어주니까 하지, 선밴 그것도 모릅니까?

준 영　그래서 이제 넌 화가 풀리냐, 내가 얘길 다 해서?

민 희　당근입죠. (하고, 잔 부딪히고, 술을 마시는)

준 영　(어이없게 보며, 윤영과 서우 쪽으로 고갤 돌리며) 정말 여자들은 이런 얘길 꼭 해야 친해져요?

민희, 윤영, 서우　(동시에) 그림.

준 영　(멍한)

서 우　(신이 난) 야, 다시 앞으로 가서, 이제부터 6하 원칙에 맞게 아주 디테일하게 이야기한다. 재미없게 말고, 양념도 뿌려가면서, 좀 자극적이게. 안 그럼 너 밤새 괴롭힌다.

윤 영　(웃으며, 턱으로 서우 가리키며) 저 여자 말은 말 같지 않은데, 그게 대부분이 진심이야.

준 영　(어이없이, 웃고, 맘 다잡고) 좋아요, 하지 뭐. (나름 재밌게 말하는) 내가 대

학에 첨 입학할 때 이미 지오선배는 내노라하는 킹카였어요. 근데 그 옆엔 연희라는 좀 재수 없지만, 너무나 멋진 퀸카가 들러붙어 있었죠.

서 우   근데 자기가 꼬릴 쳤구나. 야야야, 땡긴다, 땡겨.

민 희   좀 들어요, 쫌.

윤 영   잤냐 말았냐부터 하고 시작해, 난 그것만 알면 돼.

서 우   (웃으며, 윤영 치며) 언니, 고마워! 물어줘서!

준 영   (신이 난) 당근 잤지. 잠도 안 잔 남자 얘길 내가 왜 해요. 시간 아깝게.

서우, 윤영, 민희   (박수를 치고, 웃고, 브라보, 화끈하다 하며, 뒤집어져 몸을 떨고 난리가 난)

준 영   암튼, 난 그렇게 지오선밸 짝사랑하게 됐는데, 원데이 어느 날, 연희란 그 퀸카가 정지올 떠났단 소문이 교내에 파다하게 돌고, 난 혹시 이번엔 나한테 기회가? 하며 기대에 차 있었는데.. 드디어 기회가 왔어요. 동아리에서 만드는 영화 촬영을 갔다가, 시련의 아픔을 달래러 여행을 온 정지오를 작고 이쁜 강가 집에서 우연히 만나게 된 거예요, 운명처럼..

윤 영   그래서 호텔방이야, 민박집이야.

서 우   (박수를 치며) 아우, 저 촌철살인!

깔깔대고 웃으며, 시끄런 여자들의 수다가 희미하게 들리면서, 그 그림 위로,

준 영   (N) 왜 어떤 관계의 한계를 넘어야 할 땐 반드시 서로의 비밀을 공유하고 아픔을 공유해야만 하는 걸까?

서 우   (방바닥을 뒹굴며) 자기 얘기랑 비랑 딱 좋다, 넘 좋아, 넘 좋아.

씬 28. 지오의 어두운 집 안, 비가 그친 새벽.

방 안에 철이, 병욱, 수경, 누워 자고 있고, 지오, 철이의 얼굴을 수건으로 닦이고, 수경의 양말을 벗기고, 그때, 수경이 발길질하면 피하고, 화가 나서 수경의 엉덩이를 확 때리는, 호연, 냉장고에서, 맥주 두 캔을 가지고 밖으로 나가는, 지오, 그런 호연 보고, 따라 나가는,

준 영 (N) 그냥 어떤 아픔은 묻어두고 깊은 관곌 이어갈 수는 정말 없는 걸까? 그럼 나는 이제 정지오와의 더 깊은 관곌 유지하기 위해선, 정말 그 누구에게도 할 수 없었던 엄마에 대한 얘길 해야만 하는 걸까?

씬 29. 달리는 윤영의 승용차 밖, 희뿌연 새벽.

창주, 운전하고,
준영, 윤영 뒷좌석에 앉아 얘기하는,

준 영 (E) 술 너무 마신다.

씬 30. 달리는 윤영의 승용차 안, 희뿌연 새벽.

윤영, 보온병의 커피를 준영에게 따라주고, 차 안의 냉장고에서 보드카를 꺼내 커피에 조금 타서 마시는,

윤 영 술 먹는 거 보기 싫음 내려줄 테니까, 말해.
준 영 (할 말 없는, 조심스레) 이서우 작가님하고 첨에 어떻게 친해졌어요?
윤 영 (아무렇지 않게) 아까 같은 얘기들 해가면서.
준 영 윤영선배님하고 김국장님 관계, 사실 아는 사람 다 알고 있고, 이작가님이 집안 전체를 책임지는 가장이란 얘기는, 방송국 내 모르는 사람 없는데, 그게 뭐 그렇게 대단한 비밀 공유가 돼요?
윤 영 그런 얘긴 나중에 한 거고, 그 전에 엄마 얘기하다가.
준 영 ?
윤 영 언젠가 이작가 작품을 하는데, 딸이 어려서 자기와 병든 아버질 두고 남자랑 도망간 엄마를 다시 만나, 울고불고하면서 엄말 너무 보고 싶었다 사랑했다, 그런 유치한 대살 치는 거야, 아무리 병들어서 초라하게 왔다고 해도, 이건 아니다 싶드라구. 그래서 내가 이작갈 찾아가, 고쳐달라 그랬지.
준 영 (커피 마시며, 짐짓 아무렇지 않은 듯) 그랬더니요?
윤 영 첨엔 그럴 수 있다고 길길이 뛰드라고, 써준 대로 하라고. 걔 성질 필 때 이상한 거 알지?

준 영 (작게 웃고) 그거 모르는 사람도 있어요?

윤 영 그래서 내가 정색하고 그랬지, 엄마의 불륜이 딸한테 주는 데미지를 정말 알고나 써?

준 영 (보면)

윤 영 모름 잠자코 아는 사람 말 들어요. 이 씬 빼요, 난 못해, 그랬지.

준 영 (조심스럽게) 그럼 윤영선배님은 엄마가 딸에게.. 주는 불륜의 데미질 안단 얘기.. 예요? 사람들 말은 엄마랑 친했다든데?

윤 영 (서글프게 웃으며, 창가 보면) 내가 아버지라고 부른 사람만 네 명인가, 다섯 명인가, 그래.

준 영 (서글픈) 그런 얘길.. 참 쉽게 한다.

윤 영 첨이 어렵지, 눈 딱 감고 한 번 하고 남 그 담부턴 쉬워.

준 영 (창가 보며, 짐짓 아무렇지 않게) 젤 첨에 그 얘기 누구한테 했어.. 요?

윤 영 김민철.

준 영 (보면)

윤 영 (웃으며) 나보고 엄마한테 못한다고 하도 가르쳐서 너 같음 할 수 있겠냐, 우리 엄마는 이런이런 사람이다, 울며불며 말했는데, 김민철이 표정 하나 안 변하고 날 못돼 처먹었다, 그러드라. 그래서, 그 길로 헤어졌지. 아마 그게 우리 첫 번째 이별일걸.

준 영 (창가 보는데, 답답한, 커피를 마시다, 뭔가 이상해 옆을 보면)

횡단보도 선에, 준기의 차가 서는,

준 영 (N) 그러고 보니 강준기한테도 난 아무 얘길 한 적이 없었다. 정말 서로의 아픔에 대한 공유 없인, 그 어떤 관계도 친밀해질 수가 없는 걸까?

그때, 준기, CD를 넣고, 신호등 보고, 무심히 고갤 돌리다, 준영을 보는,
준영, 자기도 모르게 얼른 고개를 돌리는, 윤영의 차 가고, 준기, 차 안에서 준영을 그렇게 보는,

씬 31. 지오의 옥탑방 안, 아침.

호연, 지오 앉아 있는,

호 연 (맥주를 탈탈 털어 마시고)

지 오 (자기 걸 주며) 더 마셔?

호 연 작가가 나랑 일한다고 작년부터 6개월을 기다리고 있었는데, 그 작가가 좀 버벅댄다고 까내고 다른 작가랑 일할 수가 없드라고. 그래서 기다리고 기다리고 그러다보니까, 시간이 너무 없어져서...

지 오 때때로 의리가 거추장스러울 때가 있다.

호 연 나는 뭐 형처럼 인생 이콜, 인간 이콜, 감동 이콜 드라마 뭐 그런 대단한 드라마관도 없는데, (눈가 그렁해) 촬영 현장에 나감 참... 좋아. 애들하고 여관방에서 뒹굴고, 작가랑 배우랑 밤새 인생에 관해 목 아프게 토론하고, 세상에 이런 멋진 직업이 어딨냐? 대기업보다 봉급 좀 낮아도, 한 방도 있고. 마누라도 애도 내 드라마가 젤 재밌다고 하고..

지 오 (맘 아픈 것 들키지 않으려, 괜히 꾸짖는) 오늘 인생 끝나냐, 그만해, 임마.

호 연 (눈가 그렁해, 웃으며) 아씨.. 애 놓고 군대 갈 때보다 더 막막.

지 오 (맘 짠하지만, 애써 감추고, 호연의 머릴 흩트리며) 가자, 가자, 가서 붙어보자. (하고, 집으로 들어가며, 소리치는) 야, 인나, 회사 안 가! 수경아, 너 촬영 가야지!

호 연 (바깥 보다, 그냥 밖으로 가는)

씬 32. 몽타주.

과거의 지오, 준영, 규호, 호연, 렉카를 타거나, 헬기를 타고, '레디, 컷'을 하는 장면이 쉴 새 없는 몽타주로 보여지는.

씬 33. 드라마국 안, 낮.

클로즈업-게시판.
공고-인사발령, 감사실, 강호연과 날짜 등이 쓰여진,

지오, 수경, 병욱, 철이, 호연, 참담한, 머릴 긁거나, 답답한 한숨을 쉬는,

철 이 뭐야, 발령일자가 낼이야? 젠장 우리가 탄원서 낼 줄 어떻게 알고, 선술 쳤네, 이것들이.

호 연 (눈가 그렁해 나가는)

철이, 병욱 형, 형! (하고 가는)

지 오 (가는 호연 보는데)

규호, 와서, 시청률표에 빨간 동그라밀 치고, 게시판을 톡톡 치며,

규 호 그것만 보지 말고, 이것도 봐라. 이것도. (하고, 나가는)

감독 몇몇 들어오며, '규호야, 축하한다', 규호, '땡큐, 땡큐' 하다, 전화 받으며 '아, 네, 부사장님.. 아유, 뭘요' 하고, 지오한테 '너 부사장님 전화 못 받아봤지?' 하고 가는,

지 오 (가는 규호 보다가, 시청률표 보는)

수 경 미치겠네. 뭔 누무 첫 방이 이십을 넘어. PBC랑 UBS는 방송 안 하고 어제 놀았어? 아우, 아우, 정말! 나 촬영 가! (하고, 나가는)

지오, 걸어서 국장실로 가는, 카메라, '축하는 박부장이 받아야지, 어쨌든 숨통은 텄어' 하며 웃고 전화하는, 오부장 보여주는,

씬34. 국장실 안, 낮.

민철, 전화하고, 현섭, 전화하는 모습이 보이는, 지오, 자리에 앉는,

현 섭 (화내며) 무슨 말이야, 방송이 잘 나오긴 뭐가 잘 나와? 이제 첫 방 보고 어떻게 알아요? 그러지 말고, 오늘 방송시간 3분만 더 줘. PBC 애들이 보나마나 오늘부터 방송시간 늘리기로 우리 시청률 잡아먹을 게 뻔한데, 그럼 위험하단 말이야. 시청률 떨어짐 책임질 거예요?

민 철 진작 그러지, 예예예. 알았어요, 알았어. (하고, 전화기 가리고, 현섭에게) 박 부장님 시간 2분 더 준대요, 규호보고 오늘 꺼 그림 더 붙이라고 그래요.

현 섭 (전화기에 대고, 바쁜) 아, 됐어 됐어, 해결됐어. (하고, 전화 끊고, 차 마시고) 나 편집실 간다. (하고, 가는)

지 오 (참담하게 있는)

민 철 예예, 걱정 마세요, 손규호 꺼, 어떻게든 지금 이대로 기선 잡고 가게 할 테니까. 네, 예고나 도배 좀 해줘요, 밑에 자막만 내보내지 말고, 네, 네. (하고, 전화 끊고)

지 오 한 방에 살면서, 누구는 초상집, 누구는 잔칫집, 참 그렇다.

민 철 왜 또 아침부터 시비냐?

지 오 왜 거짓말이에요? 어린 우리들한테?

민 철 ?

지 오 드라마처럼 살라며, 의리와 우정과 믿음이 있는. 아무리 나빠봤자, 감독이라며? 맨날 인생이 어떻고, 사랑이 어떻고, 부모 자식 간이 어떻고 떠드는 우리가, 나빠봤자 얼마나 나쁜 놈들이겠냐고, 형이 말했죠?

민 철 (꼬나보는)

지 오 염병, 더 이상 우리가 얼마나 더 나빠야지, 진짜 나쁜 거냐? (눈가 붉어져, 화난) 탄원서 올리기 전에 후배 새끼 뒤통수쳐서, 애 모가지 자르고, 시청률 하나 잘 나왔다고.. 다들 킥킥대고 신들이 나서,

민 철 (버럭) 그럼 내가 울어야겠냐, 진짜 초상난 것도 아닌,

지 오 (말꼬리 자르며, 버럭) 적어도, 호연이한테 말 한 마디는 할 수 있잖아요! 형 밑에서 연출 시작한 앤데, 따뜻하게 불러서 최선을 다했지만, 일이 이 지경이 됐다, 잘 갔다 와라 담에 보자, 이렇게! 혹시나 싶어서, 잔뜩 기대에 찬 드라마국 들이시는데 그 문 앞에, 이건 아니지, 형! (하고 나기는)

민 철 (답답한, 전화 받으며) 네, 본부장님..

씬 35. 드라마국 복도, 낮.

지오, 걸어 나오다, 멈추는, 앞을 보면,
호연, 의자에 앉아, 눈가 그렁해 괜찮다고 하고, 철이, 병욱, '나가서 차라도 한잔하자', '짐 챙겨야지, 괜찮아' 하는 호연이 보이는,

지오, 가만 보다 맘 아프게 돌아서는,

씬 36. 편집실 안, 낮.

규호, 편집기 앞에서 골똘하게 준영이 찍은 그림들을 보고 앉아 있는,
인서트-화면.

호걸(땀나는)이 피 흘리는 공분을 등 뒤에 업고, 힘차게 달리는, 모두들 일렬
로 서서 달리는,
규호, 눈 감는,

* 규호의 상상 1 >>
호걸, 공분일 앞에 놓고, 눈가 그렁해, '이럇!' 하며 달리는, 음악 깔리고, 느
린 그림으로, 공분이 정신을 잃어가고, 호걸, '이럇!' 말을 재촉하며 달리는,
그 모습 다시 풀 샷으로 보이고, 영웅과, 미려, '우리가 뒤에서 호위할게 앞으
로 가!' 하고, 호걸이 앞질러 가고, 그들 뒤에서 달려오는, 모두 다 눈가 그렁
하고, 땀을 흘리며, 죽기 살기로 가는, 넷의 우정이 느껴지는 화면이다.

* 점프컷 2 >>

규 호   (전화하는) 야, 주준영, 너 그림 이따위로 찍을래?

씬 37. 준영의 촬영장, 초가집(허름한, 정일우의 집), 낮.

봉균과 수경, 민희, 스태프들 크레인을 올리고, 레일 등을 깔며, 촬영 준비를
하고 있는,

준 영   (걸어가며) 무슨 소리야?

* 화면 분할 >> 편집실의 규호 + 촬영장의 준영
규호, 모니터로 호걸이가 화살에 맞은 공분을 등에 업고, 말을 달리는 모습이

보이는 부분을 정지시켜놓고, 전화하는,

규 호   넌 사랑 안 해봤냐?

준 영   (화나는) 무슨 콩 까먹는 소,

규 호   야, 자식아! 공분이가 화살에 처맞아서, 그 앨 호걸이가 텍고 가는데, 여기서 왜 공분이가 호걸이 등 뒤에 있어!

준 영   대본에,

규 호   작가가 대본에 미스 하면 니가 잡아야지! 이 씬이 두 사람이 첨으로 사랑을 느끼는 계기가 되는, 4회 키포인트 씬인 거 몰라?! 얌마, 사랑하는 여자가, 동료가 화살을 맞았는데 어느 미친놈이 그 여잘 등 뒤에 태우냐? 그것도 적들이 뒤에서 달려오는 마당에, 니 애인이라면 그러겠냐?! 앞에 태워야지! 그리고 영웅이, 미려는 왜 같이 일렬로 뛰어다녀? 뒤에서 적들이 달려오면, 지들이 뒤로 빠져 호위해야지! 그게 의리지, 자식아!

준 영   (참담한, 화나는) 나는 대본대로,

규 호   말달리는데 흙 튀는 거만 잘 찍음 드라마가 되는 줄 아냐?! 너 별 볼일 없는 씬만 준다고 징징대서, 내가 믹싱 하는 김에 한 번 찍어봐라 했더니, 고작 이렇게 자식이.. 그림만 뻔지르르하게 인물 감정 죄다 놓치고, 배우 연기 컨트롤 하나 못하고 말이야, 니가 무슨 드라말 잘 찍어! 정지오가 그래? 정지오 말 다 뻥이야, 자식아! 대체 사람 냄새가 나야지 말이야. 재촬영해!

준 영   뭐 재촬영?

그 말에 일하던 민희, 수경, 준영을 보는,

규 호   너 이디시 빈말이야! 이게 여자라고 이쁘다 이쁘다 봐줬더니, 빽함 반밀이나 틱틱 하고,

준 영   (눈가 붉어져, 참고) 이제 용건 끝나셨,

규 호   너 오늘 초가집 불태우는 거 잘 찍어라, 낮 씬으로 대충 감 죽는다,

준 영   작가가 낮 씬으로,

규 호   (OL) 작가가 낮이래도 불구경은 밤이지! 너, 담주 시청률 1프로라도 떨어짐 전부 니 책임인 줄 알어. 너 B팀도 같은 팀이다, 명심해라, 어? (하고 전화 끊고 규호 화면 사라지는)

수 경   (준영 옆에 와서) 손규호 길길이 뛰지? 겁먹지 마.

준 영   (답답한, 수경의 얘기 안 듣는 듯한)

수 경   속으론 시청률 잘 나와 실실대면서, 괜히 그러는 거야. 악랄하게 팀 쪼아서 1프로라도 시청률을 더 내보겠다, 이거지.

준 영   (답답한, 생각하며, 화를 삭이려고, 발로 땅을 툭툭 차다, 가는)

민 희   (준영 눈치 보고, 수경에게) 선배 이것 좀 도와줘요.

수 경   가만있어. 쟤는 꼭.. (하고, 준영을 따라가며) 야, 근데 나는 사극 정말 싫다, 전부 구라야, 전부. 야, 너 역사 사료들을 보면 말이다,

준 영   제대로 말해. 역사 사료 정보야, 인터넷 정보야?

수 경   어쨌든, 예전엔 밤에 격투 씬들이 없었어. 왜냐? 전투할 때 모두 깃발로 신호를 했는데 불이 없는데 깃발이 보이간? 그리고 양초는 말이다, 사대부 집안에서나 썼지, 우리 드라마처럼 평민인 공분이네 집 같은 덴 못 썼다! 그리고, 천둥 치고 번개 치고 비 오는 씬, 이것도 잘못됐어, 원래 빛의 속도가 음속보다 빨라서 번개 치고 천둥 치지, 천둥 치고 번개 치는,

준 영   (화나서 가다가 보며, 멈춰 서서, 돌아보며) 전투 씬을 밤에 왜 찍을까? 나나, 손규호나 다른 사극 찍는 선배들이 너보다 머리가 모잘라서? 아니, 낮엔 천만 대군이 아닌 엑스트라 삼사십 명 깐 게 뻔히 보이니까, 천둥 소리를 왜 먼저 넣냐? 시청자가 놀래서 집중하라고, 번개 먼저 넣음 시청자가 그게 번갠 줄 모르고 방송 사곤 줄,

수 경   (말꼬리 자르며, 웃으며) 나도 알어, 임마, 그냥 웃자고 해본 소리지. 주준영, 오늘 촬영 일찍 끝남, 우리 이 동네 두부 잘하는 데 가서 밥 먹고 서울,

준 영   (꼬나보며) 너 지금 나한테 수작 걸어?

그 말에 일하던 민희, 스태프들 모두 수경 보면,

수 경   (웃으며) 그래, 건다, 내가 뭐 너한테, 수작 못 걸 거 있냐? 아이엠어보이, 유 알어걸인데?

준 영   일 못하는 놈, 누가 좋아하는데? 맨날 사고나 치고, 농땡이나 부리고, 같이 일하는 감독 씹고, 되지도 않는 이론 펴고, 현장에서 밥 걱정이나 하는 놈을 누가 좋아하는데?! (하고, 가는)

수 경   (기분 나쁜, 모멸감 느끼는)

준 영 (가다가, 다시 수경 앞으로 와서) 너, 내가 친구로서 충고한다. 인생 그렇게 살지 말어. 대체 어느 여자가 너랑 재수 없이 엮일지 몰라도, 너무 불쌍하지 않냐, 그 인생이? (하고, 가며) 촬영 철수해! 영웅이, 호걸이, 공분이, 미려 전부 지금 어제 모였던 장소로 다시 집합시켜! 말들 다시 부르고!

수 경 (화나는) 기집애 저게.. 아, 쪽팔려. 진짜.. (전화하며) 선생님 오늘 촬영 밀렸어요! 죄송합니다. 밤에 와, 밤에! (투정하듯) 선생님..

민 희 (준영에게로 뛰어와, 걸어가며) 선생님들 지금 오시고 계신데?

준 영 밤 씬이라고 밤에 오시게 하고, 소방차 불러?! 저 초가집 아주 활활 타게 해서 박살을 내버릴 테니까!

민 희 오늘 호연선배 송별횐데, 우리 다 가야.

준 영 (그냥 가는)

민 희 (그 말에 멈춰 서고, 속상한) 철수합니다! (하고, 전화하며) 영웅이 매니저죠? (하고, 가며, 스태프에게) 뭐하냐? 말 오라 그래! (전화하며) 저 그게 지금 당장.. 강릉으로..

준 영 (화나, 씩씩대고, 자존심 상해 가는)

* 플래시백 1 〉〉
도서관에서, 어린 준영에게 시를 읽어주던, 아버지의 환하게 웃던 모습.

준 영 (스태프 차에 올라가서, 앉는)

씬 38. 준영의 촬영장, 바닷가, 낮.

1, 준영, 호걸이 피 흘리는 공분을 안고, 달려오는 모습을 찍는,
준영, 렉카 차 위에서 모니터를 보며, 진지한,

준 영 (무전기에 대고, 화난) 여기가, 공분이랑 사랑을 느끼게 되는 계기야! 지금 너무 남 같잖아! 어디 가서 입이라도 맞추고 감정 만들어 올래!

2, 영웅과, 미려가, 앞에 말을 타고 가는 호걸(공분을 앞에 안고 가는)을 뒤에서 호위하며 달리는, 영웅, 눈가 그렁해, 뒤를 돌아보는 게 보이고,

준영, 렉카로 가며, 영웅의 눈빛을 보고,

준 영 (진지하고, 눈물이 나는) 캇! 영웅이, 그 눈빛 잊지 말고, 자, 타이트 바스트!

씬 39. 도로, 낮.

소방차, 두 대 경적음을 울리며 달려오는,

씬 40. 준영의 촬영장, 초가집, 낮에서 밤으로.

스태프들, 집 주변에 휘발유를 뿌리는, 레일을 깔고 분주한 모습들도 보이는,
준영, 수진과 민숙과 정일우(모두 얼굴에 그을음 분장을 한)에게 리허설을 하는,

준 영 지금 상황이, 오선생님하고, 김수진 선생님이 정일우 선생님 댁에 놀러 오셔
서, 술을 먹고 노시다, 호걸의 아버지가 대연 선생 집에 자객을 시켜 불을 논
상황이구요.
일 우 술 취한 나를 이 여자들이 어떻게 끄냐?
수 진 의외로 힘 쎄.
민 숙 그럼 니가 끌어, 난 힘 못 써. 대충 가.
준 영 (아랑곳없이) 일단 안에서 먼저 갈 거니까, (미용에게) 분장 지우고, 다시 가자!
민 숙 콘티를 잘 짜지, 분장을 했다 지웠다, 뭐하는 거야.
준 영 (달려오는 미용에게) 콘티 물어보고 일하라고 몇 번을 말해? 진짜 자기들 일
꼬이게 할래?
민 숙 (맘에 안 들게 준영을 보다, 무심히 고개 틀면, 일도 안 하고, 한쪽에서 시무룩
하게 앉아, 준영을 보고 있는 수경을 보면서, 수경과 준영을 번갈아 보는)
민 희 선생님 세 분 다 안전복 입으셨죠?
수 진 아까도 확인했잖아.
민 희 예, 그럼 3분 안에 갑니다. (무전기 들고) 소방차 오고 있냐?
준 영 불이 나면, 위에서 풀 샷 잡고, 앞에서 풀 샷 그렇게 갑니다! (하고, 레일 위에
서 리허설하는 봉균에게) 선배님, 준비되셨어요?! (그때, 전화 오고, 보면, 지
오다, 전화 끄고) 뭐해, 빨리빨리 움직이지!

˶점프컷, 밤 1≫
스태프들, 집 밖에서 불을 놓고, 숨을 참으며, 연기를 집으로 넣는,
카메라, 집 창가로, 수진과 민숙이 술에 취해, 자다 '이게 뭐야, 이게 뭐야, 불
이네, 불' 하면, 수진, 도망가려 하고, 민숙, 수진을 잡으며 '대연 선생은 이 여
편네야!' 하며 일우를 깨우는,

준 영　(모니터만 보며, 진지한) 컷! 집 전체에 불 붙여!

˶점프컷 2≫
스태프들, 휘발유를 집에 뿌리는,

씬 41. 드라마국 안, 밤.

지오, 자리에서 가방을 챙기며, 프린트를 하는 병욱에게,

지 오　장소 섭외했나?
병 욱　마포 할머니 갈비집.
지 오　누구 누구 온대?
철 이　(걸어와, 자리로 가, 가방 챙기며) 손규호, 주준영,
지오 병욱　(보면)
철 이　양수경, 김민희, 심부장님, 김국장님, 오부장님, 재석이형, 재철이형, 다 못
　　　　온대.

그때, 현섭, '퇴근 안 하냐?' 하며 들어와 자리로 가고,

지 오　오늘 호연이 8시 송별회 하는데,
현 섭　암마, 방송 봐야지, 거길 내가 어떻게 가! 호연이보고 담에 조용하고 편한 날
　　　　한번 날 잡, (하고, 전화 오면 받으며) 오늘은 안 그래요, 안 그래, 9시 전에는,
　　　　송출실로 갈 거야, 에헤헤, 믿으라니까.
지 오　(답답한, 가방 챙기고) 가자. (하고, 나가면)

철이, 병욱, 그 외 감독 두어 명 따라가는,

씬 42. 드라마국 현관, 밤.

지오와 일행들, 엘리베이터에서 내려 나가는데, 규호 오는 게 보이는,

철 이 어, 형.

규 호 야, 니들 어디 가, 내 방송 안 봐?

지 오 호연이 보내는데 잠깐 얼굴이라도,

규 호 개가 내 얼굴 보고 싶대? 그럼 와서 보고 가라 그래. (하며, 가는)

병 욱 정말 저걸 진짜 내가,

지 오 (가며) 나중에 손규호가 이 바닥에서 안 보임 내가 파묻은 줄 알어라.

감독들, 지오의 목을 끌어안으며, '오우, 승깔 지대 있어, 지오형' 하며 웃으며
가는,

씬 43. 준영의 촬영장, 초가집, 밤.

불이 활활 타는, 그때, 수진과 민숙이 얼굴이 그을은 채, 땀을 흘리며, 일우를
질질 끌고 나오는,
준영, 모니터로 그림을 보며, 이상한,

준 영 (이상한 느낌으로) 컷! (하고, 일어나 멀리 보며) 야야, 저기, 뭐야, 저기?

그 말과 동시에, 스태프들 돌아보면, 수경, 옷에 불이 붙어서, '악!' 하며 뛰어
가는, 민희, 소화기 들고 뛰어가며, '선배, 그쪽으로 가지 말고, 이리 와! 거기
휘발유 있어!' 하며 달려가고,

씬 44. 갈비집 밖, 밤.

지오, 호연, 철이, 병욱, 그 외 두성, 감독 2, 서로 깔깔대며 웃는,

철 이 이상하네, 사람들이 내가 코미디 얘기할 땐 안 웃드니, 이건 슬픈 얘기라니까, 왜 웃어?

지 오 (뒤통수를 치며, 즐거운) 니가, 임마, 니가, 웃긴 말을 자꾸 하니까, 웃지, 새 끼, 니가! 이거 이렇게 멍청해서 방송사 시험 어떻게 쳤을까?

호 연 (웃으며) 들리는 말에 의하면 방송사 시험 칠라고 쪽집게 과외했다잖냐.

철 이 (버럭) 그건 기밀이야!

그때, 현섭 들어오며,

현 섭 야, 김국장 안 왔나?

모두 보면,

현 섭 (품 안에서 양주 꺼내고, 아줌마에게) 아줌마, 우리 이거 여기서 못 까게 함, 우리 그냥 인난다, 암말 말어. (하고, 양주 따서, 호연이 잔에 따라주며) 자식 아, 받아.

철이, 병욱 (좋은) 뭐야, 술만 사 옴 다야!

호 연 (고마운, 받는) 아, 정말 부장님 멋.

현 섭 형이지, 자식이.. 회사 안에서 부장님, 나옴 무조건 형, 너 혼날래?

지 오 (좋지만, 안 좋은 척) 왜 왔어요? 손규호 방송 보지. 야, 정말 형이 그 방송 안 봄 잘된 방송이 못된 방송 되는 것도 아니고.. 왜 왔어? 방송 본다며, 왜 왔냐 고, 아까 안 온다며?

현 섭 극적 반전. 자식아. 내가 손규호 싫어하는 거 니들 그렇게 모르냐? 나는 이제 사 고백하지만, 우리 드리미국에서 킹호연이가 젤 좋아! (하고, 호연의 볼에 입 맞추는)

호 연 (좋은) 아아아아, 듣기 싫어, 듣기 싫어, 술이나 마셔요, 술이나.

서로, '우리도 비싼 술 좀 줘' 하며 잔을 디밀고,
그때, 민철, 들어서며,

민 철 내 술 있냐?

지 오	(민철 보고)
민 철	눈 찢어져, 자식아. (하고, 호연의 머리를 흩트려뜨리며) 천 년 만 년 아니고, 딱 1년이다. 오는 즉시, 프로그램 줄게. 공부 열심히 하고 와. 자자, 술 좀 줘라, 술.
현 섭	(따라주며) 근데, 이 여잔 왜 안 와?
민 철	누구?

그때, 윤영, 들어서며,

| 윤 영 | 나. |

민철 외, 모두 돌아보고, 호연, 보고 놀라고, 좋아서, '오, 오, 오, 오..' 하는,
지오 외, 모두 '뭐야' 하는,

민 철	(의아하게 보고) ?
지 오	(좋은, 민철의 귀에 대고) 침 흘러요.
민 철	(그러지 말라는 뜻으로, 지오 툭 치고)
윤 영	(술잔 집어서, 호연에게 내밀며) 한 잔 줘봐.
현 섭	(호연의 머릴 툭 치며) 자식아.. 뭐해, 술 따러. 내가 자식아, 니 평생 소원이 윤영씨랑 일하는 거라고 뻑함 노래 불러서, 그 소원 들어줄라고..
호 연	(놀라, 현섭 보고 있다가, 윤영 보며) 선배님, 선배.. 그, 그럼 저, 랑, 저 정말로...
윤 영	주인공 안 줌 안 한다, 늙었다고 주인공 엄마 시키기만 해봐.
현 섭	주인공이라니까, (호연에게) 너 주인공 줄 거지.
호 연	주지, 누나. (하며, 술 따라주고)
지 오	야야, 누군 좋겠다. 배우가 1년 전부터 대기해 있고, 젠장..
철 이	근데, 뭐야, 다 오는데 끝까지, 오부장님은... 야 어떻게 사람이 그러나?
현 섭	걔가 여길 무슨 염치로 오냐?
병 욱	솔직히 오부장님은 후배들 너무 안 챙겨,
지 오	아아아, 그렇게 살라 그래, 그렇게.. 건배해요, 건배.

그때, 카메라, 문 쪽으로 빠져나오며, 오부장, 못 들어가고, 한쪽에 서 있다가, 답답하고 서글프게 돌아서 가는,

씬 45. 준영의 촬영장 일각, 밤.

준영, 자기 승용차에 올라타는, 그때, 민희 달려와,

민 희 수경선배 머리 약간이랑 등짝 좀 타고, 괜찮습니다.
준 영 나 먼저 갈게, 뒤처리하고, 와.
민 희 호연선배한테 갈 거면 같이 가죠.
준 영 거기 안 가. (하고, 운전해 가는)
민 희 저 싸가지, 정말.. (하고, 한쪽 보면)

민숙의 차 보이고, 그 안에서, 수진, 수경의 얼굴이 울긋불긋한 데 약을 바르고 있고, 민숙, '남들 다 힘들게 촬영하는 데서 졸다가 다친 놈한테 무슨 약! 너 내 차에서 나가, 탄내 나!' 하며 소리치는, 민희, 수경이 어이없어, 고개를 절레절레 젓다가도 다시 뒤돌아보는, 수경에게 자꾸 맘이 가는,

씬 46. 거리를 달리는 준영의 차, 밤.

준영, 속상하고, 눈가 붉어져, 가는,

준 영 (N) 아빠는 내가 사람의 생명을 구하는 의사가 되길 바랐지만, 내가 드라마를 한다고 했을 때, 아름다운 드라마를 찍는 사람이 아니라, 아름다운 드라마처럼 사는 사람이 되라고 하셨다.

씬 47. 준영부 아파트 단지, 밤.

준영, 계단을 뛰어 올라가는, 즐거운, 그러다, 초인종을 누르면,

준 영 (N) 그런데 내 인생은 자꾸 내가 하는 드라마와 엇간다. 정지오 말대로 난

의리도 없고, 이해심도 없다. 게다가 누구나 냉혈한이라고 손가락질하는 손규호마저도, 날 감정 없는 인간으로 몰아간다. 오늘은 아빠한테 안겨 엉엉 울었음 좋겠다 싶다.

여 자 (E) 문 열렸어!

준 영 ?

여 자 (문을 열며) 왜 그래, 문 열렸다니까,

준 영 ?

그때, 준영부, 평상복 차림에 물건을 사가지고 온,

준영부 준영아.

준 영 (아버지를 보는)

그렇게 멍한 세 사람의 모습 보이는,

씬 48. 갈비집 앞, 밤.

민철, 현섭, 지오, 호연, 병욱, 철이, 민희, 수경이까지 모두 술이 취해 곤죽이된, 민철, 한쪽에서 오바이트하고, 윤영, 등을 쳐주고 있는,
다들 나오며, 현섭, '야, 2차 가자, 2차', 철이, '강남으로 넘어갈까? 룸싸롱?', 민희, '날 위해 호빠 갑시다, 호빠' 수경, '너한텐 나 있잖아!' 하고 어깨 잡고, 민희, '아, 저리 가!' 하고 밀고, 지오, 수경에게로 가서 민희를 안고 '김군 내 꺼야, 자식아, 어디서 니가, 김군을 넘봐 죽을라고' 하며 장난치고, 호연, '야, 김군, 너 오빠 옆에 와' 하며 서로 민희를 차지하려고 난리가 난, 그때, 준영 오며,

준 영 호연선배, 자긴 나 있잖아!

호 연 와, 주준영이다, (하고 달려가 안고, 준영을 빙글빙글 돌리는) 주준영!

지 오 (술 취한 눈으로 준영을 보는, 밝은, 좋은)

*느린 그림 〉〉

지오와 준영의 모습 교차.

＊점프컷 1 〉〉
3부 때처럼 모두 일자로 길게 늘어서서, 치키치키 하며 노래를 부르고 가는[1],
한참, 노랠 부르고 있다가, 지오, 준영을 보면, 준영, 목소리도 밝고, 춤도 열
심이지만, 눈가가 그렁한, 지오, 이상하게 생각하며 노래 부르고 춤추는, 그러
나 눈물을 참는 준영의 모습에서 엔딩.

지오　(E) 준영아, 너 무슨 일이니?

---

1. 치키치키춤 참고 (인터넷 주소 http://flvs.daum.net/flvPlayer.swf?vid=Om5Dh4vpTbw$)

10부

드라마처럼 살아라 2

내가 너한텐 드라마처럼 살라고 했지만, 그래서 너한테는 드라마가
아름답게 사는 삶의 방식이겠지만, 솔직히 나한테 드라마는 힘든 현실에 대한 도피다.

내가 언젠가 니에게 그 말을 할 용기가 생길까? 아직은 자신이 없다.

그들이 사는 세상

WORLDs Within...

씬 1. 거리, 밤 (9부 연결)

지오, 준영, 윤영을 포함한, 모두 일자로 길게 늘어서서, 치키치키 하며 노래를 부르고 가는, 모두 즐겁고 신나는,

DIS.
윤영과 창주, 술 취한 민철을 끌고, 차로 가고,
현섭과 호연 어깨동무하고 취해서 소리치는 '야, 이 의리 없는 것들아, 가지 마, 나랑 술 먹자, 가지 마' 하고, 지오, 병욱 뛰어와 현섭을 끌고 가며 '집에 가서, 잠 좀 자라, 집에들 가서, 준영이가 택시 잡았어요, 가요, 가' 하며, 끌고, 준영, 한쪽 거리에서 '택시 잡았어!' 하면, 지오, 병욱 현섭과 호연을 끌고 가며, '집에 가자, 집에, 집에!' 하고 택시 쪽으로 몰고 가는,

*점프컷 1≫
철이, 혼자 궁시렁대며, '남자가 여잘 목매게 사랑한다는데 웃긴 왜 웃어, 아름다운 얘기구만, 날 무시하는 거야, 뭐야' 하며 가는, 준영, 지오, 병욱과 현섭, 호연을 태우다가, 철이 쪽 보며,

준 영 아, 철이야! 너 어디 가, 너 이리 안 와!
지 오 잠깐만. (하고, 철이 쪽에 뛰어가는) 철이야!
준 영 (차를 출발시키며, 병욱에게) 병욱아, 잘 모셔다 드려, 딴 데 가서 술 마시지 말고.

씬 2. 달리는 택시 밖 + 안, 밤.

창가로 보면, 수경, 욱욱 하며 구토를 하려고 하는,

민희, 주머닐 뒤지는 모습이 보이는,

민 희 별짓을 다 할라고.. 좀 참으십시오. (하고, 주머닐 뒤지지만, 아무것도 없는)
아까 봉지가 있었는데.. (수경의 옷을 뒤지며) 뭐, 봉지 같은 거 없어요, 봉지.

기 사 (짜증스런) 차에서 오바이트하지 마세요! 예?!

민 희 네, 기사님, 그런 일은 없을 겁니다. (하고, 수경의 몸을 뒤지며, 울상) 정말
뭐, 봉지 같은 거 없습,

수경, 그때, 다시 욱 하며, 민희의 옷에 구토를 하는,
민희, 순간적으로 짜증 나, 수경의 뒤통수를 치며,

민 희 참으랬잖습니까?!

씬 3. 거리, 밤.

준영, 서 있고, 지오, '택시, 택시!' 하고, 준영, 돌아보면,
택시, 그냥 가고, 지오, 오며, 힘든,

지 오 아.. 숨차.

준 영 철인?

지 오 4차선 도로를 뛰어드는 걸 간신히 잡아서, 두들겨 패가지고 집에 보냈다. (하
다가, 택시 보고 부르는) 택시!

준 영 우리 좀 걷자. (하고, 가면)

지 오 (웃으며, 뛰어가, 목을 끌어안으며) 니가 안 온다, 안 온다 그래도 결국은 이
렇게 올 줄 알았다. 호연이가 니가 와서, 덜 외로운 거 같드라.

준 영 (아무렇지 않게) 내가 뭐라고.. 외롭지가 않아.. 뻥까지 마.

지 오 (준영의 볼에 입 맞추고, 준영의 목을 안고) 우리 집 가자. 내가 안 건드릴게.
어? 어?

준 영 지난번에도 그래놓고, 결국엔 새벽 3시에 못 참고 건드렸잖아.

지 오 (버럭) 그러게 누가 이쁘게 자래?

준 영 ?

지 오 (준영의 목을 끌어안으며) 이번엔 진짜, 안 건드릴게, 어? 어?

씬 4. 버스정류장, 밤.

수경, 벤치에 널브러져 자고, 민희, 생수통의 물을 수건에 적셔, 구토물을 닦다가, 힘든지, 벤치에 기대 수경을 보며,

민 희 하는 짓마다, 꼴 보기 싫어, 정말. (하고, 힘든지, 그냥 벤치에 기대는)

씬 5. 지오의 집 안, 밤.

준영(무릎을 세우고 앉아, 골똘히 생각 많은), 주방 탁자 앞 의자에 앉아 있고, 지오, 싱크대 앞에서 꿀차를 타서 가져와 준영 앞에 한 잔을 놓고, 그 앞에 앉아, 편안하게,

지 오 다들 완전히 술독에 빠져가지고, 아이, 정말 내가 술을 끊든지 해야지, 더는 체력이 바닥나서 못살겠다, 휴.. 힘들어... 엄마가 농사지은 꿀이야, 아주 맛있어, 먹어봐. (준영 이쁘게 보며, 차 마시며) 내가 정말 아무리 생각해도 애인 하난 기가 막히게 잘 구했다 싶다.

준 영 (보면)

지 오 (손가락을 꼽아가며, 조금 과장되게) 의리 있지, 인간미 있지, 이쁘지, 귀엽지, 정말 내가 전생에 무슨 복이 많아서 너 같은 앨 애인으로,

준 영 (차 마시며) 실은 오기 싫었는데, 선배 흉내 내본 거야.

지 오 (작게 웃디기, 요음 기신, 따뜻하게 보며(9부에 준영이 우는 상황을 비리 보았기 때문에)) 무슨 일이야?

준 영 (찻잔 보며, 담담하게 말하려 하지만, 안 되는, 눈가 붉어지는) 나도 선배 너처럼 동료한테 의리 있게 잘하고, 이해 안 되는 것들도 이해하려고 애쓰고, 그러다보면 내 드라마도, 인생도, 선배 너처럼 인간미 넘치고, 따뜻하고,

지 오 (달래듯) 니 인생이 어때서? (잠시 심호흡하고) 준영아.. 내가 니 드라마가 냉정하다고 한 건 그냥 화가,

준 영 (눈물 나는, 눈가 닦고) 아빠한테 갔었어.

지 오   ?

준 영   (눈물 참고, 지오 보며) 내가 지금부터 어떤 말을 해도, 부탁인데, 가르치지
       마. 이해하란 말도 하지 마, 선배가 이해해라, 해서 이해될 거 같았음 벌써 이
       해했을 거야. 그냥 듣기만 해, 그럴 자신 없다 그럼 나 지금 갈래.

지 오   (걱정스레 보며) 암 말도 안 할게.

준 영   (울지 않으려 애쓰며) 중 3 때, 어느 날 몸이 너무 아파서 조퇴하고 집에 갔는
       데, 우리 집에서, 어떤 아저씨가 나오는 걸 봤어.

       ▪ 플래시컷 1 〉〉
       준영(중 3) 집으로 오는 길에, 뭔가 이상해 앞을 보면, 젊은 남자, 준영의 집에
       서 나오며, 주변을 살피고, 넥타일 매며 나가는, 준영을 보지 못한,
       준영, 남잘 이상하단 느낌으로 보다가, 집으로 들어서서 안으로 들어가려다
       가, 거실 창 앞을 보면 거실에서 준영모, 샤워한 모습으로 나와, 신문을 보며,
       커피를 마시는, 준영, 그런 엄마를 물끄러미 보는, 눈가 붉은,

준 영   (E) 누구지 싶드라. 그리고 집 안으로 들어갔는데, 엄마는 샤워를 하고, 차를
       마시고 있었어. 아무 일도 없다는 듯. 그때 나는 내가 뭘 잘못 봤겠지, 했어.
       그래서 엄마한테 암 말도 안 했어.

       ▪ 현실 〉〉

지 오   (보면)

준 영   (울며, 눈물 닦고, 애써 울지 않으려 하지만 자꾸 눈물이 나는) 그리고 며칠이
       더 지나서 친구들을 데리고 집에 오는데 한 애가 그러는 거야. 야, 이게 니네
       집이야? 이 집 미옥이네 집 아냐? 하면서 내 옆에 있는 나랑 젤 친한 친굴 가
       리키는 거야. 내가 영문을 몰라 그랬지. 무슨 말이야, 여기 우리 집이야. 근데,
       그 친구가 또 이러는 거야. (지오 보며) 무슨 말이야, 미옥이네 아빠가 여기서
       나오는 거 나 몇 번이나 봤는데..

       ▪ 플래시컷 2 〉〉
       준영(중 3 때)과 친구들 집 앞에 있는, 준영과 친한 친구 서로를 보며, 눈가

붉은, 친한 친구, 돌아서서 뛰어가는, 친구들 '야, 미옥아' 하며 따라가고, 준영, 눈가 붉어, 멍한,

지 오　(안쓰레 준영을 보면)

준 영　나는 그래도 학교에 갔어. 내가 안 가면 그 얘긴 모두 다 진실이 되니까. 애들이 뒤에서 엄마 욕을 하고, 수군대도 암것도 못 들은 것처럼, 웃고, 떠들고, 미옥인 그 이후로 학교에 안 왔어. (맘 아픈) 어느 날 엄마한테 말했지. 엄마, 미옥이가 학교에 안 와. 그랬더니, 울 엄마 하시는 말씀. (지오 보며) 학교 땡땡이치는 그런 못된 친구하고는 놀지 마라... 정말 너무 어이가 없, (눈물 흐르는, 휴지 풀어, 코 풀고, 격앙되어, 우는)

지 오　(가만 보는)

준 영　나는 아빠가 엄마랑 사는 게 싫었어. 아빠 같은 사람이.. 어떻게 엄마 같은 사람이랑, 아빠는 보들레르를 좋아하고, 잔느를 사랑하고, 베를렌을 이해하고.. 선배가 나한테 드라마처럼 살라고 한 것처럼 똑같이... 인생을 시처럼 살아라 하고... 그런데, 어제 만난 아빠는... 너무나 이쁘고, 젊은 여자랑,

지 오　(안쓰레 보기만 하는, 눈가 붉어지는) ...

준 영　엄마한테 전화할 수가 없었어. 아직도 난 이해가 안 가니까. 뭐라고 입에 발린 말이래도 해줘야 하는데, 아직 나는 입바른 소리래도 엄말 위로할 맘이 안 생겨. (속상해, 소리치는) 자기 엄마 하나도 이해 못하면서 무슨 드라말 하냐고?! 그렇다, 나는 엄마도 이해 못하고, 그래서 드라마도 사람 냄새 안 나고, 냉정하고, 그래서 니가 어쩔 건데?! 니가 나에 대해 그렇게 잘 알어?! 왜 순규 호처럼 너도 나한테 함부로 말해,

지 오　(옆으로 가서, 안아주는, 맘 아픈) 미안, 미안.

준 영　(엉엉 우는) 아빠 보고, 엄마가 첨으로 보고 싶었는데, 엄마한테 길 수가 없었어. 또 다른 말로 상처받을까봐, 또다시 엄마한테 실망할까봐, 선배, 니가 이런 맘 알어? 안다고 하지 마! 시골에서 착하게 농사지어서 아들 준다고 때마다 꿀 보내고, 반찬 보내는 그런 이쁜 엄말 가진 니가 알긴 뭘 알어?! 니가 뭘 알어?!

지 오　(안고, 맘 아픈, 몸을 조금 흔들며) 미안, 미안, 정말 미안.

DIS.

씬 6. 도시 풍경, 느린 몽타주, 아침.

버스정류장, 민희, 벤치에 목을 처늘어뜨리고 자는, 수경, 민희의 다릴 베고 널브러져 자는 모습이 가관이다. 그들을 이상한 사람 보듯 하고 지나가는 사람들 보이는,

씬 7. 지오의 집안, 아침.

지오, 자는, 그러다, 햇살에 눈이 부셔서, 눈을 뜨고, 옆을 보면, 준영이 없는, 지오, 잠결에 벌떡 일어나, '준영아, 준영아' 하며 밖으로 나가는, 그리고, 주변을 보고, 화장실로 가 문을 열면, 아무도 없는, 지오, 답답하고, 조급해져, 벗어놓은 옷을 여기저기 뒤지다. 핸드폰을 찾아 들고, 전화하는,

준 영   (F) 여보세요.

지 오   (걱정스런) 너 어디야?

준 영   (F) 나 니네 집이다. 왜?

그때, 문소리 나고,
지오, 돌아보면,
준영, 장바구니에 장을 봐 온,

준 영   (전화에 대고) 우리 밥해 먹자. 내가 두부 사왔다. (하고, 웃으며, 주방으로 가서, 음식을 만들려고 하는) 후라이팬을 어디서 본 거 같은데.. (하고, 싱크대 열어보면, 말끔히 정리된) 야, 싱크대 안까지 각 잡아논 거 봐라, 봐.

지 오   (편안하게 웃으며) 나 먼저 물 한 잔 주라.

준 영   알았어. (하고, 물을 한 잔 주고, 다시 두부를 씻으며) 두부 부쳐서 간장 찍어 먹자.

지 오   (준영의 뒷모습 보며) 조려 먹는 게 더 맛있는데.

준 영   (보며) 나 못해. (하고, 도마랑 두부, 칼을 식탁에 놓아주고) 니가 해.

지 오   너 왜 자꾸 반말해?

준 영   (눈치 보며, 애교 떠는) 그래서 싫어?

지 오 그래서 싫어하는 놈이면 니가 만나주기나 하냐? 니 눈이 얼마나 높은데...

준 영 (입 내밀고)

지 오 (빠르게 입 맞추고, 칼로 두부를 썰며) 냄비 꺼내.

준 영 (웃으며) 네! (하고, 냄비를 꺼내다) 아차! 나 좀 늦는다고, 민희보고 먼저 촬영 준비하라고 해야 하는데, 밥하고 있어!

지 오 너너너 또 나만 부려먹을라고 머리 쓰지?

준 영 아냐. (하고, 두부를 집어먹고, 핸드폰을 하는) 지금 봐봐라, 나 전화하는 거, 진짜 일 땜에 전화하지.

지 오 니네 오늘 오후 촬영이라며?

준 영 준비시켜야지. (전화기에 대고) 야, 너 어디야? 나 스케줄표 못 받았는데, 그거 팀 카페에 올려놨니? 야, 너는 왜 뻑하면 잊어, 너만 술 먹었어, 나도 술 드셨어.

지 오 내가 못 산다, 못 살어. (하고, 간장 꺼내서, 양념을 만드는)

준영, 전화하는 모습 위로,

준 영 (N) 내 드라마의 냉정함이 내가 냉정해서라면, 나는 고치고 싶었다. 내가 사랑하는 드라말 위해서, 그리고 그보다 내 삶을 위해서.

DIS.

지오, 준영, 밥을 맛있게 먹고, 지오, 준영의 밥에 반찬 놔주고, 준영, 시계 보고, '어머, 어떡해, 늦었다, 늦었어' 하고 밥을 빨리 먹다, 목 메고, 지오, '천천히 먹어' 하고 물 주고, 두부 먹으면, 준영, 물 마시다, 두부 냄비를 제 앞으로 놓으며, '이거 나 좀 먹게 좀 고만 먹어' 히는, 지오, 웃고, 밥 먹는, 준영, 밥 먹으며, 지오를 보는,

준 영 (N) 사랑하는 남자와 아침식사를 하며, 엄마가 떠올랐다. 이상하게 다른 때처럼 싫지 않았다. 엄마에게 전화해야지. 맘이 급했다. 그리고, 섣불리 전화해라, 이해해라 말하지 않는 정지오가 고마웠지만, 말하지 않았다. 그와 나는 아직도 많은 시간이 있으니까. 드라마처럼, 이 사람과 평생을?

준 영 (밥 먹다, 지오 보며) 우리 5년 후에 결혼하자.

지 오 (밥 먹다가, 준영 보며) 3년.

준 영 5년.

지 오 (갑자기 버럭, 밥알을 튀기며) 야, 5년 후면 내 나이가 몇인데? 너는 애기도 안 갖는다며, 무슨 결혼을 5년 후로, 넌 정말 왜 그렇게 이기적이냐, 기집애야!

준 영 (팔로 날아오는 밥알을 막기 위해, 얼굴을 가리며) 밥 좀 먹고 말해! 참 근데 나 정말 애 안 낳아도 돼?

지 오 무슨, 하나는 낳아야지!

준 영 (투정하듯) 나 애 남 연출 끝이야, 싫어.

지 오 왜 그렇게 넌 극단적이냐? 1년 프로듀서 하면서 쉬고, 그 담에 울 엄마한테 애 좀 봐달라고 하고, 너랑 나랑 작품 비켜 가면서 하면,

준 영 아, 몰라, 몰라, 나중에 얘기해, 나중에.

지 오 꼭 지가 불리함 말꼬리 돌리고..

준 영 오늘 촬영 나감 일주일은 꼬박 못 보는데 좀 고만해라..

지 오 (밥 많이 먹으며) 에우, 손규호 쒜끼 정말..

준 영 (웃으며) 어떻게 저렇게 욕을 잘할까? 쒜끼가 입에 쩍쩍 붙네, 그냥.

지 오 내가 뭘 못해.

준 영 (웃고)

두 사람 옥신각신하는 모습에서 카메라, 빠지면서, 검은 화면이 우에서 좌로 가면,

자막 - 드라마처럼 살아라 2

씬 8. 몽타주, 낮.

1. 피트니스 클럽, 낮.
윤영, 땀 흘리며 운동하는 모습이 보이는, 해진, 땀을 흘리며 운동하며, 윤영을 부럽고 존경스레 힐끔거리는, 그러다, 러닝머신을 하는 윤영의 옆사람이 빠지자, 그 옆으로 가서 달리며 말하는,

해 진 안녕하세요, 선생님, 저 장해진이에요.

윤 영 (운동하며, 보는)

해 진 얼마 전에 선생님 소속사로 왔어요. 저 선생님처럼 되고 싶어서 배우 됐는데..

윤 영 (안 보고, 가며) 그런 애가 한둘이야. (하고, 수건으로 땀 닦고 가며, 창주에게) 담 코스 뭐니?

2, 액션스쿨, 낮.

윤영, 암벽 타는 연습을 땀이 비 오듯 흘리며 하다, 잠시 벽에 붙어 호흡하다가,

해진을 계속 보고 있는 매니저 인창을 보는, 뭔가 이상한, 다시 암벽을 타는,

소유, 영웅, 와이어 타는 연습을 하는 게 보이는, 다른 배우들도 보이는,

해진, 호걸과 한창 칼싸움 연습을 하는,

그러다, 잘못해, 호걸, 칼로 해진의 어깨 치고, 해진, 아파하며 넘어지고, 호걸, 웃으며,

호 걸 야, 니가 날 쓰러트려야 하는데, 왜 니가 넘어져?

해 진 (숨을 몰아쉬며) 좀만 쉬자.

그때, 인창 물병을 가져와 해진에게 주면, 해진, 벌컥이며 마시는,

그때, 누군가, 해진의 물병을 뺏어 던지는, 해진, 보면,

윤 영 (땀이 흥건한, 숨 몰아쉬며, 인창에게) 넌 오늘부로 모가지야. (하고, 가는)

인 창 ?

해 진 ? (놀라, 윤영에게 뛰어가, 앞을 가로막으며) 저기 인창이 오빠를 왜,

윤 영 (숨을 헉헉내며) 운동하고 그렇게 물 저벅음 무슨 소용이야!

해 진 그래도 그게 제 잘못이지, 인창오빠 아무 잘못도,

윤 영 (말하지 않고, 인창에게로 가며) 억울해?

인 창 (억울하게, 눈가 붉어져, 윤영을 보면)

윤 영 (힘든, 숨을 몰아쉬며, 인창 보며) 누가 관리하는 배우한테 함부로 눈길 주래?

인 창 (억울한) 저 그런 적 없는데요.

윤 영 내가 너 같은 애들 한두 번 봤는 줄 알어?

해 진 (다가와, 윤영에게) 선생님 오빠 자르지 마세요, 제가 물을 원래 많이 먹는

데.. 오빠, 정말 아무 잘못도, 한 번만 더, 기회를,

윤 영 (해진 보며) 이 바닥에 한 번만 더가 어딨어? 같이 나가고 싶음 나한테 계속 말 걸어, 어? (하고, 가는)

해 진 ... (가는 윤영을 눈가 붉어져 보다가, 인창 보는)

인 창 (눈가 붉어져, 화나 걸어가는)

해 진 (윤영 없는 걸 보고는 인창에게 가는)

소유, 와서 해진의 팔 잡으며,

소 유 윤영이한테 찍힘, 거기서 끝나. 가지 마. (하고, 가는)

해 진 (맘 아픈, 인창을 보는) ?!

씬9. 길거리, 밤.

민철, 윤영(민철을 보며, 뒷걸음치며 걸어가며, 작은 보온병의 커피를 입을 대고 마시는) 얘기하는,

윤 영 (편안하게, 커피를 마시며, 뒷걸음쳐 가는) 못돼 처먹었다, 그 동생 놈.

민 철 얘기 들어봐봐, 거기서 얘기가 끝이 아니야, 그 영화의 백미는 두 번의 반전이야. 세월이 7년인가 6년인가 튀고 나서, 어느 날이야, 동생이 하루는 사진을 인화하다, 우연히 엄마의 유품을 발견하지.

윤 영 (커피 마시고, 보는) 유품?.. 아, 이야기의 시작이, 엄마의 장례식부터였지, 말해봐.

민 철 이건 걸으면서 말 못하겠다. (멈춰 서며) 형을 살인자라고 증언한 동생이 엄마의 유품인 영사기에서 본 필름은, 어릴 적 형이랑 그 여자가 죽었던 계곡에서 놀던 한때를 찍은 거였어, 거기서 동생은 아주 어리고 힘없고, 형은 이상하게 동생보다 훨 크지. 현재의 모습과는 전혀 다르게.

윤 영 그걸 통해서 동생은 뭘 느껴?

민 철 형이 자길 한 번도 배신한 적이 없었단 거. 형이 말한 게 모두 맞다는 거. 계곡 사이에서 형이 자기의 손을 잡을 때 (주먹을 쥐었다 폈다 하며) 뭔가 느낀 거지. 끈끈함, 의리, 믿음, 말로는 안 되는.. 뭐 그런 거.

윤 영　(편안하게) 당신은 사랑이 먼저야, 믿음이 먼저야?

민 철　?

윤 영　(웃고) 말해봐, 사랑이 먼저야, 믿음이 먼저야?

민 철　사랑.

윤 영　(뒤로 걸어가며, 작게 웃음 띠고) 아, 그래서 당신은 날 안 믿는다고 말할 때
　　　도 그렇게 당당하구나. 그게 별거 아니라서. 근데 어쩌냐, 난 믿음이 먼전데.
　　　(하고, 커피를 마시며, 뒷걸음치는)

민 철　(보고, 걸어가는) ?

윤 영　(편안하게 서글픈 웃음 지으며, 뒤로 걷는) 자긴 자기가 나한테 잘해주니까,
　　　내가 자기 옆에 있다고 생각하지? 사랑하지도 않으면서, 이용할 꺼리가 있
　　　기 때문에.

민 철　(멈춰 서며, 서글프게 웃으며) 조금은.

윤 영　(뒤로 계속 걸으며, 따뜻하고, 안쓰럽게 민철의 눈을 보며) 내가 당신을 이용
　　　할 만큼 힘이 약해 보이니? (하고, 뒤돌아 걸어가는, 맘이 서글픈)

민 철　... (가만 가는 윤영을 보다가, 조금 빠르게 뛰어가, 어깨에 손을 올리는)

윤 영　(민철을 작게 웃으며, 안쓰레 보고, 얼굴 한쪽에 뭔가 묻은 걸 닦아주고, 커피
　　　마시는, 느린 그림)

씬 10. 여의도 몽타주, 낮.

1, 아주 빠른 느낌의 몽타주, 컷컷 보이는,

2, 드라마국 안, 낮.
현섭, 빨간 볼펜으로 시청률표에 표시를 하는,
천지연 시청률은 29프로다.
현섭, 기분 좋게 돌아서서, '굿모닝!' 하는,

* 점프컷 1, 다른 날 〉〉
시청률표에 규호의 작품이 '31.5프로'에 표시되어 있는,
지오와 몇몇 감독들, 심란하게 그걸 보다가, 지오, 빨간 볼펜으로 다른 프로그
램(선배 재석의 드라마) 19프로에 동그라미를 치고, 옆의 재석에게,

지 오 형도 선방 한 거야. 3사 중 2등이면 중간인데, 그럼 된 거지 뭐.

재 석 (웃고, 가는) 고맙다.

지 오 (가는 사람들 보다가, 규호의 시청률에 엑스표를 하려고, 이를 앙다물고, 있다가, 짜증스레 볼펜 뚜껑을 닫으며, 돌아서는)

＊점프컷 2, 또 다른 날〉〉
지오, 드라마국 안에서 밖으로 나가려다가, 뭔가 이상해 게시판을 보면,
시청률표에 28.5프로에 동그라미가 쳐진,
지오, 기분이 좋은,

지 오 (작게, 궁시렁) 3프로 떨어졌다. 크크크. (하고, 가는)

씬 11. 엘리베이터 안, 낮.

지오, 엘리베이터 안으로 들어서면, 규호(대본을 보며), 그 안에 있는,

지 오 (기분 좋게, 타며) 좋은 아침이다. 촬영 안 가나보다?

규 호 .. 갈라고.

지 오 (짐짓 걱정스런 척) 시청률이란 게 올랐다 내렸다 한다. 넘 맘 쓰지 마라. 근데 걱정은 되겠드라. 8회에서 30프로대에서 20프로대는 좀 그렇지?

규 호 (웃으며, 이놈 봐라 싶은) 위로냐?

지 오 그럼.

규 호 축하는 못해도 위로는 한다?

지 오 (어이없이 보며) 너도 참 바랠 걸 바래라, 새끼야. 너랑 나랑 그렇게 친하다고 생각하냐? (하고, 문 열림 나가는)

규 호 (어이없단 듯 웃으며) 보기보다 못된 놈. (하고, 작심하고 지오 옆에 따라붙으며, 걸으며) 어디 가냐?

지 오 (걸어가며) 작가 만나러.

규 호 아, 단막작가.. 근데 넌 언제 단막 해서 몸값 올리냐. 미니 안 준대?

지 오 (요놈 봐라 싶은) 내년에 들어,

규 호 이서우 힘 좀 그만 빌리지.

지 오 니 작품에 조연출 전부 불려 나가서, 요즘 단막극은 조연출 없이 가는 거 아냐?

규 호 에이스 프로덕션 김사장이 나, 프리로 나오라고, 난린데, 우리 아버지가 총선 준비하는데 내가 방송국에 있는 게 나을 것도 같고, 니 생각은 어떠냐?

지 오 (짜증 나는) 너 알아서 해, 자식아.

규 호 김사장이 주준영도 물어보는데,

지 오 (멈춰 서면)

규 호 (가면서) 왜 걜 물어보면서 널 안 물어볼까? 너도 뭐, 시청률은 좀 그래도 작품은 괜찮은데.. 하긴, 프로덕션이 작품상 타서 뭐할 거야. 돈 벌야지, (멈춰 서서 보며) 어떻게 내가 말 좀 잘해줄까?

지 오 (화나고 어이없이, 규호 보다가, 한숨 깊게 쉬고 가는)

씬 12. 산타마리오 안, 낮.

지오, 단막작가(조작가)와 한쪽에서 커피 마시며 얘기하는,

지 오 (웃으며) 지금 얘기는 조금 수정을 하셔야 할 거 같은데, 어떠세요?

조작가 (깐깐한) 전 수정 안 하는데요?

지 오 ?

조작가 제 스승이 임선 선생님이신데, 그분 말씀이 작가가 감독 말 듣고 수정을 한단 건, 지조 없는,

지 오 (답답한) 그건 임선 선생님 정도 되시는 분들, 수정할 건덕지가 없는 분들 말 씀이죠.

조작가 아무튼 전 수정할 수 없어요. 이미 제가 공모전에 몇 번씩 수정을 했고,

지 오 (답답하고, 짜증 난, 슬쩍 한쪽 보면)

규호, 김사장과 낄낄대고 웃으며 얘기하는,

규 호 야, 요즘 연출들 비싸다, 장수영이가 그 정도나 받어? 그럼 난 따블은 줘야겠 네.

김사장 따블이래도 손감독님 오신다면, 드려야지.

카메라, 조작가 쪽으로 가면,

조작가 캐스팅은, 남잔 조승원, 여잔, 박선영씨 어때요?

지 오 (답답한) 뭐요? (한숨 쉬고) 우리 단막극 제작비가 5천이 안 돼요. 근데 무슨 조승원... (궁시렁) 물정 모르네.

조작가 (갑자기 기죽는) ?

지 오 (물 마시고, 규호 쪽 답답하게 보는, 그러다 다시 조작가에게 다른 배우 생각 나는 사람 있음 얘기해봐라, 등등 말하는, N) 드라마 속 인물처럼 살고 싶었다. 동료가 잘나가면 가서 진심으로 축하해주고, 자격지심 같은 건 절대 없으며, 어떤 일에도 초라해지지 않는,

규호, 김사장, '일단 오늘은 촬영 가야 되니, 여기서 얘기를 접고, 나중에 다시 만납시다' 하며 일어나 가는, 지오, 그 모습을 안 보지만, 온몸으로 의식하는, 카메라, 지오의 모습과 창밖으로 가는 규호와 김사장의 모습을 한 화면에 잡는,

지 오 (N) 지금 이런 순간에도, 큰소리로 괜찮다고 할 수 있는, 그런 인물이 되고 싶었다. 그런데, 왜 나는 괜찮지 않은 걸 늘 이렇게 들키고 마는지.

조작가 그래두 전 조승원이,

지 오 (말꼬리 자르며, 답답한) 정말, 답답하네. 몇 번을 말해요, 제작비 5천.. 단막은요, 이름 있다 하는 배우는 절대 안 해요. 이름 없는 배우 대라고요, 이름은 없지만 연기는 잘하는.. 내가 능력이 없어서 조작가가 말하는 대단한 배우를 못 데려오는 게 아니고, 제작 현실이.... (하고, 시계 보며) 나중에 또 봐요, 연락 드릴게요. (하고, 빌지 들고 일어나, 주머니에서 찻값 꺼내다. 동전이 우수수 떨어지는)

조작가 (놀라, 같이 동전을 줍는)

지 오 (초라하고, 서글픈, 같이 주우며) 화내서 미안해요.

조작가 (동전 주우며, 웃으며) 괜찮아요. 제가 뭘 너무 몰라서..

지 오 첨엔 다 그래요. 내가 잘 설명해야 하는데.. (그때, 전화 오고, 받으며) 네, 정지오.. 어, 누나.. (하다가, 탁자, 저 끝에 끼인 오백 원짜리 동전을 보고, 팔을 뻗어서, 동전을 힘들게 주우려 하며) 염병 깊게도 처박.. 아니야, 혼잣말...

(놀라) 뭐? (하다가, 머릴 탁자에 박는, 아파하는)

씬 13. 달리는 지오의 차 안, 낮.

지오, 답답한, 기어를 움직여, 더 빠르게 달리는,

씬 14. 지오모 병원 밖, 낮.

지오부, 지경 벤치에 앉아 있는데, 지경, 병원 쪽에서 나오는, 지오를 보며,

지 경 엄마 좀 어때?

지 오 (지오부 보며, 속상해, 악을 쓰는) 보건소에서 주는 약을 왜 버려요! 아버지가 뭘 알아서.. 렙토스피라증이 얼마나 무서운지 알아요!

지 경 (일어나, 지오를 밀치며) 애, 그냥 집에 가. 병원에 내가 있을게,

지오부 (버럭대며) 농사꾼 중에 절반이 쥐병 걸려! 그게 뭐 그렇게 대단한 병이야! 니 애미는 뭐든 약이야! 관절염에 한 웅큼, 머리 아프다고 한 웅큼, 위장 아프다고 한 웅큼! 맨날 그 쓰디쓴 양약을 입에 달고 사는데, 거기다 아프지도 않은데 그놈의 독한 약을 그럼 또 멕여?!

지 오 (속상한, 화나는) 내가 지난번 비 올 때, 밭에 엄마 내보내지 마시라고 분명히 말했죠?! 엄마 허리 휘어가며 밭농사 지어봤자, 돈도 안 되니까,

지오부 니 애미가 돈 벌러 농사짓냐, 니놈 새끼들 멕일라고,

지 오 (말꼬리 끊으며, 속상한) 아버지는 그때 뭐하셨어요! 또 노인정 가서 고스톱 쳤죠?!

지 경 정말.. (지오의 가슴을 손바닥으로 밀며, 툭툭 치며, 속상한) 그만해, 어서, 그만.

지오부 그래, 화투 쳤다, 이놈아! 그럼 니가 어쩔 거야!

지 오 (지경에 의해, 뒤로 밀려가며) 쥐병이 별거 아니라고요! 폐출혈, 뇌막염, 간까지 상하는 병이 별거 아니라구요! 엄마가 지금 열나는 게, 간이 상해 저런다는데, 제발 아는 척 좀 하지 마세요! 왜 그렇게 알지도 못하면서, 아는 척을..

지 경 (달래는, 버럭 큰 소리로) 지오야!

지오부 (서운하고, 분한, 그 자리에서 씩씩대며) 저놈이..

지 오　(아랑곳없이) 그리고, 무슨 퇴원을 시켜요! 병원비 아버지가 내요? 내가 내
　　　　요! 아버지 돈은 단 한 푼도 안 쓴다구요! 알아요! (하고, 지경을 밀치고) 저
　　　　리 가! (하고, 가는)

지 경　(속상하게 보는, 그러다, 지오부를 보고, 다가가, 머리에 묻은 덤불 같은 걸 털
　　　　어주며) 아부지, 지오 따라 집에 가셔. 엄마는 내가 있으게. 가요, 어서. (하
　　　　고, 병실로 가는)

지오부　(답답한, 기죽어, 병원을 나가는데)

지 오　(차 안에 앉아, 차문 열고, 머리 빼고) 어디 가요!

지오부　(돌아보고, 지오를 가만 보다가, 차로 가는)

씬 15. 지오의 차 안, 낮.

　　　　지오, 시동 걸고, 지오부, 앞좌석에 타면,

지 오　(퉁명스레) 안전벨트 매시구요.

지오부　(어리버리, 안전벨트를 매는데, 잘 안 되는)

지 오　(모른 척 가만 있는)

지오부　(눈치를 보며, 안전벨트를 잡아당기지만 안 되는)

지 오　(짜증스런, 한쪽에 물린 안전벨트를 풀며) 이렇게 하심 되잖.

지오부　나두 알어, 임마!

지 오　(속상하게 보고, 시동 걸고 가고)

씬 16. 시골 지오 집 방안, 밤.

　　　　지오부, 지오, 밥을 먹는, 지오부, 텔레비전을 켜놓고, 궁시렁대는,

지오부　저저저 처죽일.. 애미한테 딸년이, 어디서... 소릴 고래고래 지르고,

지 오　(맘에 안 드는)

지오부　(텔레비전만 보며) 에이고, (끽끽대고 웃으며) 골때리는 놈 저거, 저거.. 드라
　　　　마라고.. 어디서 저런 놈을 데리고 와서는.... (하고, 물을 마시다) 앗 뜨거라,
　　　　앗 뜨거..! (하고, 숭늉 그릇을 놓치고, 그 바람에 밥상이 난장이 되는)

지 오 (지오부 어이없이 보다가, 옆의 걸레로 청소하며)

지오부 (국그릇에 밥 말아서, 텔레비전 앞으로 가서 앉아, 끽끽대는)

지 오 (참담하게, 걸레질하는)

*화면 분할 〉〉

걸레질하는 지오와 상상(드라마)이 아래위로 화면 분할이 되는,

강가 집(이전에 나온, 강가 집이 유리 카페로 변한)에 유리로 된 너무나 이쁜

커피숍이 있는,

지오의 차, 근처에 이상한 소음을 내며 서고,

카메라, 차 안으로 들어가면,

지오, 시동을 걸려 하지만, 안 되는, 나가서 보닛을 열고 보는,

조수석에 타있던, 준영, 이상한 듯 나와, 지오를 보며,

준 영 어떻게.. 된 거예요?

지 오 (드라마 속, 인물처럼 터프하게) 오늘 집에 못 가겠다. (하고, 커피숍으로 들어가는)

준 영 (이러지도 저러지도 못하다가, 따라가는) 저기요, 어디 가요?

지 오 (다시 준영에게로 가서, 팔 잡아끌며) 따라와..

*현실 〉〉

지오, 걸레질을 하며, 기분이 조금 좋아지는,

씬 17. 한적한 식당, 밤.

준영, 수경, 스태프들 모두 밥을 아구지게 먹는, 거의 전투적으로 먹는,

민희, 그때, 식당으로 들어서며,

민 희 3분 후에 오늘 마지막 장소로 이동합니다! (진행에게) 막내야, 배우 출발했나 체크 좀 해!

진 행 (밥을 마구 먹으며) 네!

준영, 스태프들, 밥을 거의 입에 털어 넣듯 먹고, 우르르 빠져나가는,

수경, 사람들 눈치 보며, 밥을 마구 먹지만, 늦는,

창밖으로 보면, 촬영 차에 사람들 오르는 게 보이는,

수경, 밥을 마저 먹으며, '계산서요, 계산서!' 하고, 밥을 먹고, 주인 앞으로

가서, 복대 주머니에 이곳저곳을 뒤지며, 카드 꺼내면,

주인, 카드를 긁지만, 자꾸 에러가 나는,

수 경 아, 뭐해요, 급한데..

스태프들 (빠져나가고, 가끔 누구는 음식을 손으로 집어먹고, 서두르는)

주 인 (카드 긁으며) 이런 촌에선 카들 잘 안 써서.. 기계가 영.. 길이 안 들어서.. 현찰 없어요?

수 경 (바깥 보면, 차 창가에 준영 앉아, 껌을 씹으며, 대본 확인하는 게 보이고, 조급한) 요즘 카드 안 되는 데가 어딨어요, 공금이라 카드 써야 돼요, 빨리 긁어요.

주 인 (카드 긁고, 가만 있는) 승인번호가 안 떨어지네.. (다시 긁는)

수 경 (답답한, 현찰 세며) 얼마라구요?

주 인 15만 원이요.

수 경 (손가락에 침을 묻혀가며, 돈을 세는, 그러다, 주인에게) 얼마라구요?

주 인 15만,

수 경 아, 15만원.. (하고, 다시 세는)

씬 18. 촬영버스 안 + 밖, 밤.

민희(피곤한), 스태프들 얼굴을 보며 확인하고, 기사에게 '출발합니다!' 하고,

준영 옆자리에 앉자마자, 힘든지, 눈을 감으며, '죽겠다' 하면서 버스 가는,

창가로 보면, 수경, 음식점에서 나오며, '야, 야, 야, 야!' 하지만, 이미 버스 출발한,

수 경 아우... 정말... (하고, 주머니에서 핸드폰을 찾아서, 전화를 하는데, 이상해서 보면, 전원이 나가는) 아, 쌍.. (하고, 다시, 배터리를 찾아 꽂는)

씬 19. 촬영버스 안, 밤.

전화벨 소리 들리고, 준영, 대본 보다 짜증스런, 민희, 벌써 곯아떨어진,

준 영　전화 좀 받아, 누구 전화야!

스태프들, 자기 핸드폰 확인하거나, 자는,
진행, 자기 핸드폰 확인하다, 옆자리의 민희를 툭 치며,

진 행　조감독님, 전화 왔어요.
민 희　(눈 뜨며) 어. 그래, 그래.. (하고, 전화 받으며) 네.. (하다, 눈 번쩍 뜨고, 주변 두리번거리며) 선배.. 어디 계세요?
준 영　(대본 보다, 민희 보는)
민 희　식당 앞이요?
준 영　(대본 보며, 어이없고, 황당한, 작게 궁시렁) 양수경, 양수경.
민 희　이런.. 잠깐만요.. (준영 보며) 저기 양수경 선밴데... 식대 계산하느라, 차를 못 탔다고, 차 좀 돌리라고,
준 영　(보며) 누구 맘대로 차를 돌려? 지금 거기 감, 여깄는 사람들 그나마 한두 시간 자는 것도 못 자는데.. 누구 맘대로 차를 돌려?
민 희　....
준 영　(대본 보며) 걔 없어도 촬영에 지장 없어. 알아서 오라, 그래.
민 희　네?
진 행　(답답한, 창가 보는)
준 영　(대본 보며) 말 안 전하니?
민 희　전합니다. (하고, 전화기에 대고) 저기 선배님.. 감독님이 알아서 오시라네요.

씬 20. 식당 앞, 밤.

수경, 전화하며,

수 경　뭐? 야, 여기가 어딘지도 모르겠는데, 내가 어떻게 알아서.. 주준영 바꿔, 어

서 주준영 안 바꿔?!

씬 21. 달리는 차 안, 밤.

민 희 그러게 왜 빨리빨리..

준 영 (전화를 확 뺏어서, 꺼버리고, 주변에 대고) 지금부터 1시간 동안, 그 누구도 양감독 전화 절대 받지 않는다. (하고, 대본을 보는)

봉 균 (웃으며, 눈 감고) 에이고... 참..

씬 22. 시골 시외버스정류장 안, 밖 + 택시 안, 밤.

　　　수경, 창구에 고개 디밀고,

수 경 (초라한) 뭐라구요, 버스가 없다구요? .. 그럼 오사리 근처라도 가는 버스는...

직 원 지금 시간이 밤 열한 신데, 막차들 다 끊겼죠. (하고, 퇴근하려 준비하는)

수 경 (답답한, 택시로 가서, 타며, 기사에게) 오사리요.

기 사 아으.... 거긴 데려다 주고 오는 길이, 너무 험해서, 안 가요.

수 경 따블 드릴게, 가요.

기 사 따블 줘도 안 가요, 이 밤엔. 내려요!

수 경 (짜증스런, 차에서 내려, 주변을 보면, 아무도 없는 적막한, 그러다, 이정표를 보면, 오사리라고 쓰여진, 멍하게 있다가, 걸어가는)

씬 23. 작은 시골길, 밤.

　　　말달리는 씬을 찍기 위해, 영웅(부상을 입은 분장), 준비를 하고 있고,
　　　킹크레인에 카메라와 조명기를 다는 분주한 모습 보이는, 준영, 한쪽에서 대
　　　본을 보는,
　　　민희, 무전기로 말하는, '시골은 속력 내는 차들 땜에 위험하니까, 바리케이
　　　트 잘 세우고'

　　　• **점프컷 1** 〉〉

갓길에 삼각대를 세우는 스태프들 보이는,
진행, 무전기에 대고 '네, 네, 알겠습니다'
그때, 차가 쌩하니 지나가고, 진행, 몸을 피하고, 계속 무전하는, '마지막 차
나왔습니다, 촬영 시작하셔도 됩니다!'

▪1-1. 길가, 밤.
수경, 노랠 흥얼거리며 처량히 걸어가는,

▪1-2. 숲 속, 촬영장, 밤.
말(말 위에서 영웅 기절한)이 달리는 씬을 찍는,

▪1-3. 강가, 촬영장, 밤.
말(여전히 영웅이 기절한 채, 말 위에 있는)이 물을 먹는 씬을 찍는,

준 영 캇! (하고, 경희에게) 이것보다 2번째 캇, 물 먹는 게 자연스럽다.

경 희 제 생각엔 이것도 괜찮은데, 확인해놨다 편집에서 보죠.

준 영 그래, 나보다 자기 판단이 날 때가 더 많드라.

경 희 (좋은, 체크하고)

민 희 자자, 지금 시간이 새벽 1시 넘어갑니다, 아까 오다 마을 초입에 봤던, 여관에서 자고, 새벽... (준영에게) 4시 집합입니까?

준 영 (맘에 안 들게 보면)

민 희 (사람들 향해서) 4시 집합입니다. 단꿈 꾸시면서, 2시간 푹들 주무시고, 3시 30분에 기상, 준비해서 4시 정각에, 슛 들어갈 수 있도록,

준 영 (지나가며, 민희에게) 4시에 기상, 4시 30분에 집합시켜.

민 희 네?

준 영 (봉균에게로 가며) 30분 더 재우라고.

민 희 (준영 보고, 좋은, 다시 스태프들에게 밝게) 4시 기상, 4시 30분 집합입니다!

▪점프컷 2>>
준영, 봉균, 재훈(조명감독) 모여 있는,

준 영 (봉균에게) 선배님들하고 저만 남죠, 애들은 다 보내고. 장비 철수하고 다시 세팅하면, 시간이 너무 낭비라..

봉 균 (얼굴 부비며) 그러자고. 새벽 강가 디졸브지.. 디졸브. 디졸브. 지겹다, 진짜.

재 훈 (일하는 스태프들에게 걸어가며) 거기 그냥 다 놔두고, 어서 여관으로 뛰어가, 자라, 자! 어서!

봉 균 (준영 보며) 주감독도 가서 좀 자지?

준 영 자면 못 일어날 거 같아요. (하며, 강가로 가, 쪼그려 앉아, 보며, 심란하고, 피곤한)

그때, 민희 와서 옆에 앉는,

준 영 (보면) ?

민 희 (작게 웃으며) 감독이 안 자는데 조감독이 어떻게 잡니까.

준 영 (작게 웃고, 강가 보며) 낼 물안개가 껴야 씬이 이쁜데.. 낄까 모르겠다.

민 희 (캔 커피 따서 주며) 근데, 스탭들 먼저 재우는 기특한 짓, 지오선배가 갈쳐준 겁니까?

준 영 (캔 커피 마시며) 정지오 얘기하지 마, 보고 싶어 죽을 거 같애. 보름간 코빼기도 못 봤다.

민 희 (자기 웃옷을 벗어, 준영과 같이 머리 위로 덮으며) 지오선배님 얘긴 아무한테도 안 했습니다. 근데, 선배님이랑 지오선배님이랑 선배가 수준이 맞습니까? 지오선배님으로 말할 것 같으면 우리 드라마국의 살아 있는 정의이며, 지성인데. 선배는..

준 영 나는.. 머리가 비어 보이냐?

민 희 (웃으며) 뭐 그 정돈 아니지만, 지오선배님이 좋아하시는 토론의 주제와 선배가 뭐 별로 맞지 않다는 생각이 드는 건 사실입니다. 시대의 이데올로기와 헤게모니에 대해 선배는 관심 없잖습니까?

준 영 곧 관심 있어질 거거든. 아직까진, 국제 정세와 유가 폭등으로 인한 우리 정치사의 지각 변동, 환경 문제로 인한 지구의 사막화의 심각성에 대해서 고민 중이지만, 이 고민 끝나면 시대의 헤게모니 재해석까지,

민 희 솔직히 버겁죠?

준 영 (캔 커피 마시며, 웃다가, 민희 보고, 굳은 채) 딴 사람한테 말함 죽는다. (하

고, 킥킥대고 웃는)

민 희　(낄낄대고 웃으며)

준 영　진짜 정지오 웃기지 않니? 어쩔 땐 자다 말고 날 깨워서, 미국 정세가 끼치는 우리나라 정세에 대해 눈 하나 깜박 안 하고 진지하게 물어보는 거 있지? 미처, 진짜.. (갑자기 풀 죽은) 그래도 보고 싶.. (하다가) 아참 (하며, 핸드폰 꺼내 동영상 켜며) 이게 있지. (하고, 보면, 지오, 6부 지오의 집에서 DVD 보다가, 춤 흉내 내는 장면을 준영이 찍어둔) 크크크.

민 희　(동영상 같이 보며, 웃는) 뭐야? 평상시, 둘이 이러고 놉니까?

준 영　넘 귀엽지, 넘 귀엽지? 크크크.

＊인서트, 동영상에 지오가 갖은 귀여운 짓을 하는 게 보이는 》

씬 24. 여관, 프런트, 밤.

수경, 지친 표정으로 복도를 지나쳐, 자기 방의 열쇠를 열면, 그때, 계단 쪽에서 소리가 나고, 수경, 돌아보면, 진행과 그 외 스태프들 들어오는,

수 경　나쁜 놈의 새끼들... (하고, 방으로 가는)

진 행　(수경 답답하게 보고) 다들 잘 자요. (하며, 방방이 들어가는)

씬 25. 강가, 어스름한 새벽, 안개가 피어오르는. (상황을 보고)

스태프들, 모두, 준비를 하는,
그때, 촬영차 도착하고, 규호와 촬영감독, 조명감독 스태프들 도착하는,
준영, 콘티를 짜다, 규호 쪽 보는,
민희, 무전기를 하며, '나룻배 섭외했냐? 나룻배 왜 안 와?!' 하고,

＊점프컷 1》
길가.
진행, 스태프들 모두 바리케이트 세우고 있는,
진행(머리에 까치집을 진), 무전기로, '출발시켰습니다, 강으로 3분 후면',

• 점프컷 2 〉〉
민희, 강에 나룻배 두 척이 오는 것을 보고, '도착했다, 오바' 하고 달려가며,
나룻배에 대고 '이쪽으로 오십시오, 이쪽으로!'

• 점프컷 3 〉〉
규호, 준영에게 대본 보며 말하는, 조명감독 두 명, 촬영감독 두 명, 같이 회의
하는,

규 호 내가 강물 흐르는 쪽에 있으면, 주감독이 지금 저기 민희 쪽에서 풀 샷을 찍
고, 내가 대사 찍는 동안,

봉 균 오바 거나?

규 호 전부 타이트 바스트, 오바 숄드.

준 영 뒤 빽이나, 수면에 그림자 좀 찍고 싶은데, 그건 제가 (한쪽에 성감독 가리키
며) 성감독님하고 알아서 갈게요.

성감독 지미짚 쓰자.

규 호 안개 다 쓸려가면 시간이 없으니까, 계산 정확히 가자고요,

• 점프컷 4 〉〉
준영과 성감독(레일을 깔고, 찍는), 촬영을 하고,
멀리서 보면, 배 한 척에, 호걸, 공분, 미려가 배를 타고, 내려오는,
강 위에 규호와 봉균이 탄 배가 보이는,

규 호 캇! 배 물가로 빼, 좀 더 접근시켜!

• 점프컷 5 〉〉
스태프들, 우르르 물속으로 뛰어드는,

• 점프컷 6 〉〉
준영(모니터 앞에서), 콜록콜록 기침을 하며, 심각하게 주변 상황을 보는, 경
희에게,

준 영 풀 샷 그림, 일곱 번째 꺼 써!

＊점프컷 7≫
스태프들 물속에 들어가 촬영하는 배를 배우들이 있는 배로 접근시키는, 민희
도 물에 젖고, 다들 힘이 들다.

＊점프컷 8≫
여관방, 날이 훤한 낮.
초인종 누르다, 잠시 후, 청소 아줌마, 걸레가 담긴 양동이 들고 들어섰다가,
주변에 놓인, 옷가지들을 이상하게 보다가, 열린 욕실을 보고, 놀라 '악!' 하
고 소릴 지르고, 카메라, 욕조로 가면, 수경, 욕조에 앉아, 코가 수면에 닿을까
말까 한 자세로 자고 있다가, '악!' 소리에 흠칫 놀라, 코를 물에 박고, 허우적
대는, 아줌마와 수경이 동시에 악악대는,

씬 26. 강가, 낮.

진행, 해진과 다른 배우들 매니저, 스태프들 모두에게 초코파이와 우유를 돌
리는,

스태프들 넘하다.. 날밤 새고 아침도 못 먹고, 점심도 이게 뭐야?
매니저들 죄송합니다, 이것도 1시간이나 차 타고 나가서 산 건데.. 시골 가게가 별 게
　　　　　없네요. (하며 돌리는)
민 희 (먹을거리 봉지 들고) 배우 매니저가 이런 거 해줌 고맙다 그러지, 투덜대지
　　　　들 마십시오, 내기 더 미인하네. (하고, 가고)

＊점프컷 1≫

진 행 죄송합니다, 근처 식당이 없습니다, 죄송합니다.
스태프2 형 나 하나만.
진 행 야, 다 1인당 두 갠데, 어떻게 너만. (하다가, 하나 더 주며) 먹어라. (하고, 가
　　　　서, 다른 사람들에게 주는)

준영, 규호, 초코파이와 우유를 받아 들고, 뻘쭘하게 서 있는 수경을 꼬나보며 먹고 있는, 그때, 민희, 눈치 보며 와서, 수경의 주머니에 초코파이와 우유를 넣어주는,

규 호   일도 안 하고 처 자빠져 잔 놈한테 먹을 걸 왜 줘?

민 희   (규호 보고, 착잡한 다시 초코파이와 우유를 빼서 가는)

규 호   (빵 먹으며) 감독님들은 난장에서 날밤 까는데, 혼자 퍼질러 자니, 잠이 달디?

수 경   (빵 먹는 준영을 보다가, 규호 보며) 그게 어제 촬영차가, 절 빼놓고 가는 바람에, 제가 밤새 걸어서 여관까지 가갖고, 너무 피곤해서 반신욕,

규 호   (준영 보며) 너 왜 그랬냐? 조감독님 밥 드시면 기다렸다 출발해야지 너 못돼 처먹었구나?

준 영   (빵만 보며) 나 못된 거 이제 알았어.

규 호   (웃고, 수경 보며) 야, 양언니.. 니가 뭔데, 밥을 늦게 처먹어, 대충 처먹지! 그리고, 촬영차 놓쳤다고 전화질해 뒤로 빽하라고 했다며? 니가 뭔데 팀이 널 챙겨? 니가 팀을 챙겨야지? 팀이 널 챙기는 게 말 돼?! 이 싸가질 그냥.

수 경   ..

규 호   아우, 정말.. (하고, 일어나 가며, 수경을 어깨로 툭 치고, 가며) 에에헤, 레일 그쪽 말고 저쪽!

수 경   (참담한, 준영 보며) 미안.. 하다.. 나는 날밤 까는 줄 모르고,

준 영   넌 뭐든 모르잖아. 아냐?

수 경   야, 고만하자, 우리.

준 영   (꼬나보며, 어이없어 웃는) 고만하자, 우리? 뎀벼?

수 경   (침을 바닥에 뱉으며) 아, . 정말..

준 영   (꼬나보는)

그때, 민희, 소리치는,

민 희   양선배님, 밑에 레일 옮기는 것 좀 도와,

수 경   (가려는데)

준 영   (일어나 잡으며) 넌 가서 자. 이제부터, 넌 촬영장에서 어떤 일도 하지 마. 왕처럼 뒷짐이나 지고, 쉬어. 일함 죽는다. (하고, 가며, 민희에게) 뭐야?!

수 경   (화나, 준영을 꼬나보다, 가버리는)

준영, 레일 옮기는 걸 돕고, 스태프들 '감독님은 하지 마세요' 하면, 준영, '빨리 하자, 빨리' 하고 일하고, 민희, 레일을 옮기는 걸 돕다가, 수경 가는 모습 보는, 카메라, 가는 수경을 잡으면, 수경, 화가 나 눈가가 그렁한,

씬 27. 지오 시골 우사, 낮.

지오, 지오부, 땀을 흘리며, 힘들게 소똥을 삽으로 퍼서 나르는,

* **점프컷 1**≫
지오, 손수레에 소똥을 가득 담아, 수레를 끌고 달리는, 그러다, 돌부리에 지오가 넘어지면서 도랑에 처박히고, 그 위로, 소똥 수레가 왕창 쏟아지는, 지오, '아, 악!' 하고, 짜증 나서, 울고 싶은,
멀리서, 일하던 지오부 그런 지오를 보는,
지오, 크게 심호흡을 몇 번 하고 다시 일어나, 손으로 소똥을 치우는데,

지오부   가서 씻어.
지 오   (일하며) 그러게 소똥기계는 왜 고장을 내요, 내길. (하며, 일어나는데, 다시 잘못해, 손수레를 넘어뜨리는, 소리도 못 내고, 화가 더욱 나는)
지오부   (수레를 바로 잡으며) 니가 뭘 한다고, 병원 가게 어여 씻어!
지 오   (참담한, 그냥 가는)
지오부   (삽으로 소똥을 치우며, 가는 지오를 보는)

씬 28. 시골집 마당, 낮.

지오, 윗옷을 다 벗고, 고무대야에 있는 물로 세수 하고, 물을 버리고, 다시 고무대야에 물을 받아, 머리에 물을 묻히고, 비누로 머릴 감는, 그러다, 물을 뜨면, 물이 없는, 수도꼭지를 틀지만, 크르륵 하는 소리만 들릴 뿐, 잘 안 되는, 지오, 울고 싶은, 그대로, 한쪽에 앉아, 막막한, 주변을 보면, 말라 비틀어진 호박오가리며, 깨진 플라스틱 양푼이며, 초라한 부모의 신발 등이 보이는,

그때, 지오부 오며,

지오부 물이 또 안 나오냐? 염병.. 뭔 누무 물이 빽함, 단수야. 나 따라와.
지 오 (참담한 채, 가만있는) ...
지오부 눈 매워, 어여 와. (하고, 광으로 가는)
지 오 (참담한, 따라가는)

씬 29. 시골집 광 안, 낮.

지오, 머릴 숙이고, 있고, 지오부, 장독에서 물을 퍼 지오의 머리에 부어주는,

지오부 귀도 닦아.
지 오 이제 됐어요.
지오부 귀 뒤에 거품이 한 웅큼이야, 닦어.
지 오 물 없잖아요.
지오부 (주변 장독을 다 가리키며) 여기 전부 물이야. 팬티도 벗어, 옷 속까지 똥 냄새난다.
지 오 (옷을 벗고)
지오부 (옷을 받아서, 한쪽에, 놓고, 바가지로 물 퍼, 지오 몸에 부어주는)

지오, 지오부가 부어주는 물로 몸을 씻는,

* 플래시컷 1 》
유리 카페, 밤.
창가에서 준영과 차를 마시며 지오, 준영을 이쁘게 보는, 모습이 아래위 분할 화면으로 가는,

씬 30. 지오모 병실 안 창밖, 낮.

지오모, 편안히 누워 있고, 지오, 그런 엄마의 손잡고, 엄마를 이쁘게 보고 있고, 지오부, '어이고, 돈 귀신, 돈 귀신, 몇 날 새 삼백을 훌러덩 잡아먹고, 으

이그..' 하고, 나가는, 지오모, 편안하게 웃는,

씬31. 지오모 병실 안, 낮.

지오, 지오모의 손잡은 채, 편안히 보며,

지오모 (웃음 띤, 눈치 보며) 너.. 많이 놀랐어?

지 오 (어이없이 보며, 따뜻하게 웃음 작게 띤) 그럼 놀라지, 안 놀라?

지오모 오늘 퇴원함 싫은데. 뭐한다고 일주일을 더 있으래는지, 니가 의사한테 말해
보지, 오늘 내보내달라고.

지 오 (손을 만지작거리며, 차마 못 보고) 엄마, 나랑 서울.. 갈래? 뼉함 쥐병 걸리
고, 허리 아프고 하지 말고.

지오모 (가만 보는)

지 오 ... (착잡한, 창가 보며) 방 세 개짜리 빌라 하나 얻음.. 어떻게, 될 것도 같은...

지오모 (지오의 맘 알겠는, 웃으며) 너 애인 있지?

지 오 (보고, 편안하게) 있음?

지오모 엄마 보여줘야지.

지 오 (수줍게 웃으며) 없어.

지오모 있구만.

지 오 (친구에게 하듯) 에헤, 없다니까.

지오모 (눈치 보며, 놀리듯) 전에 방송국 갔을 때, 본 아가씨.. 이쁘든데, 애인 같든데?

지 오 (수줍게 웃으며) 쓸데없는 말 그만하고 뽀뽀나 해, 서울 가야 돼. (하고, 입 내
밀면)

지오모 (피하며) 싫어, 안 해, 수염 따거.

지 오 어디서, 거부해? (하고, 지오모의 얼굴을 잡고, 입 맞추려 하는) 어서 해.

지오모 싫어.. 따거.. (하고, 피하는)

카메라, 창가로 두 사람의 장난치는 모습이 보이는,

씬 32. 도심, 달리는 지오의 차 안, 낮.

지오, 지경(과자를 먹으며), 타고 가는,

지 오 진짜 누나도 너무하다. 아니 포장 접고 김밥집을 차렸으면 동생한테 연락을
해야지,

지 경 니가 좀 바쁘냐? 뭐 대단한 가겔 한다고, 바쁜 널 불러.

지 오 (웃으며) 그래도 그게 아니지요. 아무리 내가 바빠도 하늘 아래 누나 하난데,

지 경 (눈치 보며) 근데 몰랐는데, 연희 회사가 우리 가게 근처드라.

지 오 동성이는 공부 잘해?

지 경 (편안하게) 너무 잘해 탈이다. 선생님이 미국에 있는 영재학교에 보내래, 동
성이 머리가 우리나라 상위 1프로래라, 어쨌대나,

지 오 (어이없이 웃으며) 뭐? 1프로? 그럼 보내야는 거 아냐?

지 경 융자 낀 집 팔아도, 택도 없드라.

지 오 ?

지 경 동성이놈한테 아는 척 마. 못 보낸다고 하니까, 요즘 입이 댓발이 나와, 삼촌
한테 말해본다 그래서, 내가 그러기만 함 죽여버린다니까, (웃으며) 한달 내
울더니, 이젠 잠잠하니까.

지 오 (착잡한, 속상한) 공부를 잘해도.. 걱정이니.. 아. 젠장... 차는 왜 이렇게 밀리
고 지랄이야!

지 경 (귤 먹으며, 놀라, 보는)

지 오 (클랙슨을 빵빵 울리며) 좀 가라, 가!

씬 33. 규호의 촬영장, 낮.

크로마키를 설치하는, 촬영 조명 감독들과 스태프들, 서로 같이 준비하는,
규호, 와이어를 다는 해진을 보는,

* 규호의 상상 〉〉
해진, 허겁지겁 높은 담을 뛰어가는 장면,

그때, 준영이 와서 대본을 들고 설명하는,

준 영 선배, 어차피 와이어까지 달고, 크로마키 가는데, 해진이 저잣거리 밑에서 뛰다가, 위로 점핑해서 지붕 타는 걸로 가는 게 어때요?

규 호 그럼 크로마키가 길어야 하는데, 돼?

준 영 준비시켰지.

규 호 (손으로 양 볼을 잡고, 귀엽다는 듯) 자식.. 그렇게 해.(하고, 가며) 크로마키 주감독이 하란 대로 준비했냐?!

해 진 (와이어 달다가, 규호 보고, 웃고, 다시 와이어에 집중하는) 더 땡겨도 돼요.

준 영 (무전기 켜고) 김민희 조감독, 오늘 와이어 씬이랑, 크로마키 다 몰아서 간다, 알고 있나?

기자들, 해진을 계속 따라다니며 촬영하는 게 보이는, 규호, 대본을 보는 척하며, 인터뷰를 하는 해진에게 윙크하고, 다시 대본을 보다, 무술감독에게로 가, '무술감독님, 리허설 갑시다!' 하는,

씬34. 시골의 허름한 술집, 낮.

수경, 민숙, 앉아 있는.

수 경 (술을 제 잔에 따라 마시는, 화나고, 속상해, 눈이 그렁한) 나쁜 년. 손규호보다도 더 못돼 처먹은 기집애. (하고, 술을 마시는)

민 숙 너는 어른 앞에 놓고, 대낮부터 혼자 뭐해?

수 경 가요, 누가 선생님 보고 있어달레요? 기요.

민 숙 (어이없이 보며) 니가 오랬지, 내가 왔냐?

수 경 (속상해, 소리치는) 선생님이 언제부터 그렇게 내 말을 잘 들어주셨어요, 언제부터?! 내가요, 오늘로.. 조감독 생활 때려칠 거야. 그러니까, 가요.

민 숙 주준영이가 널 왜 괴롭히는지 이제야 알겠다. 야, 젊은 놈이 뻑함 일 때려친단 소릴 뭘 그렇게 자주 해?! 때려쳐라, 때려쳐! 그럼 누가 잡냐, 생긴 것도 웃긴 게 하는 짓도 웃기도 있어. 촬영 스케줄까지 바꿔서 기껏 왔더니.. (하고, 계산대로 가는)

수 경　선생님도 나빠요, 그러는 거 아니지.

민 숙　(돈 내다 보면)

수 경　나는 선생님한테 그래도 우정을 가지고 얘기했는데.. 웃긴 놈이 뭐예요?! 나도요, 잘하고 싶어요, 누군 자고 싶어 잤어요, 그거는요, 잔 게 아니라, 기절이에요! 기절! 20일 동안 잔 시간 다 쳐도, 하루도 안 될 거예요. 매일 꼴딱꼴딱 잠 못 자고, 어제는요, 제가요, 똥구멍으로 피까지 쏟았어요, 알아요?!

민 숙　(어이없는) 너는 화장도 안 하고, 옷도 안 갈아 처입고, 촬영장에 나와, 소리치는 것도 버겁냐? 나는 이 늙은 나이에, 화장하고, 분장하고, 하루 두세 시간을 못 자, 치질 걸렸음 병원을 가지, 어디서 생색이야. (하고, 나가는)

수 경　야.. 냉정한 세상이네, 정말... (하고, 술잔에 술을 따르다가) 아줌마, 여기 소주 두 병 더!

민 숙　(가다가, 창가로 다시 수경을 보며, 답답한, 들어가려다 그냥 가는)

씬 35. 방송국 녹화장, 밤.

수진, 남편과 함께, 토크 프로에 나와, 뭔가 얘길 재밌게 하고 있는,
지오, 한 켠에서, 초조하게 수진을 보고 있는,

씬 36. 방송국 로비, 밤.

수진, 지오, 걸어서 나오는, 수진 뒤에 남편과 남편 기사가 말하며, 따라오는,

수 진　내가 정감독 작품을 얼마나 좋아해, 근데, 안 돼.

지 오　단막이라 힘드실 거는 저도 알죠. 근데, 선생님이 아니시면 정말,

수 진　(뒤에 보며) 여보, 당신 먼저 차에 가 있어요. 나 감독님이랑 얘기 좀 하게.

남 편　알았어. (하고, 지오와 눈인사를 정중하게 나누고 가는)

지 오　(남편 가자마자, 수진에게, 편안하게 웃으며) 선생님 한번 도와주라, 네? 예전에 저랑 약속하셨잖아요, 좋은 작품에서 한번 만나자고.

수 진　(남편 가는 것 확인하고, 지오에게) 부부역에 정일우 선생이라며? 내가 정일우 선생이랑.. (말 못하겠는) 암튼.. 지금 내가 아침드라마도 있고, 손감독 작품에.... 곤란해.

지 오 정일우 선생님이 불편하세요? 그럼 제가 정선생님 빼고,

수 진 그러지 말어, 정일우 선생님 정말 좋은 연기자야, 우리나라에 그만한 배우 없어. 으른들 멜로라며? 그분 해. 그분이 딱이야. 어?

지 오 이 역 정말 선생님이 딱인데,

수 진 민숙이 언니 해라.

지 오 해주까요? 돈 안 되는 단막인데?

수 진 내가 지원사격 해줄게, 언니가 돈보다도 연기 욕심이 많아서 대본만 좋음 좋아할 거야. 그럼 그렇게 해. 미안. (하고, 가는)

지 오 에이.. (하다가, 문득 생각난, 뛰어가며) 선생님.

수 진 ?

지 오 (미안한 웃음 짓고) 그럼... 저기, 제가 오민숙 선생님 찾아가볼 테니까, 오늘 제가 선생님 먼저 찾아온 건 비밀로.. 당신이 차순위라고 하면 싫어하실 거 같아서..

수 진 (웃으며) 당연히 그래야지.. 알았어. 다음에 또 봐. (하고, 가는)

지 오 몸 건강하세요! (하고, 가는 수진 보다가, 착잡한, 다시 가는)

씬 37. 방송국 주차장, 밤.

수진, 문 열고 들어서서 앉으며.

남 편 앤간하면 하지, 왜 거절을 해?

수 진 (애교스레) 정일우 선생이랑 잠자리 씬까지 있어, 당신 싫어하잖아. 그리고, 단막은 돈도 별로 안,

남 편 (말끼리 자르며, 창가 보며) 요즘 사업이 통 그런데, 앤간하면 하지.

수 진 (서운하고, 서글프게, 남편 보고)

차(남편 기사), 움직이는,

씬 38. 여관방 복도, 밤.

수경, 술에 취해, '주준영, 일어나!, 야, 주준영' 하고 문 앞에서 계속 쾅쾅쾅쾅

소리가 나는,

사람들이며, 스태프들, 자다 나와 '뭐하는 거야, 형, 왜 그래' 하고, 난리가 나고, 영웅과 해진도 방에서 나와, '잠 좀 자요, 낼 새벽 6시 촬영이면, 4시엔 일어나야 하는데..' 하고 하소연하는, 수경, 계속 문을 부서져라 두드리는, 진행, 뛰어와 수경을 뒤에서 안고, 밖으로 끌고 가려 하는,

진 행 감독님, 이러지 마세요, 이러지 마, 나랑 나가요, 예?

수 경 (몸부림치며) 이거 놔, 그리고 손규호 어딨어?

진 행 (애타는) 감독님.

수 경 너 죽을래? 손규호 어딨어, (있는 대로 소리치는) 야, 손규호!

그때, 민희, 머리에 까치집을 짓고, 반바지에 슬리퍼 차림으로 나와,

민 희 막내야, 넌 빠져.

진 행 (민희 보며) 감독님.

민 희 (수경의 먹살을 잡고, 편안하게) 따라오십시오.

수 경 너 뭐야?

진 행 (놀라) 감독님, 감독님, 누나, 왜 그래요? 참아, 취했잖아.

민 희 (버럭) 너 들어가! (수경의 먹살 잡은 채) 따라오십시오, 제가 주준영, 손규호, 선배님이 잡아 죽이게 둘이 있는 장소로 모실 테니까, 따라오십시오. (하고, 화나, 끌고 가며) 다들 주무십시오, 재미없는 구경하느라 잠 설치지 마시고! 기상은 세 시간 후, 4시 30분입니다!

수 경 (먹살을 풀려 하지만 안 되는) 야, 너, 이거 안 놔, 안 놔. (하며, 끌려가는)

민희, 수경의 등 뒤에서 스태프들, 배우들 '미쳐, 졸려, 왜 저래' 하며 하나 둘 방으로 들어가는,

씬 39. 병원 응급실 안, 밤.

수경, 멍하니 서 있고, 민희, 멍하니 앞만 보고 서 있는, 카메라, 준영과 규호, 옷 입은 채, 신발까지 신고, 링거를 맞고 자는 모습을 보여주는,

민 희 (준영 보다, 수경 보며) 어떻게 할까요, 깨워드릴까요?

수 경 (가만 보기만 하는)

민 희 방송국 앞 지나가는 개들한테 물어보십시오, 조감독이 힘든지, 감독이 힘든지. 막말로 드라마 말아먹어도 우린 저 사람들 잘못 만나 재수 없었다고 하면 되지만, 저 사람들은 아니죠. 모두 다 감독 지들 책임에, 모가지 내놓고... 깨워서, 아작을 내든 썹어 자시든, 맘대로 하십시오. (하고, 가는)

수 경 (가만 보고 있는, 맘이 아픈, 있다가, 나가려다가, 규호의 베개를 거칠지만 속상한 느낌으로 베게 해주고, 준영을 보는, 신발을 벗겨주고(준영, 뒤척이고), 이불을 덮어주고 가려다가 가만 보고, 떨리는, 작심하고 입을 맞추는)

그때, 준영 눈을 뜨고,
수경, 준영과 입 맞춘 채 눈을 뜨고, 놀란,

준 영 악!

수 경 (놀라, 자빠지며) 악!

규 호 (자다가, 이상한, 눈 뜨며) 뭐야?

준 영 미친놈. (하며, 베개로 수경을 때리고)

규 호 ?

수 경 (맞으며) 야야야, 그게, 그게..

씬 40. 몽타주 컷, 낮.

1, 여의도, 풍경, 낮.

2, 드라마국 안, 낮.
지오, 노트에 오민숙이라고 이름을 적고 계속 전화를 하는,

3, 달리는 민숙의 차 안, 낮.
민숙, 뒷좌석에 있고, 전화기 울리는 걸 보며, '누구야' 하며 핸드폰을 가방에 넣는,

4, 드라마국 안, 낮.

지오, 계속 전화를 하는, 그때, 철이 오며, '형, 나랑 얘기 좀 해' 지오, '나 지
금 캐스팅 중이야, 건드리지 마' 하고, 철이, '아, 씨' 하며 가고, 지오, 전화에
만 집중하는, 그때, 지오의 뒤로, 민철, 현섭과 그 외 다른 부서 팀장들 드라
마국 안으로 들어서는 게 보이고, 현섭, '김국장 무르게 대처 말아라, 이번에
우리 쪽에서 선수치지 않음, pbc 애들 80분 아니라, 90분도 방송 만들 애들
이야, 90분도!' 하며, 국장실로 들어가는,

지오, 전화하며, 가는 그들을 보다, 가방 들고 나가며 울리는 전화를 받는,

지 오 (나가며) 네, 정지옵니다.

씬 41. 화장품점 안, 낮.

준영모, 화장품을 고르고 있고, 지오, 그 옆에서, 조금 뻘쭘하게 서 있는,

준영모, 루즈를 발라보며, '이게 색이 괜찮나..' 하는,

지오, 짐짓 밝게 옆에 가서 다른 루즈를 들어보며 '어머니 이거 어떠세요? 준
영이가 좋아하는 색..',

준영모, 무시하고, 화장품을 보는,

씬 42. 카페 안, 낮.

지오, 차를 마시며, 속이 타지만, 감추고, 준영모를 따뜻하게 보려 하는,

준영모, 전화를 하는,

준영모 무슨 말이에요? 상가임대법이 거기서 왜 나와? 이 사람들이.. 임대법은 무슨,
이봐, 박사장.

• **점프컷 1** 〉〉

준영모 언니가 여섯 달만 쓴다며? 그래서 내가 돌려준 거지, 안 돼, 이번 달에 줘요.
언니, 내가 사채 해? 무슨 이자 소릴 해. 언니 나랑 십 오 년 돈거래하면서 날

그렇게 밖에 안 봤어요?

지 오 (어쩔 줄을 모르겠는, 종업원에게, 손짓해서) 물 좀 더. (하고, 준영모를 보는)

씬 43. 강남, 길거리, 낮.

준영모, 걸어가며 주변 길가에 놓인, 상품을 만지작거리며 전화하는.

준영모 (웃으며) 낼은 시간 안 되고, 모렌 어때? 언니, 이 세상에 공 치러 가는 약속만큼 중요한 약속이 어디 있수? 왜 다 알면서 모르는 척을 해, 왜? (하다가) 잠깐만. (하고, 지오에게 말하는) 저 앞에 건물이 내 건물인 거 알어?

지 오 (멍한, 준영모 보면)

준영모 (턱으로 앞의 건물을 가리키고)

지 오 (건물을 보는)

준영모 (웃으며, 전화하는) 다른 날 잡자, 언니. 어?

지오, 그때, 스카프 하날 집어서, 준영모 목에 걸어주며,

지 오 어머니 이거 어떠세요?

준영모 (전화하다, 보는, 뻥 한)

지 오 좋다. (주인에게) 이거 하나 주세요. (하고, 지갑 열고, 돈 주고) 어머니, 저 배고픕니다. 밥 먹어요. 이제. 여기 그 국수집이 어딨드라. (하고, 먼저 가는)

준영모 (이상한, 지오 보며, 전화하며) 아냐, 언니, 듣고 있어.

지 오 (근처를 두리번거리며, 가다가, 한 곳을 발견하고) 저깄네. (하며, 돌아보며, 손 들고) 어머니 여기요!

씬 44. 작은 국수 가게, 낮.

지오, 국수를 맛있게 먹는, 준영모, 주변을 보고 싫은, 지오를 보는,
지오, 국수를 먹으며,

지 오 어머닌 국수 안 드세요?

준영모 (보면)

지 오   국수 안 좋아하세요? 그럼 아까 시키실 때,

준영모   (국수 그릇 밀어주며) 먹어.

지 오   (웃으며) 감사합니다. (하고, 국수를 먹으며, 자신 있게) 참 저, 준영이랑 좀 심각하게 사귀고 있습니다. 뭐, 결혼도 할 수 있을 정도로요. 그래도 돼죠?

준영모   (어이없이 웃으며) 내가 허락 안 함?

지 오   (웃으며) 그럼 허락하실 때까지 결혼은 보류하고, 만남은 이어가고 그래야죠. (하고, 먹으며) 근데, 왜 이렇게 이쁘세요? 준영이보다 더 이쁘세요.

준영모   (어이없이 웃으며) 지오씨, 강준기 알어?

지 오   (웃으며) 당연히 알죠.

준영모   나는 정지오씨보다 강준기가 준영이랑은 더,

지 오   (국수를 먹으며) 아니죠, 제가 낫죠. 어머님이 절 안 겪어보셔서 그런데 제가 훨 나요. 지금이야 강준기가 경제적인 면에서 좀 나 보이는데, 저희 드라마 감독도 한 방이란 게 있거든요. 아.. 매워, 뭐가 이렇게 매워. (종업원에게) 여기 물이요!

준영모   (깔깔대고, 웃고, 지오 맘에 들게 보며, 물 먹으며) 준영이랑은 언제 첨 만났어?

지 오   벌써 7년 돼가요.. 학교 선후배였는데... (하다가, 준영모 옷의 티끌 잡으며) 뭐가 있다, 여기.

* 점프컷 1>>
길거리, 밤.
지오, 준영모와 웃으며 드라마 얘길 하는, 지오, '그 여자가 나중에 그 남자랑 결혼을 하는 건 한 8부 가면 끝이구요. 문제는 그게 아니라, 시댁에 들어가서 남자의 동생을 보는데, 예전에 만났던 사인 거예요. 얘긴 거기서부터 시작인 거죠..', 준영모, 솜사탕을 보고, '와, 저거 맛있겠다' 하고, 달려가고, 지오, 주인에게 '남들보다 두세 배 더 크게 주세요!' 하고, 웃고,

씬 45. 서우의 집 안, 밤.

서우, 지오(서우의 얘길 듣는데, 눈가가 그렁한) 앉아 있는,

서 우   (울며, 눈물 닦으며, 얘기하는, 평상복에 와인을 마시며) 그런데 그때 하필 태일이 엄마에게 연락이 와. 평생을 기다린 만남인데, 둘은 아무 말도 못해. 눈

이 먼 아들과 엄마의 재회는 그렇게.. 막막하기만 해.

지오 (눈가 그렁해, 가라앉은) 손이라도.. 잡나?

서우 아니, 둘 다 용기를 못 내지, 그때 엄마가 말해, 미안하다고... 강희는 단순한 그 말이 태일이가 사무치는 게 그리워했던 말이란 걸 알지.

지오 (눈가 그렁해 보며, 막막한) 계속.. 말해..

서우 엄마가 미안하다고 말하고, 눈이 멀고 귀까지 들리지 않는 태일의 손에 강희가 이렇게 써줘. 미안, 하대요.. 태일이가 그 말을 듣고 말하지, 괜찮다고 해줘..

지오 (막막하게 강희 보며) 그 괜찮단 말 반어지?

서우 직설이야.

지오 (서글픈 웃음 띤) 난 직설이 좋아.

서우 내가 만든 인물이거덩? 후... 그만하자. 드라마가 드라마여야 하는데 젠장 난 왜 내 일처럼.. 짜증 나. 나 더는 말 못하겠다, 우리 나중에,

지오 (조금 떼쓰듯) 아, 그러지 말고 더 해요, 드라마 얘기.

서우 머리 아퍼, 울기 싫어, 주준영 엄마 만난 얘기나, 해봐.

지오 (싫다는 뜻으로, 손사래 치고, 와인 마시고) 아까 거기 있잖아, 남자애가 여자 집에 부모 만나러 갈 때, 너무, 약하지 않나? 있잖아, 당당하게 하자. 웃기지도 않는 말도 하고, 막 도망치고 싶지만, 더 당당하게, 주눅 같은 거 들지 말고, 사내자식이 말이야, 죄송합니다부터 하니까, 넘 약해 보이지 않,

서우 (일어나며) 아무리 드라마래도, 죽을 날 받아논 애가 어떻게 당당해. 미안하지. (하고, 냉장고로 가고)

지오 (가는 서우 보며) 왜 못해? 이판사판이란 심정도 있잖아! 막말로 그 여자 아님, 걔가 누굴 사랑할 건데?

서우 (치즈를 가져와, 먹으며, 편안하게) 정감독, 준영이 엄마 만나, 심하게 당당했구나?

지오 (어이없단 듯이, 보면) 아니거덩? 드라마 얘기나 해.

서우 (지오 따뜻하게 보며) 계면쩍어 방글방글 웃은 게, 오바라고 생각함 어쩌지? 지금 그 생각하지? 준영일 안 준다고 함 어쩌지? 주준영이 만났던, 그 애의 엄마가 좋아하는 강준기보다 내가 정말 잘났나, 자꾸 되물어지지?

지오 (술 마시고, 서우 보며, 달래듯) 드라마 얘기하자.

서우 마지막 엔딩을 어떻게 갈까, 그게 젤 고민이야. 다른 건 그만그만 풀리는데.. 죽일까?

지 오 머릴 좀 써라, 뻑함 죽일 생각부터 하지 말고, 일단 결혼은 해?

서 우 할라고.

지 오 (좋은, 눈가 그렁해) 가슴 아프다. (깊게 숨 몰아쉬고) 건배. (하고, 술잔 부딪히고, 웃음 띠고) 결혼식 장면 잘 찍어야지, 돈 좀 써서. 그 담 얘기해줘요.

　

두 사람, 얘기하는 그림 위로,

　

지 오 (N) 준영아, 내가 너한텐 드라마처럼 살라고 했지만, 그래서 너한테는 드라마가 아름답게 사는 삶의 방식이겠지만, 솔직히 나한테는 드라마는 힘든 현실에 대한 도피다. 내가 언젠가 너에게 그 말을 할 용기가 생길까? 아직은 자신이 없다.

　

씬 46. 거리, 밤.

지오, 버스에서 내려, 길 걸어가는 모습이, 디졸브 처리되면서, 내레이션 흐르는,

　

지 오 (N) 그런데, 오늘 불현듯 너조차도 나에겐 어쩌면 현실이 아닐 수도 있겠구나 싶드라.

　

지오, 걷다가 횡단보도에 멈춰 서면,
길 건너편에서 택시에서 내려, 집 쪽으로 뛰어가는 준영의 모습이 느리게 보이는,

　

지 오 (N) 너같이 아름다운 애가, 나 같은 놈에겐 드라마 같은 환상일지도 모른다는 생각이. 준영아, 아니라고 해줄래? 너는 현실이라고.

　

지오, 멈춰 서서 준영을 이쁘게 보다가, 휙 하고 입바람을 부는,
준영, 그 소리에 돌아서는, 느린 그림에서 엔딩.

11부

그의 한계

사랑하는 사람과 헤어지는 이유는 저마다 가지가지다.

누군, 그게 자격지심의 문제이고, 초라함의 문제이고, 어쩔 수 없는 운명의 문제이고,

사랑이 모자라서 문제이고, 너무나 사랑해서 문제이고, 성격과 가치관의 문제라고 말하지만,

정작 그 어떤 것도 헤어지는 데 결정적이고 적합한 이유들은 될 수 없다.

모두, 지금의 나처럼 각자의 한계일 뿐!

그들이 사는 세상

WORLDs Within...

씬 1. 프롤로그.

1, 회상, 시골 논두렁 혹은 들녘, 낮.
고등학생 지오, 여러 명의 친구들과 가방을 대충 걸쳐 메고, 느린 그림으로 걸어가는, 다른 반대편에 건달 같은 학생들이, 몽둥이 등을 들고 여러 명이 오는,

지 오   (N) 아이에서 어른이 된다는 건, 자신이 배신당하고 상처 받는 존재에서 배신을 하고 상처를 주는 존재인 걸 알아채는 것이다. 그렇다면 나는 어른인가? 나는 내가 배신하고 상처 주었던 때를 분명히 기억한다.

* 점프컷 1 >>
패싸움이 난, 지오(입가에 상처 난 채), 친구 1에 의해, 나가떨어지고, 벌떡 일어나, 자신을 패고, 다른 친구와 싸우는 친구 1을 뒤돌려 세워, 죽자 사자 패는,

지 오   (N) 정확히 고 3 여름방학 때였다. 우습게도 그때는 근처 학교 애들과 구역을 놓고, 뻑하면 패싸움을 벌였다. 시골학교에 다니는 우린 심심했고, 사는 게 재미없었다. 그런데, 재수 없게, 그날은 한 놈이 이가 왕창 나가는 대형사고가 발생했다.

2, 회상. 지오 고등학교 운동장, 낮.
싸웠던 친구들, 화가 나고, 눈물이 글썽해, 교복을 벗어, 팽개치고, 운동장을 가로질러 가는, 그러다, 교문 앞에 선 지오(가방 든, 눈가 붉은)와 지오모(속상한, 맘 아픈)를 원망스레 보고, 지오를 어깨로 툭 치고, 침을 뱉고 가는, 지오모, 맘 아픈, 지오를 그냥 끌고 가는, 지오, 친구들과 반대로 학교로 가는,

지 오   (N) 그 일로 친구들은 전원 정학을 맞았다. 주동자는 나였는데, 학교에선 우

등생인 나를 잃고 싶지 않았다. 나는 불쌍한 어머니를 핑계로 그 부당한 처사에 대해 암 말도 말하지 않았다. 그 일을 계기로 난 어른이 되어갔다. 어른이 된 나는 그때처럼 어리석게 표 나는 배신은 하지 않는다. 배신의 기술이 더욱 교묘해진 것이다.

3, 회상. (1회 씬 40. 드라마국 엘리베이터 안)

준 영 (편안하게) 말하고 가. 6개월도 안 만난 우리 사이에 무슨 긴 얘기가 있어서, 주구장창 시간이 필요해? 서너 마디면 끝나지 않아?

지 오 (가만 보며, 편하게) 속이... 타나보다? 무지 답답한가보네?

준 영 (꼬나보는, 화가 나는) ...

지 오 화도.. 나나보다?

준 영 나 갖고 놀면 재밌어?

지 오 한땐 그랬지.

그때, 엘리베이터 띵 하는 소리 나고, 지오 나가는,
준영, 어이없이 엘리베이터 벽에 기대는, 시선은 지오 쪽을 보는 듯한, 문 닫히는,

지 오 (N) 그때, 그런 말로 준영을 자극한 건 분명 그때 만나고 있던 연희에 대한 배신이었다.

4, 회상. (5회 씬 6. 편집실 창문)
우산을 쓴 연희가 지오에게 다가와 뭔가 말하는 모습이 보이고, 지오, 그런 연희를 보고, 그냥 지나쳐가는, 연희, 우산을 쓰고 지오를 보는,

지 오 (N) 그러나 난 연희에게 단 한 번도 미안하단 말을 하지 않았다.

5, 회상. (8회 씬 2. 준영의 집 침실)

준 영 (지오의 귀를 만지며) 밀가루 빚어논 거 같다, 보들보들한 게.

지 오   (귀를 잡은 준영의 손을 내리며) 내가 해준달 때 지는 척하고, 빠져. 넌 왜 그
        렇게 눈치가 없냐? 나 진짜 맘먹었다고?

준 영   (제 팔에 얼굴을 기대며, 투덜대듯) 눈치가 없는 게 아니라, 널 사랑해서 그런
        다, 이 바보야. (하고, 윙크하는)

지 오   (N) 준영이가 손규호의 B팀으로 간다고 할 때, 나는 내가 간다고, 너는 빠지
        라고 했지만, 거짓말이다.

지 오   (N) 나는 절대 손규호의 뒤치닥거릴 할 맘이 없었다. 내가 한 배신이 이렇게
        수두룩한데, 오늘 밤 일쯤이야, 그건 아무것도 아니었다.

       7, (10부 씬 46. 엔딩 씬 / 없는 부분, 촬영 요). 준영 집 동네 앞 건널목, 밤.
       지오, 즐겁게 입바람을 휙 하고 불고, 준영, 가다가 돌아서면,

지 오   (손을 드는)

       그때, 준기의 목소리 들리는,

준 기   (준영 뒤쪽에서) 여기!

지 오   ? (길가 쪽 소리 난 쪽을 보는)

준 영   (반갑게, 뛰어가는)

지 오   (그런 준영을 보는)

       준기, 준영, 웃으며, 걸어가며 얘기하는,
       지오, 그런 준영을 물끄러미 보는, 그러다, 전화를 하는,
       준영, 준기와 웃으며, 가다가, 밈춰 서서, '선화 좀 받고' 하며 전화를 꺼내 받
       으며,

준 영   어, 나야.. 뭐.. (하고, 길 건너편을 보면)

지 오   (손 흔드는, 준기를 못 본 척하는)

준 기   (지오를 보는)

준 영   (반갑게, 지오 쪽을 보고, 손을 흔들며, 방방 뛰는) 여기, 여기!

지 오   (짐짓 더 당당하게, 기분 좋게, 횡단보도를 건너는)

씬 2. 2층, 커피숍 앞, 밤.

2층 창으로 보면, 준기(담담한), 종업원에게 물을 달라고 하고,
카메라, 1층 출입구 쪽으로 오면, 지오와 준영, 내려오는,

준 영 같이 차 마시고 가.

지 오 (편안하게 웃으며) 진심이야?

준 영 (찔리는) 그, 그럼 지, 진심,

지 오 (말꼬리 자르며) 근데 왜 말을 더듬어?

준 영 야, 내, 내가, 무, 무슨..

지 오 (웃으며) 야, 너 그러는 거 아니다, 촬영한다고 보름 이상 못 봤는데.. 시간 남
날 보러 와야지, 지난 애인이랑 사바사바 약속이나 하고,

준 영 그, 그게 아니고, 내, 내가.. 주, 준기씨 보고 선배 집에 가, 갈라고, (하다가,
짜증을 확 내며, 지오를 주먹으로 때리며) 자꾸 왜 그래? 선배가 자꾸 그렇게
말하니까, 내가 괜히 잘못한 것도 없는데, 막 더듬고 그러잖아!

지 오 (웃으며) 알았어, 알았어, 야, 근데 쟤 내 상상보다 별로다.

준 영 (어이없이 보면)

지 오 남자답긴한데, 쟤 좀 범생이지? 그지?

준 영 (지오를 툭 치며) 왜 이래, 능글능글 징그럽게. 괜히 실실대고. 뭐 잘못 먹었
어?

지 오 들어가. (하고, 가는)

준 영 우리 집에 가 있어.

지 오 (준영 보고, 뒤로 걸으며) 나도 낼 일 많거든요. 그리고, 이 집 에스프레소 맛
있다. 딴 거 먹지 말고, 그거 먹어.

준 영 집에 가 있어!

지 오 간만에 만났는데, 시간 쫓기지 말고, 천천히 얘기하고 와. (꾸짖듯) 그렇다고
넘어가면 안 되고, 자식아. 갈게. (하고, 웃으며 가는)

준 영 전화할게. (하고, 웃으며 들어가는)

지오, 가다가, 아무렇지 않은 듯 힐끔 뒤를 돌아서, 2층을 보면, 준기와 준영
이 웃으며, 차를 마시는 모습이 보이는,

씬3. 지오의 옥탑 마당 , 밤.

지오, 괜히 좀 과잉되게 노랠 흥얼거리며 옥탑방을 올라가, 문을 열다가, 한쪽에 놓인, 시골에서 온 택배를 보는,

씬4. 지오의 주방, 밤.

지오, 노래를 흥얼거리며, 시골에서 온 양념이며, 호박, 감자 등을 냉장고에 쟁여 넣다가, 갑자기, 궁시렁.

지오　미친놈. 헤어질 땐 언제고 갑자기 주준영이랑 차는 왜 마시고 싶어져. 얼굴은 희멀건해가지고, 지가 의사면 다야. 눈알은 힘을 주고. 목에 기부스한 것도 아니고 빳빳하게 뱀대가리처럼 치켜들고, 괜히 멋있는 척, 미친 새끼. (하고, 시계 보면, 12시가 넘은, 탁자에 놓인 핸드폰을 보고, 가서 열어보면, 통화 기록이 없는, 덮고, 다시 냉장고를 정리하고, 빈 반찬통을 보고 꺼내 무말랭이를 손가락으로 집어먹으며) 이건 왜 전화도 안 해. 무슨 할 얘기가 그렇게 많다고.. (하다가, 무말랭이를 퉤퉤 뱉으며) 에씨, 상했네. (하고, 다시, 정리를 하다가, 한쪽에 있는 고등학교 친구들이 커서 만나서 찍은 사진을 들어서, 맘 짠하게 웃고, 담담히 보는)

지오　(N) 같이 패싸움을 했던 친구들과 내가 다시 만난 건 불과 몇 년 전이다. 꿈에서도 죄의식에 시달리다가, 어느 한 날 술에 취해 한 놈을 찾아가 미안하단 말도 못하고, 엉엉 울었다. 그때 친구놈은 뭐 그런 걸 기억하고 사냐고, 내 어깨를 다독여주었다. 내 인생에서 가장 초라한 순간이었다. 그때 다짐했다. 다신 그 누구 앞에서도 초라해지지 않겠다고. 그러고 보니 배신을 당했다고 말하든 했다고 말하든, 그 어떤 순간도 난 초라해지는 게 싫었다. 그런데, 나는 지금 참 초라한 느낌이 든다.

(냉장고 밑에 물건들을 넣다가, 안 들어가자, 우겨 넣다가, 야채칸이 박살 나는, 짜증 나는) 아, 정말 엄만 뭘 이런 걸 이렇게 많이, 누가 먹는다고.. (물을 마시며, 답답한, 궁시렁) 미친놈. 그냥 준영일 데리고 오지, 아님 같이 차를 마

시든가, 뭐한다고 잘난 척을 하고, (앞에서 했던 씬을 재연하며) 근데, 그놈 상상보다 별로다? 아으, 지랄. (하고, 물잔을 탁 소리 나게 탁자에 놓고, 가방 들고, 나가는)

자막 – 그의 한계(좌에서 우로 검은 화면)

씬 5. 카페, 밤.

창가로 보면, 준영, 준기 깔깔대고 웃는, DIS.

씬 6. 방송국 소품실, 밤.

지오, 철이, 소품실 직원, 소주병에 인쇄해 온 상표 붙이면서 얘기하는,

철 이 손규호 작품엔 조연출이 셋이나 붙는데, 우린 조연출도 없이, 이게 무슨 짓인지, 데뷔하는 작품에 할 것도 많은데, 귀신 나올 거 같은 이누무 소품실에서, 그리고 좀 리얼하게 소주병 상표 좀 나옴 어때. 전부 가짜 상표로 이게 뭐야.. 리얼하지 못하게.

지 오 넌 뭘 그렇게 궁시렁대?

직 원 (웃으며) 감독님 그거 삐뚤어졌는데...

지 오 (바로 붙이며) 근데, 무슨 소주병을 이렇게나 많이 만들어요.

직 원 (철이 보며, 웃으며) 철이씨가 주인공 집 안을 소주병으로 도배하고 싶대서, 빈 소주병 사러 오늘 내 시장 돌아다녔잖아요. 데뷔 작품만 아니어도 대충 할 건데, 데뷔작이니까.

철 이 (좋은, 직원에게) 고맙습니다.

지 오 (철이 보며) 넌 캇트나 좀 신경 쓰지, 뭐한다고 이런 아이디얼 내냐? 대본 보러 나온 나까지 끌고 와서.. 대본은 맘에 드냐?

철 이 별로.. (웃으며) 내가 쓰는 게 날 뻔했어.

지 오 (팰 듯이, 손을 들었다 놨다 하며) 에우, 에우..

철 이 (웃으며) 근데 주준영 선배가 수경형 잡아 족친다고 아주 동네방네 소문이 떨떠르하게 났드라.

지 오 (웃으며) 전설의 조연출 주준영이, 미친 조연출 양수경하고 일할람 잡아 족칠 만하지.

직원, 철이 전설의 조연출?

지 오 (준영의 얘기가 나오니까, 좋은) 너 그거 몰라, 나와 주준영의 닭 사건?

직원, 철이 (고개 저으면)

지 오 (입맛을 다시며, 재밌는 듯) 4년 전 일이다. 내가 첨으로 단막을 찍을 때지.

씬 7. 지오의 회상, 시골, 낮.

　*1. 회상, 낮 〉〉
닭이 막 도망을 가고, 준영을 포함한 스태프들 '야, 야, 저 닭 잡아!' 하며 뛰어 다니는, 카메라, 뒤쪽으로 가면, 지오, 모니터 앞에서 화나, 준영 쪽을 보면,

지 오 (E) 그 드라마는 닭이 주인공이었어. 닭의 시선으로 세상 사람들의 온갖 세상의 작태를 풍자하는, 블랙 하이 코미디. 근데 섭외해 온 이누무 닭새끼가 말을 들어야지.

　*2. 회상, 낮 〉〉
준영(다른 날), 장독대로 올라간 닭을 잡으려다가, 간장독을 깨고,

지 오 (E) 이게 카메라 공포증이 있는지 카메라 가기 전엔 말도 제법 듣는 거 같았는데, 큐만 하면 밥상 위를 올라가야 하는데, 장독대로 올라가고,

　*3. 회상, 낮 〉〉
닭이 자는, 준영, 그 앞에서 울상이 돼서, '야, 야' 하며 막대기로 닭을 건드리는,

지 오 (E) 뛰어놀아야 하는데, 졸고 자빠졌고, 속을 썩이기 시작하는데, 오전 나절 내내 그러다 내가 더는 못 참고 이렇게 말했지.

　*4. 회상, 낮 〉〉

닭을 건드리는 준영 옆에 와서, 지오 화나 소리치는,

지 오 (버럭) 야, 연기 잘하는 닭으로 바꿔! (하고, 가는)

준 영 (울상이 된)

지 오 (E) 너도 알다시피, 말 말고 모든 동물은 소품 담당이지만, 그 닭은 소품 정도
가 아닌 거지, 주연이니까. 조감독이 챙겼거든.

＊5. 현실, 소품실, 밤 〉〉

철 이 (스티커 붙이며, 낄낄대며) 주연 닭?

직 원 (낄낄대고 웃는)

지 오 (신난) 암튼, 그 담부터 주준영의 닭 퍼레이드가 시작된 거야.

＊6. 회상, 낮 〉〉
지오, 모니터 앞에 앉아 있는,

지 오 야, 그 닭 인상이 왜 그렇게 험악하냐?! 딴 닭!

순간 닭이 바뀌는,

지 오 야, 그 닭 눈알이 뭐야?! 딴 닭?!

준영, 한쪽의 닭을 들고 와 닭 놓고, 있던 닭을 가지고 뛰는,
지오, 모니터 앞에서, 화나,

지 오 야야야, 다른 닭 없냐, 다른 닭?!

＊7. 회상, 낮, 점프컷 〉〉

지 오 이 닭대가리 같은 자식, 다른 닭 가져와!

*준영, 닭을 들고 냅다 뛰는, 닭을 안고 뛰고, 머리에 이고 뛰고, 닭 두 마릴 들고 뛰고, 난리도 아닌,

지오   (E) 그렇게 그날 하루 촬영을 못하고 닭 열세 마릴 바꿨어, 그런데, 그 밤.

*8. 회상, 시골집, 밤 〉〉
지오, 자는데,

지오   (E) 내가 자는데, 노크 소리가 똑똑똑 나는 거야.

*9. 현실, 소품실, 밤 〉〉
철이, 직원, 침을 꼴딱 삼키는,

지오   니들도 알다시피 감독이 자는데 전쟁이 안 나고서야 누가 감히 감독을 깨워? 내가 잘못 들었나? 싶었지.

*10. 회상, 시골집, 밤 〉〉
지오, 자는, 지오의 말처럼 상황이 변하는,

지오   (E) 시간은 새벽 3시가 좀 넘었나.. 암튼 나는 노크 소릴 무시하고, 몸을 몇 번 뒤척이다, 다시 잠에 막 빠져들었는데.. 그때 문이 스르륵 열리고, 동시에 찬 바람이 휙 하고 내 머리카락을 흩날리고 지나가는 거야, 어, 이게 뭐지, 눈이 번쩍 떠지드라고.. 그리고 천천히 문 쪽으로 고갤 돌리는데,

준영, 닭을 두 마리 잡고, 땀을 흘리며,

준 영   (한 마리씩 들이밀며) 감독님, 이 닭이 좋으십니까? 아님 이 닭이 좋으십니까. 아니면, (하고, 준영 닭을 뒤로 확 버리며, 큰 닭 리어카를 방에 들이밀며) 어떤 닭이 좋으십니까?

닭장의 온갖 닭이 꽥꽥대는 (C.U),

지 오   (땀을 흘리며, 놀라, 소리치는) 엄마야?! 엄마야?!

＊11. 현실, 소품실, 밤〉〉
철이, 직원, 낄낄대고 웃는,

지 오   (웃으며) 내가 오줌까지 지렸단 거 아니냐? (그때, 전화 오고, 핸드폰 받으며, 잠깐만 하는 눈인사하고, 일어나 나가며) 어디냐?

씬 8. 윤영의 사무실 안, 밤.

준영, 커피를 마시며, 문 쪽 복도를 보며, 전화하고 있는,
복도 쪽에서 윤영, 직원들에 둘러싸여 주식에 대한 일 얘기를 하는 모습이 보이는 진지한,

준 영   (그런 윤영을 보며, 기분 좋게 전화하는, 지오를 골리려는 맘이다) 어디긴 카, 페, 지. 당근 강준기랑 있지. 아직도는 무슨.. 이제 시작인데. 언젠, 간만에 만나 진하게 회포 풀라며요?

씬 9. 방송국 밖, 정원, 밤.

지오, 전화하며, 방송국 밖으로 나오며, 어이없는 웃음 짓고,

지 오   그래서? (시간 보며) 지금이 새벽 2시가 넘어가는데.. 아직도 회포를 푸시는 중이다? (속상함 감추고, 웃으며) 야... 둘이 내가 생각했던 것보다 꽤 많이 찐했나보다. 그래?

씬 10. 윤영의 사무실 안, 밤.

준 영   (재밌는) 그랬다 그러면 상처 받을라고? 근데.. 화났어?
윤 영   (들어와서, 한쪽의 커피포트에서 커피를 타고, 준영에게 더 마시겠냐고 눈으로 묻는)

준 영 (잔을 내밀며, 달라고 하는, 지오 놀리는 게 재밌는) 아니긴, 목소리 까는 게
화났는데, 화났지?

씬 11. 방송국 밖, 정원, 밤.

지 오 (불쑥, 웃음 띤) 너.. 집이지? 근데.. 괜히 나 열 받으라고 카페라 그러지, 그지?

씬 12. 윤영의 사무실 안, 밤.

준 영 (웃으며, 커피를 받는데) 그렇게 믿고 싶지?
윤 영 (손이 가늘게 떨리는)
준 영 (이상한 듯 보면)
윤 영 (웃으며, 편안하게) 내가 술을 너무 먹는 거지. (하고, 자리로 가는)

씬 13. 방송국 밖, 정원, 밤.

지 오 (짜증 나는, 작게 숨 고르고) 정말 집 아냐?

씬 14. 윤영의 사무실 안, 밤.

윤 영 (서류를 보는)
준 영 그렇게 못 믿겠음 우리 집에 가보든가.. 글쎄 집엔 못 들어갈 거 같은데,

씬 15. 방송국 밖, 정원, 밤.

지 오 뭐?!

씬 16. 윤영의 사무실 안, 밤.

준 영 그냥 준기씨랑 얘기 좀 하다가, 바로 촬영 갈라고. 자면 못 일어날 거 같아서.
선배네.. 에이.. 그건 안 되지, 왔다 갔다 시간이 얼만데.. 게다가 넬은 강남 출

발이고.

씬 17. 방송국 밖, 정원, 밤.

지 오 (화난) 야, 걔랑 이 시간에 니가 무슨 할 얘기가 그렇게 많아서, 날밤을 까고
얘길... 그 자식은 의사라며, 수술 안 해?

씬 18. 윤영의 사무실 안, 밤.

준 영 웬 그 자식?

씬 19. 방송국 밖, 정원, 밤.

지 오 너, 그래서 집에 안 가? 속옷 안 갈아입어? 이런.. 드런.. 야, 여자가 속옷을 하
루에 한 번은 갈아입어야지, 이틀씩이나.. 너는 애가.. 냄새나게,

씬 20. 윤영의 사무실 안, 밤.

준 영 어, 준기씨 화장실에서 왔다. 선배 안녕. (하고, 전화를 멀리하며) 알았어, 봐
서 전화할게..
지 오 (F) 봐서는 무슨.. 전화해!
준 영 (전화기에 대고) 봐서. (하고, 끄는, 재밌는)
윤 영 (일하며, 웃으며) 잘들 논다.

씬 21. 방송국 밖, 밤.

지오, 후후 깊게 한숨을 쉬는, 답답하고, 화가 나는, 밖으로 나가는,
한쪽으로 보면, 현섭의 차 서고, 현섭, '미쳐, 미쳐, 이 자식들 싹 다 죽여버려
야지, 싹 다!' 하며 내리고, 민철과 오부장, 내려, 뛰어서, 방송국 안으로 들어
가는 게 보이는,

씬 22. 윤영의 사무실 안, 밤.

윤 영 (서류에 사인하며, 손이 이상한지, 주먹을 폈다 쥐었다 하며, 준영에게 얘기하는) 엄말 이해하는 법? 밤늦게 찾아와서, 참 뜬금없이 무슨 말이야?

준 영 손을 왜 그래요?

윤 영 (아무렇지 않게) 좀 저려.

준 영 맨날 밤샘 촬영에 CF에 회사 일까지, 그렇게 일하다 죽겠다.

윤 영 (창가를 턱으로 가리키며, 웃으며) 밖에 저것들 다 갖기 전엔 안 죽을라고.

준 영 가져서 뭐하게요.

윤 영 (사이) 글쎄 그 생각은 안 해봤네.

준 영 가끔 되게 골때리는 거 알죠?

윤 영 (웃고, 술 마시고) 근데 정말 무슨 일이야?

준 영 (편안하게 보며, 어색한 웃음 짓고) 정감독이.. 좋은 드라말 할라면, 그 전에 먼저 엄마랑.. 나도 엄마랑 사이가 별로거든요... 그래서, 조언 좀 받을까 싶어 가지고.. 나중에 엄마랑 화해하셨다고 들어서,

그때, 전화 오고, 윤영(웃으며, 얘기 듣다가, 눈짓으로 '잠깐만' 하고) 전화를 받는,

윤 영 (영어로) 오랜만입니다. 창씨. 그렇잖아도 내가 오늘낼 들어갈라고 했는데... 아니, 아니, 이번엔 내가 갈게요.. 그쪽에서 전번에 왔잖아..

준 영 (커피 마시며, 윤영을 보다, 창가를 보는)

씬 23. 준영의 집 안, 새벽.

지오, 소파에 앉아서, TV를 켰다 껐다 하다, 한쪽을 보면, 저금통이 보이는,

* 1. 플래시백 》》

준 영 와, 돈 많다, 내 꺼야?

지 오 (청소만 하며) 없는 애들 줄 거야, 너도 좀 하지.

준 영   (TV 위에 놓으며) 싫어.

*2. 점프컷 >>
지오, 작게 웃고, 저금통 내려놓고, 시계 보면, 5시가 다 돼가고, 화가 나 일어
나 나가는, DIS.

씬 24. 윤영의 사무실, 새벽.

윤 영   (서글프게 웃으며, 준영을 보며) 나야. 커서 엄마처럼 살아서 이해하기가 쉽
지만.. 자긴 그냥 자기 산 대로 살지. 다 컸는데, 왜 그래? 불편하지 않잖아?

준 영   (맘 아프게, 윤영 보며) 머리가 아퍼서.. 이해할 수 있다면 하고 싶어요.

윤 영   (낄낄대고 웃으며) 맞다, 그게 머리가 아프지. (차 마시고, 의자 돌려 창가 보
며) 그냥 별거 아니고, 어느 날 문득 왜 그 생각이 들었는진 모르겠는데... 엄
마가 빈집에서 하루 종일 대체 뭘 할까 싶드라. 그래서 생각을 해봤는데, 그러
고 나니까, 이해까지는 아니지만 조금은 편해지드라고.

씬 25. 거리, 새벽. 걸어가는 준영 + 준영모의 하루

준영, 걸어가는,
준영, 걸어가는 모습과 화면 분할이 되는,

*1. 분할된 화면에, 준영모, 어두운 거실 소파에 누워 과일을 먹으며, TV 보는 모습,
디졸브 되고, 백화점에서 옷구경하는 모습이 디졸브 되고, 혼자, 레스토랑에서 혼자,
스테이크 먹는 모습이 디졸브 되고, 친구들과 웃으며, 포커 치는 모습이 디졸브 되고,
혼자 주방에서 핸드폰으로 게임하는 모습이 디졸브 되고, 창가에 기대서, 노래방에
서 혼자 노랠 부르는 게 디졸브 되면서 화면 사라지는,

준 영   (걸어가다가, 멈춰 서서, 맘 아픈, 눈물 나는, 눈가 닦고)

*2. 인서트 – 창가를 보는 윤영.

윤 영 그리고 더 중요한건 엄마의 과거는 과거일 뿐이라는 거고. 다 지나간 일이야.

*3. 현실 〉〉
준영, 조금 맘이 좀 편해진 듯, 촬영버스 세워진 곳으로 가, 인원을 체크하는
듯한 민희에게 '잠 좀 잤니?' 하며, 버스에 타는

민 희 네. (하고, 뛰어오는, 수경을 보고 소리치는) 빨리 오십시오, 빨리, 3분이나..
뭐야, 정말.

수 경 (달려오며) 미안, 미안, 미안. (하고, 차에 타는)

씬 26. 촬영버스 안, 아침.

준영, 대본을 보는데, 수경, 준영 지나쳐 가며,

수 경 (준영에게) 좋은 아침.

준 영 (꼬나보는)

수 경 (씩 웃으며, 뒤에 앉는)

준 영 (어이없는, 대본 보는)

민희, 들어오며 '죄송합니다, 늦었습니다, 갑시다, 기사님!' 하면, 차 출발하고,
민희, 수경이 뒷좌석에 앉아 있는 걸 보고, 이상하단 듯 수경의 옆에 앉으며,

민 희 웬일이십니까, 주선배 옆에 안 앉고.

수 경 (자게 자신만만한 웃음 띠고, 민희 보며) 빅 뉴스 하나 알겨줄까?

민 희 (어이없단 듯 앞만 보며) 변비라드니, 똥싸셨습니까?

수 경 그것도 있고, (민희 귀에 대고, 작게) 나 전번날 주준영하고 입 맞췄다.

민 희 (수경 보며, 놀란) ?!

수 경 (낄낄대고 웃으며, 두 손으로 얼굴을 가리며) 아, 수줍어.

씬 27. 규호의 촬영장(바닷가), 몽타주.

1. 규호, 해진과 호걸이 바닷가에 앉아, 얘기하는 씬을 찍는,
오디오감독(C.U), 오디오를 만지고, 뭔가 소리가 들리는지, 스태프에게 '자꾸 지지지직거린다, 배우들 마이크 체크해!' 하고,

* 1. 점프컷 〉〉
스태프, 배우 마이크를 옷으로 가려주고,

* 2. 점프컷 〉〉
오디오감독, 오디오기를 조작하며 정밀하게 들으며, 답답하게 말하는,

오디오감독 이런 (규호에게) 바람이 너무 센데... 바람 잦아들 때까지 좀 기다려야 될 거 같은데, 채널을 바꿔도 소용이 없고,

규 호 배경도 별론데, 바람까지.. (답답한, 시계 보며, 옆의 진범에게) 김부장님 어딨냐?!

그때, 섭외부장(3부에 나왔던), 뛰어오며,

섭외부장 손감독님, 무슨 일?

규 호 여기서 풀 샷 하나 갈 테니까, 근처 다른 장소 알아봐줘요. (하고, 진범에게) 넌 양수경이 보고, 이리로 오지 말고, 김부장하고 연락해서, 이동하는 장소로 오라 그래. (배우들에게, 큰 소리로) 가자, 가자, 가!

섭외부장 (답답한, 가며, 진범에게) 일단 봉평 쪽으로 가자. (혼잣말) 이쁜 여배우 씬만 나옴 힘을 주고.. 에으..

진 범 (가는 김부장 안됐게 보고, 수경에게 전화하는) 형 나 진범인데, 어디야?

씬 28. 달리는 촬영차 안, 낮,

수 경 이런 이런.. 내가 그래서 뭐래, 이제 바닷가 지겹다고 딴 데 알아보라고.

준영, 민희 (수경 보면)

수 경 (거드름을 피우듯) 야, 당황하지 말고 거기서 내륙도로 타고, 2킬로 지점 가면 메밀밭 있어, 그럼 그림 죽이지. 그리로 가라. 그래. (하고, 앞의 준영에게 얼굴 디밀며) 나도 일 좀 하지 않냐?

준 영 (손으로 수경의 얼굴을 밀며) 냄새나.

씬 29. 몽타주, 낮.

1, 공항, 윤영, 직원들과 외국으로 나가는,
2, 회의실에서 열띠게 토론 중인, 민철 외 본부장, 다른 부장들,
(1, 2의 그림이 교차되면서 가는)

씬 30. 드라마국 복도, 낮.

민철, 전화를 하며 가는, 현섭, 오부장 속상하게 걸어가는,

현 섭 (오부장에게) 미치겠네, 진짜.

오부장 그 자식들 징계처분한다니까, 뭐래요?

현 섭 히히 왜 그래 하며 웃드라.

오부장 웃어? 미친 .. 이... 찢어 죽일 누무..

현 섭 사람을 찢어 죽이면, 증거가 남아서 되냐, 갈아.... (제 입을 치며) 내가 이누무 방송사 다니면서 죄만 짓지, 죄만.. (하고, 민철의 전화를 확 뺏으며) 고만 좀 전화질 좀 해. 자식이, 연애질하느라 일을 못해.

민 철 다른 프로덕션 알아봐야잖아, 그럼 어디든 전화를 해야 할 거 아뇨!

현 섭 맛네. (전화 주며) 해. (하고, 기며, 오부징에게) 그래서, 내책 마련은 어떻게 할 거냐?

오부장 (가며) 나도 몰라.

민 철 (걸어가며, 전화하지만, 안내음으로 넘어가버리는)

씬 31. 드라마국 안, 낮.

민철, 현섭, 오부장, 심부장, 송부장, 그 외 부장들과 서너 명의 감독 앉아 있는,

송부장 걔들 다른 방송사하고 연계해서 이 바닥에서 일을 못하게 해야 하는 거 아냐? 아니, 방송 한두 달 앞두고, 프로그램을 다른 방송사 준단 게 말이 돼,

현 섭 다른 방송사랑 우리랑 한 편입니까? 적인데.. 무슨 연계? 뛰어가는 놈 다리나 안 걸면 고맙지.

감 독 (답답한) 그래서, 어쩔 건데요? 여깄는 나나 (옆의 명진 가리키며) 앤 내년 라인업 땜에 일이 진행 중이고, 지오형은 단막 찍고, 주준영은 군번도 아니고, 쓸 만한 기획안도 없고,

명 진 (답답한 듯, 풀 죽은) 제가 할게요.

민철 외 (명진을 보는)

씬 32. 지경의 김밥집 앞, 낮.

지오, 급하게 차 몰아 와, 세우고, 뛰어가는,
매형이 동성(우는)을 패고 있고, 지경이 말리고 있는,

지 경 그만해, 애 죽이겠어!

매 형 (동성을 때리며) 이누무 자식, 니가 학굘 안 가?! 엄마 아빠가 누굴 믿고 사는데, 니가 학굘 안 가, 자식아! 말해봐, 왜 학굘 안 가! 뭐가 불만이라 학굘 안 가!

지 오 (뛰어와, 매형을 말리며) 매형, 매형.. 참아요, 참어.

지 경 지오야, 매형 좀 어떻게 좀 해, 아이고, 힘은 으찌나 쎈지..

매 형 (지오에게 끌려가며) 내가 자식아, 돈 있고 널 유학을 안 보내냐? 내가 어디다가 금부칠 숨겨두고 널 유학 안 보내!

동성, 눈물 닦고, '에이 쌍' 하며 다른 길로 가버리고, 지경, 뛰어가며 '동성아!'

지 오 (말리며) 매형! 매형.. 진정해요, 진정해.

그때, 카메라 돌아가면 연희 보이는,

씬33. 김밥집 안, 낮.

연희, 지오 같이 앉아 있고, 지경, 손님들 줄 김밥을 썰며,

지 경 오늘 아침에 선생님이 전활 했더라고, 일주일째 아프다고 전화만 오고 학굔 안 오는 게 아무래도 이상해서 했다고. 그 전화 받고, 너한테 아까 전화하는 걸 애 아빠가 들었지 뭐야, 되는 일도 없지. (하고, 종업원에게 김밥 주며) 5번 테이블. 아.. 배야.. 놀래 그러나... 쌩배가 아프네. (하며, 휴지 들고 나가는)

연 희 (물 마시며, 지오 보며) 동성이가 공불 잘했구나.

지 오 (답답한) 넌 점심 먹을려다가 날벼락 맞았다.

연 희 좀 웃어. 오랜만인데.

지 오 (어색하게 웃으며) 너랑 나랑 임마, 실실대고 웃으며 볼 사이는 아니지.

연 희 나 돈 좀 있는데.. 동성이,

지 오 (보면)

연 희 (웃으며) 엄마가 맨날 뻥만 치는 줄 알았는데, 이번에 진짜 아파트 분양 대박 쳤잖아.

지 오 (웃으며) 좋겠다. (하고, 물만 마시는)

연 희 (가만 보다가) 방송국 들어가? 그럼 같이 가자. (하고, 가방 챙기는)

지 오 (이상하단 듯 보면) ?

연 희 회사에서 오래전부터 드라마 세트 제작에 관심이 있었어. 나도 그렇고. 지금 오락 프로 맡고 있는데, 좀 있음 드라마 쪽도 우리가..

지 오 ..

연 희 (불쑥) 준영이랑은 잘돼?

지 오 (앞만 보며) 너무 잘되지. 먼지 가. 난 캐스딩 땜에 지방 가야 돼.

연 희 (웃고, 일어나며) 애인 잃은 건 별로 아쉽지 않은데, 친구까지 잃은 거 같아 좀 그렇다. 담에 보면 말도 더 하고, 그러자. 잘 가. (하고, 가는)

지 오 (가는 연희를 보며, 편하게 웃으며) 자식.. (물 마시려다가, 이상한, 다시 창밖을 보면)

준영모의 차, 건너편 건물 앞에 서고, 이내 수위 달려와 차문을 열면, 준영모와 친구 1, 얘기하며 내려서 건물로 들어서는,

지오, 멍한, 두 사람을 보고, 건물을 올려다보는,

준영모 (E) 이게 우리 건물인 거 알어?

창밖으로 보면, 초라한 김밥집에 앉아 있는 지오와 이쁜 준영모의 건물이 대비되게 보이는,

씬 34. 봉평 갈대밭(혹은 차밭), 낮.

* 1. 장비팀, 땀 흘리며 카메라를 설치하는 모습 보이는,

* 2. 점프컷 〉〉
수경, 열심히 장비팀을 돕고 있는,

* 3. 점프컷 〉〉
봉균, 스테디캠을 메고 있는 모습이 보이고,

* 4. 점프컷 〉〉
규호(한쪽에서 콘티를 짜는), 그때, 해진(분장한 채) 옆으로 와서 앉으며 말하는,

해 진 (좋은) 어제 나 신문에 디게디게 크게 나왔어요, 봤어요?
규 호 (대본만 보며, 웃으며) 우리나라 배우들 진짜 없는 거지, 너까짓 걸 1면 탑으로, 참.
해 진 오늘도 매니저 오빠가 그러는데, 취재 나온대요.
규 호 밤에 시간 비워놔라.
해 진 (보면)
규 호 나중에 잘나가게 됨 길거리 데이트 못할 거 아냐. 데이트하자. (하고, 스태프 쪽에 대고, 소리치는) 준비 아직도냐? (스태프에게) 야야야야, 그걸 왜 거기다 해!

＊5. 점프컷 〉〉

준영, 해진에게 리허설을 준비시키는, '니가 호걸이랑 얘기하다가, 저기 저쪽으로 막 달아나는 거야, 그럼 카메라 감독님이 스태디캠으로 널 따라다닐 거야', 해진, '네' 하면, 준영, '리허설 두어 번 할 거니까, 정신 바짝 차리고 하고, 슛 들어가면 NG 내지 말기다' 그때, 기자 오며, '저 장해진씨랑 인터뷰 좀' 준영, 그들을 비켜 나오다, 선을 잡은 수경과 부딪히는,

준 영   (수경을 보면)
수 경   (윙크하고 웃고, 가며, 스태프에게) 야야, 거기 밑에 자갈 깔렸다.
준 영   (어이없단 듯 수경을 보고, 가는)

카메라, 준영 가는 모습 잡다가, 한쪽으로 빠지면, 지오가 준영을 편하게 보며 있는, 민희, 일하다가, 지오 보고, '선배님' 하고,

씬35. 갈대숲 + 차 안, 낮.

준영, 민희, 여자 스태프들 모두 풀밭으로 '우리 보여?' 하며 뛰어가면, 멀리서, 차 두 대 세워놓고, 지오와 수경 그들을 보며,

지오, 수경   보여!

준영, 민희 외 뛰어가며, '눈도 좋아' 하며 막 뛰어가는,

지 오   (웃으며) 보여! 아, 아, 주춤거리지 말고 계속 달려, 보여!

준영 외, 뛰어가며 '어디까지 뛰어!' 하며 뛰어가는,

지 오   야야, 이제 안 보여, 앉아!

준영, 뛰는 여자들에게 헉헉대며 '앉아, 앉아' 하며 앉는,

수 경 (낄낄대고 웃으며) 보이는데... 바보들......

지 오 (웃고, 수경에게) 일 할 만하냐?

수 경 그만그만. 근데, 정말 나 보러 왔어? 나 일 잘하나, 못하나 볼라고?

지 오 오민숙 선생님도 보고, 너도 보고, 겸사겸사.

수 경 오민숙 샘은 안 한다 그럼 나한테 말해, 내가 해줄게.

지 오 임마, 니가 무슨 힘으로 그걸 해줘.

수 경 나만 믿으라니까. 그 샘 나람 꺼뻑 죽어. (웃으며, 앞 보며) 야, 근데 재들 좀
       심하다, 소리 넘 크다,

지 오 (웃으며, 툭 치며) 장난 고만 쳐, 자식아.

수 경 주준영 저거 정말 잘 뛰어.

지 오 (웃고, 앞을 보면)

       준영, 막 뛰어오는 게 보이는,

수 경 이쁜 년.

지 오 (보는)

수 경 (지오 귀에 대고, 말하는) 형 나, 재랑 입 맞췄다.

지 오 ?!

수 경 차 시동 걸어야겠다, 재 빽빽대기 전에. (하고, 차 하나로 가서 시동을 거는)

준 영 (학학대며, 지오 옆에 와서 서며) 아, 시골 오면 볼일 보기 힘들어서, 방광 터
       지는 줄 알았네..

지 오 (조금 화난, 앞만 보며, 여자들에게) 천천히 와, 천천히. 넘어진다.

준 영 (웃으며) 나 오늘 촬영 긴데, 혹시 나랑 서울 같이 갈라고 온 건 아니지?

지 오 (앞만 보며) 나도 일하거든. 오민숙 선생님 뵙고 작가 만나기로 했어.

준 영 (웃으며) 준기씨가 나보고 다시 만나쟨다?

지 오 (기분 안 좋은, 무심하게) 좋겠네. 그래보지, 왜? (하고, 차에 타는)

준 영 (웃고, 타며, 농담조) 엄마한테 갔다 집에 갈게, (장난투로, 근엄하게) 목욕하
       고 있어. 알겠지.

지 오 (시동 걸며) 내 몸에 손끝도 대지 마.

준 영 (장난) 오우, 웬 앙탈?

1. 점프컷≫
지오, 운전해 가고, 민희, 옆좌석에, 준영, 뒷좌석에 탄, 지오, 룸미러로, 준영이 대본 보는 모습을 기분 안 좋게 보고 운전해 가는,

씬 36. 촬영장, 주차장, 낮.

민숙, 매니저랑 가고, 지오, 그 옆에서 말하며 가는,

지 오 선생님, 부탁드릴게요, 네?

민 숙 (가며) 난 단막 안 해, 야외 많지, 돈 안 되지, 힘들지. 안 해.

지 오 제가 선생님 편하게 최대한으로 편리 봐드릴,

민 숙 (매니저에게) 니가 말해. (하고, 가는)

지 오 (답답한, 서고)

매니저 (미안한) 감독님 저.. 집으로 한 번 찾아가보세요.

지 오 (보면)

매니저 삼고초려하지 않음, 어떤 작품도 잘 안 하세요.

지 오 (짜증, 좀 큰 소리로) 손규호는 그런 거 안 했잖.

규 호 (지오 옆을 스쳐 가며, 웃음 띤) 나는 잘나가잖냐?

지 오 (화나 보는)

규 호 (웃으며, 가다, 멈춰 서서 돌아보며) 참 야, 너 임마 수경이 좀 어떻게 해라. 니가 걔 사수잖냐? 일 못해, 여자 밝혀.. 전번날은 급기야, 주준영 성희롱까지.. 그냥 냅다 입을 맞추고,

지 오 (화나 보는) ?

규 호 하긴 주준영이도 좋은시, 벌발노 안 하긴 하드라. (하고, 가는)

매니저 (규호 보며, 화난 지오 보며, 미안한)

지 오 (화가 나, 참고, 돌아서서 차에 타, 가는)

씬 37. 촬영장 일각, 낮.

준영과 규호, 멀리서 해진과 호걸을 나눠서 찍고 있는 모습이 보이는,

규 호   캇! 뒤집어서 한 번 더!

준 영   (카메라감독에게) 감독님 앵글 좋아요, 위치만 바꿔서, 그 높이로 한 번 더
        가요!

* 1. 점프컷 〉〉
민숙, 한쪽에서 분장을 하고 있고, 한쪽을 보면, 수경과 수진(분장사에게 분
장 받는 중인)이 얘기하는, 민숙, 그 모습을 시샘하는 눈빛으로 보고 있는,

민 숙   (궁시렁) 지들이 언제부터 그렇게 친했다고, 하루 진종일 붙어서.. 연애질하
        는 것도 아니고 코가 맞닿게 앉아서,

분 장   (분장하는) 뭐가 되게 재밌는 거 같죠, 선생님?

민 숙   너두 저기 끼고 싶음 가서 끼든가? (콤팩트 뺏어 들며) 가.

분 장   (좋은, 가는) 그럼 좀만 있다 올게여.

민 숙   (부러운 듯, 수진 쪽을 보는)

* 2. 점프컷 〉〉
수진과 수경, 얘기 중인, 분장, 분장 1 옆에 와서, 슬쩍 앉으며,

수 경   (OL) 그랬다니까요, 내가 좀 티프하잖아, 시간 좀 끌까 하다 시간 끌면 뭐하
        나 싶어서 그냥.. (끌어다가, 입 맞추는 시늉을 해버리는) 근데, 이상한 건, 대
        부분 내가 그러면 여자들이 두 가지 반응이거든요, 뺨을 치거나, 좋아하거나,
        근데 주준영은 (흉내 내며) 날 이렇게만 보는 거야, 이렇게. 계속 이렇게.

민 희   (와서, 체크하는) 선생님 10분 후에 숏 들,

수 경   (민희의 손을 잡아끌어 앉히며) 너도 봤지, 주준영이 나한테 (흉내 내며) 이
        렇게 하는 거? 대체 (웃는 수진에게) 선생님 그 의미가 뭘까?

수 진   (웃으며) 좋은 거 아닐까? 니 말대로 (흉내 내며) 이렇게 봤다는 건 뭐랄까,
        강한 부정이라고 보긴 그렇잖아. 뭔가 귀엽고, 섹시한 느낌도 있고,

민 희   선생님도 그러지 마십시오. 무슨 유언비어를 그렇게 황당하게,

수경, 수진   (보면)

민 희   잘 알지도 못하시면서.. (하고, 갑자기, 수경의 입을 맞추는)

모두, 놀라보는,

민 희 (입 떼고)

수 경 (놀라 보면)

민 희 (수경을 보며) 선배가 말한 대로면, 그럼 선배가 나를 지금 이렇게 (흉내 내
며) 보시는 것도, 절 사랑한단 뜻입니까?

수 경 (입을 닦으며, 화나는) 야, 이게, 확, 지금 무슨....

민 희 당근, 재수 없단 뜻이죠, 그죠? 주선배도 같은 의밉니다. 재수 없다. 이제 아
셨습니까? (하고, 혀로 제 입술을 핥고 가는)

수 진 (깔깔대며, 웃는) 쟤 재밌네.

그때, 진범 와서, 수경에게 소리치는,

진 범 형은 대체 일을 어떻게 해!

수 경 (보며) 이 자식은 왜 나만 보면, 소릴 처지르고..

진 범 (촬영장 쪽 가리키며) 저기 좀 봐봐.

수경 외, 모두 촬영장 쪽 보면,
동네 사람들, '야, 이 자식들아!, 남의 갈대밭에서 뭐하냐?!' 하며 무더기로 지
팡일 들고 뛰어오는,
준영, 규호, 모두 일하다가 동네 사람들 보고, 놀라고,

*3. 점프컷 〉〉

수 경 (놀라) 저거 뭐야?!

진 범 형이 여기 좋다고 했지? 갈대꽃 키우는 남의 밭에 촬영하라 그래 놓고, 허락
도 안 받고.. 이제 어쩔 거야? 이제 어쩔 거냐구?!

수 경 (황당한) ?! (그러다, 고개를 돌리는데, 민숙과 눈이 마주치는)

민 숙 (작게, 고소하단 듯, 혀를 쏙 내밀고, 분장(수경 쪽 보고 있던)에게) 쟨 미친
양수경이란 별명하고 어쩜 저렇게 잘 맞니? 나 차에서 자고 있을게. (하고,
가는)

씬 38. 촬영장 일각, 낮.

김부장(참담한, 가면서, '밀지 마요, 탄다고, 타요' 하는), 경찰들에게 이끌려 차에 타고, 경찰차 가는,

씬 39. 갈대밭 일각, 낮.

동네 사람들, 스태프들 서로 밀고 당기며 힘겨루길 하는 모습(스케치 형식으로 보이고)

스태프들 (울상 짓고) 저희, 책임자가 일단 서로 갔으니까, 서에 가서서 말씀들 하세요, 여기서 이러지 마시고,
동네사람들 사람들한테 듣자 하니, 그 사람은 여기 최고가 아니라며?! 니들 감독인지 뭔가가 대빵이라며, 대빵 나오라 그래, 어서, 이 새끼들아!
스태프들 잠시만요, 일단 가시고 나서,
동네사람들 (팔짝팔짝 뛰며) 아이고, 내 갈대밭, 저거 저거 다 어떡해!

＊1. 점프컷 〉〉
호걸, 해진, 민숙, 수진 외 모두 황당하고 지쳐 한쪽에 앉아 있는,

규 호 (E) 야, 양수경, 너 기죽을 거 없어.

＊2. 점프컷 〉〉
규호, 준영, 그 외 수경, 진범 카메라, 조명감독들 모두 모여 대책 회의를 하는,

준 영 (어이없고, 황당한, 화난)
규 호 (수경(준영의 눈치 보는)에게) 이 동네 여기만한 촬영장이 어딨어? 감독은 그런 거야, 그림만 좋음.. 무조건 오케이. 넌 잘한 거야, 고개 들어, 어서.
수 경 ...
준 영 (규호에게) 이제 어떡할 거예요, 오늘 이 갈대밭에 비 오는 씬, 키스 씬, 밤까지 줄줄인데.. 동네 사람들은 비키라고 난리들이고,

규 호 난 여기서 찍는다.

봉 균 이제 시골 사람들도 약아졌어, 김부장님 말고, 책임자 나오라잖아. 촬영 접자. 여기서 촬영 못해. 한 시간이라도 벌게, 다른 데,

규 호 형.. 우리나라에 이만한 장소 쉽지 않아요. 그리고, 오늘 바닷가에서도 시간 버리고, 여기까지 안 돼, 안 돼.

준 영 그럼 어쩔 건데, 남의 갈대밭에 무단으로 들어와서, 오늘 우리가 밟아 죽인 갈대만 벌써 천 평이라는데!

규 호 (준영 보며) 너 가.

준 영 ?!

수 경 (준영을 보는, 황당한)

규 호 아까 봉균이형 말대로, 저 사람들이 드라말 하도 봐서, 감독이 최곤 걸 알아요, 근데 너 감독이잖아. 그럼 니가 가야지.

수 경 (당황해) 제가, 제가, 제가, 갈게요, 제가. (하고, 가려 하면)

규 호 (잡으며) 넌 여기 있어야지. 만약 주준영이가 안 됨 니가 좀 더 늙어 보이니까, 니가 그 윗대가리로 하고, 넌 나중에 잡혀가야지. 지금은 빠르지. 주준영이가 먼저 가서 시간 벌 동안 내가 파파박 찍고, 그 담에 또 너 잡혀가면 그새에 내가 다시 파파박 찍고,

진 범 제가,

규 호 넌 촬영 도와야지.

수 경 (황당하고, 속상해, 준영 보면)

준 영 (화나, 심호흡을 푹푹 쉬다가, 어이없어, 실소를 짓는) 야... 내가 진짜 양심 있는 대한민국 국민으로 살다가, 이 바닥 와서 벌써 전과가 몇 범이냐.. 야.. (하고, 속상해서 가는)

수 경 (가는 준영을 보는)

규 호 (준영과 수경 번갈아 보며 웃고, 진범에게) 일단 오디오 없는 걸로 찍어보자, 준비해. (하고, 가는)

씬 40. 방송국 앞 오부장 차 앞, 낮.

오부장, 운전하고, 스피커폰으로 전화하는,

오부장 시장, 군수, 이장 전부 다 전화해서 모이라고 했는데, 별 수가 없네, 돈으로 발라야지, 뭐.

민 철 (답답한, F) 손규호, 이 자식, 대체 돈을 얼마나 쓰는 거야, 이거.

오부장 그러게 말이야.

씬 41. 경찰서 철창 안, 낮.

준영, 김부장 들어오고, 철창문이 닫히는,

준 영 (자리에 앉으며) 시골은 시골이네, 남녀 구분없이 한 곳에 가두고.

김부장 (자리에 앉으며, 화난) 그러게 왜 말을 안 들어요, 나는 뭐 보는 눈이 없어서, 그 갈대밭을 그냥 지나쳤겠어요! 허락을 안 해주니까,

준 영 (착잡한, 박카스를 주머니에서 꺼내 주며) 이번 일은 드라마국에서 해결할 거예요, 부장님한테 책임 안 물을 거예요.

김부장 (받으며, 속상한) 나도 잘해주고 싶다고! 근데 여건이 안 되잖아요, 방송국에서 나오는 섭외비 몇 푼으로.. 어떻게 찍고 싶은 걸 다 찍어, 나도 잘해주고 싶다고,

준 영 (천장 보며, 한숨) 알아요. 부장님 맘.

씬 42. 드라마국 안, 밤.

지오, 대본 프린트를 하는데, 현섭, 옆에 오면서, 한숨을 푹 쉬는, 명진, 주변 동료들과 얘기하는, '왜 들어간다 그랬냐?' 하며 위로하는 분위기다.

지 오 왜 그래요, 땅이 꺼지게 한숨을 쉬고?

현 섭 (혼잣말처럼) 니가 해야 되는 건데, 에으...

지 오 (보면) 뭘?

현 섭 (주변 둘러보며, 작게) 명진이가 하겠다는 거, 니가 했어야 된다고.. 기횐데.

지 오 (멈춰 서서 어이없이 웃으며) 기회란 말을 너무 아무 때나 쓴다? 명진이가 착하지, 깨질 게 뻔한데, 그걸 들어가겠다고 하고..

현 섭 (잡으며) 너 내년 라인업 없다.

지 오 (보는)?

현 섭 내후년 초나 돼야.. 아니 그것도 장담 못해.. 올 말에 사장 바뀌면 김민철이가 계속 국장 한단 보장이 어딨어? 김민철이 내려앉음 차기 국장에 송부장이 유력한데.. 명진인 송부장 라인이고,

지 오 ?

현 섭 명진이가 이번에 구원타자로 나가 안탈 치면, 내년에 프로그램 하나 선물로 줘야 할 거고, 그럼 규호, 준영이, 그 뒤로 미니 출발할 애들에 (손가락 꼽으며) 연속극은 또 모르지, 근데 그것도,

지 오 순서가 있는데, 이번에 한 놈이 내년에 어떻게, 그리고 연속극은 무슨,

현 섭 (지오 어깨 만지며) 그러게 너는 미니 스타일인데.. (하고, 가는)

지 오 (답답한, 프린트를 하는)

씬 43. 드라마 국장실 안, 밤.

민철, 자리에서 현섭을 보고 있는,

민 철 지오한테 떡밥을 던져요?

현 섭 (착잡한, 민철 안 보고, 생각 많은) 윗선에서 명진이는 그렇대잖냐, 그럼 어떡해 남은 건 지온데.

민 철 형의 이데올로긴 대체 뭐야?

현 섭 먹고사는 거. (하고, 나가는)

민 철 (어이없이 웃고, 현섭 나간 자리를 보다. 서류 정리하고 옷을 들고 나가는)

씬 44. 민철의 오피스텔 계단, 밤.

민철, 평상복 차림으로 뛰어와, 밖으로 나가면,
윤영의 차 서고, 창주, 문 열고, 윤영 내리는,
민철, 나와, 윤영 보고 좋은, 작게 웃으며,

민 철 웬일이야, 여길 다 오고?

윤 영 (웃으며) 보고 싶어서 왔지.

민 철   ?

윤 영   나도 가끔 자기가 보고 싶어, 안 믿겠지만.

민 철   (멋쩍게 웃으며) 가방은?

윤 영   뒷좌석에. (하고, 올라가는)

창주, 뒷좌석을 열면, 민철, '야, 내가 할게, 내가' 하고, 뒷문을 열면, 뒷좌석,
골프채가 세 개 정도 놓인,

민 철   (의아한) 무슨.. 골프채가 세.. 개나 돼?

창 주   (얼버무리며) 골프챌 워낙 좋아하시잖아요. (하며, 옆에 있는 가방 꺼내주는)

민 철   (받으며) 가라. (하고, 가면서, 떠나는 차를 보는, 뭔가 의심쩍은)

씬 45. 민철의 방 안 + 베란다, 밤.

민철, 들어오면, 윤영, 이불을 걷어서, 베란다로 나가는,

민 철   뭐해?

윤 영   홀아비 냄새나. (하며, 베란다로 나가, 세탁기에 넣는)

민 철   (웃으며) 너도 이런 거 할 줄 아냐?

윤 영   (능숙하게 세탁기 작동하고) 이 나이 먹도록 이런 것도 못함 죽어야지. 집에
        서도 가끔 해. 밥 해줄게. (하고, 나가 주방으로 가는)

민 철   (편안하게 웃으며, 주방 쪽 의자에 앉아 윤영을 보며) 나한테 왜 이렇게 갑자
        기 잘해줘?

윤 영   (아무렇지 않게, 일하며) 별로 잘해주는 거 없는데.

민 철   (가만 보며) 갑자기 무지 감격스럽다. 신기하고.

윤 영   내가 자길 무척이나 사랑한다는 걸 모르는 거지. 시간만 있음 밥 같은 건 매일
        도 해준다. 시간이 없어서, 그렇지.

민 철   오늘.. 스케줄은 여기서.. 끝이냐? 아님 또 나가야,

윤 영   여기서 끝.

민 철   (좋은, 괜히 머리 긁으며) 그렇군.. (하다가, 웃음 가신) 에우, 젠장.

윤 영   (보면)

민 철 (속상한) 이불이 (베란다 쪽 가리키며) 저거 하난데.

씬 46. 윤영의 거실, 밤.

민철, 바닥에 요를 깔면, 윤영, 침실에서 이불과 베개를 들고 무거운,

윤 영 무거워, 너무 무거, 이것 좀.

민 철 욕심 봐라, 하나씩 들지.. (하고, 가서 이불 받으며) 그냥 방에서 자지, 침대 놔두고 이게 뭔 짓이냐? (하고, 이불 가져가다가, 넘어지고)

윤 영 (깔깔대고, 웃으며) 늙으니까 연애하기 힘들지? (하고, 방으로 들어가는)

* 1. 점프컷 〉〉

윤영, 민철, 한쪽에 이불을 깔아놓고, 테이블 앞에서, 상추에 삼겹살을 구워 먹는, 윤영, 민철이 싸주는 쌈을 한입 먹고, 민철이 자기 걸 싸려하면, 윤영 손을 저으며, 손짓으로 내가 싸줄게 하는, 민철, 웃으며, '그럼 니가 싸봐, 쌈장 많이 넣고'

윤영, 쌈 때문에 말도 못하고 알았다고 고개 끄덕이고, 쌈을 싸서, 민철의 입에 넣어주고, 둘이 한입씩 크게 물고, 웃고,

민 철 (맛있게 먹는 윤영을 보며, 편하게 웃음 띤) 그냥 식탁에서 먹지, 무슨 애들처럼 MT 분위길 낸다고.

윤 영 재밌잖아.

민 철 오늘 보니까, 니가 정말 날 많이 좋아하는구나 싶다.

윤 영 (웃으며, 보면) ?

민 철 날 미치게 좋아한다고 고백했다, 나중에 덜미 잡힐까봐, 좋단 표현도 못하지, 너는?

윤 영 (낄낄대고, 웃으며, 쌈을 싸며) 나에 대해 너무 잘 알어. 입이나 벌려. (하고, 쌈을 주고)

민 철 (편하게 먹으며, 편안하게 웃으며, 윤영 보며) 방어 그만 쳐두 돼. 니가 한 말들 빌미잡아서 끈끈하게 안 그래. 너한텐 이 정도가 최선인 거 알어.

윤 영 (민철을 보며, 갑자기 서글퍼지는, 짠해져 작게 웃으며, 물 마시고, 짐짓 밝

게) 사람 사는 거 같다. 혼자 안 있고, 둘이 있으니까.

민 철 (윤영 보고, 맘 짠하게 웃으며) 갑자기 무장해제 되네. 외롭단 말도 하고?

윤 영 (서글픈) 덜미.. 안 잡는다며? (작게 웃고) 아.. (하고, 입 벌리면)

민 철 (웃으며, 쌈 싸주고, 윤영의 머릴 흩트리며) 이럴 때 너 보면 나일 어디로 먹은 건지, 싶다.

씬 47. 민숙의 집 안, 밤.

민숙(대본을 보는), 지오 앞에서 민숙을 보는,

민 숙 (대본 보며) 뭐야?

지 오 대본이 별로 맘에 안 드실 건 압니다. 근데, 절 믿고 한 번 해주시면,

민 숙 늙은이들이 추하게.. 남편도 부인도 젊은 애들이랑 바람을.... (하고, 대본을 유심히 보는)

지 오 (어색하게 웃으며) 그게 남편은 실제지만, 선생님이 하실 부인 역은 환상이라서 그렇게 이상해 보이진 않을,

민 숙 (미간 찌푸리며, 대본 보며) 이거 어떻게 찍을 거야?

지 오 (웃으며) 잘 찍어야죠.

민 숙 (눈만 들어, 보면)

지 오 중년도 아니고 육십이 다 된 사람들이 자식도 있는데 젊은 애들한테서 삶의 의밀 찾는 게 저도 억지 같지만, 남편은 퇴직을 앞두고 쓸쓸한 게 있으니까, 시청자도 설득이 될 거 같고,

민 숙 (요놈 봐라 싶은) 남편은 그렇고, 내 역은?

지 오 (웃음 짓고) 그냥 뭐 선생님이 귀여우시니까, 코미디로?

민 숙 대본 해석이 엉망이네, 이건 코미디 아닌 거 같은데? 진지하게 블랙코미디면 몰라도? 늙은이 연애가 추하다고 생각하나봐?

지 오 (어색하고, 당황스런) 뭐 그런 건 아니지만,

민 숙 늙으면 연애도 모두 코미디가 돼.. 그따위 생각이면 나, (하고, 가는) 안 해, 가. 아줌마 문 열어줘.

지 오 (화나는, 대본을 신경질적으로 가방에 챙기며, 그래도 기운 나게 큰 소리로) 낼 또 오겠습니다, 선생님!

씬 48. 파출소 앞, 밤.

　　수경, 뛰어나오며, 주변을 두리번거리는, 전화기 꺼내 번호 누르는,

씬 49. 달리는 오부장의 차 안, 밤.

　　준영, 핸드폰을 보며, 안 받는,

오부장 전화 안 받어?
준 영 (핸드폰 주머니에 넣으며) 애는 병원에 보내야 하는 거 아니에요?
오부장 (웃으며) 양수경이구나?
준 영 (갑자기 몸을 긁으며) 아우, 나 양수경 알려진가봐, 갑자기 몸이 막 근지러. 근지러. 넘 근지러.
김부장, 오부장 (웃고)

씬 50. 산타마리오 안, 밤.

　　서우, 지오, 미진 차를 마시는,

지 오 (찻잔 내려놓으며) 내가 뭘 잘못했어, 내가 뭘?.. 그럼 육십 먹은 여자가 젊은 애랑 바람피우는 환상을 갖는 게, 안 이상해? 이상하잖아, 그래서 내가 그걸 코미디로 간다는데, 그게 뭐가 잘못됐어?
서 우 (커피 마시며) 코미디는 좋은데, 블랙코미디지, 그게 정통 코미딘 아니지.
지 오 이서는 성동 꼬미니야, 늙은 여사가 섦은 애랑 연애하는 환상을 삿는 게 어떻게.. 블랙이냐? 정통도 아니고, 저질 코믹으로 가야지.
서 우 왜 그렇게 버럭대?
지 오 뭐?
서 우 애들은 떠나고, 남편하고 사인 다시 회복 불가능할 정도로 어긋난 육십의 늙지도 젊지도 않은 여자가.. 참 가슴 아리게 환상 속에서라도, 멋진 남자에게 사랑을 받고 싶다는 게... 왜 그렇게 자기가 화낼 일인가 싶다, 난?
미 진 무슨 일 있는 거 같은데? 그래?

지 오 일은 무슨 일, 아, 그만해. 듣기 싫어.

미 진 아까 엄마 전화 받드니, 화났어?

지 오 그냥 사나흘 더 병원에서 쉬라니까, 굳이 나온대잖아, 아, 노친네, 진짜.

서 우 (낄낄대고, 웃으며) 이제 이해가 간다. 자기 엄만 먹고사느라 쥐병까지 걸려 가며 일하는데, 돈 많은 유한마담 같은 주인공이 젊은 애랑 그러는 거.. 찍기 그렇구나?

지 오 (답답한) 몰라.

서 우 정지오, 돈 많다고 안 외로운 거 아니고, 일 많다고 안 외로운 것도 아니고, 인간 다 외로워. (미진에게) 그지, 언니?

미 진 정감독이 그걸 아직도 몰라? (웃으며) 설마? (하며, 손님 보고 가며) 어서 오세요! (하며, 가는)

지 오 (답답하게 서우 보며) 다담 달에 작품 들어갈래?

서 우 (커피 마시다, 확 뿜는) 뭐?

지 오 (미안하고, 답답한) 생각해봐요. (하고, 가는)

서 우 (가는 정지오 보며, 궁시렁) 저게 저게 내가 이쁘다 이쁘다 했드니, 이제 아주 기어오르네, 이게 그냥.. 무슨 다담 달.. 콱, 그냥.. (하다, 창가로 가는 지오를 보고, 창문 두드리며) 야야야, 너 이리 와! 야!

씬 51. 준영모의 집 앞, 밤.

준영모, 준영을 기다리고, 준영, 살금살금 와서 '악!' 하고 준영모를 놀래키고, 준영모, 놀라 웃으며, 준영을 집 안으로 데리고 들어가고,

씬 52. 거리, 밤.

해진, 떡볶이나 오뎅 등을 입 안 가득 먹고, 핸드폰을 점검하며 얌전히 먹는 규호를 툭 쳐서, 규호가 고갤 돌리면 떡볶이를 입가에 묻히고, 즐거운, 규호, 뜨거운, 화나 보다가, 뜨거운 오뎅 국물을 얼결에 마시고, 팔짝팔짝 뛰고, 사람들, 해진일 알아보고, 사인해달라고 하면, 규호, '나중에요, 나중에' 하며 돈 내고 해진을 데리고 가는, 해진 '사람들이 나 진짜 알아보죠?' 하며 즐겁고, 규호, 웃으며 '잘난 척은' 하며 가는,

씬53. 지오의 집안, 밤.

지오, 엄마가 가져다준 야채를 다듬고, 주방 한 켠의 전화기에서 준영의 번호
가 뜨지만 아랑곳않고, 제 일만 하는,

*1. 점프컷 >>
지오, 야채를 씻어서 그릇에 잘 담는, 그때, 문소리 달그닥거리며 나더니, 준
영이 담담한 기분으로 들어와, 주방 의자에 앉는, 테이블 위에 딸기 같은 과일
이 놓여진,

준 영   (애써 좀 밝게) 뭐해? 내 전화도 안 받고?
지 오   (일만 하며, 준영과 등진 채) 못 들었어. 엄마한테 간다더니, 왜 왔어?
준 영   (딸기 먹으며) 갔다 왔어.
지 오   (일만 하며) 그랬구나.
준 영   (눈치 보며, 짐짓 아무렇지 않은 듯) 울 엄마 만났단 소리 왜 안 했어?
지 오   (일만 하며) 할 시간이 없었잖아.
준 영   (불쑥) 우리 엄마 보고.. 괜히 실실대고 웃었어?
지 오   (그릇에 야채를 넣다가, 잠시 일손 멈추고, 속상한 웃음 짓고, 한숨 작게 쉬고,
       아무렇지 않은 척) 그랬어, 어색해서. 왜 엄마가 뭐라 그러셔?
준 영   (눈치 보며) 우리 엄마 남자 실실대고 웃는 거 딱 질색인데, (에라 모르겠단
       심정으로) 하긴 엄마가 뭘 좋아해, 잘했어, 선배가 만약 안 웃었음 으른 보는
       데 화난 사람처럼 웃지도 않는다고 뭐라고 할 사람이야,
지 오   (일을 하는, 모멸감이 드는)
준 영   (아랑곳없이, 제 할 말만 하는) 신싸 외할머니하고 어떻게 그렇게 닮았는지,
       뭐든 빌미만 있으면 그냥 사람을 헐뜯고, 으이, (눈치 보며, 속상한) 근데 엄
       마 만날 거면 나한테 정보를 좀 물어보지. 그럼 내가 엄마가 뭘 좋아하는지..
       아니야, 잘했어, 잘했어. 으이, 집에 가지 말걸, 괜히 가가지고, 듣기 싫은 소
       리만 한 바가지 듣고, 소화제 있어, 엄마네서 먹은 밥이 체한 거 같애. (하고,
       일어나, 냉장고에서 물병을 꺼내는데)
지 오   (화나, 일하며, 불쑥) 야, 준영아, 너 그냥 강준기 만나라.
준 영   (물병째 물 먹으며, 보며) 뭐?

지 오 (돌아보며, 준영 보며) 나 너 못 만나겠다, 강준기가 다시 만나잰다며, 걔 만나.

준 영 (어이없이 웃고, 물 마시고, 얼굴 굳히고, 지오 보며, 짜증 난) 장난이 심하다?

지 오 장난 아니거든..

준 영 (물병 테이블에 놓고, 옆에 과일을 우적우적 맛없게 먹으며, 말꼬리 자르며, 버럭대는) 장난이 아님, 뭐야?! 아무리 짜증이 나도 할 말이 있고, 못할 말이 있는 거야? 가뜩이나 짜증 나는데, 사람 성질 돋구고.

지 오 (화난, 버럭) 그러니까, 짜증 나게 있지 말고 가라고, 자식아!

준 영 (눈가 그렁해, 입에 있는 과일을 먹으며, 버럭) 왜 소릴 질러?! 소화제나 달라고?!

지 오 (숨 고르고, 안 보고) 없어.

준 영 (보고, 가방 메고) 울 엄마 원래 그런 사람이야?! 이제 알겠지, 내가 왜 그렇게 엄말 피해 다녔는지?! (하고, 가려면)

지 오 (잡으며, 차분한) 사람 쪼잔하게 만들지 마라, 니네 엄마 때문 아냐.

준 영 장난도 아니고, 엄마 때문도 아님, (눈가 그렁해, 지오를 보는) 진심이란 거야?

지 오 너는 내가 생각하는 것보다 잘났고, 우리 집은 니가 생각하는 것보다 더 형편이 없다. 그리고 나는 그 모든 걸 굳이 뛰어넘을 생각도 하기 싫을 만큼 피곤하고, 암튼 너는 나하고는.. 고만 보는 게 날 거 같다.

준 영 (눈가 그렁해) 또 또 심각하게 나온다, 또... 지겨워, 진짜, 그누무 심각병. 오늘은 자. 나도 피곤해. (하고, 가는)

지 오 (참담한, 준영 안 보고) 키 두고 가.

준 영 (맘 아픈, 다시 와서, 의자에 앉으며) 뭐가 문제야?

지 오 (짐짓 담담하게) 갑자기 너랑 나랑 무슨 대단한 사랑을 한다고, 내가 이렇게 초라한 기분을 느껴야 하는지 그 이율 아무리 찾을래도 찾을 수가 없어. 그래서 관둘라고? 키 두고 가.

준 영 후.. (깊게 한숨 쉬고, 수건 꺼내 코 풀고, 일어서며) 넌 가끔 정말정말정말 이상해. 그거 알어? 보름 동안 24시간밖에 못 자서, 골이 딩딩거려. 낼 보고 다시 얘기해. (하고, 나가는)

지 오 (준영 나가자, 그릇들을 챙기다, 물병을 냉장고에 넣다가, 화가 나, 내팽개치다가, 유리 박살이 나는, 순간 눈을 잡고, '악!' 하고, 아파서 몸부림을 치는)

지 오 (N) 사랑하는 사람과 헤어지는 이유는 저마다 가지가지다. 누군, 그게 자격지심의 문제이고, 초라함의 문제이고, 어쩔 수 없는 운명의 문제이고, 사랑...

씬 54. 약국 안, 밤.

　　준영, 약사가 주는, 드링크 따서와 소화젤 먹고 나가는,

지 오　(앞에 이어서, N) ...이 모자라서 문제이고, 너무나 사랑해서 문제이고, 성격
　　과 가치관의 문제라고 말하지만, 정작 그 어떤 것도 헤어지는 데 결정적이고
　　적합한 이유들은 될 수 없다. 모두, 지금의 나처럼 각자의 한계일 뿐.

씬 55. 지오의 집 욕실, 아침.

　　지오, 세수를 하다, 아픈 눈 쪽을 힘들게 떠서, 거울을 보면, 거울에 커튼이 드
　　리워진 것처럼 보이는, 지오, 이상한, 커튼이 드리워진 것 같은 부분을 손으로
　　문질러보지만, 안 닦이는, 지오, 손바닥을 보면, 손바닥도 부분이 안 보이는,
　　이상한,

지 오　(N) 준영일 다시 만나면서 대체 내가 왜 예전에 애랑 헤어졌을까, 이렇게 괜
　　찮은 애를 하면서 과거의 내가 미쳤었나 싶게, 나 자신이 이해가 되지 않았다.
　　그리고 말은 안 했지만, 천만 번 다짐했다, 다신 애랑 헤어지지 말아야지.

씬 56. 작은 안과 대기실, 낮.

　　지오, 순서를 기다리고 있는,

지 오　(N) 근데 또다시 헤이지고 밀았다. 내가 저질러놓고 노 눈붙이 자꾸 날려고 한
　　다. 난 내가 생각해도 좀 미친 거 같다. 그래도 난 준영일 다신 안 만날 생각이
　　다. 그게 내 한계래도 이제 어쩔 수 없다.

　　직원, 지오 부르고, 지오, 네, 하며 들어가는,

씬 57. 검사실 안, 낮.

지오, 검안기에 눈을 대고 있는, 눈가가 그렁한,
의사, 검안기로 지오의 눈을 보며,

의 사 눈이 아파요? 자꾸 눈물이 고이네.
지 오 (멀멀하게) 아닌데.. 왜 그러나..
의 사 유리가 튀면서 망막이 좀 찢어졌는데, 이건 레이저로 꿰매면 별거 아닌데, 두
통 증세가 있는 게 문제네. 자세한 검사들을 더 해봅시다. (하고, 가려다 지오
보며) 눈물이 너무 나네? 정말 괜찮아요?
지 오 네. (하고, 수건으로 눈물 닦고, 코를 풀며) 진짜, (계면쩍은, 웃으며) 이상하
네요, 왜 자꾸.. 아픈 것도 아닌데.. 눈물이.. 아, 쪽팔려..

씬 58. 준영의 집 안, 낮.

준영, 집 안의 커튼을 뜯는, 그러다 순간 뭐가 생각이 났는지, 방으로 들어가,
침대보를 벗다, 순간 또 다른 게 생각이 났는지, 청소기를 돌리는, 집이 치
우려 하면 할수록 난장이 되어가는, 청소기를 돌리다가, 물을 마시고, 물잔을
싱크대에 놓는데, 설거지가 있는, 준영, 설거지를 시작해서 하다가, 갑자기 멈
추고, 눈가 그렁해져 속상하고 화나 혼잣말하는,

준 영 (궁시렁) 정지오 너 죽었어. 진짜 죽었어. (하고, 옷을 대충 걸치고, 나가는)

씬 59. 방송국 로비 + 엘리베이터, 낮.

준영, 화나, 들어서며, 엘리베이터를 타는,

씬 60. 드라마국 복도, 낮.

엘리베이터에서 띵 소리 나고, 준영, 화난 얼굴로 내려오다, 나오던 수경과 부
딪히는,

수 경   준영아.

준 영   (보지도 않고) 나한테 말 걸지 마, 미친놈아. (하고, 걸어가, 컴퓨터를 보는 지
       오 옆에 앉는)

수 경   (계면쩍게 가다, 들어오는 민희 보고, 때릴 듯이) 콱! (하고, 가는)

민 희   괜히 꼴값을 떨고. (하고, 가는)

지 오   (안대 한 채, 컴퓨터만 보는)

준 영   (지오 보며) 눈 왜 그래?

지 오   신경 꺼.

준 영   나랑 얘기해야지?

지 오   (주변을 둘러보면, 동료들 많은)

준 영   (지오만 보며) 내가 말 거는데, 어딜 봐.

지 오   사람들 무지 많거든?

준 영   (아랑곳없이, 지오만 보며) 그거 상관할 만큼 제정신이 아니거든? 설마 어제
       그걸로 종칠 생각은 아니지?

지 오   아니, 그걸로 종칠 생각이야. 말 걸지 마. (하고, 나가는)

준 영   (지오 따라가는)

현 섭   (서류에 사인하며, 자리에서 두 사람 하는 양 보며) 쟤들은 왜 저렇게 몰려다
       녀? 애비닭하고 새끼병아리처럼.. (낄낄대고 웃고) 이쁜 것들.. (민희에게) 촬
       영 몇 회분이나 찍었냐? 다 찍어가지? 그림 죽이게 나왔냐?

민 희   (계산기 두드리며) 그림은 죽이게 나왔는데, 그 바람에 저도 죽겠고, 스탭도
       죽겠고, 그래도 방송국 시계는 가서, 다담 주면 좋읍니다.

현 섭   (웃고, 다른 감독에게) 야, 넌 기획안 가져오라니까, 왜 말을 안 들어?!

씬 61. 산타마리오 밖, 낮.

       지오, 걸어가는데, 준영, 뒤따라가는,

지 오   따라오지 마라.

준 영   얘기해.

지 오   할 얘기 없어.

준 영   난 있어.

지 오　따라오다 다칠 건데?

준 영　지금보다 더 다칠 일이 어딨는데?

지 오　있어. (하고, 턱으로 산타마리오 창을 가리키고 가는)

준 영　(멈춰 서서, 산타마리오 창가를 보면)

연희가 차를 마시며 있는,

준영, 지오 쪽을 보면, 지오, 이미 산타마리오 안으로 들어가는,

준영, 맘 아프고, 속상하고, 눈가 붉어지는, 그대로 가만 있다가 오던 길로 가는, 창가로 보면, 지오가 연희 앞에 앉으며, 가는 준영을 보는 게 보이는,

씬 62. 산타마리오 안, 낮.

지 오　왜 그랬어?

연 희　니가 신경 쓸 거 아냐? 지경언니랑 나랑 우리 둘 문제야. (편안하게 웃으며) 언니랑 나랑 돈거래할 만큼 친해. 너는 잘 모르겠지만.

지 오　얼마 꿔줬어?

연 희　(가만 보다, 서글픈 웃음 짓고) 지오야. 내가 정말.. 부탁하는데, 이러지 말자. 나, 너랑 끝난 거 오래전에 인정했어. 이런 일로 니 뒷덜미 잡지 않아. 믿어 좀,

지 오　(버럭) 그래서 얼마나 꿔줬냐고, 얼마나!

미진 외, 사람들 지오 쪽 보는,

지 오　(연희 보며, 한숨 쉬고, 가라앉은) 얼마냐고?

연 희　(보다, 가는)

지 오　야, 이연희!

씬 63. 편집실 안, 밤.

규호, 혜옥와 그림을 편집하고 있는, 그 옆에 기자 앉아서 얘기하는,

규 호　(혜옥에게) 언니, 한 프레임만 더 짜르자. 그리고, 아까 바닷가 씬으로 가봐봐.

혜 옥 (기계 움직여, 한 프레임을 자르고, 앞으로 가는)

기 자 (8부, 시사회 때에 나왔던) 에이, 일 좀 그만하고, 얘기 좀 해봐요, 장해진이
하고, 어떤 사이야?

규 호 (웃으며) 울아버지 열 받아 뒤로 넘어질 소리 하고 있네. 그냥 감독과 배우야.

그때, 현섭 오며,

현 섭 그림 좀 보자, 그림 좀. 이번 주엔 사십 치겠냐? (하다, 기자 보며) 김기자는
방송국 살어?

기 자 윤영씨랑 김국장님이랑 결혼해요?

현 섭 (모르는 척, 주머니에서 땅콩 꺼내 먹으며) 그런대? 언제 한대?

지오, 오며, 현섭에게,

지 오 국장님 어디 계세요?

현 섭 3번 방, 재석이 거 편집 돕는다고, 거기도 난리거든.

지 오 네 (하고, 가려다 규호에게) 방송 좋드라. (하고, 가는)

규 호 (웃으며, 지오에게) 얌마, 그런 소린 크게 해!

지 오 (가며, 지나가는 후배에게) 쟤는 진짜 꼴 보기 싫지 않냐? (하고, 3번 방으로
가는)

씬 64. 편집실 안, 밤.

민철, 지오 앉아 있고,

민 철 거긴 들어갈 생각 마. 죽을 자리야.

지 오 (작게 웃으며) 형, 나는 쉽게 안 죽어, 알잖아. 이서우도 있고.

민 철 이번에 이서우가 쓰는 건, 니가 꼭 하고 싶은 얘기라며? 니 분신 어쩌구저쩌
구라며? 천천히 준비해 들어가.

지 오 내년에 라인업 없다며?

민 철 (웃으며) 박부장님이 그래? 있어, 걱정 마. 이서우가 원하는 대로 5, 6월에 잡

아났어.

지 오　... 고맙다, 형... 근데, 이번에 들어갈래요.

민 철　(가만 보며) 프리로 나가고 싶냐?

지 오　그것도 있고.. 명진이놈.. 맘 약해 거절 못해서 오케이한 거예요, 누구든 잘 준비해서 좋은 드라마 찍고 싶잖아, 개도 그렇지.. 내 자리 개 주고, 이번엔 내가 갈게요.. 일하고 싶어. (머리 아픈지, 주머니에서 약을 꺼내 먹는)

민 철　(그런 지오를 보는)

지 오　(웃으며, 불쑥) 참 나 준영이랑 헤어졌다?

민 철　(보는)

지 오　뭐 대단한 연앨 한 것도 아닌데, 개랑 헤어지고 나니까 갑자기 시간이 너무 많아. 일해야지. 단막 끝나자마자 들어.. (맘 아픈, 말을 하다 멈추고, 가만 있다, 불쑥) 윤영선배랑 잘되죠?

민 철　준영이 기집애가 너 찼냐?

지 오　(괜히 웃으며) 기집애라 그러지 마라.. 듣기 싫어. 명진이 불러, 진하게 술 한 잔할래요?

씬 65. 길거리, 밤.

준영, 눈가 그렁해 무작정 빠른 걸음으로 걸어가는,

씬 66. 산타마리오 안, 밤.

지오, 현섭, 민철, 명진 술을 마시는, 지오, 술 취해 웃으며 '얌마, 너 그렇게 착함 안 돼? 이기적이어야지, 살아남지, 자식이 죽을 자리에 들어간다고', 명진, 수줍게 웃으면, 지오, '난 정말 우리 드라마국 넘 좋아, 정말 싸가지들이 넘 있어, 그지, 형님들?' 하고 웃고, 현섭, '이 자식 취하면 넘 이뻐, 아우, 이쁜 새끼' 하며, 지오 볼에 뽀뽀하고 웃고, 지오 싫어하고, 민철, 지오를 안쓰레 보는, 그때, 철이, 작가랑 들어오며, '뭐야, 우리도 좀 끼자' 하며 끼어들고, 미진, 노래 부르는,

씬 67. 지오의 집 안, 밤.

지오, 술에 취해 집에 들어와, 옷을 대충 벗어놓고, 침대로 가서 대자로 눕는,
카메라, 한쪽으로 가면, 준영, 눈물 나는 속상하고 맘 아프게 지오를 물끄러미
보고 있는, 그러다, 지오 뭔가 이상해 작게 눈을 뜨고, 준영을 보는 데서 엔딩.

화이트아웃

눈앞이 하얘지는 화이트아웃을 인생에서 경험하게 될 때는 다른 방법이 없다.
잠시 모든 하던 행동을 멈춰야만 한다. 그것이 최선의 방법이다.
그렇다면 지금 나도 이 울음을 멈춰야 한다. 근데 나는 멈출 수가 없다.

그가 틀렸다. 나는 괜찮지 않았다.

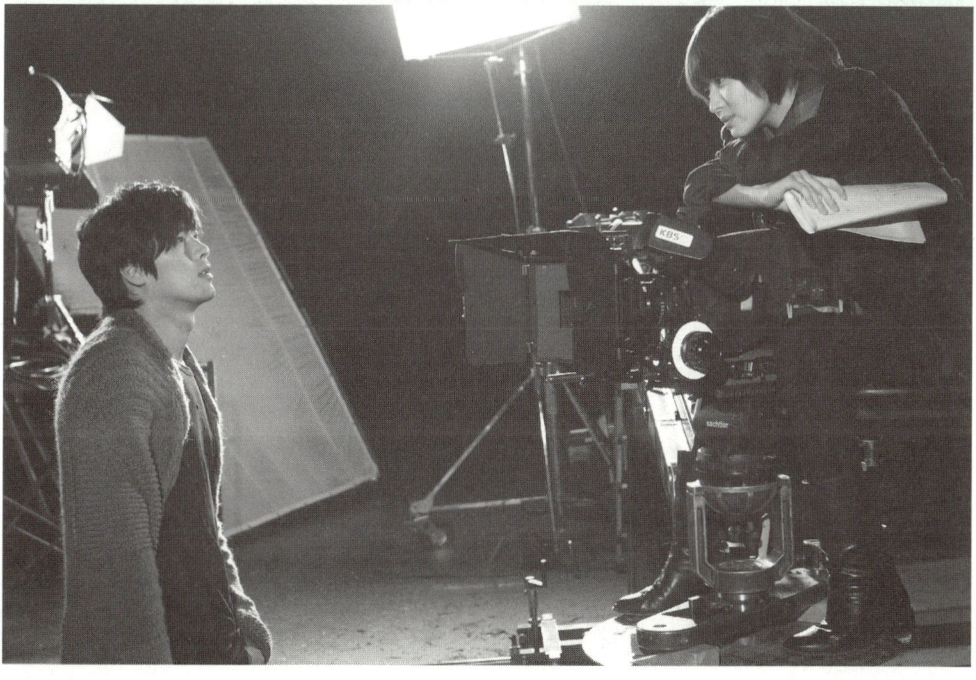

그 들 이   사 는   세 상

WORLDs Within...

씬 1. 프롤로그, 몽타주.

1, 준영의 촬영장, 낮.
(10부나 11부 때 혹은 그 전의 상황으로 간주, 찍어둘 것)
준영, 모니터 앞에서 집중하고, 배우들(호걸과 해진) 각자의 위치에서, 연기를 하고 있는, 마이크와 반사판을 든 스태프들, 땀이 삘삘 나는 상황이다.
그때, 조명감독, 소리치는,

조명감독 야야야야, 막내야, 배우 얼굴 그림자 지잖아, 그림자!

반사판 들고 있는 스태프, 순간 당황해 '예, 예' 하고, 반사판을 준영 쪽으로 들면, 준영, 눈앞이 하얘지는, 그 하얀 반사판과 빛이 보이면서, 페이드인 화면에서,

자막 - 화이트아웃

준 영 (N) 화이트아웃 현상에 대해서 들은 적이 있다. 눈이 너무 많이 내려서 모든 게 하얗게 보이고 원근감이 없어지는 상태. 어디가 눈이고 어디가 하늘이고 어디가 세상인지 그 경계를 일 수 없는 상태.

2, 12부.
(아래에 있는 씬, 일부)
준영, 비틀거리며, 운전해서 한쪽에 처박히고, 앞에서 큰 경적소리와 함께 헤드라이트 불빛이 눈부시게 비추는(비 상황을 눈 상황으로 만들어도 됨),

준 영 (N) 내가 가는 길이 길인지 낭떠러지인지 모르는 상태. 우리는 가끔 이런 화

이트아웃 현상을 곳곳에서 만난다.

3, 길거리, 밤.
서우, 추리닝에 슬리퍼를 신고 열린 노트북을 들고 미친 듯이 울부짖으며 지나가는 사람들 사이를 헤집고 뛰며 '비켜요, 비켜!' 하고 가다, 한쪽 신발이 벗겨져도 아랑곳없이 맨발로 뛰어가는,
White F. O.

준 영 (N) 절대 예상치 못하는 단 한 순간.

4, 윤영의 집 정원 + 집 앞, 낮(뒤의 씬과 다른).
윤영, 정원에서 나와 대문을 열고 나가, 차에 타려는데, 뭔가 이상해 뒤를 돌아보면 윤영의 이마와 옷에 마구 쏟아지는 날계란, 윤영, 손으로 얼굴을 가리며, '악!' 소리치는,
White F. O.

준 영 (N) 자신의 힘으로 피해 갈 수 없는 그 순간, 현실인지 꿈인지 절대 알 수 없는,

5, 지오의 촬영장(아래 씬, 일부), 낮.
지오, 촬영 중, 모니터를 보는데, 순간 눈앞이 하얘지는.
(녹내장, 그리고 빛이 복합된 상태)
White F. O.

준 영 (N) 화이트아웃 현상이, 그에게도 나에게도 어느 한 날 동시에 찾아왔다.

씬 2. 지오의 방 안(11부 엔딩 연결), 밤.

준영, 눈물 나는, 맘 아프게 지오를 물끄러미 보고 있고, 지오, 작게 눈을 뜨고, 준영을 보고 있는,

지 오 (천천히, 말을 꺼내는, 가라앉은) 여기서.. 뭐해?

준 영 (맘 아픈, 눈물을 닦고, 울음 참고, 목소리 떨리는) 나한테.. 왜 그러는지 물어 볼려고 왔어.

지 오 ...

준 영 나한테 왜 그래?

지 오 (가만 보며) 몰라.

준 영 (눈물 참고, 맘 아픈 것 참고, 화난 것도 참고, 되도록 깔끔하게 말하는) 늘 뭐 든 아는 척이드니, 이번엔 왜 몰라?

지 오 (어이없단 듯(그러나 자조적인) 웃고, 일어나 주방으로 나가는, 불 켜며, 괜히 아무렇지 않은 듯 건성으로) 그렇게 말꼬리 잡고 치고받으며 신경 긁는 말장 난 지루해, 고만해.

씬 3. 지오의 주방, 밤.

지오, 냉장고에서 물을 꺼내 마시고,
준영, 침대 쪽에서 걸어와, 한쪽 벽에 기대 그런 지오를 맘 아프게 보는,

준 영 (화나고 맘 아픈, 애써 감정을 추스르고, 심호흡을 크게 한번 하고, 짐짓 깔끔 하게) 뭐가 문젠지, 하나하나 좀 짚어보자. 내가 생각하는 첫 번째, 울 엄마가 선배의 자존심을 상하게 했다. 그건 내가 충분히 인정이 가, 근데.. 나는 그 문 제에 대해선 어떻게 해야 할지 방법을 몰라. 엄마 만나지 마. 그렇게 넘어가.

지 오 (듣는 둥 마는 둥, 한쪽에 놓아둔 가방에서 원고를 꺼내 보는)

준 영 (그런 지오를 눈으로 따라가는, 맘 아프고, 모멸감에 눈가 붉어지지만, 애써 침착하게 말하는) 두 번째.. 여기서부터 깜깜하게 막혀. 아무리 선배나 내가 싱질이 급하다고 해도 그렇게 서로 시무할 만큼 만나지도 않았고, 심하게 서 로의 단점에 대해, 싸움은커녕.. (불쑥) 설마 강준기 만난 게 걸려? 그건 내가 만나잔 게 아니라, 강준기 쪽에서,

지 오 (대본을 보며, 아무렇지 않게) 전화기 좀 줘봐.

준 영 (보면)

지 오 (대본 넘기면서 보면서) 전화기 좀 줘봐, 어서.

준 영 (맞은편 자리에 앉아, 주머니에서 전화기를 꺼내놓으면)

지 오 (전화기에 달린, 지오 집의 키를 빼내는)

준 영 (눈가 그렁해 보는, 어이없는)

지 오 (전화기에서 정지오를 찾아, 삭제시키고, 전화기를 밀어주는)

준 영 왜 이렇게 못돼 처먹었는데?

지 오 (대본만 보며) 난 원래 못돼 처먹었어. 새삼스럽게 왜 그래?

준영, 지오만 보는, 입술이 떨리는, 왈칵 울음이 나는 걸, 간신히 참는, 일어나 냉장고에서 물을 꺼내 마시는데, 수경의 전화가 오는, 동시에 번개 치고 천둥 치고, 비가 오는,

준 영 (전화 받으며) 왜?

수 경 (F) 야, 너 뭐해, 촬영 안 가?

준 영 가. 쫌만 기다.

수 경 (F) 뭘 쫌만 기달.. 야, 내가 니네 집 앞에서 기다린 게, 벌써 15분,

준 영 (전화 끊고, 지오를 보는) 정말 끝내자고, 이러는 거야? 아님 애들 사랑 싸움 처럼 좋다, 싫다 하면서 줄다리기하는 건데, 내가 말려드는 거야?

지 오 (대본만 보는) ..

준 영 (화가 나서, 대본을 집어, 팽개치고, 숨 고르고 보며) 지금 이 순간에 대본이 눈에 들어올 만큼 니가 그렇게 잘났니?!

지 오 (맘 아프게 보는)

준 영 (진정하려 애써, 숨을 고르며) 대본 보는 척 폼 잡지 말고, 얘기해.

지 오 (의지에 기대, 준영 보며) 폼? (어이없단 듯 웃고) 나에 대해 너무 잘 아시는 거지, 재미없게.

준 영 아픈 말만 쏙쏙 골라, 잘도 버무린다, 그런 재주 쉽지 않은데, 글 써라.

지 오 (맘 아프게 보며, 따뜻하게, 가라앉은) .. 괜찮을.. 거야.

준 영 (맘 아픈, 목소리 떨리는) 무슨 뜻? 끝까지 끝내자는 거야?

지 오 (눈가 붉어) 괜찮을... 거야.

준 영 (눈물 나려는 것 참고) ... 후후.. (한숨을 길게 내쉬고, 머릴 쓸어 올리고, 다시 지오를 맘 아프게 보고, 울음 참고) 내가 빌어도 안 돼?

지 오 (가만 준영을 보는)

준 영 (눈물 닦고, 맘 아프지만, 참고, 말하는) 넌 나보다 언제나 똑똑했으니까, 이번 에도 그렇겠지 하고 한 번은 더 믿어야 되는 거겠지, 그래.. 지내보지. 근데 지

내보고도.. 내가.. 안 괜찮음.. 그땐 너.. 죽었어, 이 나쁜 새끼야. (하고, 울음 참고, 쾅 소리 나게 문 닫고 나가는)

지오 (그 쾅 소리에 가슴이 아픈, 눈물 참고, 심호흡하고, 약해지지 않으려 다짐하는, 그리고, 창가를 보는)

씬 4. 폭우 속을 달리는, 진흙길, 준영의 차 안, 밤.

수경, 운전석, 준영, 조수석에 탄 상황이다.

수경 (E) 아우, 된장, 쫌만 가면, 촬영장인데, 뭔 비가 이렇게 처와.

씬 5. 진흙길 + 달리는 차 안, 새벽.

수경 아주 그냥 눈앞이 뿌얘갖고 뭘 제대로 볼 수가 없네.

준영 (지오 때문에 신경이 팽팽한, 생각에 빠져, 목소리가 강한) 와이퍼 최대로 올려.

수경 올렸어, 근데도 이게.... (순간 뭔가 이상한) 이거 뭐야? 어어어..

그때, 차 미끄러지며, 깊은 진흙길에 차가 처박혀버리는,

▪ **점프컷 1**〉〉
수경과 준영, 처박힌 차를 끌어올리려 갖은 애를 쓰고 있는,
수경, 준영, 길가에 버려진 판자나 돌을 차바퀴에 끼우며, '그러게, 운전을 똑바로 좀 하지', '그딴 소리 지금 하면 뭐하냐' 하며 말씨움하는,

▪ **점프컷 2**〉〉
준영, 운전석에서 시동을 걸고 있고, 수경, 뒤에서 차를 밀고 있는, 둘다 비에 흠뻑 젖은,

수경 좀 더 엑셀을 밟아봐, 좀 더! (힘쓰며) 악!, 악!

준영 (운전하며, 버럭대는) 제발 악 소리 좀 그만해! 그누무 악 소리에 내가 정신이

없다, 이 미친놈아!

수 경 (밀며) 그럼 니가 한번 밀어보든가, 기집애야!

준 영 너, 기집애 소리 한 번만 더 해, 콱 그냥.. 내가 죽여버릴.. 밀어!

수 경 (속상한) 뭐 저런 게 다 있어, 진짜... (하고, 힘을 쓰는)

그때, 준영, 시동 걸어 앞으로 가며 수경에게 진흙물이 확 끼얹어지면, 수경, '야!..' 하며 앞을 보면, 준영의 차, 비틀비틀 앞으로 가는,

수 경 (놀란) 준영아!

준영이 운전하는 차, 앞에 가서, 다시 처박히는, 그때 큰 경적소리와 함께 헤드라이트를 켜고 돌진하는 트럭과 차에 탄 준영의 시야가 하얘지는, White F. O.

* DIS.
비 오는 새벽.
준영, 한쪽에 앉아 비를 맞으며 엉엉, 통곡을 하는,
수경, 전화를 하며, 준영을 힐끔거리는, 걱정스런,

수 경 예예, 맞아요, 거기 삼거리 돌아서 도로 좌측으로 난 비포장.. 예, 예, 그래요, 천지연 촬영장 가는.. 거기, 거기.. (버럭, 버럭 악을 쓰며) 그래요, 거기! 이 사람들이 돌았.. 도대체 내가 몇 번을 거기가 맞다고 소릴 질러야, 말귀를 알아 처먹어! 거기 맞다고?! 빨리 와요! (하고, 화나, 우는 준영에게로 가서, 소리치는) 너는 왜 자꾸 처울어?! 어디 다치지도 않았다며?!

준 영 (계속해, 목을 놓아 우는)

수 경 (옆에 앉아, 좀 수그러진) 너 다쳤냐? 말 좀 해, 다쳤어? (제 머리를 툭툭 치며) 여기 아파? (제 허리를 치며) 여기 아파?

준 영 (고갤 저으며, 우는)

수 경 아무 데도 안 다쳤는데, 왜 울어?! 그만 좀 울어?! 말도 안 하고, 사람 속 태우고, 너 이렇게 지 멋대로 커서 나중에 뭐 될래? 어?!

두 사람의 그 그림 위로,

준 영 (N) 그렇게 눈앞이 하얘지는 화이트아웃을 인생에서 경험하게 될 때는, 다른 방법이 없다. 잠시 모든 하던 행동을 멈춰야만 한다. 그것이 최선의 방법이다. 그렇다면 지금 나도 이 울음을 멈춰야 한다. 근데 나는 멈출 수가 없다. 그가 틀렸다. 나는 괜찮지 않았다.

씬 6. 촬영장, 초가집(정일우의 집이 복원된) 안 + 밖, 낮.

비가 그친, 바닥에 물이 흥건한,
규호와 해진, 나이 든 스태프들, 모두 장비를 방 안에 놓고, 처마 밑에 서서,
젊은 남녀 스태프들과 영웅, 호걸, 미려가 캔을 찌그러뜨려서 축구하는 걸 재미난 듯 보고 있는,

봉 균 (웃으며) 야야, 공 저기잖아. 왜 거기 한데 몰려서 난리야!
조명감독 야, 니들 카메라팀 못 이김 오늘 점심 없다, 잘 뛰어!
규 호 (웃으며) 이기는 편이 우리 편이다!
민 희 (규호에게, 심란한 표정으로 와서 말 거는) 비가 와서 곳곳에 사고가 많아서, 크레인팀이 늦는데요.
규 호 할 수 없지 뭐.
민 희 오늘 촬영 못하면 어쩌죠?
규 호 (건성으로 말하듯) 해야지.
민 희 준영선배 사고 난 거는 괜찮겠죠?
규 호 괜찮다고 했다며?
민 희 그러긴 했는데... (하고, 고개 돌리다가, 이상해, 가만 규호의 손 쪽을 보면)

규호, 해진의 손을 꼭 잡고 있는 게 보이는,
민희, 규호와 해진을 이상하단 듯 보다가, 해진과 눈이 마주치는,
해진, 아차 싶어, 손을 빼려 하면,
규호, 손을 꼭 잡고, 축구하는 스태프에게 말하는,

규 호　야야, 막내야, 니 뒤에 철욱이 온다 철욱이! 그렇지 그렇지, 도망쳐야지.

민 희　(규호가 말하는 사이, 해진에게 입 모양만) 성, 희, 롱?

해 진　(작게, 민희만 듣게, 조금 당황한) 아, 니, 요.

민 희　(놀란, 불쑥 버럭) 그럼, 사귀어?!

　　　　그때, 민희를 모두들 보는,

민 희　(뻘쭘한, 그냥 길가로 가며) 준영선배 마중 갈게요..

해 진　(민희 가는 것 보다, 규호를 보면)

규 호　(손을 꼭 잡고, 스태프에게) 야야, 진범이 뛴다, 막아, 막아!

해 진　(규호가 좋은, 입가에 미소 띠고, 축구하는 것 보며) 영웅이 오빠 뒤에 뒤에..

씬7.　달리는 준영의 차 안, 비가 그친, 낮.

　　　　수경, 운전하고, 준영, 조수석에 앉은,

수 경　(눈치를 힐끔힐끔 보며, 운전하는) 비가 거짓말처럼 그쳤네. (모르는 척) 어, 그리고 해가 떴네. (그때, 스피커폰의 전화가 오는, 카 서비스센터라고 쓰여진, 그걸 보고, 궁시렁) 미친놈들. 이제나 오고.

준 영　(울어서 눈이 벌게서, 아무렇지 않은 척, 대본을 보는)

수 경　(준영 눈치 보며, 조심스레) 아까.. 왜 울었어?

준 영　(대본만 보는)

수 경　혹시 귀 다쳤어?

준 영　(하던 일만 하는)

수 경　(놀란, 준영의 귀에 대고) 준영아, 내 목소리가 안 들,

준 영　(말꼬리 자르며, 책만 보며, 화난) 니 입 데리고 몸 뒤로.

수 경　(웃고, 운전하며) 니가 좋아.

준 영　넌 미쳤어.

수 경　(낄낄대고, 웃으며, 크레이지 러브 노랠 과장되고, 익살스레 부르는)

준 영　(뭐 저런 게 있나 싶게, 황당하게 수경을 보다, 크게 에춰 하며, 재채기를 하는)

씬8. 몽타주, 낮.

1, 준영, 규호의 촬영장, 낮(비가 개인).
민희, 보조출연자, 몇몇과 연기자들 준비된 의상(민간복, 처참하게 살해당하
거나, 다친 사람들의 모습으로)을 입으라고 하는, 민희, 스태프들에게 옷을 주
며, '돈 없어, 돈 없어, 그냥 니들이 대충 입고, 누워 있음 되잖아, 어서, 어서
해, 어서어서' 스태프들, '나 그림에 나와?' 하며 즐거운,

2, 준영, 규호의 촬영장 일각, 낮.
스태프들, 장비들을 꺼내, 설치하고, 준영(비를 맞아 감기가 든 상황, 수건으
로 코를 감싸고), 규호와 촬영, 조명감독, 배우들과 리허설을 준비하는, 준영,
기침을 하면서도, 일에 집중하려 하는, 규호, 그런 준영을 보고, '왜 콜록대고
그래?', 준영 '시체가 넘 적다, CG로 좀 깔자, 아무리 돈이 좀 들어도..', 규호
'당근이지' 하며, 리허설 지도하고, 준영은 힘든,

3, 방송국 앞, 낮.
지오, 뛰어 들어가는, 나오던 철이와 부딪히고, '미안, 미안' 하며 뛰어 들어가
는,

4, 연습실 안, 낮.
지오, 대본('유행가처럼' - '유행가가 되리' 원 대본 참고)을 읽고, 민숙과 일
우, 젊은 남자, 젊은 여자, 그 외 스태프들 연습에 참여하는 모습이 보이는, 일
우, 식당 앞 씬에서 화를 내는 모습이 보이는, 일우의 눈가가 그렁한, 지오, 그
눈빛을 보며, 맘 아픈,

민숙 (아무도 안 듣게, 무심히) 정일우 선생 내가 추천했단 말함 안 돼.
지오, 일우만 진지하게 보며, 고개 끄덕이고, 대본의 지문을 읽어 나가는,

5, 준영, 규호의 촬영장, 낮.
근처에 처참하게 누워 있는 사람들이 보이고, 해진 외 영웅, 호걸, 미려 맘 아
프게 그들을 보는 모습을, 준영과 규호가 각자의 모니터로 보면서, 크레인과

핸드헬드로 찍는 상황이다.

6. 방송국 주차장, 밤.
민철(뛰어가며, 전화를 하는), 현섭, 냅다 뛰어가 차를 타고, 민철, 이내 차에
타는, 현섭, 시동을 걸며 초조한 '아무래도 이서우가 단단히 맘을 먹은 거 같
다, 통 전활 안 받어?', 민철, '우리도 죽기 아님 까무러치기야, 달려' 하고, 차
달리는,

씬9. 서우의 오피스텔 안, 밤.

서우, 링거를 꽂은 채, 심각하고 화난 채, 노트북을 치는데, 계속 핸드폰의 벨
소리(지오가 거는)가 들리는, 서우, 도저히 못 참겠는, 옆에 있는 휴지를 뜯어
귀에 막는, 그리고 다시 자판을 두들기다가, 도저히 더는 못 참고, 귀에 박은
휴지를 빼서 냅다 던지고는, 링거를 빼고, 핸드폰을 들어, 울 듯이 발악하듯
소리치는,

서 우   (발악하듯, 방방 뛰며, 울부짖는) 왜 그러는데?! 왜, 왜?!

*1. 화면 분할 》 사무실의 지오와 오피스텔의 서우
드라마국 안에서 지오, 전화를 하다가, 전화기를 귀에서 떼는, 철이 외, 주변
사람들 그런 지오를 보는,

서 우   (울부짖는) 나 글 쓴다고?! 오늘 한 장도 못 썼다고?! 근데 왜 다들 전화해서
        난리들이냐고?! 사람 죽는 거 볼라 그래?!
지 오   (속상한, 안쓰런) 미안해요.
서 우   미안함 전화하지 말라고?! 엄마 또 병원 실려가, 전화기도 못 끄고 일한다고
        지금. 46시간째 앉아 있는 사람한테, 야, 너 감독이기 전에, 내 친구 아니었
        어? 그거 내 착각이야! 친구한테 어떻게 이래!
지 오   (안쓰런, 작게, 달래듯) 그러니까, 1월 방송 들어가자고.
서 우   (발을 동동 구르며, 악쓰는) 대본을 하나도 못 썼는데, 어떻게 들어가! 어떻
        게! 난 원래 내년 중순 라인업이래며?!

지 오 에이.. 왜 그래? 대본 좀 썼.. 국장님.. 가셨어요?

서 우 몰라!

지 오 물 좀 마셔, 목 다 갈라진다, 물 좀 마셔.

서 우 (소리치며) 내가 몇 번을 말해! 대본 다 써서 완작 가는 게 꿈이라고! 정감독도 동의했... (하다가, 옆에 있는 물을 벌컥벌컥 마시는)

지 오 나도 정말 미안하게 생각해요, 그런데 방송이란 게 우리 맘대로 되는 게 아니잖,

서 우 (물 마시다가, 전화하는) 난 못한다고?! (하고, 생각 없이 물잔을 놓다가, 물잔이 엎질러져, 노트북에 쏟아지고, 그 바람에 전원이 타는지, 자판에서 연기가 지지직 소릴 내며, 팍 화면이 꺼져버리는, 놀라, 악쓰는) 엄마! (하고, 전화기 떨어뜨리는)

화면 분할 사라지며, 떨어진, 전화기에서, '지오, 왜 그래요, 왜? 이작가님, 이샘! 이샘!'
서우, 노트북을 들어, 흔들며, 울며 당황하는, '엄마, 어떡해, 어떡해 나 어떡해, 어떡해! 엄마' 그러다, 노트북 떨어지면, 놀라, 안고, 발버둥치며, '엄마, 엄마'

씬 10. 서우의 오피스텔 앞, 계단, 밤.

서우(추리닝, 슬리퍼 차림) 노트북을 안고, 울며, 집에서 나와, 엘리베이터에서 버튼 누르고, 동동거리는, 지하에서 올라오는, 엘리베이터, 서우, 더는 못 참고, 꺽꺽대고 울면서, 비상구로 뛰어가는,

씬 11. 길거리, 밤.

서우, 노트북 안고, 울며 뛰어가는데, 그 옆으로 현섭이 운전하는 차가 스쳐 지나가고, 서우, 가다가 슬리퍼가 벗겨져도 모르는 채, 뛰어가며, '비켜요, 비켜!' 하는,

씬 12. 달리는 현섭의 차 안, 밤.

현섭, 백미러로, 달려가는 서우 보며,

현 섭 야, 저거, 저거, 이서우지?
민 철 (백미러 보며) 차 돌려, 저게 우리 피해서 잠수 탈라 그런다, 차 돌려!
현 섭 (차를 한쪽에 끽 소리 나게 세우며) 니가 뛰어!
민 철 아으 얍샵이. (하고, 뛰어가며) 야, 이서우!

씬 13. 노트북 수리 서비스센터 (용산, 24시간 하는 곳), 밤.

직원, 노트북을 만지고, 민철, 현섭(손톱을 물어뜯으며, 초조하게 '고칠 수 있
는 거죠? 그죠, 그죠?' 하는), 직원이 고치는 걸 심각하게 보고 있는,
지오, 직원이 일하며 다운받아서 건네준 USB만 받아 가며, 조금 떨어진 곳에
있는 서우에게로 가는, 서우, 딸꾹질을 하며, 계속 흐르는 눈물을 닦고 있는,

지 오 (옆에 앉으며, USB를 주며, 서우 안쓰레 보고, 조심스레) 6, 7, 8부는 살았대
요.
서 우 (보며, 눈물 닦으며) 3, 4, 5는?
지 오 안 될 거 같대요. 그러게 왜 노트북을 써.. (하다) 참 손목 땜에 데스크탑 자판
못 쓰,
서 우 (그냥 나가는)

지오, 가는 서우를 안쓰레 보고, 서우 따라 일어나려는데, 현섭 와서,

현 섭 야, 너 가서 말 잘해야 된다. 대본 8개면 오늘 당장 들어가도 돼. 근데 두 달이
나 남았는데 왜 못 들어가.
지 오 앞에 세 갠 지워졌다잖아요.
현 섭 지가 쓴 건데 기억나지.
지 오 들어가요. (하고, 가는)
현 섭 오늘은 확답 받아야 된다, 지오야! (하다, 제 쪽으로 오는 민철 보며) 같이 가

야 되는 거 아닌가?

민 철 (가며) 낄 때 껴!

현 섭 (따라가며) 지금 낄 때 아냐?

씬 14. 서우의 오피스텔 엘리베이터 입구 + 안. 밤.

서우, 눈가 붉은 채, 로비 들어서서, 엘리베이터를 기다리고, 타서, 집 앞까지 가는 상황으로, 지오, 죄지은 사람처럼 서우를 안쓰레 보며 옆에 서 있는,

준 영 (N) 그날 이작가님이 잃어버린 원고는 총 2회 반 분량이었다. 꼬박 28일을 하루 3시간도 못 자고, 아프다는 엄마 병문안도 뒤로하고, 보고 싶은 친구도 못 보고, 안 가면 속 좁은 것처럼 보일까봐 반드시 가야만 했던 지나간 애인의 결혼식도 가지 않고 울며불며 쓴 원고였다. 이작가님을 보면, 난 정말 감독 되길 잘했단 생각이 든다. 왜 글을 쓴다고 해서, 그 고생인지.

서우, 키로 문을 열고, 문을 쾅 닫는, 지오, 놀라, 문을 열려 하면, 서우, 다시 문 열고, 지오, 어색하게 웃으며 말 꺼내는,

지 오 무서워, 나, 나는, 그, 그냥 옆에서 도와줄라고.

서 우 (꼬나보며) 너 나 다신 안 보고 싶지?

지 오 우리 술 마시러 갈래요?

서 우 (어이없는, 보는)

지 오 (눈치 보며, 조심스레) 안 가?.. 왜?.. 원고 쓸라고?

서 우 (보면)

지 오 (괜히 머리 긁으며) 그럼.. 가야겠다. 원고 쓰면 가야지. 아이디어 막힘 나 불러요, 뭐 도울 일도 없겠지만, 자다가도 벌떡 일어나, 달려올게요. 안녕히 계세요. (하고, 인사하고, 돌아서서 가는)

서 우 (가는 지오를 보며, 어이없고, 화나는) 내가 하늘에 두고 맹세하는데, 너랑 이번 일 끝나면, 다신 안 해! 어떻게 날 위하는 척하면서, 지 하고 싶은 대로만.. 가다, 꼬꾸라져 다리나 부러져라, 이 못된 새끼야!

지 오 (미안한, 돌아보며, 미안한 웃음 짓고) 미안해요.

서 우   (말 끝나기 전에 문을 쾅 하고 닫는)

＊점프컷 1〉〉 서우 오피스텔 문 앞, 밤
지오, 초인종을 누르고, 큰 박스 문 앞에 놓고, 가는,
잠시 후, 서우 나와 박스를 보면, 온갖 과일과 쪽지가 붙어 있는,

지 오   (E) 맨땅에 헤딩하는 이작가님 고충 안다고 말 안 할게요. 밥 안 들어감 과일
이라도 먹어. 그리고, 다시 태어나면 작가로 태어나지 마. 알러뷰, 이서우!

서 우   (맘 짠한, 박스 들고 문 쾅 닫고 들어가는) 이게 간식이냐, 사식이지.

씬 15. 서우의 오피스텔 안, 밤.

서우, 데스크탑으로 일하는, 자판을 두드리며, 입으로 중얼중얼거리며 쓰는,
(우정사 원고 전체 대본 중 200쪽 분량 부근, 남자주인공 민호/여자주인공
수현)

서 우   민호의 차.., 민호, 어렵게 말 꺼내는... 만나자. 다음 하영의 방, 수현이가 전화
를 받.. 한쪽 의자에 앉아 있는데, 이내 하영이가.. 빨래를 들고 들어오.. (하다
가, 한쪽에 놓인 큰 화분을 보는, 화분 놓인 위치가 맘에 안 드는, 참고, 타자를
치며, 중얼거리는) 하영, 수현을 보며 이거 어디다 놓까? 수현, 수화기를 가
리.. (그러다, 벌떡 일어나, 화분을 옮기려 하는, 화분 꿈쩍을 안 하는, 서우 앞
아서, 이렇게도 밀어보고, 저렇게도 밀어보는 상황이 디졸브 컷으로 넘어가는)

＊점프컷 1. 서우의 오피스텔, 밤〉〉

서 우   (타자를 치며, 다시 중얼거리는) 하영, 수현에게 어렵게 눈치 보며 말 꺼내는,
너 민호랑, 나랑 오해하는 거 아니지? 어젠... 차가 고장이 났... (하다가, 베란
다 창에 얼룩진 게 신경에 거슬리는, 그걸 보며 타자를 치며, 중얼거리는) 고
장이 났어. 개 잘못두 내 잘못두.. 오해하는 거 아니지? (하다가, 양말을 벗고,
벌떡 일어나, 베란다로 나가, 호스를 끼우고 수돗물을 틀어서, 베란다 창 물청
소를 하는)

▪ 점프컷 2. 서우의 베란다, 새벽 〉〉
서우, 베란다에서 목욕의자에 앉아, 숫돌에 칼을 갈며 중얼거리는,

서 우　일단 하영이가, 말은 꺼냈는데.. 수현이 반응이 어디로 튀어야 늘어지지 않고 긴박감이.. (하며, 칼날을 유심히 보는, 그리고 또 칼을 갈다, 순간 멈추고, 컴퓨터로 가서 앉아, 타자를 치는) 수현, 하영의 말꼬리를 자르며 불쑥, 민호 안 만날 거야. 하영, 뻥한.. 아니아니, (하고, 타자로 글을 지우고) 조금 놀란...그지 그지, 그 담 씬, 민호의 집, 수돗가. (하며, 기분 좋은지, 다다다 타자를 치는 빠른 손)

▪ DIS. 밤.
서우, 눈가 그렁해 손으로 머릴 괴고, 책상에 앉아, 뚫어지게 컴퓨터 화면을 보고 있는, 아무것도 생각이 안 나는지, NNNNNNNN, ZZZ 같은 말도 안 되는 글자들을 치고 있는,

씬 16. 거리, 밤.

윤영(과자를 먹고 가며, 재밌단 듯 웃는), 서우(추리닝에 슬리퍼 차림) 걸어가며 말하는,

서 우　(화가 나, 작게 미친 사람처럼(?) 중얼중얼거리는) 미친놈의 새끼들, 죽어도 썩어 문드러지지 않을 독한 놈들, 내가 이누무 방송가를 떠나든지 해야지, 사람 알길 개똥으로 아는 놈들,
윤 영　(과자 봉지 주며, 가볍게) 고만해.
서 우　(과자를 먹어가며, 계속 중얼대는) 계약서에 도장 찍을 땐 온갖 알랑방귀를 다 뀌고, 템프로 저리 가라로 샐샐대더니, 지들이 한번 방구석에 갇혀서 살아보라지. 내가 무슨 글 쓰는 기계도 아니고,
윤 영　(웃으며, 팔로 서우의 목을 감싸며) 이러다 곧 정신병원 들어가겠네, 내가 좋은 의사 소개시켜줄까? 실력도 좋고, 디게 미남인데,
서 우　(아랑곳없이, 중얼대는) 내가 맘 약한 줄 알고, 이것들이 날 이용해 처먹을라고, 이 미친.. 쌍..

윤 영   (웃으며, 동시에) 오우, 쌍.. 화끈해 좋고,

창주(윤영의 매니저), 차를 가지고 뒤에서 따라오는,

씬 17. 산타마리오 안, 밤.

서우, 멍하게 앞만 보고 있고, 미진, 윤영 마주 앉아 있고, 직원이 큰 쟁반에 사람들이 키핑 해놓은(누구는 명함, 누구는 사인을 한), 온갖 양주병을 가득 들고 와서 놓고, 가는,

윤 영   (병을 보며) 미진씨 정말 이게 전부야?

미 진   (웃으며) 누구 명령인데, 그럼. 싹 챙긴 거예요.

윤 영   (병을 내리며) 자, 그럼 먼저 김민철 꺼부터, 그 담은 (병 하나를 더 들고) 박현 섭 꺼.. (너무 적게 남아 있는) 에게.. (서우 보며) 이 인간은 생긴 거나, 사는 거나, 왜 이렇게 쪼잔해... 그 담은 그렇지, (병들 보며) 정지오 꺼가.. 없네?

미 진   소주파잖아.

윤 영   가끔 양주도 좀 마시라 그래. 이건 뭐야? (좋은 양주병 꺼내며) 어우, 역시 손 규호... (그러다, 술병 보며 실망한) 앤 인간성도 바닥이드니, 술도 바닥이네. 그리고 이놈들.. OCS 놈들.. (하고, 술병을 내리는)

미 진   (웃으며) 언니, PBC는, 왜 손대?

서 우   (윤영 보다, 미진 보며) 언니, 이거 절도 아니야?

미 진   (웃고, 윤영 보며) 책임지겠지.

윤 영   (술병 돌려, 서우 잔에 따르며) 욕 한 번 처먹음 그뿐이야. 꼴난 술 땜에 고소 할 것도 아니고.. 내가 욕 한두 번 처먹어. 인터넷, 신문에 맬 욕 처먹는 게 일 인데.

서 우   (좋은) 쌍, 좋다, 여기 나랑 붙는 최작가, 오작가 꺼 있지, 그것도 꺼내!

윤 영   최작가, 우리 회사 사람이거덩?

서 우   (무시하고, 미진에게) 여기 윤영언니 술도 많지? 그거 다 꺼내와!

미 진   (웃으며) 굿 아이디어. (하고, 가고)

서 우   (윤영에게) 언니도 적이야! 왜, 나랑 붙는데, 톱 배우들을 박고, 친한 거 하나 소용없어! 나는 계약하잔 말도 안 하고, 그렇게 살지 말어, 인생. (하고, 술 마

시는)

윤 영 (웃고, 미진 쪽에 대고) 미진언니, 오늘 문 걸어, 우리 여기서 안 나가! (하고, 손님들에게, 고개 디밀고, 박수 쳐서, 집중시키는)

사람들, 술 마시다 보면,

윤 영 지금까지 마신 술은 전부 제가 계산합니다. 단, 열 셀 때까지 나가세요, 카운트 들어갑니다.

미진과 종업원들, 웃으며 신나게 숫자 하나에 박수 세 번을 쳐가며, 노래하듯 '하나, 둘, 셋' 하며 수를 세고, 사람들 잠깐만 잠깐만 하며 술을 마시는 사람, 가자고 하면서 끄는 사람, 그렇게 서둘러 나가느라, 난리가 난, 서우, 윤영, 기분 좋게, 잔을 부딪히며 술을 마시는,

씬 18. 안개 낀 여의도 부근, 희뿌연 새벽.

윤영의 차, 서 있고, 창주, 윤영과 서우가 초췌하게 걸어 나오는 걸 보고, 차에서 나와, 문 열면,

서 우 (윤영 보며) 어디 가?

윤 영 영화 촬영.

서 우 그 꼴로?

윤 영 (웃으며) 매춘부에 폐암 걸린 환자역이야, 더 이상은 분장도 필요 없고, 설정 띡 좋아. (하고, 차에 다시, 시우 보며) 다.

서 우 정신 차리게 좀 걸을래요.

윤 영 정신 차려 뭐하게, 설마 글 쓰게?

서 우 (웃으며, 장난스레, 다릴 떨며) 술을 먹었더니, 힘이 나는데. 싹 다 붙어. (하고, 침을 찍 뱉는 시늉하면)

윤 영 (그런 서우 따뜻하게 보며 작게 웃고, 서우의 머릴 흐트러뜨리는)

서 우 (서글프게 웃고) 갑니다. (하고, 가는)

윤 영 (창주에게) 가자. (차 가는)

씬 19. 준영, 규호의 촬영장(앞에 촬영장이 아닌, 들판 같은), 낮.

진범, 수경, 스태프들, 극 중의 죽은 사람들을 위해, 커다란 무덤을 파는, 다른
스태프들, 선을 깔고, 레일을 만들고 하며, 촬영 준비를 하는, 분장과 의상들,
해진 외 주인공들을 도와주고 있는,
규호, 홍삼을 씹으며, 콘티를 짜면서, 수경과 땅 파는 스태프에게 말하며,
(시체들 안 보이게 해놓고, 무덤을 다른 인근에 파는 상황으로 가면 될 듯)

규 호 야, 깊게 파, 깊게! 반경 3미터, 깊이는 2미터 이상! 공분이, 미려, 호걸이, 영
웅이 다 들어갈 만큼. 시체는 산더미로 해놓고, 무덤은 주먹만하게 할 수 없잖
아! 힘 좀 써!

수 경 (땀 흘려, 땅 파며) 그러게, 포크레인 부르지, 이게 무슨 짓이에요?

규 호 (웃으며, 홍삼 뜯으며) 돈 들잖냐? 니들 할 일도 없는데, 그거나 파지, 뭐하
냐? 야, 나, 지금도 제작비 오바로 감사실 가게 생겼어. 살려주라, 임마.

수 경 (옆의 진범 보고, 궁시렁) 아우, 그냥, 저거 여기 확 파묻고 말까?

진 범 (땅 파며) 형도 파묻기 전에 가만 있어.

수 경 (화난, 팰 듯) 콱!

그때, 민희, 큰 간식 봉지 들고 뛰어오며,

민 희 석구야! 간식 왔다, 간식!

갑자기 일하던, 모든 스태프들, 민희에게 달려드는,
민희, 넘어져, 봉지 들고, '줄을 서시오, 줄을!'
수경, 봉지 뺏으려 하며, '내놔, 어서!'

규 호 (낄낄대고 웃으며) 으이고, 먹고살겠다고.. (하다가, 이상한, 주변 두리번거리
며) 근데, 주준영은 어딨어?

씬 20. 준영의 차 안 + 밖, 낮.

준영, 땀을 흘리며, 조수석에서 자고 있는,
그때, 차창 밖에서 수경, 놀라 문을 마구 두드리며, '준영아, 준영아! 주준영!'
하며 문을 힘껏 열려고 하지만, 안 되는, 그때, 민희, 뛰어오며, '비켜요, 비
켜!' 하며 걱정돼, 문을 두드리는 수경을 밀쳐내며,

민 희 차 부서져요! 그저 머릴 쓸 생각은 않고, 힘으로만, 그냥.. 짜증 나게.
수 경 (넘어지며) 야, 기, 김군.. 주, 주준영 왜 저래? 야, 쟤 죽었나?
민 희 (키로 문 열며, 걱정되는) 조용히 좀 해요. (하고, 문 열고, 준영의 뺨을 톡톡
       치며, 걱정스런) 선배, 선배, (힘껏 내려치며) 선배!

＊점프컷 1〉〉
준영, 차에 기대, 물을 마시고, 수경, 민희, 그런 준영을 걱정스레 보고,
규호, 홍삼을 씹으며 준영을 꼬나보며,

규 호 주준영, 너는 정신이 없는 애야. 그지?
준 영 (물을 마시고, 규호 밉게 보면)
규 호 (어이없단 듯 웃으며) 야, 프로가 일하며 아프냐?.. 있잖아, 프로는.. 일하면
       안 아프고, 일 안 하면 아프고.. 그런 게 프로야. 나는 있잖아, 아프고 싶어도
       아플 시간이 없어. 주준영 말이다. 일은 체력이 아니라 정신력으로 하는 거야.
       정신력. (하고, 홍삼 뜯는)
수 경 (규호 밉게 보며, 작게 민희에게 궁시렁) 나는 쟤 땜에 홍삼도 미워.
민 희 (준영만 걱정스레 보며, 손으로 수경의 입을 딱 치는)
준 영 고만해. (하고, 가려고 하면)
규 호 (팔 잡아, 돌려세우며) 서울 가.
준 영 (보면)
규 호 (육포를 까며) 난 있잖아, 촬영 현장에서 감독이며 스탭이 얼굴 구기는 거 딱
       질색이야.
수 경 (궁시렁) 난 니가 딱 질색이야, 자식.. (하다가, 규호와 눈 마주치면, 민희에게
       이를 드러내보이며) 나, 뭐 꼈니?

규 호 (수경 보고 웃고, 준영에게) 뭐해, 가지.

준 영 나, 찍을 수 있어.

규 호 (육포 씹으며) 니가 뭘 찍어. 찍는 건 촬영감독이지.

준 영 (어이없는) 그럼 하나둘셋 캇, 큐 하는 입만 있음 되겠네. 그건 너무 멀쩡해.
(하고, 가려 하면)

규 호 김군. 감독님 모셔다 드려라.

준 영 (화난, 펄쩍펄쩍 뛰며) 정말, 왜 그래?!

규 호 (말꼬리 자르며) 대신, 이번 주 방송에서 니 이름은 뺀다. 내가 다 찍으니까.
(하고, 가는)

준 영 (규호 째려보고)

수 경 (규호 옆에 따라가며) 서, 선배 저, 저기, 주준영, 아니 주감독 내가 서울에 데
려다 주면 안 될,

규 호 안 돼.

수 경 그러지 말고, 나 좀 보내,

규 호 (수경 귀를 잡고 가며) 넌 조연출의 자세가 안 돼 있어, 조연출은 촬영
현장에서 단 세 마디 이외엔 그 어떤 말도 할 필요가 없다,

수 경 (아파하는) 아아아..

규 호 첫 번째, 네, 잘못했습니다, 감독님, 두 번째, 네, 그렇습니다. 감독님. 세 번
째, 네, 저까짓 게 뭘 알겠습니까, 감독님.

수 경 (끌려가며) 아아아아..

규 호 빨리 가자, 빨리, 땅도 파야 되고, 할 일 많다.

씬 21. 달리는 준영의 차 안, 낮.

민희, 운전해 가다가, 뒷자리의 준영을 보면, 준영, 목에 땀이 흥건한, 생각 많
게 창가를 보고 있는,

민 희 좀 자요.

준 영 (눈 감는)

씬 22. 몽타주.

1. 철이의 촬영장, 낮.
철이, 렉카 씬을 찍고 있는,
스태프들, 야광봉을 흔들며, 주변에 구경하는 차들에게 신호하는,
'그냥, 가세요, 촬영 구경하지 말아주세요, 시민 여러분, 이쪽 보지 마세요!'
철이, 땀을 흥건히 흘리며, '캇!' 하는, 카메라, 인도 쪽으로 가면, 오부장 박수 치며, 철이에게 엄지손가락 들어 보이는,
철이, 좋은, '오른쪽으로 오바 숄더 캇 갑니다!'

2. 철이의 촬영장, 상가 거리, 낮.
철이, 팬티 입은 젊은 남자주인공이 건달에게 쫓기는 씬을 옥상 위에서 찍는 걸, 모니터로 보는,

3. 철이의 촬영장, 도로, 낮.
철이, 팬티 입은 젊은 남자주인공이 건달에게 쫓기는 씬을 찍는,
카메라, 한쪽으로 가면, 시민들 사이에 지오(손에 감독 의자를 든), 민철, 그리고 앞에 나왔던 두성, 감독 2, 3과 호연, 흐뭇하게 '잘 찍네' 하며 박수를 치며 보고, 민철, 돈 봉투를 지오에게 주며,

민 철   5만 원이다. 현섭이 형 3만 원짜리랑 헷갈리지 마. 나 왔다고, 꼭 말하고.
지 오   (주머니에서 돈 봉투 꺼내, 민철이 준 것과 합쳐서, 봉투를 세며) 야, 철이 오늘 장사 된다. 이게 얼마야? 첫 촬영에 스탭들 배 터지겠네.
호 연   (철이 간 쪽 보며) 아.. 현상 나가고 싶어.
지 오   (웃고, 호연의 머릴 흩트리고)
민 철   준영이놈 데뷔작 할 때 현장 안 찾아갔다고, 내가 걔한테 당한 걸 생각하면, (몸서리치며) 으이그..
지 오   (웃으며) 잘못했지, 그땐. 마누라 애 낳는 건 못 봐도, 후배 데뷔 촬영장엔 와야지, 형.
민 철   남들이 들음 우리보고 다 또라이라 그래, 임마. 간다. (하고, 가는)
지 오   (웃고) 잘 가요! (하고, 걸어가며) 담 씬은, 저쪽 도로랜다. 이동하자. (하고,

가는)

그때, 빵빵 하고, 경적소리가 나는,
카메라, 뒤로 가면,
촬영장, 주변 도로의 준영의 차 보이는, 주변에 차가 많은,
민희, 운전석에서, 경적을 울리고 있는.
준영, 가는 지오를 보고 있는,

민 희 아.. 씨!! 좀 돌아보지..
준 영 (가는 지오 물끄러미 보는, 맘 아픈)
민 희 (준영의 감정 모르고, 묻는) 오늘 철이 선배 데뷔전인 줄 몰랐네, 우리도 좀 가
봐야 되는 거 아닙... (무심히 말하다가, 준영의 눈가가 붉은 걸 알아채는, 걱
정스런) 선.. 배?

그때, 전화 오고, 준영, 눈가 붉어져, 창가로 고개 돌리며, 전화를 받는,

준 영 네, 주준영.. (하다, 굳어지는) 어, 아빠..

씬 23. 방송국 세트장, 밤.

지오, 한쪽에 앉아 있고,
연희, 떼어낸 세트들을 확인하고 있는,

지 오 (그런 연희를 보며) 그걸 왜 니가 챙겨?
연 희 (넘버링만 하며) 전번에 다른 팀 세트랑 섞여가지고 아주 골때리지도 않았어.
녹화시간을 3시간이나 연장하고, 패널들 난리치고, 욕하고, 모가지 달아날 뻔
했어. (하고, 체크하며) 근데 여기까지 웬일?
지 오 (물 마시며, 불편한, 연희 안 보고) 전번에 소리친 거 미안해서.
연 희 (일만 하며, 지오 안 보고) 천만 원 들어왔든데?
지 오 (멋쩍게 웃으며) 있는 거 닥닥 긁었다, 나머진, 내년쯤이나 갚을게.
연 희 (지오 보고, 편하게 웃으며) 이자도 갚지, 왜?

지 오　(웃고) 그럴게.

연 희　(일만 하며) 할 말 없나본데, 가도 돼.

지 오　(편안한, 연희 보고, 가는)

연 희　(일만 하는)

지 오　(가다가, 고갤 갸웃하며, 이상한, 멈춰 서서, 연희 돌아보며) 야.. 니가 이렇게 상큼하게 나오니까, 뭔가 좀 이상하다? 너 원래 이랬냐?

연 희　(보고, 작게 웃으며) 너 주준영이랑.. 무슨 일 있지?

지 오　일이나 해, 임마. 그리고 언제 밥이나 먹자. (하고, 가는)

연 희　(일만 하며) 난 전화 안 한다, 니가 해.

지 오　(가며) 그래.

씬 24. 지오, 집으로 가는 길 + 옥탑, 밤.

지오, 지경과 전화를 하며 집 앞에서 옥탑까지 걸어가는,

지 경　(F) 야, 왜 니가 그걸 신경 써? 신경 쓰지 말어.

지 오　(웃으며, 편한) 신경 쓰게 해놓고, 신경 쓰지 말람 말 되냐? 에헤.. 누나랑 나랑.. 남이냐? 그만해, 시끄러. 고맙단 말도 한두 번이지... 동성인? (맘 짠하게 웃고) 그러지 말어. 사내놈이 일생일대 한 순간 지 하고 싶은 건 해야지. 내가 그래서 그놈이 이뻐. (웃고) 그래, 누나, 나중에 한번 갈게, 몸조심하고. 어어. (하며, 핸드폰 닫고, 열쇠로 집 문을 열다가, 뭔가 이상해, 뒤를 돌아보면)

준영, 평상에 앉아 있는,
시오, 준영을 물끄러니 보는,

준 영　(고개 숙인 채, 괜히 발끝으로 땅바닥을 문지르며) 아빠가 집 근처에 와 있어. 지난번에 집에 찾아갔는데, 어떤 여자랑 있었는데.. 내가 암 말 않고, 그냥.. 돌아왔거든. 나한테 할 말이 있대. 나는 별로 들을 말도 없는데. (하고, 눈가를 소매로 쓱 닦고, 지오 안 보고 다른 데 보며) 엊그제, 비를 너무 많이 맞아서 그런지, 열이 자꾸 나.

지 오　(맘 아프지만, 참고, 문 쪽에 기대, 준영을 물끄러미 보는)

준 영 아빠가 계속 엄마한테 이혼하자나봐. 내가 뭐라고 말해야 되는지 모르겠어. 아빠 입장에선 여자도 있는 거 같으니까, 이혼하는 게 날 것도 같고, 뭐 첨부터 엄말 좋아해서 산 것도 아니니까, 근데 엄마는... (맘 아픈) 좀.. 안됐어. (눈가 닦고, 울지 않으려 하며) 그래서 선배한테 물어볼라고 왔어. 이럴 때 내가 어떻게 해야 하는지. 선배는 뭐든 다 잘 알잖아. 일도 세상 사는 것도, 뭐든 다,

지 오 내가.. 뭘 알아. 그냥 아는 척.. 한 거야. 나도 몰라.

준 영 (자꾸 눈물 나려 하는, 괜히 발로 땅을 차며, 힘든) 나.. 안 괜찮아. 우리.. 그냥 다시 보자.

지 오 (맘 아픈, 짐짓 아무렇지 않은 척) 엄살 피지 말고, 가. 아버님 기다리신다. (하고, 집에 들어가, 문 잠그는)

준 영 (잠시 그대로 있다가, 일어나, 지오의 집 문을 노크하는, 울음 참으며, 그러다, 조금 세게 문을 두드리고, 울지 않으려 이를 앙다물고, 문을 세게 쾅쾅 두드리는) 나 엄살 아냐, 머리에 열나. 나 좀 봐봐. 문 열고, 어? 어?

씬 25. 지오의 집 안, 밤.

지오, 문 뒤에 기대선 채, 담담한, 문 두드리는 소리가 계속 나는,

준 영 (N) 6년 전 그와 헤어질 때는 솔직히 이렇게 힘들지 않았다. 그때 그는 단지 날 설레게 하는 애인일 뿐이었다.

씬 26. 지오의 집 계단, 밤.

준영, 울면서, 손등으로 눈물을 훔치며, 걸어가는,

준 영 (N) 보고 싶고, 만지고 싶고, 그와 함께 웃고 싶고, 그런 걸 못하는 건 힘은 들어도 참을 수 있는 정도였다. 젊은 연인들의 이별이란 게 다 그런 거니까.

씬 27. 카페 밖, 밤.

창가로 보면, 준영부, 찻잔을 놓고, 생각에 잠긴, 그 모습을 준영 (막막한) 창밖

에서 보고 있는, 그러다 돌아서서 가는,

준영 (N) 미련하게도 그에게 너무 많은 역할을 주었다. 그게 잘못이다. 그는 나의 애인이었고, 내 인생의 멘토였고, 내가 가야 할 길을 먼저 가는 선배였고, 우상이었고, 삶의 지표였다.

씬 28. 준영의 집 화장실 안, 밤.

준영, 옷을 입은 채, 욕조에 앉아, 물을 맞으며, 가만 있는,

준영 (N) 그리고 무엇보다, 지금 이 욕조에 떨어지는 물보다 더 따뜻했다. (하고, 몸을 일으켜 물을 잠그고, 이를 앙다물고, 골똘히 생각하는) 이건 분명한 배신이다.

씬 29. 몽타주.

1, 회상, 1부 씬 56, 산타마리오 안.

지오 (보다가) 넌 너무... 생각이.. 없어.
준영 ?
지오 게다가 너무.. 쉬워.

2, 현실. 준영의 옷방, 밤
준영의 옷방과 침실, 준영, 잠옷을 입고, 기울을 보며, 스킨과 로션을 차분히 바르며,

준영 (궁시렁) 이러고도 내가 쉽냐? 니가 쉽지? (옷방에서 거실로 가며)
(N) 그때, 그와 헤어질 수밖에 없는 이유들, 그와 헤어진 게 너무도 다행인 몇 가지 이유들이 생각난 건 정말 고마운 일이었다.

3, 회상, 3부 씬 40, 대형마트 주차장 안.

준 영 (가는)

지 오 (가만 준영을 보며, 담담하게 서글픈 웃음 작게 짓다가, 화가 나는지, 갑자기
웃음을 멈추고, 차를 타고, 가는)

지오의 차, 준영을, 지나쳐 가는, 준영, 아랑곳없이 걸어가는,

4, 현실, 준영의 거실, 밤.
준영, 와인 병따개로 와인을 따서 마시며, 궁시렁,

준 영 그때 알아봤어야 돼, 쌀쌀맞고 독한 놈. (하다가, 한쪽에 놓아둔 어린 지오의
사진과 1달러의 사랑 저금통을 보는, 멍한, 하던 행동을 멈추는)

5, 플래시백.
- 1, 6부 씬 50 준영, 지오 집에서 지오 어릴 때 사진을 훔치던,
- 2, 4부 씬 48. 싱가포르 해변에서 밤을 새던 지오와 준영의 모습,
- 3, 6부 씬 50. 지오 집에서 준영을 업고 청소하던,
- 4, 8부 씬 79. 수면실에서 준영을 등 뒤에서 안아주던 지오의 모습 등, 준영
  과 지오의 좋았던 한때들,

위에 장면 위로 준영의 내레이션,

준 영 (N) 그런데, 그와 헤어질 수밖에 없는 이유는 고작 두어 가진데, 그와 헤어져
선 안 되는 이유들은 왜 이렇게 셀 수도 없이 무차별 폭격처럼 쏟아지는 건가.

씬 30. 민희 집 앞, 밤.

민희, 까치집에 자다 깬 얼굴로 신발을 허둥지둥 신으며 막 달려가는,

씬 31. 준영의 집 안, 밤.

문소리 나고, 민희, 들어서서, 걱정스레 조심스레 집으로 가면, 준영, 소파에

무릎을 세우고, 앉아, 엉엉 우는, 민희, 그런 준영을 보고, 그 앞에 앉아, 안쓰
레 보며, 손을 잡아주는,

준 영　(N) 이렇게 외로울 때 친구를 불러 도움을 받는 것조차 그에게서 배웠는데,
친구 앞에선 한없이 초라해지고, 작아져도, 된다는 것도 그에게서 배웠는데,
날 이렇게 작고 약하게 만들어놓고, 그가 잔인하게 떠났다. (목 놓아 우는)

서우, 놀라 문을 벌컥 열며, '뭐야, 뭐야, 뭐?!' 하는, 민희, 눈치 주고, '조용
히' 하고, 서우, 사태 알겠는, 고개 끄덕이고, 준영을 옆에서 안아주고, 준영,
계속 울고, 그때, 문 다시 열리며, 윤영, '주감독' 하며 들어서는, 그러다, 주변
을 보고, 벙찐, 서우, 눈으로 앉으라고 하고, 윤영, 고개 저으며, 입으로만 '나
갈래' 하고 가려 하면, 민희, 윤영의 발목을 잡는, 눈으로 '앉아요' 하고, 윤영,
마지못해 앉아, 계속 우는 준영을 어이없게 보고, 한쪽에 있는 수건 하나 가져
다주고, 피곤한 듯 눕는, F. O.

씬 32. 본부장실 안, 다른 날 낮.

본부장, 서류들에 사인을 하고 있고, 현섭, 그 외 부장 몇몇 서로 편안하게 얘
기를 하는, 현섭, 예능국장에게 웃으며 '맘 편하지 뭐, 손규호가 돈을 좀 많이
써서 그렇지', 예능국장, '대만이랑, 일본, 유럽까지 높은 가격에 잘 팔았다
며?', 현섭, 좋은 '아우, 그걸 왜 나한테 물어, 여기 해외 사업 본부장님 계신
데, 이분한테 물어야지?', 하며, '회사가 잘돼야 회의도 재미가 나지, 암튼 다
들 간만에 좋네' 하며 웃고, 떠드는, 민철, 본부장 좌석 뒤에 놓인, 골프채(윤
영의 차에서 본)에서 눈을 못 떼는, 민철, 생각 많은, 그때, 비서 들어오며,

비 서　본부장님, 회의 준비됐습니다.
본부장　그래, 알았어. 갑시다. (하고, 서류 덮고, 옷 입는)

현섭 외, 모두 일어나 나가고, 현섭, 나가며 '장국장님, 그 일요일에 하는 쇼
프로에 이번에 지난달 새로 시작한 주말 좀 띄워주라' 하며 나가는, 민철, 답
답한 얼굴로 일어나 나가는,

씬33. 달리는 윤영의 차 안, 낮.

윤영(준영의 집에서 나온), 차를 운전해서, 집 앞에 세우고, 내려서 차문을 잠그고, 집으로 돌아가려는데, 휙 하는 입으로 부는 휘파람 소리 들리고, 돌아보는 순간, 무차별적으로 계란이 날아와 윤영의 이마와 옷에 마구 쏟아지는, 윤영, 손으로 얼굴을 가리며, '악!' 소리치는, 그때, 경적 울리고, 누리(민철의 딸)와 친구들(대여섯 명) 계란을 던지다가 놀라, 경적소리 난 쪽 보면, 차 한대 오다가 서고, 민숙의 매니저 급하게 차에서 나와 '야, 니들 뭐야?!' 하는, 누리 외 '튀어!' 하며 계란을 던지며 가고, 민숙의 매니저, '야, 니들 서!' 하며 쫓아가는, 민숙, 수진, '이게 뭐야, 뭐야 하며 윤영에게로 달려가는,

▪ 점프컷 1 〉〉
윤영, 얼굴을 들면, 계란과 코피가 터져, 난리도 아닌, 후 하고 입바람으로 머릴 날리는, 스톱 모션.

씬34. 윤영의 집 안, 낮.

파출부 아줌마, 차와 과일을 들고 와, TV를 보는 민숙과 수진, 현섭에게 주는,
TV를 보면, 해진이 촬영장에서 인터뷰한 내용이 나가는,
기자, 상대역으로 나오는 영웅과 호걸 중 누가 좋냐 그러면, 해진이, 웃으며 '두 분 선배님도 좋지만, 전 우리 감독님이 젤 좋아요' 하는, 카메라, 일하는 규호 잡으며 '저분이요?' 하면, 해진, 카메라에 제 얼굴을 들이밀며, 웃으며 '네!' 하는, 그 모습을 보고 있는,

수 진 (깔깔대고 웃으며) 요즘 애들 정말 웃겨, 아주 그냥 대놓고 좋다 소릴 하네, 대놓고, 재밌어, 정말.

민 숙 (과일만 먹으며) 내가 쟤 이상한 애라 그랬잖아.

현 섭 (과일 먹으며) 오언니가 이상하지 않은 사람이 어딨어?

민 숙 (째려보며) 방송이 다 끝나가는데, 다른 사람은 다 하고 왜 나는 개런티 협상 안 해?

현 섭 나는 할라고 하지, 근데, 언니가 협상을 안 하잖아. 언니네서 부른 돈에 야외

비 포함으로 처리하자?

민 숙 (수진에게) 이 인간 누가 불렀니?

현 섭 (웃으며) 언니랑 농촌 드라마 찍을 때가 좋았는데... 그때, 진짜 언니 멋졌는데, 강원도 사투리 배운다고 촬영 없는 날이면, 분장 지우고, 몸뻬 입고 시골 장터에 나가, 하루 진종일 시장 사람들하고 어울려 노닥거리고, 그럼 나는 촬영하고 밤늦게 시장 가면, 언니가 어느새 막걸리집 아낙이 돼가지고, 나한테 강원도 사투리로 '파전 드리래요?' 그러면 나는 그냥 돌아가신 어머니 생각이 나서 가슴이 짜르르르.. 우와, 증말...

수 진 (웃으며) 요즘 왜 안 찍어?

현 섭 젊은 애들 키운다고, 늙은 것들은 찍지 말래.

수 진 (과일 먹으며) 대놓고 그렇게 말해?

현 섭 (담백하게) 응. 근데.. 윤영이한테 누가, 날계란을 던진,

그때, 민숙의 매니저 들어오는,

민 숙 어떻게 됐어?

매니저, 난감한,
윤영, 샤워한 모습으로 가운 입고 나오며,

윤 영 애들은 잡았니?

매니저 (난감한) 저, 그게..

무두들, 과일 먹으며 매니저 보며 '왜 그러지' 하는 표정이다.

씬 35. 동네, 아이스크림집 앞, 낮.

창주, 답답하게 달래듯 말을 하고, 누리의 친구들, 눈치 보며 앉아 있고, 누리, 오기 부리듯 이를 앙다물고, 눈가를 닦는, 그때, 민숙의 매니저, 답답한 얼굴로, 그 안으로 들어가는,

수 진 (버럭, E) 이게이게 무슨 짓이야, 이게!

씬 36. 윤영의 거실안, 낮.

윤영, 현섭, 민숙, 수진 앉아 있는,

윤 영 (담담한, 물만 마시는)

수 진 (윤영의 상처를 만지며, 속상한) 아무리 애래도 그렇지, 다른 사람도 아니고, 얼굴로 먹고 사는 배우 얼굴에, 뻑함 이게 무슨 난리야?!

현 섭 뻑함 그랬어?

민 숙 (속상한, 소리치는) 서너 달 새, 이번이 네 번째면 뻑함 그러는 거지?! 뭐야?!

현 섭 (머리 긁으며, 답답한) 에으, 기집애 진짜..

민 숙 (속상한, 맘 아픈, 윤영 보며) 대체 김민철 그 인간은 뭐해?! 딸년이 혼자도 아니고 떼로 몰려 사람을 패는데, 그놈은 뭐하는 놈이야?! 젊어선 여편네한테 질질 매고, 늙어선 딸년한테 질질 매고, 니들이 뭐 그렇게 대단한 사랑을 한다고, 니가 그 꼴까지 당하고 살어?!

현 섭 언니, 그건 아니지, 양희씨가 언제,

수 진 (현섭의 팔 잡으며) 모름 빠져.

현 섭 ?!

수 진 한두 번 그랬는 줄 알어? 지 엄마, 이모까지 불러, 광화문 네거리에서.. 재 머리채 잡고, 이리 끌고 저리 끌고, 그거 신문 기사 막느라,

윤 영 (편하게 웃음 띤, 수진의 말꼬리 자르며) 고만해, 선생님.

현 섭 (차 마시는 윤영 막막하게 보는)

민 숙 (갑자기 수진을 보며) 너도 정신 차려? 선배란 게 모자라게 돈 뜯겨도 참고, 맞아도 참으니까, 재가 배워, 저러는 거 아냐?

수 진 또 건수 잡았네. 건수 잡았어. 왜 또 날 가지고,

민 숙 배우가 우스워? 사람 입에 드럽게 오르내리는 거 싫어서, 이래도 흥 저래도 흥 하니까, 이제 어린 것들까지, 사람을 우습게 알고, 너 이번 일 제대로 처리 안 함 다신 안 봐, 기집애야! 배우 얼굴에 먹칠을 해도 유분수지, 우리가 지들한테 밥을 달래, 옷을 달래, 어디서, 새파랗게 어린 게.. (하고, 순간 눈가 붉어져, 그냥 나가는, 맘 안 좋은)

수 진   언니, 같이.. (하고, 윤영에게) 속상해, 저런다. 연락할게. (하고, 가는)

현 섭   (가는 두 사람 보며) 언니들 가. (하고, 윤영 보며) 누리 오면 내가 말할 테니까, 윤영씬 방에 들어가.

윤 영   (아무렇지 않게) 내가 해줄 수 있는 건, 공동 투자밖에 없어. 배우는 내 힘으로 안 돼.

현 섭   조승원이나 이건주 해주라, 정지오 좀 살려줘. 작품 좋다고 말도 좀 해주고, 말로 안 됨 돈으로 좀 발라서,

윤 영   협박하고 돈질함 배우가 말 듣는다고 누가 그래?

현 섭   ?!

윤 영   (차 마시고, 어이없이 웃으며) 같이 일하는 사람들이 배울 우습게 아는데, 누가 우릴 사람 취급할 거야. 지랄들 해요.

현 섭   (안쓰레 보며, 불쑥) 민철이한테 말하지 말자.

윤 영   (보면)

현 섭   니 딸년이 친구들 데려와 니 애인 팼다는 말은 못하겠다. 역지사지하면, 힘든 문제거던. 자기 선에서 해결,

윤 영   내 선에서 어떻게 해결해, 더 맞어?

현 섭   (속상한, 괜히 말꼬리 돌리며, 멋쩍게 웃고) 마누라가 고맙댄다. 자기네 주식 사서 돈 좀 벌었다드라. 에.. 이 말을 하고 싶었던 게 아닌.. (윤영의 손을 잡고, 가만 있는)

윤 영   뭐야?

현 섭   뭐 딴 뜻 아니고, 자기 맘 안다는 뜻이야.. (하고, 가는)

윤 영   (차 마시는, 그때 전화 오고 받으며) 어, 나야.

씬 37. 윤영의 회사, 주차장 낮.

컴퓨터들이 직원들에 의해, 트럭에 옮겨지는,

씬 38. 윤영의 회사안, 낮.

직원들, 큰 박스에 서류들을 숨기느라, 난리법석이 난, 주가 조작에 사용된 전산실의 수십 대의 컴퓨터들이 비상구를 통해, 옮겨지는, 직원 1(앞의 부에서

나왔던) 윤영에게 전화를 하며, 움직이는,

직원1 양변호사와 합의해, 전산실은 폐쇄하고.. 나머지 서류들은, 지금 인사동 창고로 운반 중.. (직원들에게, 멈추란 손짓하고) 네? 뭐라.. 구요?

씬 39. 윤영의 집 안, 낮.

윤 영 (이상한) 주라고. 뭐가 무서워, 못 주냐고? 왜, 이대표가 숨기래? 뭣 땜에?

씬 40. 윤영의 회사 안, 낮.

직원 1, 다른 직원(다른 대표)과 서로 눈짓을 하며,

대 표 (서류 챙기는, 고개 젓는)
직원1 (대표 보며) 그게.. 감사란 게, 생각보다 쉽지.. 알겠습니다, 하라시는 대로 하겠습니다. 네, 네. (하고, 서로 눈빛 주고받고, 짐을 옮기는) 주라는데, 옮겨, 빨리 빨리.

씬 41. 달리는 윤영의 차 안, 낮.

윤영, 서류들을 보고 있고, 누리, 그 옆에 앉아, 창가를 쏘아보듯 보고 있는,

윤 영 (서류 보며, 담담히) 송파 간다고? 거기가 학교야? 교복 입은 거 보니까, 다니는 거 같은데, 이 시간에 왜 나와 있어?
누 리 (창가만 보며) 상관 말아요.
윤 영 (서류만 보며) 또 올 거니?
누 리 (보면) ?
윤 영 (서류 보며) 또 올 거냐구? 계란 들고?
누 리 (다시 창가 보면)
윤 영 (누리 보며, 웃고, 편안하게) 나중에 오면 밥이나 같이 먹자.
누 리 (자기 쪽 창가 보며, 당돌하게) 내가.. 또 오면 어쩔 건데요?

윤 영 (서류 보며, 담담히) 어쩌긴 뭘 어째, 때림.. 맞아야지 뭐.

누 리 (창가 보다, 윤영 보는) ?

윤 영 (따뜻하게 보고, 웃으며) 내 딸은 열세 살인데, 넌 몇 살이니?

누 리 (싫게 보는)

윤 영 (웃고, 창가로 하늘 보며) 저기 저 구름은 곱슬곱슬한 게.. 진짜 양같이 생겼네. (동요를 흥얼대는) 파란 하늘 파란 하늘 아래..

씬 42. 드라마국 복도 + 드라마국 안 + 국장실 안, 밤.

기자(9부에 나왔던), 철이 얘기하고 있는,

철 이 에이, 이기자님 지금 얘기에 중심이 뭐야? 내 데뷔작 홍보해준다며, 왜 그건 말이 없고, 자꾸 딴 얘길,

기 자 (웃으며) 그것도 해주고, 손규호랑 장해진이, 얘기도 좀 해줘야 사람들이,

철 이 (웃으며) 나도 잘 몰라! 있잖아, 이번에 내 드라마 죽이게 재밌어. 그리고 우리 배우 신인인데, 연기가 정말,

기 자 장해진이 어떻게 캐스팅된 거야? 생판 못 보던 애든데,

철 이 (기자 귀를 보며) 형 귀 좀 보자, 귀 좀 봐. 귀지가 많아 그래, 왜 남의 말을 처 듣지도 않고, 지 말만 해, 자꾸.

기 자 하지 말어.

그때, 1부에 나왔던 정훈, 두 사람에게 커피를 주는,

철 이 아이, 이 형 진짜 한동안 안 나오더니, 또 나왔네, 또 나왔어. 형은 배우 얼굴 아니야. 왜 그래, 속상하게. 가서, 자동차 정비일이나 잘해요, 좋은 직업 놔두고 왜 그래?

정 훈 (웃으며, 수줍게 한쪽에 앉아 있는)

그때, 민철, 엘리베이터에서 내리면,

기 자 김국장님. (하고, 따라붙으며, 민철 옆에서 얘기하는, 커피 마시고 걸어가며)

오늘 회의는 아침부터 밤까지 마라톤이네, 회의 들어간 건 어때요? 드라마도
또 폐지 논란 있다며?

민철, 지오를 보며,

민 철　촬영 안 가냐?

지 오　출발하는 중입니다. (하고, 대본 가방에 챙겨 나가는)

현 섭　(자리에서 민철 보며) 오늘 이서우랑 미팅 있는 거 알지?

민 철　알아요. (하고, 기자에게, 국장실로 들어가, 자리에 앉으며) 맨날 그렇지, 맨
날, 그저 돈돈, 아으, 지겨, 정말. 단막극 하나 그냥 놔둠 뭐가 어떻다고.. 뻑함
그걸 잡고 늘어지고.

기 자　(한쪽 자리에 앉으며) 윤영씨랑 잘돼가요?

민 철　(보고, 웃으며) 뭐가. (하고, 서류를 보면)

기 자　(눈치 보듯) 아니야?

민 철　(일만 하며) 아냐.

기 자　그럼 윤영이랑 성소유는?

민 철　(보는) ?!

기 자　윤영이 소문이 영.. 잠잠해지질 않네요, 드라마 할 때마다 젊은 배우들이랑..
인터넷에서 도는 윤영이 관련 엑스파일 봤어요?

현섭, 들어서며,

현 섭　(기자 보며) 왔어? (민철에게) 가자. (하고, 가는)

민 철　(서류에 사인하고, 일어나며) 내가 그런 걸 어떻게 봐. 재미난 거 있음 한번 갖
다 주든가. 담에 봅시다. (하고, 나가는데, 얼굴이 굳은)

씬 43. 산타마리오 가는 길 + 산타마리오 건물 + 복도, 안, 밤.

민철, 현섭 걸어가는,

민 철　(답답하고, 굳은)

현섭 (어이없게 웃으며, 가며) 참´내 어이가 없어서, 니가 지금 누구 말을 믿어, 임
      마 니가 지금 윤영이랑 연앨 하냐, 그 기자랑 연앨 하냐?

민철 (말없이 가는)

현섭 (멈춰 서며) 임마, 같이 살 부비며 연애하는 여자 말을 안 믿으면, 대체 세상에
      누구 말을 믿을 게 있,

민철 (멈춰 서며, 버럭) 나도 믿고 싶어요!

현섭 (보면)

민철 (답답하고, 속상한) 오늘 본부장실에 있던 골프채, 내가 며칠 전 윤영이 차에
      서 봤던 거드라고. 차 뒷좌석에 산더미처럼 골프채를 쌓아놓고, 이젠 어린 배
      우까지,

현섭 그 소문은 전에도 있었어? 그리고 소문이 사실인지 아닌지, 니가 알아? 사실
      이래도 별일 아니지, 너 만나기 전에 걔는 뭘 해도 괜찮은 싱글이었어, 자식
      아, 너 윤영이 만날 때 뭐랬어? 남잘 만나든 말든 그건 상관 않는다고, 쿨한 척
      했지? 그렇게 말해놓고 왜 상관해?! 사내자식이 한 입 갖고 두말이나 하고!
      언제 윤영이가 일편단심 한다고 너한테 맹세한 적 있냐? 언제 윤영이가 너한
      테 일일이 보고하며 살자 언약한 적 있어? 걔가 너한테 지금 너처럼 맬 수시로
      전화해서, 어디 있냐? 누구랑 있냐? 뭐하냐? 꼬치꼬치 물었음 넌 아마 윤영이
      아니라, 윤영이 헬미래도 당장 끝낼 자식이야, 알어, 자식아. (하고, 가는).

민철 (화나 보면)

현섭 (가다 돌아서서 다시 와, 민철 보며, 답답한) 내가 그래 뭐랬어? 너는 종지기
      고 윤영인 대야만 하댔지? 그러니까, 너는 종지기 같은 여자 만나, 지지고 볶
      고 살라 그랬지? 서로 얼굴만 들여다보고, 희희낙락하면서, 하루 전화 수십 통
      하고, 사랑하네, 좋아 죽네, 당신밖에 없네 소리 천만 번씩 해줄 우리 마누라
      같은 여자, 지금이라도 내가 소개 시켜줘?! 본부장히고 친함 골프채 줄 수도
      있지, 뭘 그걸 갖고.. 아으.. 정말.. (하고, 산타마리오로 확 들어가버리는)

민철 (답답한, 산타마리오로 들어서는데)

갑자기, 어두운 실내에 불이 확 켜지면서, 팡파레가 울리고, 폭죽이 터지고, 드
라마국 사람들, 서우, 지오, 철이, 등등 박수를 치고, 반주가 나오고, 카메라,
한쪽으로 가면, 윤영, 신나는 생일 축하곡을 부르며, 걸어와 민철의 허리에 손
을 두르고, 민철, 멍한 얼굴로 현섭을 보면, 현섭, 술을 마시며, 작게 웃는, 카

메라, 앞으로 가면, 준영, 술을 마시며, 생일 축하곡을 담담히 따라 부르며, 신나게 노래하는 지오를 물끄러미 보고 있는, 카메라, 다시 윤영이 노래하다, 민철의 볼에 입 맞추고, 주변 함성 지르는, 환한 윤영의 모습에서 스톱 모션, F. O.

씬 44. 여의도 몽타주, 밤에서, 낮 되는.

씬 45. 방송국 앞, 새벽.

규호의 촬영버스 와서 서면, 규호, 내리고, 모두들 피곤해 죽겠는 얼굴로, 내리는,
규호의 얼굴 위로, 지오의 목소리 들리는, 한쪽에 지오의 촬영팀 촬영 준비를 하고 있는 게 보이는,

지 오 이제 오나?
규 호 (보며) 너는 임마, 형님을 보면 먼저 고갤 숙이고 형님 오셨어요, 해야지, 고갤 빳빳이 세우고, 이제 오냐가 뭐냐? 자식이 싸가지가 없어.
지 오 (어이없단 듯 웃다가, 웃음이 가신) 우리 요즘 너무 말하고 산다. 그지, 규호야.

그때, 수경 달려와 지오를 안고, 난리치는,

수 경 형, 형, 형, 형, 지오형, 지오형.
지 오 (싫은, 떼내며) 저리 감 마.
수 경 (지오의 얼굴을 잡고) 형, 우리 오래간만에 보는데, 입이라도 맞춰야,
지 오 (수경 뒤통수를 탁 치며) 고만해! 자식이, 징그럽게! (하고, 자기 촬영차로 가는)
수 경 (벙찐)
규 호 (스태프가 가져다준, 가방을 둘러메고, 수경 보고) 여자한테 뺨 맞고, 남자한테 뒤통수 맞고, 니 팔자도 참. (하고, 가는)
수 경 아씨.. (하고, 지오의 촬영차에 올라가, 그 옆에 앉는)
지 오 (대본만 보며) 내려, 출발해야 돼.

수 경 팀들 아직 짐 싣잖아. 근데, 형 나한테 뭐 불만 있어?

지 오 (대본만 보며) 없어.

수 경 근데, 왜 짜증스러?

지 오 (대본만 보며, 짜증스런) 내가 뭘.

수 경 지금도 짜증 내잖.. (눈치 보며) 혹시 어머니 아프신 게 안 좋아?

지 오 (말하기 싫은) 어.

수 경 그랬구나. 아참 노친네들은 왜 그렇게 아프신지, 우리 엄마도 난리.. (하다가, 전화를 거는) 아빠 어디야?

지 오 (책만 보면)

수 경 나, 일하지, 아빠 나 바뻐서 긴 말 못하고, 아빠 먹는 영양제 그거 지오형네 하나만 부쳐줘.

지 오 (놀라, 핸드폰 뺏으려 하며) 야야, 너 왜 아버님한테, 뭐하는 짓이야.

그때, 올라오던 스태프를 수경, 지오 옆에 앉히고, 전화 안 뺏기며, 전화하고 나가며,

수 경 큰 병은 노환이지. 돈은 무슨 돈. 아우, 그냥 아빠가 하나 사줘. 나는 월급 엄마한테 뺏겨서 거지잖아, 내가 무슨 돈이 있어.

지 오 (짜증 나고, 답답한)

그때, 수경, 창을 톡톡 치는, 지오 보면,

수 경 땡큐, 아빠. (하고, 전화 끊고, 소리치는) 엄마 너무 걱정하지 말어, 울 아빠 말 씀이 골골하는 노친네들이 오래 산대, 일 잘해, 형. (하고, 가는)

지 오 (답답한, 스태프에게) 막내야, 왜들 이렇게 차를 안 타냐?! 촬영 안 간대!

지오의 얼굴, 스톱 모션.

씬 46. 지하철, 낮 (13부에 지하철 연결되니, 참고).

지하철 기관실 사람들과 스태프들, 서로 무전을 하며, 리허설을 하는, '5분 후

에 일단 출발하시고요, 제가 큐 사인을 보내면 바로 그때 속력 내심 됩니다'
등등 서로 주의사항 말하는,

▪ 점프컷 1〉〉
지오, 민숙과 동하에게 '선생님이 생각에 잠겨 여기 서 계시면, 그때 동하가
뒤에서 선생님을 잡아끌 겁니다. 일단 풀 샷 가고, 그 담에 선생님 오른쪽 바
스트 가고, 동하 잡은 손 타이트 바이트 갑니다, 동하 잘 들었지' 하고, '기차
오기 전에 한번 가보자, 미용 언니, 오민숙 선생님 앞머리 흘렀다, 좀 고쳐드
려!' 하고, 촬영팀에 가서, '형 위치 거기야, 좋다, 잘 잡았다' 하고 말하는,

▪ 플래시컷 2〉〉
지오, 여러 각도로 민숙과 동하를 찍으며, 큐와 컷을 반복하는 모습들, 지오의
긴장되고 힘 있는 모습에서,

지 오 (N) 준영일 떠나보내고, 지금 내게 일이 없었다면, 어땠을까? 생각만 해도 끔
찍하다. 얼마나 다행인지, 이렇게 몰두할 수 있는 일이 있다는 게.

그때, 빵 하는 경적소리와 함께 지오, 달려오는 전철을 찍은, 모니터를 보다가
눈앞이 하얘지는,
White F. O.

씬 47. 큰 병원 안, 다른 날, 낮.

지오, 의자에 앉아, CT 촬영을 한 장면을 설명하는 의사의 말을 이해 못하겠
다는 듯 떨떠름히 보는, 의사의 말이 윙윙 소릴 내며 들리는,

지 오 (N) 녹내장이라고? 대체 그게 무슨 병이야? 뇌종양도 아닌데, 머리는 아프고,
사진의 플래시가 터지는 것처럼 어쩌다 앞이 환해지고.. 그러다 또 멀쩡하
게 괜찮고. 잘만 관리하면 실명까진 안 가는데, 사는 동안 늘 조심은 해야 된
다고?

씬 48. 철이의 촬영장(앞에 나왔던), 낮.

지오 외, 철이가 찍는 장면을 보며, 생각하는,

지 오 (N) 무리를 하지 마라? 피곤이 적이다? 드라마 연출하는 일을 하면서, 그게
말이 되나? 촬영 들어가면 하루 20시간에서 22시간 일을 해야 하는데, 어떻게
무릴 안 해. 수술을 삼 개월 간격으로 계속 해야 하고, 또 그게 재발을 계속 하
고, 그럼 또 수술을 하고, 완치는 없고, 불치병도 아니고.... 이거, 내 인생만큼
답답한 병이네..

민 철 남들이 들음 우리보고 다 또라이라 그래, 임마. 간다. (하고, 가는)

지 오 (웃고) 잘 가요! (하고, 걸어가며) 담 씬은, 저쪽 도로랜다. 이동하자. (하고,
가는)

그때, 빵빵 하고, 경적소리가 나는,
카메라, 뒤로 가면,
촬영장, 주변 도로의 준영의 차 보이는, 주변에 차가 많은,
민희, 운전석에서, 경적을 울리고 있는.
준영, 가는 지오를 보고 있는,

씬 49. 지오의 옥탑 마당, 밤.

준 영 아빠 입장에선 여자도 있는 거 같으니까, 이혼하는 게 날 것도 같고, 뭐 첨부
터 엄말 좋아해서 산 것도 아니니까, 근데 엄마는... (맘 아픈) 좀.. 안됐어. (눈
가 닦고, 울지 않으려 하며) 그래서 선배한테 물어볼라고 왔어. 이럴 때 내가
어떻게 해야 하는지. 선배는 뭐든 다 잘 알잖아.

그렇게 얘기하는 그림 위로,

지 오 (N) 내가 지금 애한테 무슨 짓을 하는 건지. 눈도 아파 죽겠는데, 나는 왜 애
랑 헤어져서.. 더 외롭게 내 무덤을 파는 건지, 엄마가 이 사실을 알면 젊어서
힘이 남아돌아 쓸데없는 짓 한다 하시겠지. 근데 어떡해, 난 젊은데.

지 오 내가 뭘 알아. 그냥 아는 척.. 한 거야. 나도 몰라.

준 영 (자꾸 눈물 나려 하는, 괜히 발로 땅을 차며, 힘든) 나.. 안 괜찮아. 우리.. 그냥 다시 보자.

지 오 (맘 아픈, 짐짓 아무렇지 않은 척) 엄살 피지 말고, 가. 아버님 기다리신다. (하고, 집에 들어가, 문 잠그는)

준 영 (잠시 그대로 있다가, 일어나, 지오의 집 문을 노크하는, 울음 참으며, 그러다, 조금 세게 문을 두드리고, 울지 않으려 이를 앙다물고, 문을 세게 쾅쾅 두드리는) 나 엄살 아냐. 머리에 열나. 나 좀 봐봐. 문 열고, 어? 어?

씬 50. 지오의 집 안 + 옥탑 마당, 밤.

지오, 신발도 안 벗고, 문을 등지고, 서 있는, 지오, 눈가 그렁해, 가만 있다가, 준영이 가는 소리 듣고, 조심스레, 나가는, 그리고 울며 가는 준영을 내려다 보며, 맘 아픈, 눈가 그렁한, 눈가의 눈물을 맘 아프게 닦는, 지오의 얼굴에서, 엔딩.

13부

중독, 후유증 그리고 혼돈

슬프다, 내가 사랑했던 자리마다 모두 폐허다.
완전히 망가지면서 완전히 망가뜨려놓고 가는 것, 그 징표 없이는
진실로 사랑했다 말할 수 없는 건지… 나에게 왔던 모든 사람들.

어딘가 몇 군데는 부서진 채 모두 떠났다.

그들이 사는 세상

WORLDs Within...

씬 1. 자막.

　　흰 화면에 검은 글씨,

　　자막 – 중독, 후유증 그리고 혼돈

씬 2. 준영의 침실 안, 낮.

　　환한 햇살이 창가로 가득 들어오는, 창문 틈으로 바람이 불어, 커튼이 흩날리
　　는, 머리맡에 과자 봉지며, 책들이 너저분하게 많은, 준영, 자고 있는, 침대 옆
　　에 지오가 앉아, 팬티 위에 청바질 입고, 셔츠를 걸치며, 편안하게 자는 준영
　　의 머릴 뒤로 쓸어주며,

지 오　대체 언제까지 자?
준 영　(눈 감은 채, 비몽사몽) 어.. 어.. 몰라, 졸려..
지 오　(머릴 쓸어주며) 일어나야지.. 준영아, (준영이 이쁜 듯 웃고) 몇 시에 깨울까?
준 영　(비몽사몽, 되는 대로 말하는) 어, 아홉 시, 아홉 시..
지 오　(준영을 이쁘게 보며, 머릴 쓸어주며) 아홉 시 훨 넘었는데.
준 영　(졸린) 그럼 열 시.
지 오　(한쪽에 있는 지명종 보며, 따뜻하게 웃으며) 이제 5분이나 지났는데..
준 영　...
지 오　30분만 더 잘래?
준 영　(눈 감은, 비몽사몽) 선배 뭐할 건데...
지 오　(웃으며) 나야, 할 일이 너무너무 많지, 너 일어나기 전에 이도 닦고, 세수도
　　　　하고, 아침도 준비하고.. 음식 쓰레기도 갖다 버리고.. 이런 잠 깨겠다. 좀 더
　　　　자라, 자. (하고, 준영의 볼에 입을 맞추고, 머리 쓸어 올려주며) 에고, 이쁜
　　　　다람쥐. (하고, 랩 같은 노래를 허밍 하며, 나가는)

준영, 감은 눈에 눈물이 서서히 맺히는,

카메라, 부감으로 보이면, 아무도 없는,

씬3. 준영의 주방, 낮.

준영, 산더미처럼 지저분한 설거지를 수돗물을 틀어놓고 하고 있는,

지오, 걸레로 깨끗하게, 주변의 물건들을 닦으며 말을 하는,

지 오 (답답한) 준영아, 설거지할 때 물 좀 잠그고 해. 내가 몇 번을 말해. 식기세척기를 쓰든가, 차라리.

준 영 (설거지하며, 퉁퉁대는) 난 흐르는 물소리 듣기 좋단 말이야. 그리고 이렇게 닦아야 깨끗한 거 같다고.

지 오 (걸레질하며) 기껏 우유 먹은 잔, 커피 마신 잔, 토스트 놨던 접시가 야, 드러우면 얼마나 드럽냐? 세제가 더 더럽지! 그리고 뭐, 흐르는 물소리가 기분 좋아? 우리나라 물 부족 국가야, 삼천리 금수강산이 개발 땜에 온통 다 파헤쳐져가지고, 개천에도 물이 모자라, 농사짓는 사람들은 난린데,

준 영 (물을 끄며) 아우, 알았어, 알았어, 알았어...

지 오 (조금 미안한, 달래듯) 담엔 기름기 없는 거 씻을 땐 세제 쓰지 말고,

준 영 (세제로 그릇을 닦으며, 말꼬리 자르며, 귀찮은) 쌀뜨물 받아놨다. 닦을게. 그럼 되지?

지 오 (웃으며, 걸레질하며) 그리고 설거질 할라면 먼저, 큰 그릇을 닦은 담에, 그 안에 작은 그릇을 체계적으로 착착,

준 영 (몸을 움직이며) 네네네네.. 하고 있습니다, 선생님! 제가 오늘도 머릴 안 쓰고 폼으로만 달고 있었습니다. 선생님, 정말 죽을 죄를 지었습니다, 선생님.

지 오 (그런 준영 보고, 귀여운 듯 웃으며) 착하다. (하고, 일하는)

카메라, 준영의 설거지하는 모습을 부감으로 보여주면, 다시, 지오는 없는, 준영만 부지런히 일을 하는,

준 영 (N) 중독이란, 술이나 마약 따위를 지나치게 복용한 결과, 그것 없이는 견디지 못하는 병적 상태, 또는 어떤 사상이나 사물에 젖어버려 정상적으로 사물

을 판단할 수 없는 상태를 말한다.

씬 4. 준영의 집 앞 + 엘리베이터 안 + 주차장, 낮.

준영, 촬영복 차림으로 심각하게 얼굴을 찡그리며 화난 듯 걸어가, 엘리베이터를 타러 가는데, 그때, 옆에 지오가 스쳐 가서, 엘리베이터 안에 먼저 들어가(준영의 환상), 들어오는 준영의 어깨에 팔을 걸치고, 옷에 묻은 티끌 같은 걸 털어주고, 휘파람을 불며 즐거운, 준영, 지오의 행동에 아랑곳없이 심각한, 이내 지오가 사라지는,

* 점프컷 1 〉〉 준영 집 앞 주차장
준영, 화난 듯 혼자 걸어와 차를 타, 안전벨트 하다가, 이상해, 옆에 놓인 차를 보면, 지오가 안전벨트를 매고, 준영 쪽에 윙크하고, '촬영 잘해라' 하며 가는데, 차가 이내 준영의 시야에서 사라지는,
준영, 맘 아프게 그 모습 보다가, 시동 걸어서 가는,

준 영 (N) 그렇다면 지금 나는 정지오란 사람에 의해, 정상적으로 사물을 판단할 수 없는 심각한 중독 상태를 겪고 있는 것일까?

씬 5. 강가 집 앞, 낮.

준영의 차, 달려오는, 그러다, 강가 집(이때까진 강가 집 안 보여주는) 앞에 차를 세우고, 나와 앞을 보면, 크레인이 강가 집을 부수고 있는, 준영, 뭐가 뭔지 모르겠는, 이게 무슨 일인가 싶어서, 눈가가 붉어지는, 그때, 지오의 목소리가 들리는,

지 오 (E) 보기보다, 터가 꽤 크지? 아래 위층으로 카페 지으면,
준 영 (뭔가 이상해, 소리 난 쪽으로 고갤 돌리면)

집 뒷담 쪽에서 지오와 연희(과자를 먹으며)가 나오는,

준 영 (멍하게, 지오를 보고) ...

지 오 (아무것도 모른 채, 연희에게 말을 하는) 좋을 거 같은데, 어디서나 볼 수 있게, 통유리로, 환하게, (하다, 말을 멈추는, 준영을 발견한)

연 희 (지오 얘기를 들으며, 과자를 먹으며) 이쁘긴 할 거 같은데, 공사는 어렵겠다. (하다가, 지오의 표정 보고, 지오의 시선을 따라가면, 준영이 보이는)

준 영 (어이없는, 울고 싶은, 울 듯 말 듯 작게 웃고, 머리 쓸어 올리는데)

지 오 (어색한) 여긴 어쩐 일이야? 촬영.. 안 갔나?

준 영 (화나고, 맘 아픈) 궁금해서 물어? 그냥 인사치레야? (하고, 그냥, 차를 타고 가는)

지 오 (가는 준영의 쪽 보다가) 이쪽으로도 한번 봐봐. (하고, 집을 빙 둘러 가는)

연 희 (준영 쪽 보다, 지오 쪽 보고, 작게 한숨 쉬고, 과자 먹고 가는)

씬6. 강가 집 가는 길, 달리는 준영의 차 안, 낮에서 밤.

준영, 운전을 하며, 대체 뭐가 뭔지 모르겠는, 머릴 쓸어 올리는, 답답하고, 울고 싶은 맘이다. F. O.

준 영 (E, 가라앉은) 뭐라는 거야?

씬7. 시골 촬영장 일각, 낮.

준영(촬영을 가는 복장), 차에 기대서 있고, 민희, 차 안에서 보온병에 든 커피를 가지고 나와, 보온병 잔에 따라주며, 얘기하는,

준 영 (민희가 주는 잔 받으며, 어이없이 민희를 보는) 그러니까 니 말은 내가 지오 선배를 사랑했던 게 아니라, 단지 관계연속중독증에 빠졌을 뿐이니까, 지금 사태에 대해 심각할 필요가 없다는 거야?

민 희 (아무렇지 않은 듯, 커피를 마시며) 지금부터 내 말을 잘 들어보십시오. 인간은 모두 어떤 깊은 중독 증상을 앓고 있습니다.

준 영 (차 마시며, 답답한) 그거 인정하는 바고.

민 희 일단 자아비판 먼저 하면, 저는 커피 중독에 얕은 사랑 중독입니다.

준 영　(커피 마시다, 민희 보는) ?

민 희　저는 절대 남자와 관곌 깊이 가져가지 못합니다. 선배도 아시겠지만, 우리 드
라마국 연출 50여 명 중 제 짝사랑을 받아보지 않은 사람은 고작 과반수가 좀
넘은 32명에 불과합니다. 저는 그들이 나의 존재를 모를 때까지만 관심을 가
지고 접근합니다. 그리고, 이내 관심이 제게로 집중이 되면,

준 영　관심이 너한테 집중이 된 적이나 있고?

민 희　어쨌든, 저는 제게 관심이 오는 게 죽기보다 싫습니다. 마치 속옷 차림으로 강
남대로에 서 있는 느낌? 암튼 다시 본론으로 돌아가면,

＊인서트컷 1》 윤영의 거실, 낮.
민철, 인터넷에 도배된 성소유의 웃는 사진을 보는, 그 옆에 기사 내용 〈성소
유, 유민과 친구 이상 아니다〉, 〈성소유-윤영, 이세란, 유민과의 끊임없는 스
캔들〉, 민철, 심각한, 윤영의 웃는 사진을 보는,

민 희　(E) 한때 드라마계의 지존이며, 정지오의 인생 모델인 김민철 국장은 윤영이
란 여자에 대한 지독한 순정에 중독이 돼 있고, 미친 양언니는,

＊인서트컷 2》 고속도로 휴게소 화장실, 낮.
수경, 고속도로 휴게소 화장실(촬영장 가는 길)에서 소변을 보며, 노랠 흥얼
거리는, 그때, 규호, 와서 어이없이 그런 수경을 보며, 소변을 보고, 수경, 규
호의 아랫도릴 훔쳐보며, 의기양양해지는, 몸을 흔들며 소변을 보면서, 더욱
크게 노랠 부르는,

민 희　(E) 모두가 일다시피 님자답게 중독. 의협심 중독, 의리 중독, 앞뒤 가리지 않
는 단순 무식, 용감, 중독을 앓고 있습니다. 손규호 역시,

＊인서트컷 3》 고속도로 휴게소, 낮.
규호, 화장실에서 나와, 지나가는 여자를 보고 멋지다는 듯 입바람을 휙 불고
가는, 그러다, 커피를 마시며 오는 스태프의 커피를 뺏어 먹으며 가는, 스태
프, '감독님!' 하고, 짜증 내는, 규호, '아, 자식, 쪼잔하게, 정말' 하며 커피잔
도로 주고, 가면, 빈 컵이다. 스태프, 짜증 난,

민 희   (E) 심각한 여자 중독에, 끊임없이 남을 괴롭혀서 희열을 얻는 새디즘 중독 증상을 분명하게 나타내고 있습니다.

　＊인서트컷4〉〉
　윤영, 해진, 일우, 수진, 민숙, 번갈아가며, 사진 촬영을 하고 있는, 터지는 플래시들.

민 희   (E) 그리고 우리가 아는 배우들 대부분은 플래시, 포커스 중독이죠.

씬8. 촬영장 일각, 낮.

준 영   (커피를 마시고, 내려놓고, 팔짱을 끼며, 덤덤하게) 그래서 니 말의 요점은... 내가.. 강준기에서 정지오로, 정지오에서 다시 누군가로 옮겨 다니는 관계를 연속해서 유지해야만 하는 관계연속중독증을 앓고 있을 뿐이며, 지금 내가 맘 아프고 가슴이 찢기는 것 같은 이 증세는 금단현상일 뿐이니까, 고만 청승 떨고, 징징대지 말아라?

민 희   (안쓰럽게 보며) 아뇨.

준 영   그럼 뭐야?

민 희   (차분히) 중독도 금단도 다 이해하니까, 더 울고불고해도 된다고요. (하고, 손을 내밀면)

준 영   .... (민희 보고 있던 눈가가 그렁해지는, 눈물 참고, 민희의 손을 잡고, 다른 데로 시선을 돌리는)

민 희   (준영 안쓰레 보다) 촬영버스가 늦네요. (하고, 핸드폰 하며) 어딥니까? 다 왔다구요? 다, 어디요, 어디? (하다, 오는 촬영차 보고) 으아... 드뎌 왔구나, 눈물 나는 나의 동료들이.. (하고, 전화 끊고, 차에서 내리는 스태프들에게로 가며) 오셨습니까?!

준 영   (맘이 넘 아픈)

씬9. 윤영의 거실, 낮.

　민철, 무릎을 꿇고 걸레질을 하고, 윤영, 사과를 먹으며, 아이스크림을 가져

나오면서,

윤 영　무슨 걸레질을 한나절을 해?

민 철　(걸레질만 하며, 편안하게) 절에서 스님들은 하루 진종일도 걸레질을 한단다. 바닥을 닦는 것뿐만 아니라, 마음을 닦는 거지, 드럽고 혼란스런 마음을 싹싹.

윤 영　(웃으며, 한쪽 의자에 앉아) 또 내가 뭘 잘못했나보네?

민 철　(보면)

윤 영　(사과 먹으며, 아무렇지 않게) 늘 그렇잖아, 우리 사이가. 나는 죄가 뭔지도 모르고, 매일 뭔가 잘못을 저지르고, 자긴 그런 날 계모처럼 혼내고 꾸짖고, 이번엔 또 뭐가 맘에 안 들어?

민 철　(웃으며, 따뜻하게) 고쳐줄라고?

윤 영　들어보고?

민 철　고친답시고, 용쓰다, 힘들다고 투덜대지 말고, 관둬, 내가 너한테 맞추고 살 테니까. (하고, 의자에 앉는, 한쪽에 놓인, 책을 무심히 드는)

윤 영　힘들면 말해, 고칠 생각 있어. (웃고, 아이스크림을 수저로 떠서, 민철에게 입에 가져다 대는)

민 철　(아이스크림을 받아먹고, 책(〈카트린 M의 성생활〉이다)를 들어 보고, 맘에 안 들게 윤영을 보는) 이런 책은 왜 읽어?

윤 영　(아이스크림을 먹으며, 편안하게) 내가 하는 짓이 다 맘에 안 들지? 만나는 사람, 하는 일, 옷차림, 말투, 그리고 읽는 책까지.

민 철　(웃고) 이 책 읽을 거 없어. 읽지 마. 작가가 골이 비어도 한참 비었든데,

윤 영　(아이스크림을 먹으며) 나름 그 여자도 지성인이거든.

민 철　언제부터 지성의 기준이 방만한 섹스가 됐냐? (하고, 윤영의 아이스크림을 뺏어 먹으며) 오늘은 이 남자, 낼은 저 남자, 그저 맘이고 낮이고... 남자랑 엉켜서.. 이것도 책이라고.. 그렇게 산 게 뭐 대단한 자랑이라고.. 책까지 써가며.. 도저히 못 읽겠어서 읽다 패대길 쳐버렸다.

윤 영　난 그 책 좋던데. 아.. (하고, 입을 벌리면)

민 철　(아이스크림을 주며) 뭐가 좋아?

윤 영　그 여자가 자기 분술 아는 거. 그 책에.. 이런 대목이 있다. 어느 날 그 여자가 남자친구 몰래, 다른 남자랑 잔 거야. 불행히도 남자친구가 그걸 목격했지. 그리고는 분노에 차 여잘 반 죽게 팼어. 여자는 입이 터지고, 얼굴의 광대뼈가

무너지고, 다리가 꺾이고.. 한밤중에 그 몰골로 거릴 걸으면서 여자가 이렇게 썼어... 확실하진 않지만 대충 이런 내용이야... 당연하다, 그의 입장에선. 난 맞아도 싸다. 포장, 치장, 변명 없이, 깔끔하게 인정하는 자세. 어떤 인간이 그럴 수 있겠어, 놀랍지 않아?

민 철 인정하면 뭐해, 그 짓을 하지 말면 되지.

윤 영 (웃으며, 아이스크림 먹으며) 사람들이 전부 김민철 같을 순 없어.

민 철 알아.

윤 영 (수저로 민철의 머릴 치며, 웃으며) 여기로만 알지? 여기로만,

민 철 (아픈) 아프다.

윤 영 (아이스크림만 먹으며, 민철 안 보고) 아무리 (고갤 갸웃갸웃해가며) 이렇게 생각하고 저렇게 생각해봐도 난 죽음 지옥 갈 거 같애.

민 철 ?

윤 영 (민철 보며) 자기는.. 천당 갈 거 같고.

민 철 (보면)

윤 영 만약 자기가 천당 가서, 지옥을 내려다보는데 내가 거기 있으면, 하느님한테 좀 말해줄래? 사실 윤영이란 애가 사람들이 아는 것처럼 그렇게 나쁜 애만은 아니라고? 돈 벌어서 옷 사고, 다이아도 샀지만, 기부도 그런대로 많이 하고, 좋은 캠페인도 나가고, 그랬다고, 그러니까 좀 봐달라고, 응?

민 철 (수건으로 윤영의 입가를 닦아주며) 그딴 말 같지도 않은 말 하지 말고, 죄를 짓지 말어.

윤 영 (낄낄대고, 민철을 치며, 웃는)

민 철 (같이 웃으며) 좋댄다, 에우. 에우.. (하며, 아이스크림을 먹는)

씬 10. 달리는 연희의 차 안, 낮.

연희, 운전하고, 지오, 대본을 보며,

연 희 그 대본 찍을라, 새 드라마 준비할라, 정신 하나도 없겠다.

지 오 (대본 보며) 저녁에 만나서 맥주 한잔할래? 낮 씬 두 개, 밤 씬 두 개 찍고, 배우 미팅 끝남 한, 열 시 될 건,

연 희 (어이없단 듯 웃으며) 야.. 속 보인다, 나랑 연애할 땐 밤 씬 세 개면 새벽까지

간다고, 내가 만나자 만나자 애가 타게 그래도 절대 사양이드니... 이제 친구 되니까, 촬영에 미팅까지 하는데도, 시간이 나서?

지오 (편안하게 웃고, 연희 보며) 그래서 니 남편은 정말 이제 지나간 엑스가 된 거야?

연희 넌 할 말 없음 꼭 그 남자 얘길 하드라. 지나간 얘기 관두고, 준영이한테 넌, 어때? 엑스야?

지오 봤잖아. 무슨 말이 더 필요해. 근데... 너 변했냐?

연희 (앞만 보고, 운전하며) 왜?

지오 너무 편해서.

연희 (깔깔대고, 웃는) 너랑 나랑은 진짜 엇박자다. 난 지금 니가 넘 불편해 죽겠는데.

지오 (어이없이 웃으며) 내가? 내가 뭘 어떻게 했는데, 불편해? 내가 널 만지길 했냐, 꼬집길 했냐, 욕을 하냐? 싫다는데 끌어안길 했냐? 뭐가 불편해?

연희 (웃으며, 운전하며) 그러게, 그렇게 말하니까, 뭐 별로 불편한 짓 한 게 없네.

지오 임마, 예전에도 지금처럼 그렇게 쿨하고, 멋지게 나왔어봐, 그럼 내가 너랑 왜 헤어졌겠냐? 에으.. 전엔 그냥, 바쁘다고 해도 막무가내로 보자보자 그러고, 만나자 그러고, 전화하고, 찾아오고, 그러니까 내가 질리지.

연희 그땐 내가 널 잘 몰랐지.

지오 너랑 나랑 하루 이틀 봤어? 사랑한다 말하고 본 것만 몇 년이거든? 그런데 그땐 몰랐어요? 너 바보예요?

연희 (웃으며) 니 말 듣고 나니까, 조금 그런 것도 같은데.. 나랑 헤어진 덕분에 너 준영이 만났잖아. 그럼 고마워, 해야지, 아냐?

지오 고맙긴커녕 상처만 가득하다, 임마. (하고, 창을 내리고, 바람 맞으며, 하늘을 보는데)

하늘이 한쪽에 커튼이 쳐진 것 같은, 지오, 눈을 부비고, 다시 하늘을 보는, 눈이 왜 이런가 싶다.

지오 오늘 밤에 맥주 먹자. 얼음에 얼린 시원한 잔으로 천CC를 그냥 꿀꺽꿀꺽.. 맛있겠다.

씬 11. 규호의 촬영장 몽타주, 낮.

해진, 영웅 함께, 얼굴에 온통 피투성이가 되어서는 칼싸움을 하는, 두 사람의
화려한 칼솜씨가 컷컷으로 보이고, 결국엔 서로의 목에 칼을 겨누고 있는,
카메라, 화면을 벌리면, 카메라 한 대, 두 사람 사이를 빙글빙글 돌고 있는, 다
른 한 대는 풀 샷이다. 준영, 규호, 각각 모니터를 보고,

규 호　(유심히 보며, 맘속으로 숫자를 세고) 캇! ..야, 야, 안 되겠다, 안 되겠어, 작
　　　 위적이든 어쨌든, 바람 좀 불게 해라, 바람 바람!

수경, '바람, 바람' 하며 뛰어가고, 스태프들 선풍기를 들고 와 일사분란하게
움직이는, 코디들, 분장들 배우들의 화장을 고쳐주고,

규 호　(스태프들 움직이는 것 보다, 준영에게) 무슨 생각을 그렇게 해?
준 영　가만 보면, 적은 늘 곁에 있단 게 신기해서. 드라마가 거짓말이 아냐. 남매가
　　　 저렇게 만날 줄 누가 알았겠어.
규 호　(웃으며) 드디어 내 드라말 사랑하게 됐군.
준 영　내 드라마? 우리 드라마. 지만 찍었나.
규 호　(웃고) 수경이랑은 잘 되냐?
준 영　(선풍기 설치를 돕는, 수경 보며) 쟤랑 확 사귀어버릴까? (보며) 어떻게 생각
　　　 해?
규 호　가지고 놀기엔 괜찮지.
준 영　사람 가지고 논단 말을 어떻게 그렇게 쉽게 하니?
규 호　그럼 쟤랑 안 놀고, 뭐하게? 살게? .. (여자처럼) 어우, 미친 지지배. (하고, 일
　　　 하는 쪽 보며) 빨리빨리 움직여라, 빨리!
준 영　(일하는 스태프들에게) 거기 노닥거리는 사람들 누구니, 시간 없어?!

▪ 점프컷 1〉〉
선풍기 바람 불고, 카메라, 두 사람 사일 돌고, 풀 샷을 잡는,

준 영　(모니터 보며, 답답한) 캇! (카메라 쪽 대고) 선풍기 걸렸잖아! 뭐하는 거야?!

스크립터 (해진에게) 공분이 더블 액션 튄다!

준 영 (답답한) 야, 공분! 아깐 칼 왼손이 먼저였잖아! 왼손 잡고, 오른손, 손잡이 아래서 15센티 정도! 애가 정신이 있어 없어, 더블 액션을 왜 그렇게 놓쳐!

해진, 당황해, 칼을 이렇게 잡았다, 저렇게 잡았다 하면,
준영, 벌떡 일어나 해진에게 가서, 칼을 잡으며,

준 영 이렇게, 이렇게! 그리고, 머리도 틀렸잖니, 아까는 귀 뒤로 머리가 내려왔잖아!

▪ 점프컷 2 〉〉
카메라, 규호, 민희, 수경 쪽으로 가면,

수 경 (준영 보다, 웃고, 옆의 민희에게) 주준영 오늘 왜 저렇게 예민하냐?

민 희 (밉게 보며) 상관하지 마시지요.

수 경 (팰 듯) 콱!

규 호 (웃으며, 수경 보고) 난 알지.

수 경 (보면)

규 호 쟤가 너한테 맘이 있는데, 말하기가 좀 그런가보드라.

민 희 왜 쓸데없는 소릴,

규 호 뭐가 쓸데없어, 내가 들은 소리가 있는데, 내가 물어볼까,

그때, 스태프, 박수 치며, '촬영 들어갑니다!' 하고 소리치는, 준영, 이미 제자리로 간,

수 경 (규호에게) 진짜 주준영이 나 사귀고 싶다고 그랬어요? 진짜?

민 희 (버럭 앞을 보고 소리치는) 촬영 들어갑니다, 촬영!

그때, 카메라, 한쪽으로 가면, 밭일을 하던, 지오부, 고갤 쑥 빼고, 촬영장 쪽을 보는,

지오부 저거 뭐냐?

지오모 (지오부 옆에서, 일하며) 뭐가, 뭐야?

씬 12. 지오의 촬영장, 지하철 안, 낮.

• **지오의 촬영 장면, 점프컷** 》

민숙(12부와는 다른 날), 남자와 몇몇 사람들, 오는 전철에 타고, 전철 문 닫
히면, 민숙, 서서 손잡이 잡고, 그 뒤에 남자가 편안하게 작게 미소 지으며, 민
숙의 손잡이 위에 봉을 잡는, 그리고, 전철이 떠나는,

지하철, 밖에서 그 장면을 찍던, 지오, 모니터를 보며 말하는,

지 오 캇!

스태프들, 무전기로 기관사에게 '전철 세우세요, 전철!' 하는,

씬 13. 버스정류장, 낮.

일우, 처량 맞고, 한쪽에 서서 옆의 젊은 남녀가 서로 핸드폰을 보며, 서로 보
겠다고 장난을 치는, 일우, 그들을 이쁘게 그러나 서글픈 눈빛으로 보다 한쪽
으로 고개 돌리는, 일우의 행동 한 컷마다, 지오의 컷 소리와 카메라 이동이
보여지는(한 씬에서 컷을 하며 카메라의 이동을 보여주는), 지오, 마지막, 일
우의 모습을 보며, 맘 아픈,

지 오 (모니터 보다) 캇!... (하고, 가서, 일우 옆에서) 선생님, 이제 시선 (주먹으로
시선 잡아주는) 이쪽으로..

그때, 한쪽에 있던 민숙 오며,

민 숙 내가 설게.

일 우 (민숙에게) 고맙다. 너 찍을 때 내가 집에 안 가고, 해줄게.

민 숙 가면 죽지.

지 오 (좋은, 민숙의 어깨를 잡고, 애교 떨듯) 고맙습니다, 선생님. (하고, 모니터로 가며) 자, 다시 들어갑니다.

     * 점프컷 1〉〉 버스정류장, 낮.
     일우, 고개 돌리다, 민숙을 서글프게 보는 장면과, 민숙, 일우를 보며, 눈가 그 렁해지는 장면, 컷컷으로 가는,

지 오 (모니터 보다, 스크립터에게, 작게 말하는, 눈가 그렁해 감동 받은) 두 분 봐 라, 카메라만 들이대면 그림이다.. 내가 미친다, 미쳐. (하고, 크게) 컷! (하고, 박수 치고, 스태프들 모두 박수를 치며, 우우우 해주는)

일 우 (민망하고, 좋은) 아이고, 왜 그래.

민 숙 (그런 일우를 보며, 서글픈 웃음, 멋쩍게 짓는)

지 오 (기분 좋게 박수를 치며, 그런 민숙을 보고, 의아한)

씬 14. 지오의 시골집으로 가는 길 + 집 안, 낮.

     스태프들, 민희, 다들 신이 나서 가는, '오늘 저녁은 포식하겠네, 삼겹살은 구 워주시겠지? 난 삼계탕이 좋든데?, 야, 주는 대로 먹어, 나는 빵이랑 우유 아 님 뭐든 좋다', '난 김밥 아님 다 좋아!' 하며, 신이 난,
     규호, 해진도 가는,

해 진 (규호에게) 어쩜 밤 촬영 없는 날, 딱 맞춰서.. 난 밥 두 그릇 달래야지.

규 호 (웃으며) 살찌면 죽는디.

해 진 네.

규 호 말 잘 들어, 이쁘다. (집으로 들어가며) 어머니, 밥 줘요!

해 진 (그런 규호 보며, 좋은)

     스태프들 마당으로 들어서며, '와!' 하고 서로 좋아, 손뼉을 부딪히고, 마당으 로 가면, 지오모와 아줌마 1, 2, 부침개를 하고, 지오부와 동네 사람들 1, 2, 가마솥에서 닭을 휘저으며, 신이 난,

지오모 (일어나 낮으며) 아이고, 어여 와요, 어여!

지오부 (땀을 흘리며, 가마솥의 닭을 주걱으로 휘저으며) 다, 아들놈 같은데 와요는 무슨, 어서 와라! 어서!

스태프들, 뜨거운 부침갤 손으로 먹느라 난리가 난,

지오모 (웃으며, 평상 가리키며) 아이고, 손 디네, 손 디어.. 일단 저기들 앉.. (이상한, 부침개 먹는 민희에게) 그 아가씨는 안 와?

민 희 (부침개 먹으며, 뜨거워하며) 누, 누구 말씀이..

지오모 (어색하게) 그 왜 키 이만하고, 귀여운... 왜, 있잖아.. 여자감독.. (불쑥, 생각난) 준영이?

씬 15. 시골 구멍가게 평상, 낮.

수경, 짜증 나게 앉아 있고, 준영, 가게 안에서 빵과 우유를 고르다가, 수경을 내다보며,

준 영 야, 넌 뭐 먹을 거야, 카스테라? 초코파이?

수 경 (짜증 난) 몰라!

준 영 (어이없는) 왜 짜증이야?

수 경 (안 보고, 버럭) 카스테라!

준 영 우유는? 바나나? 초코? 딸기는 없는데, 흰 우유?

수 경 (밉게 보며, 떼쓰듯) 가~자! 지오형~네 가자, 어? 밥 한 끼 먹는 게 무슨 신셀 지는 거냐? 형이랑 우리랑 얼마나 친한데? 형네 엄마도 신세 진다고 생각 안 해! 엄마가 먼저 오라잖아, 가~자?

준 영 (답답하게 보며) 말해, 초코, 바나나, 흰 우유 중에 뭐야?

수 경 초코, 바나나, 흰 우유 뭐가 달러? 싹 다 재수 없는 우유지?! 안 먹어!

준 영 먹지 마라, 니 배고프지 내 배고프냐? (하는데, 그때, 전화 오는)

수 경 (떼쓰는) 준영아.

준 영 (전화 받으며) 김군, 왜?.. 뭐라고, 야야, 그러지 마.. 그러지(하다가, 어색하게 웃으며) 아.. 네, 어머니.

수 경 가자, 우리 가서, 닭 먹자? 어?

준 영 아니 저 그게요, 제가.. 낼 촬영할 분량이 많아가지고, (수경 보고, 조용히 하라 눈치 주고) 저도 가고 싶은데,

수 경 (전화 뺏어, 달아나, 차로 가 시동 걸며) 엄마! 닭이야, 삼겹살이야?! 이런.. 토종닭? 엄마, 엄마, 우리 곧 가요, 가, 그래 간다고! 그러니까 닭 다 먹지 말어, 어?! 알았어요,

준 영 (서둘러 와서, 수경에게 그러지 말라고, 때리며, 전화 끊으라고 하는)

수 경 (전화 안 뺏기려, 피하며) 그럼요, 준영이 감독님 모시고 곧 갈게요. 그래요, 갈게. (하고, 전화 끊고, 준영 보며, 좋은) 게임 오버!

준 영 (수경 때리는) 에우, 에우, 에우!

수 경 (아픈, 피하며) 악, 아퍼, 아퍼!

씬 16. 지오의 시골집 앞, 낮.

지오모, 지오부, 문 앞에서 차가 오나 안 오나 보다, 차를 보고 좋은,

지오모 어여 와라, 어여! (하고, 달려가, 수경과 준영을 맞는)

수 경 (차에서 내리자마자, 지오모 볼에 뽀뽀를 하고) 엄마, 닭은?

지오모 (손가락을 펴며) 세 마리 숨겨났어.

수 경 흐흐흐. (하고, 가서, 지오부 안고, 몸을 흔들며) 아부지, 아부지..

지오부 (뒤통술 치며) 남잔 관심 없어, 새끼야, 가서 닭이나 처먹어.

수 경 (거수경례하며) 네! (하고, 집으로 들어가는)

준 영 (맘이 선뜻 나지 않는, 주춤거리며, 차에서 나와, 지오모와 지오부에게 인사하는) 안녕.. 히세요?

지오모 (손을 잡고, 이쁘게 보며) 더 이뻐졌네. 일찍 오지, 김치전 다 식었는데,

지오부 (와서, 준영을 잡는, 지오모의 손을 잡아 빼며) 김치전 식었음 다시 뎁히면 되지. 어여, 가, 뎁혀. (하고, 지오모 데리고 가는)

준 영 (어색한, 주춤거리며 두 사람 따라가는)

지오모 (제 팔을 잡은 걸, 빼려 하며) 왜 그래, 같이 좀 걷게, 이 팔 놔요.

지오부 격을 지켜. 젊은 애들은 늙은이들 치대는 거 싫어라 해, 애들 그리 키워보고도 몰라?

지오모 (준영 돌아보고, 지오부에게) 내가 치댔어?

준 영 (답답한, 걸어가는)

씬 17. 식당 밖, 낮.

식당 안에는, 일우와 스태프들이 반주를 하며, 식사를 하고 있는,

민숙, 식당 밖, 파라솔 의자에 앉아 있고, 지오, 안에서 컵에다 커피를 두 잔

가지고 나오며,

지 오 (좋은) 선생님 커피 드세요.

민 숙 난 인스턴트 싫어해.

지 오 아.. 그럼 제가 다.. (하며, 한 컵에 다른 커피를 부으려 하는)

민 숙 (컵을 잡으며) 내가 언제 싫댔지, 안 먹는댔니? (하고, 마시는)

지 오 (웃으며) 아부 아니고요, 저 오늘 선생님한테 반했습니다.

민 숙 (보면) ?

지 오 어떻게 그럴 수가 있죠? 젊은 남자배우랑 있을 땐 그게 현실인 거처럼 조금
설레게, 정일우 선생님하곤 또 그게 진짜 삶인 것처럼 아프게.. 신기해요?

민 숙 이 바닥에서 배우 생활 삼사십 년 하며 그만도 못하면 죽어야지.

지 오 (껄껄대고, 웃고) 선생님은 왜 그렇게 투덜대세요?

민 숙 (보면)

지 오 재산 있으시지, 명예도 있으시지, 인기도 있으시지, 세상 부러울 게 없는데 늘
뵈면 별로 그닥 행복해 보이시질,

민 숙 재산, 명예, 인기 있음 다 행복해? 누가 그래? 인생이 그렇게 단순하다고?

지 오 (어색한 웃음) 뭐.. 누가 그런다기보다.. (준영모 생각나는) 그냥 강남에 빌딩
이 십 층 넘는 게 한두어 채 있고.... 속 썩이는 자식 없고... 맬 쇼핑이나 하며
살면.. 좋지 않나.

민 숙 돈밖에 없고, 살가운 자식은커녕 속 썩이는 자식도 하나 없고, 맬 쇼핑밖에 할
게 없다고 생각하면?

지 오 ?

민 숙 (차 마시고 가며, 혼잣말처럼) 그렇게 인간에 대해 편협해서, 무슨 인생을 논
하는 드라말 만들겠다고..

지 오 (준영모가 생각나는)

준 영 (N) 두 사람이 만나 두 사람이 헤어지고 나면 모든 게 제로로 돌아가야 하는데, 실제는 그렇지가 않다.

씬 18. 지오의 시골집 안, 밤.

규호와 수경, 지오부와 동네 사람들 1, 2 스태프들, 배우들이 어울려서 윷놀이를 하는, 수경, '걸이다, 걸! 그래!' 하고 윷을 던지면, 걸이 나오고, 민희, 말판 놓으며, '업어 갑니다!' 하며 신이 났다. (규호와 스태프들 한 편, 배우와 수경, 민희, 지오부가 한 편) 준영, 한쪽에서 시계를 보면, 지오모, 문 열고 준영을 부르는,

지오모 (작게, 주변 눈치 보며) 준영아.

준 영 (보면) ?

지오모 (손짓을 하며) 이리 와봐봐. (하고, 가는)

준 영 (답답한, 따라가는, N) 애인과 헤어진 것도 가슴 아픈 일이지만, 그걸 모르고 아이처럼 나를 보고 좋아라 하는 이 어른들을 보는 것도 만만찮게 힘이 든다. 남도 아니고, 내 부모도 아니고, 그렇다고 이젠 사랑하는 애인의 부모도 아니고.

씬 19. 시골집 부엌, 밤.

지오모, 아궁이에서 감자를 꺼내, 까는, 준영, 그런 지오모를 물끄러미 보는,

준 영 (N) 모든 게 끝나버린 애인의 부모는 정말 어떻게 대해야 하는 건지, 예상치 못한 이별의 후유증이 곳곳에서 난무한다.

지오모 우리는 감자 농사를 안 져서, 감잘 동네서 얻어다 먹어가지고.. 집에 있는 게 몇 개 안 돼, 다는 못 주고, 준영이만 줄라고.. (감자를 뜨거워하며) 으, 뜨거, 뜨거..

준 영 (어색한) 제가 까 먹을게요.. (하다, 잡다가, 뜨거운, 놓치며, 큰 소리로) 아.. 뜨거.

지오모 (감자를 까며, 웃으며) 내가 집는다고 준영이가 못 집지, 나는 손가죽이 나뭇가죽인데,

준 영 (지오모의 손을 보며, 짠한)

지오모 (입에 대주며) 뜨거, 잡지 말고 그냥 먹어.

준 영 (작게 웃고, 한입 베어 물고, 후후거리며, 맛있어하는) 맛있어, 맛있어.

지오모 (좋고)

그때, 지오부, 식혜를 한 그릇 가지고 와 옆에 놓으며,

지오부 식혜 다 마셔라.

준 영 (뜨거운 김에 벌컥벌컥 마시는)

지오부 무슨 다들 뱃속에 거러지가 들어앉았는지, 큰 도가지로 한 도가질 담갔는데, 다 처먹고, 그거 한 그릇 남았네. 니 시어머니 될 사람이, 다른 건 몰라도 식혜는 남부럽지 않,

준 영 (먹다가, 그 소리에 켁켁대는)

지오모 (준영의 등을 쳐주고) 천천히 먹지.

지오부 (준영이 귀여운) 꼭 애기 같네. 저래서 애 낳겠어.

수 경 (달려와) 아부지, 윷 던져요! 손규호네, 말을 세 개나 업었어, 빨리 와, 빨.. 어, 근데 쟤 뭐 먹어? 나는 안 주고..

지오부 (놀라, 수경을 밖으로 밀며) 여긴 먹을 거 없어, 가라, 가!

수 경 (밀려 나가며) ...

지오모 (좋은, 감자 까 주며) 하나 더 먹어.

준 영 (받으며, 어색한 웃음 지으며) 근데요, 제가 어, 머니.. 지오선배랑 안 사귀는데.

지오모 ?

준 영 (어색하고 미안한) 그냥 친한 선후배예요, 대학도 같이 나오고, 어쩌다보니까, 회사도 같이 다니고..

지오모 (풀 죽은(?), 눈치 보며) 지오도 아니라고 그러긴 하든데...

준 영 (보면)

지오모 자꾸.. 아니라 그러면서도 니가 인상이 어떠냐고 묻고, 니 얘기만 나옴 웃고 그래가지고.. 나는.. 이놈이 맘에 없는데 이러진 않지, 맘에 있으니까 이러지

싶었는데, 정말.. 아냐?

준 영 (어색하고, 맘 아픈) 네.

지오모 (서운한) 그렇구나.. (어색하게 웃으며) 그래도, 뭐 지오랑 친하니까, (감자를 턱으로 가리키며) 그거는 먹어. (식혜 주며) 이것도.

준 영 (맘 아픈) 네.. (하며, 먹는)

씬 20. 지오 시골집 건넌방, 밤.

남자 스태프들, 방을 치우거나 하고, 수경, 잘 옷으로 갈아입고 있는, 규호, 대본을 보며, 옥수수를 먹으며, 문지방에 앉아 있는 준영과 얘기를 하는,

준 영 (답답하고, 화난) 염치 좀 있어라, 없는 시골집에 빈손으로 와서, 그렇게 거하게 뜯어먹었음 됐지, 뭐 이젠 잠까지 자고 가자고?

스태프 (걸레질하며, 웃으며) 주감독님, 우리 집도 시골이라 아는데, 시골 어르신들은 젊은 애들 이렇게 오는 거 좋아해요.

준 영 말대꾸하지 마! (규호에게) 가자. 여관 빌려놨잖아.

수 경 그거 취소한 지가 언젠데, 야, 그리고 지금 촬영 경비 난리야. 숙박비 세이브시켜서, 보조출연 좀 더 쓰면 그림 화려하고 좋잖아.

준 영 그림은 니가 망쳐! 그리고, 너는 왜 맨날 돈 타령이야? 너 촬영비 삥땅 쳐? 회사에서 이렇게 궁상떨 만큼 돈이 안 나오는 것도,

규 호 (답답한, 준영 보며) 돈이 안 나와. 궁상떨게끔만 돈이 나와. 너도 조연출하면서 돈 써봐서 알잖아. 그리고 너 선배, 선배하면서 지오 좋아하잖아, 그럼 지오 부모님도 좋아해야지, 날 봐, 지오 좋아하니까, 부모도 좋아! 좀 배워!

준 영 쓸데없는 소리 그만하고, 가자 좀!

수 경 (바지 지퍼를 만지며) 야, 나 지금 이거 열거거든. 너 좀 가. 어?

준영, 수경 보다, 옆을 보면, 다른 스태프들도 옷을 들고, 준영을 보는,

준 영 아우, 짜증 나! (하며, 방문을 쾅 닫는)

수 경 저, 싸가지.

규 호 (웃으며, 수경에게) 너는 쟤 좋아하는 거 맞냐? 임마, 좋아한다면서, 말을 어

떻게 그따위로 하냐?

수 경 (바지 벗고, 갈아입으며) 모르는 소리 말어요. 주준영 같은 애는 남자가 좋아 한다고 들러붙음 '앗 뜨거라' 하고 도망갈 스타일이야. 그저, 그냥, 싫어하는 거처럼 박박 긁어줘야 사람을 만만히 안 보고, 지가 애가 타서, 달라붙지. 두고 봐요, 나중에 쟤 나 땜에 울걸.

스태프들 (낄낄대며, 웃고) 형.. 넘하다..

규 호 (수경 보고, 웃으며) 야, 원조 또라이, 난 니가 운다에, 돈 건다.

스태프들 나도, 나도,

수 경 (스태프들에게 팰 듯, '콱!' 하고, 규호 째려보며, 손으로 엿 먹으란 시늉하며) 이거나 먹어.

씬 21. 지오의 시골집 앞, 밤.

준영, 집에서 나와, 차로 가서, 차문을 열고, 그때, 민희, 잠옷 차림으로 뛰어나와, 준영을 잡으며,

민 희 그냥 하루 잡시다, 이게 무슨 짓입니까, 어른들 이부자리 까는 틈을 타서,

준 영 (차에 키 꽂고, 시동 걸며) 너나 들어가 자, 너나.

민 희 제가 선배 맘을 모르는 게 아닌데 이 시간에 시내까지 나갈라면.. 어, 참.. 기름?

준 영 (기름 미터기를 보면, 아주 바닥이 난, 민희에게 발버둥치며 소리치는) 내가 정말 미쳐?! 너도 생각을 해봐, 내가 지오선배랑 헤어지고 선배 부모 보고 싶겠니? 그것도 그냥 보는 것도 아니고 한 방에서 살 부비고 같이 자고 싶겠어?! 기름 떨어졌다고 내가 기름 넣으라고 그렇게 말을 했는데, 쌩까고?! 니가 내 친구야, 웬수야?! 내가 진짜 미쳐, 미쳐!

씬 22. 지오의 시골집 방 안, 밤.

지오모, 민희, 여자 스태프들 쪼그려 자는, 준영, 잠이 안 오는, 뒤척이는데, 그때, 전화 오고, 전화를 받는,

준 영　(작게) 어? 엄마, 왜? (귀찮은) 또 뭔데? (하고, 나가는)

지오모　(자다가, 뭔가 싶어, 나간 준영을 보는)

씬 23. 지오의 시골집 안, 거실, 밤.

　　　준영, 방에서 나오며,

준 영　무슨 말이야? 야밤에 전화해서.. (사이, 답답한) 촬영하는 사람이 촬영장이
　　　지, 어디야?

준영모　(F) 너 그 선배란 애랑 헤어졌어?

준 영　(답답한, 툇마루에 쪼그려 앉아) 왜? 이 야밤에 그게 갑자기 궁금해요, 왜?

준영모　(F) 묻는 말에나 대답해, 헤어졌냐고?

준 영　아니야. 왜?

씬 24. 카페 밖 + 안, 밤.

　　　준영모(목에 지오가 준 스카플 한), 친구 1과 그 외 두어 명 카페 안에서 맥주
　　　를 마시며 전화하는,

준영모　안 헤어졌는데, 걔는 왜 이 시간에 너 말고 딴 여잘 만나고 있어?

　　　카메라, 준영모와 바깥쪽에서 지오와 연희가 술잔을 부딪히며 술 마시는 모습
　　　을 한꺼번에 잡는,

씬 25. 지오의 시골집 마루, 밤.

준영모　(F) 여기 압구정에 엄마 잘 오는 술집인데, 니 선배가 딴 여자랑 와서 술 마시
　　　고 있어. 무슨 일이야?

준 영　(답답하고, 속상한, 심호흡하고) …

준영모　(F) 준영아.

준 영　그, 그냥… 일로 만나는 거야. 모른 척하고, 가. 그리고 밤에 술 마시지 말어,

아줌마들이 몰려다니면서... 뭐하는.. 알았어, 이번 주엔 갈게. 그리고, 엄마, 정말 부탁하는데, 선배 아는 척 마. 엄마 친구들하고 술 마시는 거 선배한테 보이지 말라고, 내 체면 좀 살려주라고, 알았지? .. 네.. 네.. (하고, 끊고, 잠시 생각하다, 지오에게 전화를 하는)

지 오 (F) 왜?

준 영 거기서 지금 나와.

씬 26. 카페 밖, 밤.

지오, 연희와 맥주를 마시고 있고,

지 오 무슨 말이야?

연 희 (술 마시다, 지오를 보는)

＊화면 분할 1 〉〉 시골집 마당의 준영＋청담동 카페의 지오, 밤.

준 영 청담동이지? 지금 거기 울 엄마 있어.

지 오 (순간 놀라, 주변을 두리번거리면, 준영모네 안 보이는(계산하러 간)) 어디?

준 영 엄마가 전화해서 선배가 여자랑 있는데, 헤어졌냐고 물어서 아니라 그랬어. 불과 며칠 전에 울 엄마 만나, 나 달래놓고, 딴 여자랑 낄낄대는 선배를 내가 어떻게 엄마한테 알아듣게 설명을 해야 할지 몰라서 그런 거니까, 내가 거짓 말한 거 시비 걸지 마. 그리고 난 지금 있잖아, 선배네 시골집에 와 있어.

연 희 누구?

지 오 (손사래 치며, 긴장한) 뭐라구?

준 영 나도 몰랐는데, 우리 촬영지가 선배네 시골이드라고. 규호선배랑 수경이가 나서서.. 여차 저차 해서 저녁식사 대접 받고 잠자리까지 제공 받는 중이야. 길게 말하기 싫어. 선배네 엄마 아부지께서 나보고 선배 만나냐 그래서, (맘 아픈) 아니라 그랬어. 그래도 안 믿는 눈치시긴 하지만, 어쨌든... 선배 너랑 헤어진 건 헤어진 거래도 어른들한테 참 못할 짓이다, 싶다. (맘 아픈, 빠르게) 한번만 더 물어. 우리 관계, 다시 뒤로, 백하기.. 싫지?

지 오 (맘 아프고, 속상한, 버럭) 너는 거길 가보고도 그런 소리가 나오냐?! (하고,

전화를 탁 하고 끊는)

준영의 멍하고, 맘 아픈, 화면 분할 사라진,
지오, 답답해, 한숨 쉬고 고갤 돌리는데, 무심히 한쪽 주차장을 보게 되면, 준
영모, 친구들과 차를 타며, 지오와 눈이 마주치고,

인서트-11부 씬 43. 스카프 사주던 지오.

지오, 순간 시선을 다른 데로 옮기는, 준영모, 조금 서운하게 스카플 만지고,
지오를 보며, 차에 타서 가는,
지오, 속상한, 맥주를 벌컥벌컥 마시는, 연희, 그런 지오를 걱정스레 보는,
F. O.

씬 27. 준영, 규호의 촬영장 산, 낮.

준영, 규호, 스태프들 장비 들고 걸어가는, 준영, 생각이 많은,

씬 28. 지오의 바닷가, 촬영장, 낮.

모닥불이 피워진, 민숙, 젊은 배우의 무릎에 누워 있는,
지오, 모니터를 보며, 헬리캠이 떠서, 부감으로 잡고 그리고 바다로 가는 모습
을 촬영 중인(상황 봐서 헬리캠 혹은 크레인이든...)

지 오 컷! (촬영감독에게) 형, 카메라 솜 더 높이, 다시 파도까지 한 번 더 갑시다!

헬리캠 촬영 모습이 보이는,

지 오 (힘 있게) 바다로 좀 더 좀 더.. 오케이, 컷!

▪ 점프컷 1 〉〉 지오의 바닷가, 촬영장, 낮.
카메라, 두 사람의 걷는 모습을 잡기 위해, 레일을 깔고 있는,

지 오 (답답하고, 속상한) 안 그러긴 뭘 안 그래? 여관방에 가 편하게 잘 사람들을.. 그 좁은 집에서.. 군이군이 자라 그런 게 이미 벌써, 주책인 거지... (심했다 싶은, 달래듯) 참기름 주지 마, 깨도 놔두고! 사람들 싫어해, 엄마..

지오모 (F) 알았어.

지 오 (맘 아픈) 정말, 알았어?

씬 29. 지오의 시골집, 거실, 낮.

박스에 고추장, 깨, 참기름 등을 담다가, 전화를 받는 중인,

지오모 그래, 정말.. 안 줘. 촬영장도 안 찾아가고.. 그래, 준영이란 애한텐 말도 안 시키고.. 그래, 그런다고. 끊어. (하고, 전화 툭 끊고, 깨를 박스에 넣는)

지오부 (눈치 보며) 지오가 뭐래?

지오모 (속상한, 눈가 붉은) 못된 놈. 엄마나 아부지가.. 뭐 그렇게 주책을 부린다고...내가 지 꼬봉도 아니고 내가 왜 지 말을 다 들어야 돼...주지 말래도, 나는 주고 싶으니까, 준다, 나쁜 놈아.

지오부 (맘 짠한) 그 여자애가 귀해 보이든데, 집이 잘살아서.. 우리 지오랑.. 그런가?

지오모 이런.. 옥수수 타겠네.. (하고, 부엌으로 나가는)

지오부 (가는 지오모를 보다가, 풀 죽어 박스 포장을 하는)

씬 30. 준영, 규호 촬영장 일각, 낮.

촬영하는 곳은 위, 수경이가 지오모에게 옥수수를 받아서 가는 곳은 그 아래다. 수경, 좋은, 옥수수 담긴 양동이를 이고 뛰어가며, '옥수수다, 옥수수! 먹고 하자!'
준영, 수경 쪽을 보면, 지오모, 풀 죽어 가는 뒷모습이 보이는, 멀리 보면, 지오부, 초라하고 서글프게 앉아 있는 게 보이는(지오모를 기다리는 듯),

수 경 (옥수수 들고 오며, 준영을 스쳐 지나가며 말하는) 야, 어머니가 너랑 나 준다고 깨하고 참기름 가져와서, 니 차에 넣었다.

준 영 (답답한)

그때, 스태프들, '와, 씨옥수수다!' 하며, 양동이로 달려드는,
규호, 그 틈에 옥수수를 하나 집어, 준영 곁으로 오며,

규 호 넌 옥수수 안 먹냐?

준 영 (제 생각에 빠진)

규 호 (이상하단 듯, 준영을 보며) 너 어제부터 좀 이상하다. (하다가, 대본 보다, 문득) 설마 너 지오랑..

준 영 (보면)

규 호 이상하잖아, 지오네 엄마도 너만 참기름이랑 깨 주고,

준 영 (맘 작심하고, 수경에게) 양수경, 너 서울 감 뭐할 거니?

＊점프컷 1〉〉
수경과 민희를 포함한 스태프들, 옥수수를 입에 물거나 먹으며, '저쪽 좀 봐라, 이쪽에서 좀 도와' 하며 지미집을 설치하고 있는,

수 경 (일하며, 돌아보며) 뭐라구?

준 영 이번 주 촬영 없는 날 뭐할 거냐고?

민희, 일하다가, 수경을 보면, 수경, 땀 흘려 일하며,

수 경 (아무렇지 않은 척) 글쎄 뭐할까 아직 생각 안 해봤는데... 왜, 나랑 놀고 싶냐? 일단 서울 가서 스케줄 좀 보고 얘기하자. (하고, 일하며, 농담스레, 민희에게) 이렇게 말함 애가 닳겠지. 그지?

민 희 (납납한, 일반 하는)

준 영 (어이없이 보는)

규 호 (낄낄대고 웃으며) 주준영이 급했다, 급했어.

그때, 전화가 울리고, 규호, 전화를 받으며, 의상 고치고 있는 해진과 눈 마주치고, 윙크하며,

규 호 네, 손규홉니다.

씬 31. 윤영의 사무실 복도 + 사무실 안, 밤.

직원 두어 명, 서류 박스를 들고, 한 사무실로 들어가면, 세무 감사를 나온 사람들 (국세청)장부를 놓고, 언짢은 기색이 분명하게, 심각하게 장부를 감사하고 있는 게 보이고, 직원 1, 그들을 조금 불안하게 보고 있다가, 창가 쪽의 윤영을 보고, 나가는,

씬 32. 윤영의 사무실 복도, 낮.

윤영, 복도를 지나쳐 사무실로 가며 말하는,

윤 영 (직원 1 안 보고, 걸어가며) 왜 한꺼번에 서류를 안 가져다드려서 일을 번거롭게 해.
직원1 죄송합니다.
윤 영 (직원 1에게) 장해진이 연락됐어? 내가 몇 날 며칠 회사 들어오라고 불렀는데, 왜 연락이.
직원1 지방 촬영 때문에, 지금 오고 있습.
윤 영 알았어. (하고, 자기 사무실로 가는)
직 원1 (답답한, 국세청 사람들 보는)

씬 33. 윤영의 사무실 안, 밤.

윤영, 서류들을 보다가, 노크 소리 나고, 비서, 문을 열면, 해진과 창주가 들어오는,

윤 영 (서류 보다, 리모컨으로 TV와 비디오를 켜는)

해진, 창주 뭔가 싶어, TV를 보면, 해진이가 규호를 좋다고 하는 인터뷰가 나오는, 두 사람 다, 조금 긴장한,

윤 영 (서류만 보며) 해진이는 (턱으로 TV 가리키며) 저거 보고 있고, 창주 넌 이

리 와.

창 주 (해진에게 눈짓으로 자리에 앉으라고 해놓고, 윤영의 옆으로 가면)

윤 영 (대뜸 있는 힘껏 옆의 책을 집어서, 창주의 머리를 연거푸 치며, 말하는) 너 정신 있어, 어떻게 저딴 인터뷰를 나가게 해! 어떻게, 어떻게!

해 진 (흠칫, 놀란, 두려운)

씬 34. 산타마리오 창 밖, 밤.

김변호사, 달래듯, 규호에게 '감정적으로 처리하지 말어, 아버지 입장도 있잖아' 등등 말하고 있고,

규호, 답답한 듯, 김변호사의 얘기를 듣고 있는, 그러다, 술을 마시고, '알았어요, 가보세요' 하고 가는, 김변호사, 가고, 규호, 술을 마시는, 머리를 쓸어 올리며 답답한,

씬 35. 방송국 로비 + 엘리베이터 안, 밤.

지오, 촬영 끝나고 급하게 뛰어 들어오며, 로비를 지나쳐, 엘리베이터 쪽으로 가 엘리베이터에 민희가 타는 걸 보고,

지 오 김군아, 잠깐만, 잠깐만.. (하고, 뛰어가는)

민 희 ? (버튼을 누르고 있는)

지오, 기분 좋게 뛰어와 민희(테이프를 든)를 툭 치며, '땡큐' 하며, 타다가, 수경과 준영을 보고, 순간 멈칫하는,

수 경 (피곤한, 그러다 웃으며) 오마이 부라더. (하고 손을 내밀면)

지 오 (어색하게, 손뼉으로 수경의 손을 탁 치고, 준영 옆에 서다, 뭔가 이상해, 옆을 보면)

수 경 (웃고, 제 팔을 준영의 어깨에 올리며) 어머니랑 통화했다며, 우리 간 얘기 들었지? 어제 정말 죽였다.. 으아.. 삼계탕에 .. 소주에... 으아.. 김치전... 으아...

민 희 (한쪽에서 수경의 하는 작텔 멍하니, 보고 있는, 어이없고, 황당한)

준 영 (답답한, 화가 나, 굳어진)

수 경 (지오에게) 근데, 형, 어떻게, 많이 피곤해 보인다?

지 오 (앞만 보며) 둘이 언제부터 그렇게 친했냐? 안 무겁냐?

준 영 (앞만 보며) 견딜 만해.

수 경 (웃으며) 형, 애랑 나 사귀기로 했다.

민 희 (벙찐, 지오 보면)

지 오 (화나고, 어이없게 준영 안 보고) 들었다. 규호가 그러드라, 둘이 입 맞췄다고.

준 영 (가만 있는, 속이 타고, 화가 나는) ...

수 경 (낄낄대고, 웃으며, 준영에게) 어쩌냐, 너 이제 앞길 망쳐서.

지 오 근데, 너 좀 조심해얄 거다, 주준영이가 뭐냐.. 좀.. 쉽거든. (준영 안 보고) 강준기랑 다시 될 줄 알았는데, 양수경이냐?

준 영 (화나는, 참고, 짐짓 편한 척) 둘 중 누가 더 나은가 재보는 중이야.

수 경 (준영에게) 강준기가 누구야?

준 영 편집실 간다며, 4층이야, 내려.

민희, 답답한, 버튼 누르고, 밖으로 나가며,

민 희 (수경에게) 내리십시오!

수 경 (준영 보며) 야, 너 강준기가 누구야? 이게.. 야, 너 나는 너밖에 없는데, 너는 나 말고.. (지오 보며) 근데, 형은 강준길 어떻게 알어?

지 오 (수경만 보며) 애랑 내가 친해. (준영 보며) 그지?

준 영 (안 보며, 맘 아픈) 그럼.

민 희 (수경을 잡아끌며) 와요, 좀.

수 경 (순간, 끌려가며, 문을 부여잡고, 지오에게) 참 형, 담 프로 나 덱고 가기다.

지 오 생각해봐서.

준 영 ?

수 경 생각은 무슨..

민 희 (버럭) 생각해본다잖습니까! 생각해본다고, 말하는데도.. 정말 어으.. (하고, 수경을 확 잡아끄는)

카메라, 엘리베이터 밖의 민희와 수경으로 가면,

수 경 (민희 팰 듯) 이걸 콱!

민 희 (더 크게, 똑같이 팰 듯) 이걸 콱!

수 경 (순간, 놀라, 주춤하는)

민 희 (화나, 그냥 가는)

씬 36. 엘리베이터 안 + 드라마국 안, 밤.

지오, 준영, 나란히 가는,

지 오 (어색한) ..

준 영 (생각 많은) ...

지 오 ... (어렵게 말 꺼내는) 밥.. 먹었냐?

준 영 (층수 판만 보며) 사랑한다, 좋아 죽겠다, 온갖 말 다 해놓고, 헤어질 땐 야멸 차게 고만 보자 그 한 마디 하고 돌아선 사람이.. 내가 밥 먹은 게 궁금해? (보고) 장난해? (하고, 엘리베이터에서 내리는)

지 오 (참담한, 엘리베이터에서 내리는)

그때, 전화 오고,

준 영 (받으며) 어, 준기씨, (어색한 웃음 지으며, 걸어가며) 미안, 미안, 내가 바빴 어. 내 전화 기다렸구나.

지 오 (맘 안 좋은, 준영을 지나쳐 자리로 가는)

준 영 (자리로 가서, 앉으며, 계속 전화 중인, 작게 웃음 떠고, 가방에서 대본들 꺼내 며) 이상히네, 목소리에 짜증이 없다.. (사이) 전엔 내가 바쁘난 말만 하면 짜 증 내고 그러셨거든요. 뭐가 아니에요? 내가 그럼 거짓말해요.

지 오 (준영의 전화가 신경 쓰이는)

현 섭 (민철과 같이 들어오며, 지오를 탁 치며) 지오야!

지 오 (버럭 소리치는) 왜 사람을 뻑하면 쳐요, 치길!

그 바람에 자리에 있던 민철, 현섭 외 모든 사람들, 지오를 보는,

현 섭 (어이없는) 얌마, 내가 언제 삑하면 너를 쳐. 너 촬영 나가서 며칠 만에 봤는데,

민 철 생리하나보네. (하고, 가는)

지 오 에으.. 정말..

준 영 (지오 보며) 좀 조용히 좀 하지, 전화하는데? (하고, 전화를 하는) 내가 낼 전화할게. 아냐, 낼은 괜찮아.

지 오 (준영 밉게 보고 일어나, 그냥 가는)

현 섭 야, 어디 가?

지 오 스탭 회의 가요!

준 영 (그 소리가 이상한, 전화하며) 그래, 낼 봐. 알았어, 안 늦게 전화할게, 수술 잘해 (하고, 현섭에게, 턱으로 지오 쪽 가리키며) 무슨 스탭 회의요?

현 섭 (자리로 가 앉으며) 1월 미니 가잖아. 참 그동안 수고했다. B팀 철수라며?

준 영 (어이없는) 1월이라니 무슨 말이에요?

현 섭 호연이 빵꾸 낸 거. 넌 그간 회사 안 들어와 모르나보구나.

그때 병욱, 들어오면,

현 섭 야, 병욱아, 지오 스탭 회의한다는데 너는 안 가?

병 욱 (짐 챙기며) 지금 갈라구요.

현 섭 지오 자식은 복 받았네, 복 받았어, 조연출 놈들 죄다 서로 지오팀에 들어갈라고 아주 난리들이 나고, 손규호 때랑 어쩜 이리 다른지. (하고, 오부장 자리에 있는 과자 하날 먹으면)

병 욱 어, 아까 그거 떨어진 거 줏어논 건데.

현 섭 에이.. (퉤퉤 하며, 과잘 뱉는).

준 영 (가방을 챙기는)

씬 37. 달리는 규호 차 안, 밤.

대리 기사, 운전하고 있고, 규호, 취해서 전화를 하고 있는,

규 호 (어이없단 듯 웃으며, 괜히 시비를 붙는) 이 자식아, 니가 뭔데, 편집을 봐, 니

가 뭔데? 니가 감독이야? 조감독이지!

씬 38. 편집실 안, 밤.

민희, 수경, 편집자, 스크립터 화면을 보고 있는,

민 희 (전화하는) 편집점에 대해, 공부 좀 하라며요, 그래서 공부하잖습니까?

규 호 (F) 너 나와, 너 나와서 나랑 술 먹자.

민 희 감독님은 돈 많아 이것저것 드셔서 힘이 펄펄 나시는지 모르지만, 전 아니거든요, 좀 잠 좀 자십시오, 잠 좀. 4개월을 내내 잠도 안 자고, 귀신같이.

수 경 (모니터 보며) 일 좀 하게, 좀 끊으라 그래. 일 좀 하게. (모니터 보며, 편집자에게) 이거 아니고, 부감으로 잡은 거 있는데,

규 호 (F) 김군아, 야, 김군!.. 야, 야, 민희야.

민 희 (전화기에 대고) 감독님이 날 그렇게 애타게 부를 일이 뭐가 있으십니까? 그만 술주정하고 좀 끊읍시다! 낼 이거 안 해놨다고 또 누굴 잡으라고?!

규호, '민희야, 여보세요, 여보야, 여보!' 하는데, 민희, 전화를 끊어버리며,

민 희 술만 처먹음 온갖 사람들한테 전화 걸어, 들들 볶고, 현장에서나 지가 감독이지, 현장 밖에서도 지가 감독인 줄 알고, 내 생활을 감독할라 그래, 짜증 나게.

수 경 (웃으며, 민희의 머릴 흐트리며) 이거이거 승질내니까, 아주 귀엽네, 이게.

민 희 (황당하게 보면) 족 치우지?

수 경 (보며, 이상한) 족? 족이라고? (손바닥을 펴 보이며, 심각하게) 넌 이게 족으로 보이냐? 난 손으로 보이는데?

민 희 (화나, 수경의 손을 잡아, 꺾어버리는) 조잘조잘조잘.. 내가 아주 조카 기집애가 옆에 있는 거처럼 시끄러, 죽겠어, 시끄러서!

수 경 악! 악!

그때, 한쪽에 놔둔, 수경의 전화가 오는, 수경, 악 소리만 치는, 스크립터, 편집자 웃으며 '고만해, 밤새야 되는데, 빨리 하자' 등등 말하는,

씬 39. 지오의 집 계단, 밤.

지오, 걸어와, 집 문을 열려 하는데, 휘파람 소리가 휙 하고 부는,
지오, 돌아보면, 규호, 씩 웃고 있는,

지 오 (덤덤히 보다, 시계 보면)
규 호 새벽 한 시 좀 넘어갈걸.
지 오 (맘에 안 들게 보며) 한 신데 남의 집을 찾아오냐?
규 호 술을 어설프게 마셔갓고, 집에 가봤자 잠도 못 잘 거 같고,
지 오 촬영은?
규 호 준영이가 워낙 빡세게 찍어대서 널널해, 낼 하루 쉴라고. 나, 술 줘라.
지 오 맡겨났냐, 자식아. (하고, 들어가는)
규 호 (웃으며) 안주는 뭐 있냐? (하고, 들어가는)

씬 40. 준영의 옷방 안, 밤.

준영, 옷을 갈아입고, 주방으로 가, 물을 마시는데, 지오모가 준 박스가 눈에
걸리적거리는, 그냥 화장실로 가는,

* 점프컷 1 >>
준영, 씻고 나와서, 소파에 앉아 TV를 켜는데, 또 지오모가 준 박스가 눈에 들
어오는, 준영, 일어나 박스를 베란다에 놓고, TV를 켜는데, 박스가 신경 쓰이
는, 다시 일어나 박스를 들고 주방 테이블에 놓고, 열어보면, 신문지로 만 참
기름 병이며, 고구마, 옥수수, 고추장 병, 된장 병, 미숫가루라고 쓴 봉지며,
깨라고 쓴 봉지가 나오는, 준영, 그걸 가만 보고 있다가, 잠시 생각하다가 전
화를 하는,

씬 41. 지오의 집안, 밤.

핸드폰 울리고, 규호, 맥주를 마시며, 지오의 집을 이곳저곳 구경하며,

규 호   (화장실 쪽에 대고) 지오야? 지오야? 전화 왔다! 전화!

지 오   (F) 곧 나가, 받지 마.

규 호   알았어, 받을게. (하고, 웃으며, 전화 받으며) 네, 정지오,

준 영   (F) 누구세요?

규 호   (준영인 줄 모르는) 저는 정지오의 절친한 친구, 손규.. (하다가) 주준영?

씬 42. 준영의 집 안, 밤.

준 영   (아차 싶은, 전화를 끊으려는데)

규 호   (장난치는, 밝은, F) 에헤이, 왜 그래? 말해, 주준영. 니 번혼데, 이거.. 끊지
마, 끊음 내가 다시 전화해요.

준 영   (어색한, 짐짓 태연하게) 지오선배한테 뭐 물어볼 거 있어, 좀 바꿔.

씬 43. 지오의 집 안, 밤.

규 호   (재밌는) 뭘 물어볼 게 있어서, 이 깊고 깊은 한밤중에, 니가 정지오한테 전활
거냐? 뭔데? 촬영 기법? 아님, 양수경과 너와의 관계에 대한 조언? 둘 다 정
지오보단 내가 날 건데, 나한테 묻지?

그때, 지오, 화장실에서 나오며 서둘러 '야, 야, 야' 하며 뛰쳐나와, 핸드폰을
뺏으며,

지 오   이 자식이..

규 호   (웃으며, 맥주 마시며) 주준영이다.

지 오   (화난, 전화 받으며, 화장실로 가며) 왜?

규 호   (웃으며) 얌마, 그냥 전화 받어, 왜 화장실로 들어가. 냄새나게.

씬 44. 화장실 안, 밤.

지오, 전화를 들고, 변기 위에 앉으며,

지 오 (어이없는) 뭐라구?

씬 45. 준영의 집 안, 밤.

준영, 깨 봉지를 보며,

준 영 (차분한) 귀먹었어? 어머니가 주신 깨 어떻게 먹냐고?

  ▪화면 분할 〉〉
  지오, 답답하고 서운한 듯, 머릴 쓸어 올리며,

지 오 지금.. 시간이... 2시가 다 돼가는데.. 니가.. 나한테..

준 영 전화해서, 깨를, 어떻게, 볶냐고, 묻고 있지. 어이없게.

지 오 (어이없이 웃으며) 아냐? 어이가 없는 일인 거는?

준 영 알지. 근데 선배가 나한테 밥 먹었냐고 말하는 것보단 지금 이 전화가 훨 덜 어이없지 않어?

지 오 ?

준 영 그리고, 이제 우리가.. 이런 일 말고 야밤에 전화할 일이 뭐가 있겠어. 안 그래?

지 오 (준영이 그리운, 맘 아픈, 가만 있는)

준 영 나 좀.. 이상해지나봐.

지 오 (짐짓 아무렇지 않게) 뭐가?

준 영 (맘 아픈, 짐짓 대수롭지 않게) 선배 너한테 배웠나.. 말이 자꾸 세져. 잔인하게.

지 오 (맘 아픈, 서글픈, 그리운)

준 영 아무 말도 없으시네. 개무시하시겠다. 깨 어떡해? 내가 먹는 건 노릇한데, 이건 하얘. 왜 그래? (맘 아픈) 어머니가 힘들게 농사진 건데, 맛있게 먹어야지.

지 오 (준영이 그리워, 울고 싶은 지경이다) 안 볶아서 그래. 볶음 돼. 그리고 깨가 보기보다 돌이 많아 물에 두어 번 잘 씻어서, 노릇하게 볶아. (하고, 전화 끊고, 맘 아프게 있는, 준영의 화면이 옆으로 서서히 밀리며, 지오의 모습만 보이는)

씬 46. 준영의 집 안, 밤.

준영, 전화 끊고, 화가 나는 걸 참느라, 후후 하고 숨을 깊게 들이쉬었다 내쉬
었다 하는, 혼란스런, 그러다, 일어나, 채소들을 냉장고에 챙기는,

준 영 (N) 혼란과 혼돈, 무질서로 불리는 카오스에도 일정한 규칙이 있다고 한다.

준영, 일하다가 전화기를 집어 들고, 전화하는,

수 경 (F, 졸린) 뭐야?
준 영 (화난 듯) 너 나 낼 만날래, 말래. 시간 끌지 말고 확실히 말해.

씬 47. 남자 수면실 안, 밤.

수 경 (졸린) 시간 끌면 어쩔 건데.
준 영 (N) 그렇다면 내 지금의 이런 말도 안 되는 행위를 한 마디로 정의할 만한 규
칙은 무엇이 있을까?

씬 48. 준영의 집 안, 밤.

준 영 다신 니가 보재도 안 봐.
(N) 민희의 말처럼 관계연속중독증. 아님 이별이 낳은 후유증? 아니면 채인
여자의 복수? 그것도 아니면...
수 경 (F) 그럼 안 되지, 낼 보지, 전화할게. (하고, 끊고)
준 영 (전화기 내리며, N) 그냥.. 혼돈, 그 자체? (채소를 챙기는, N) 세상에서 젤
끔찍한 일은 이미 마음이 변해버린 애인에게 구걸하는 일이다. 그렇다면 나는
이제 그렇게 살지 않겠다. (눈가 붉어져, 채소를 챙기다 말고, 냉장고 문을 쾅
닫고, 방으로 가는데, 전화가 오는, 뛰어와 전화를 받으며, 혹시나 싶은) 여보
세..?
준영모 (F) 엄마야.
준 영 (실망하는) 어, 엄마구나... (둘이 얘기하는 느낌, 지금 잘려고, 낼이나 모레나

한번 갈게 등등 얘기하며, 답답하게 머릴 쓸어 올리며)

씬 49. 지오의 집안, 밤.

지오, 규호, 탁자에 앉아 맥주를 마시는, 규호, 맥주를 마시며, 덤덤한 지오를
탐색하듯이 보는,

지 오 (맥주만 마시며) 맥주를 마시든지, 잠을 처자든지, 말을 하든지, 가든지 해라.
　　　　재수없게 사람 얼굴 빤히 쳐다보지 말고.

규 호 (보며) 화장실에서 울다 나왔냐? 얼굴이,

지 오 (빤히 보는)

규 호 (대수롭지 않게) 관심 없어, 임마. 내 코가 석잔데, 내가 뭐 남의 일에 관심 기
　　　　울일 처진 줄 아나.

지 오 니까짓 게 무슨 걱정이 있냐? 잘나가는 아버지, 이쁜 애인, 승승장구하는 드
　　　　라마 인생, 대체 뭐가 불만이야?

규 호 아버지가 잘나가서 걱정이고, 애인이 너무 이뻐서 TV에 얼굴 디미는 게 걱정
　　　　이고, 드라마 인생은 승승장군데, 내 인생은 엿 같아서, 걱정이지. (하고, 맥주
　　　　를 다 마시고, 다른 한 캔을 까는)

지 오 (보면)

규 호 (비아냥이 섞인, 지오 안 보고) 울 아버지가 차기 대선을 준비하시지.. 그래서
　　　　현재는 너도 알다시피, 정당을 바꾸고, 이미지 관리에 힘을 쓰시는 중이지.
　　　　근데, 내 애인이 TV에 나와 날 좋다고 진심 어린 뻐꾸길 날린 게 화근이 된 거
　　　　야. 천박하다나... (지오 보며) 헤어지랜다, 그것도 직접도 아니고, 변호사 시
　　　　켜서 말을 건네왔어.

지 오 (걱정스레 보며) 아버진 아버지, 너는 너. 안 돼?

규 호 로얄 패밀리들의 관곌 모르는구나? 우린 로얄이지. 로얄은 킹, 퀸, 주니어가
　　　　한 쌍이야, 카드처럼. 우린 늘 같이 놀아, 따로 놀면, 힘이 없거든.

지 오 동생 일은 어떻게 됐냐?

규 호 놈이 너무 가고 싶었던, 프라하로 보냈대. 눈물로 타일러서... (서글프게 웃으
　　　　며) 그게 내 발목을 잡네. 내가 부탁한 일이거든. 놈을 버리지 마십시오, 놈이
　　　　해달라는 대로 해주십시오. 거기에 대한 대가로 해진이와의 이별 종용.

지 오 (가만 보는)

규 호 나중에 울 아버지 꼭 찍어라. 딜을 아주 잘해. 대권 잡음 우리나라 잘살 거다. (하고, 낄낄 웃는)

지 오 (술 마시는) 나한테 너무 많은 얘길 한다. 나중에 후회하지 말고 말 아껴.

규 호 (낄낄대고, 웃는)

지 오 (안 보고, 술만 마시며, 편하게) 해진이란 애랑은 그냥 노는 줄 알았는데.

규 호 나도 니가 주준영이랑 그냥 노는 줄 알았지.

지 오 아무 일 없었거든.

규 호 (턱으로 한쪽 가리키며) 저 사진이나 치우고 그딴 소리 해, 자식아.

지 오 (턱 가리킨 쪽, 보면)

준영을 업고 지오가 장난스레 찍은 사진이 보이는,

지 오 (사진 맘 아프게 보다, 짐짓 편하게) 다 지난 일이다, 말 퍼뜨리지 마라.

규 호 (눈이 풀린) 수경이 자식 큰일났네, 이거... 왜 헤어졌냐?

지 오 ...

규 호 난 술 먹은 담날엔 암것도 기억을 못해. (한 캔 더 뜯으며) 이거면 아웃이야, 말해봐.

지 오 (대수롭지 않게) 가치관의 대립, 성격의 대립. 빈부격차와 기타 등등.

규 호 (웃고) 암마, 뭘 그딴 걸로 헤어지냐? 나처럼 대권 정도는 껴줘야, 이별을 해도 폼이 나지, 자식아. (하고, 제 말에 제가 웃겨, 낄낄대고 웃는)

지 오 (웃으며) 니가 말하고도 니가 웃기냐, 자식아.

규 호 (낄낄대고, 웃으며) 정말 어떻게 이별의 이유가 대권이냐?

지 오 (웃으며) 건배나 해, 임마. (하고, 술 마시며)

두 남자, 자조적이게 낄낄대고 웃는, F. I.

지 오 (N) 슬프다는 말로 시작되는 시가 있다.

씬 50. 준기의 병원 안, 시야검사실, 낮

어두운 화면. 지오의 시선으로 보이는 조그만 점. 지오가 눈을 깜박일 때마다 맹점이 불안정하게 나타났다 없어졌다 반복된다. 화면 점점 환해지면 지오, 시야검사기 앞에 앉아 있다. 가운을 입은 여자 검사원이 검사 컴퓨터 버튼을 눌러가며 자료를 입력시키고 있다.

검사원 (지오의 손에 마우스를 쥐어주며) 버튼 잡으시구요. 눌러보세요.

지오, 버튼을 눌러보는. 딱딱 소리가 나는데

검사원 검은 점 안에 노란 불빛 보이시죠?
지 오 (초조하고 약간 두려운, 얼굴을 돌리며) 네.
검사원 검사 시작하면 하얀 바탕에 저 노란 불빛이 하나씩 흐리고 진하게 마구마구 보이실 거예요. 보이실 때마다 이거 누르시면 됩니다. 턱 바짝 붙여주세요 (얼굴을 갖다 대주는)

지오, 바짝 검사기 앞으로 다가앉는, 숨을 삼키는,

검사원 눈 자주 깜빡여주시구요.

여기저기서 나타났다 사라지는 지오의 시선으로 보이는 점들을 따라서 마우스의 버튼을 누르는 지오의 손동작, 긴장해서 힘이 잔뜩 들어간,
그 그림 위로, 지오의 내레이션이 흐르는,

지 오 (N) 슬프다, 내가 사랑했던 자리마다 모두 폐허다. 완전히 망가지면서 완전히 망가뜨려놓고 가는 것, 그 징표 없이는 진실로 사랑했다 말할 수 없는 건지, 나에게 왔던 모든 사람들, 어딘가 몇 군데는 부서진 채 모두 떠났다.

씬51. 병원 안, 안과 진찰실, 낮.

지오, 세극등 검사를 받고 있다. 세로로 가는 빛이 지오의 눈을 통과하며 검사가 끝나면,

의 사 (차트를 보며) 안약은 잘 넣고 계시죠? 술이나 물도 너무 많이는 안 좋습니다. 어떻게든 시신경이 손상되지 않도록 조심하시고요, 어두운 곳에서 영화나 TV 보는 것도 피하셔야 합니다.

지 오 영화나 TV도 보지 말라구요? (N) 참 좋은 시였는데, 다는 기억나지 않는다.

씬52. 병원 안, 복도, 낮

준기, 마주 걸어오는 지오를 알아본다. 지오, 생각에 잠겨 천천히 걸어가는, 준기, 지나쳐 간 지오를 보고, 지오, 생각 많게 걸어가는,

지 오 (N) 그렇게 첫 구절과 마지막 구절 한 구절만 생각이 난다. 마지막은 이렇다. 아무도 사랑해본 적이 없다는 거, 이제 다시 올지 모를 이 세상을 지나가면서, 내 뼈아픈 후회는 바로 그거다. 그 누구를 위해 그 누구를, 한 번도 사랑하지 않았다는 거.

씬53. 병원 앞, 버스정류장, 낮.

지오, 버스 기다리다가, 버스 오면, 버스를 타는, 지오, 자리에 앉아, 생각하는, 그러다, 앞을 보면, 준영이 병원으로 가는 게 보이는, 지오, 고개를 돌려 준영을 시선으로 따라가는,

지 오 (N) 내 자존심을 지킨답시고, 나는 저 아일 버렸는데, 그럼 지켜진 내 자존심은 지금 대체 어디에 있는 걸까?

지오, 고개를 앞으로 돌리는 데서, 엔딩.

14부

절대로 길들여지지
않는 몇 가지

사랑을 하면서 알게 되는 내 이런 뒤틀린 모습들은 정말이지 길들여지지 않는다.
그만하자고, 내가 잘못했다고, 다시 만나자고, 전엔 알았는데 이젠
나도 우리가 왜 헤어졌는지 이유를 모르겠다고, 안고 싶다고 사랑한다고 말하고 싶은데,

왜 나는 자꾸 이상한 말만 하는 건지.

그 들 이 사 는 세 상

WORLDs Within...

씬 1. 프롤로그.

1, 2부에 나왔던 스턴트맨, 교각 위에서 두려움에 하얗게 굳은 모습. 그런 스턴
트맨을 걱정스레 보는 있는 지오와 준영의 모습 컷컷으로 보이는(2부 회상
씬), 무술감독, '준비됐습니다' 하는 신호 떨어지고, 지오, 심호흡하고 '하나,
둘, 셋, 큐' 하면 스턴트맨 교각 밑으로 있는 힘을 다해 뛰어내리는, 스톱 모션.

지 오   (N) 나는 한때 처음엔 도저히 할 수 없을 것 같은 세상의 어떤 두려운 일도 한
번 두 번 계속 반복하다보면, 그 어떤 것이든, 반드시

2, 넓은 도로 (없는 씬, 촬영 요)
동하 대역의 스턴트맨, 넓은 도로를 달리다가, 갑자기, 달려오는 차를 피하려
다가, 차가 그 자리에서 거칠게 빙그르르 도는, 빙글빙글 돌며, 끽 하고 서는,
지오, 촬영하며 '캇' 하면, 스태프들의 도움을 받아서 경주용에서 나오는 스턴
트맨, 기분 좋게 웃으며 지오를 보고, 지오, 박수 치고, 엄지손가락을 들어 보
이며 기분 좋은,

지 오   (N, 스턴트맨의 자신 있는 모습 위로) 길이 들여지고, 익숙해지고, 만만해진
다고 믿었다. 그렇게 생각할 때만 해도 인생 무서울 것이 없었다. 그런데, 지
금은 절대로 시간이 가도 길들여지지 않는 것이 있다는 것을 안다.

지오, 일어나며, '동하, 바스트, 갑니다! 빨리빨리' 하고, 걸어가는,

* 플래시컷 1 ⟩⟩ 회상.
연희, 2부에서 지오를 보던,

지 오 (N) 오래된 애인의 배신이 그렇고,

플래시컷 2 〉〉 회상.
4부 씬 31. 지오모, 시골집 길가에서 지오 보내며 가는 뒷모습.

플래시컷 3 〉〉 회상.
7부 씬 34. 지오부, 지오부의 친구들과 큰 소리로 지오의 자랑을 하며 가는 아버지의 뒷모습.

지 오 (N) 백 번 천 번 봐도 초라한 부모님의 뒷모습이 그렇고,

플래시컷 4 〉〉 회상.
11부 씬 2. 카페에서 웃고 얘기하는 준영과 준기의 모습.

지 오 (N) 나 아닌 다른 남자와 웃는 준영의 모습이 그렇다.

플래시컷 5 〉〉 규호의 차 안, 밤
규호, 눈가 그렁해 운전해 가는,

지 오 (N) 절대로 길들여지지 않는,

플래시컷, 휴양지 〉〉
민철, 반지함을 만지며, 어색하고, 수줍게 창가를 보는,

지 오 (N) 그래서 너무나도 낯선 이 순간들을,

플래시컷, 휴양지, 길가 〉〉
촬영지 공항으로 달리는 윤영의 차, 윤영, 긴장한,

지 오 (N) 우리는 어떻게 대처해야 하는 걸까?

* 플래시컷, 휴양지, 낮 〉〉
수영장에서 준영과 수경이 입 맞추는, 지오, 그 모습을 보는, F. I

자막 – 절대로 길들여지지 않는 몇 가지

씬 2. 여의도, 몽타주, 낮.

씬 3. 13부, 버스 안(엔딩 씬 연결), 낮.

지오, 차창 밖으로 가는 준영을 물끄러미 보는데, 전화가 오고, 받으며,

지 오 (담담한) 어, 나다.. (답답한) 애가 무슨 말이(야).. 스케줄을 왜 밀어, 니가 감독이야! 오늘 찍을 장비가 왜 섭외가 안 돼? 쓸데없는 말 말고, 무조건 섭외해, 무조건! (하고, 전화 끊고, 다른 전화 받으며, 웃으며) 왜 또 전화예요? 이 작가님 시높보다 대본이잖아! 일단 배우 얼굴이나 좀 보자구요, 얼굴이나 보고.. 말하자, 어?

씬 4. 준기 병원, 수술실 앞, 세면대, 낮.

준기, 수술복을 입고, 손을 씻으며, 간호사가 대준 핸드폰으로 전화를 하는,

준 기 교통사고가 났어, 4중 추돌이야. 심한 상탠 아닌데, 그래도 한두 시간은 기다려야 할 거 같은데..

준기 옆의 의사, 같이 손을 씻고, 준기에게 빨리 들어오라 눈치 주고 수술실로 들어가는,

준 기 (눈인사를 하고, 전화하는) 다른 날 볼까?

씬 5. 준기 병원 로비, 낮.

준 영 (조금 착잡한) 다른 날은 내가 안 되는데.... 언제 끝나? 알았어, 기다릴게. 근
처 서점 가서 책 하나 사서 읽고 있지 뭐. 근데 나 너무 오랜 못 기다리는데,
밤에 약속... 5시에? (시계 보며, 편하게 웃음 띤) 알았어, 그래 수술 잘하고.
(하고, 전화 끊고, 병원을 나가는)

씬 6. 사우나 탈의실, 낮.

수경, 노타이 차림으로 양복을 입으며, 기분이 좋은,
현섭, 로션을 바르는,
수경, 다 됐는지 '먼저 갑니다' 하고 가다가 다시 돌아와서 거울을 한 번 더 보
고, 맘에 안 드는지, 다시 머릴 고치는,

현 섭 어떻게 주준영이 넘어뜨릴 작전은 세웠냐?
수 경 (머릴 만지며, 거울만 보며) 잔머리 안 쓰고, 진정성으로 디밀어볼라고요.
현 섭 진정성보다 돈 디미는 게 날 건데.
수 경 (어이없이 보고, 웃으며, 머릴 만지며) 부장님이나 인생 그렇게 사세요, 저는
그렇겐 안 살 테니까. 한 이불 속에서 수십 년 살 부비고 산 마누라하고 시간
이 가면 갈수록 깊은 정이 생기기보단 악랄한 복수심이 생기는, 냉혹한 현실
을 사는 부장님과 이제 막 새로운 인생을 설계하는 저와, 어떻게 얘기가 통하
겠습니까, 어떻게. (하고, 현섭의 가슴을 올려주며) 와, 씨컵은 되겠네.
현 섭 (짜증 나는, 수경을 패며) 손대지 마, 손대지 마, 손대지 마, 너 땜에 스트레스
받아, 더 처져, 자식아, 더 처져!

씬 7. 거리, 낮.

수경, 기분 좋게 노랠 부르며, 가다가, 구두를 바지에 쓱쓱 문지르고, 가는, 그
러다 이쁜 여자를 보고, 휘파람 휙 불고, 여자 돌아보면 아무 일 없는 듯 다시
앞을 보며 걸어가는,

씬8. 거리 + 버스안, 낮.

달리는 버스 안에서, 민숙과 동하 뒷좌석에 앉아 있고, 사람들 몇몇 타고 앉아 있거나, 서 있는 상황이다. 지오와 몇몇 버스 밖에서, 촬영 준비를 하는 상황이다.

민 숙 (좌석에 앉아, 동하에게, 진지하게 연기 지도를 하는, 안경 쓴) 너 저번에 나 볼 때 너무 얼드라. 이번엔 내가 등 돌리고 있는 거니까, 니 애인 안 듯 안어. 통 얘기 안 통하는 엄마 안 듯 비죽이 오지 말고. 이번 작품에선 떠야지. 나야 밑져야 본전이래도 너한테 큰 거잖아.

동 하 (웃으며) 네.

민 숙 웃지 말고. 왜 말만 하면 실없이 웃어. (하고, 와이셔츠 단추 껴주며) 너무 벗지 마, 천하다. (머리, 만져주다, 미용에게) 애기야, 애 머리 좀 더 만져줘. 메이컵도 손봐주고.

* 점프컷 1 》
지오, 촬영감독에게,

지 오 형, 오민숙 선생님 쪽 먼저 치고, 동하 쪽 치자,

촬 영 (주변 스태프에게) 좁은 버스 안에서 그림 만들기 쉽지 않은데..

지 오 (웃으며) 왜 그래, 잘하면서,

지 오 자자, 그럼 가자, 가. (하고, 차로 올라가는)

* 점프컷, 버스 밖 + 안 》
스태프들, 밖에서 차를 흔드는 게 보이고, 민숙의 어깨에 동하가 손을 올리면, 민숙, 동하를 보고, 동하, 민숙을 보는,

지 오 (진지한) 컷, 선생님, 죄송합니다, 한 번 더 갑니다, 동하야, 잘했는데, 너무 경직됐어! 선생님 눈빛만 산다, 너도 살아야지. 한 번 더 가자!

조명감독 (버스 쪽에 대고) 막내야, 오른쪽으로 반걸음만 더 가, 선생님 얼굴에 그림자 진다!

■ 점프컷 2 〉〉 거리, 낮.
지오, 트럭에 타고, 버스가 오는, 지오 무전기로 버스의 스태프와 말하는,

지 오　속도 줄이세요, 우리가 달린다, 우리가!

　■ 점프컷 3 〉〉 버스 안, 낮.
진행, 무전기로 '네' 하고, 기사에게 말하는, '속도 늦춰요, 렉카는 속도 높이고 있죠?!'

　■ 점프컷 4 〉〉
지오, 모니터를 보며, 버스를 보면서, 진지하게, '컷!' 하는,

지 오　(무전기로 진행에게 말하는) 정일우 선생님 쪽 어떻게 됐냐?
진 행　(E) 잠실에 도착하셨습니다.
지 오　오케이, 그럼 잠실로 이동!

씬 9. 카페 안, 밤.

준영, 책을 읽다가, 시계를 보면, 7시가 넘어가는,

씬 10. 피자집 안, 밤.

수경, 음식을 시켜놓고, 물을 마시다, 준영이 늦는 게 화가 나, 한숨 쉬다가, 냅킨을 펼치고, 음식을 마구 먹는, 문소리 나면, 준영인 줄 알고 째려보다, 준영이 아닌 걸 확인하고, 포크 내려놓고, 입가 닦고, 짜증 나는, 전화기 빼 들고 번호를 누르다가, 다시 주머니에 넣고 초조한 물 마시는,

씬 11. 준기 병원 안, 밤.

준기, 에스컬레이터를 땀을 흘리며, 옷을 입으며 죽자 사자 뛰어 내려가는,

씬 12. 카페 밖, 밤.

준영, 이층 계단을 내려와 밖으로 나가는,
준영이 나가자마자, 길 건너에서 준기, 카페 쪽으로 뛰어오는,

씬 13. 길거리 + 카페 안, 밤.

준영, 뛰어가며 전화를 받는,

준 영 이해해. 수술하다 봄 그럴 수도 있지 뭐. 괜찮아. (하고, 사람하고 부딪히면) 죄송합니다. (가며, 말하는) 화난 거 아냐, 내가 약속이,

준 기 (F) 수술이 내가 생각했던 것보다 좀 어려웠어.

준 영 (걸어가며) 이해한다고, 근데 다시 못 가. 약속 있다 그랬잖아. (하고, 카페로 들어가는)

수 경 (화가 나, 준영을 빤히 보고 있는)

준 영 (수경을 보며, 입으로, 작게) 미안... (전화에 대고) 준기씨, 우리 담에 만나자, 어?

수 경 (그런 준영을 보며, 음료를 마시는)

준 영 지금이 몇 신데, 밤에 또 만나?.. 그러지 말고, 내가 전화할게. (머리 쓸어 올리며) 그래, 늦어도 전화할게, 어. (하고, 한숨 쉬고, 수경에게) 먼저 먹었네, 잘했다. (종업원에게) 여기, 오렌지주스 한 잔 주세요!

수 경 (어이없는 쓴웃음 짓고, 주머니에서 지갑 꺼내, 돈을 세는)

준 영 왜 그래?

수 경 (돈을 세서, 빌지에 끼워두고, 준영 보며) 지금 몇 시?

준 영 (피곤한) 양수경, 미안.

수 경 미안 말고, 지금 몇 시?

준 영 (시계 보고, 수경 보며) 7시 23분.

수 경 너랑 나랑 5시에 보기로 했는데, 무려 두 시간 이십삼 분을... 너 내가 우습냐?

준 영 (가만 보는, 화가 나는, 참고, 달래듯) 내가 메시지 넣잖아. 내가 가라니까, 니가 기다린다고.. (멈추고, 애교 떨듯) 내가 술 살게, 화 풀자, 어? 어? 화 풀자, 수경언니, 어?

수 경	내가 언제 너한테 두 시간 이십삼 분을 기다린댔냐?
준 영	(그때, 종업원이 오렌지주스 주면) 고맙습니다. (하는데)
수 경	(일어나서 가는)
준 영	(주스잔 내려놓으며) 야, 양수경.
수 경	(그냥 가는)
준 영	(수경 화나고 어이없이 보다, 제 돈을 꺼내서 빌지에 넣고, 수경이 놓은 돈을 가지고 나가는)

씬 14. 카페 앞 거리, 밤.

수경, 가는데, 준영, 걸어와 주머니에 돈 넣어주고, 그냥 걸어가는, 화가 난,

준 영	(가며, 궁시렁) 아으, 쫌스런 새끼, 정말.

수경, 주머니의 돈을 보고, 화가 나, 앞에 가는 준영을 보며, 팔 잡아 돌려세우면, 준영, 팔을 돌려 빼는,

수 경	뭐, 쪼, 쪼, 쫌스런 새끼?
준 영	(화나는, 머리 쓸어 올리며, 참고) 내가 너한테 아무런 연락도 안 하고.. 두 시간을 늦었음 니가 지금처럼 행동하는 게 당연해. 근데 나는 너한테 미안하다, 오늘 못 본다 가라, 정확히 네 번 이상 문자를 했거든. 근데, 그때마다 너 괜찮은 척 웃음표 하트 그림 날려가며, 기다린댔지?
수 경	(화나는, 참고) 나는 니가 강준기 만나고 나 만나고 오늘 두 탕 치르는지 모르고 한 소리지? 너, 아까 강준기란 애랑 전화하며 나한테 온 거지?
준 영	(가만 보다, 어이없는 웃음 짓고) 양수경. 너랑 나랑 사귀어?
수 경	사귈라고 하는 중이지.
준 영	그지? 안 사귀지? 사귈라고 하는 중이지? 근데 그만둔다. 나, 너 피곤해서 못 사귀겠다. 사내새끼가 어으.. 진짜.. (하고, 가는데, 모든 게 다 귀찮고, 속 상한)
수 경	(가는 준영 보며, 큰 소리로) 너, 서라! 너, 와라! 너, 고만 멈춰라, 어?!
준 영	(가며, 고개 저으며, 답답한) 내가 미쳤지, 저런 걸 만나겠다고.. 내가 궁해도

차라리 혼자 늙어 죽고 말지,

씬 15. 지하철, 계단, 밤.

수경, 화가 나, 빠르게, 지하철 내려오다가, 아예, 지하철 손잡이를 타고, 주르륵 내려가는, 그러다, 다시 작심하고, 지하철 계단을 뛰어 올라가는,

씬 16. 준영의 집, 길가, 밤.

수경, 택시에서 내려, 준영의 집 쪽으로 뛰어가다가, 순간 멈춰 서는, 돌아보면, 준영의 집 앞 난간에 준기와 준영(집에서 옷을 갈아입은)이 얘기를 하고 있는, 수경, 어이없게 웃으며 혼잣말 '고샐 못 참고, 이게' 하다, 작심하고, 성큼성큼 걸어가, 준영의 옆에 앉으며,

수 경　(앞만 보며, 준기 무시하듯 안 보고) 얘기 언제 끝나?

준 영　(준기 말을 심각하게 듣다가, 조금 놀라, 수경을 보는)

준 기　?

수 경　(앞만 보며) 말해, 얘기 언제 끝나. 좀 더 길게 얘기할 거면, 니네 집 키 번호 알려줘 들어가 있을게. 아님, (준영 보며) 나, 그냥 집에 갈까? 어떻게 해? 말해? 니가 하잔 대로 할게.

준 영　(답답한, 한숨 쉬고) 이 건물 돌아가면 공원 또 있거든, 거기 가 있,

수 경　(말 끝나기 전에 일어나 가는)

준 기　(수경 보다가, 준영 보며) 우리.. 어디까지 얘기했지?

준 영　(답답한, 김깃 편하게) 준기씨가, 지오신배랑 끝났음 나시 시삭해보자고 했고, 나는 우린 다시 시작해도 오늘처럼 본의 아니게 서롤 실망시킬 거다, 거기까지 했어.

준 기　오늘은 사정이 있었잖아.

준 영　알아. 그런데 입장을 바꿔서, 내가 촬영 나가면.. (준기 보며, 편하게 웃으며) 준기씬 못 참아. 자긴 늘 나한테 내는 시간 어렵게 내는 거잖아. 내 입장에서 보면 나도 그렇고. 그러다보니까, 서로 만날 시간이 안 맞음 짜증이 나고, 화가 나고... (괜히 발로 땅을 차며, 편안하게) 우리 같은 이기적인 직업을 가진

인간들한텐.. 서로한테 아주 헌신적인 상대가 필요해. (농담스레) 우리 상대들이 들음 정말 재수 없겠지만. (준기 보며, 편안하게) 안 그래?

준 기   (가만 보는, 그러다 생각하는) ... 친구로는 ... 어때?

준 영   전에 싫다며?

준 기   (서글프게 웃으며) 이젠... 될 거.. 같애.

준 영   (웃고) .. 가. (턱으로 건물 뒤쪽 가리키며) 쟤 삐친다.

준 기   (맘 아픈, 애써 농담조로) 준영아, 근데 누굴 만날 거면, 전에 봤던 정지오씨랑.. 만나라. (편안하게, 웃으며) 아까 그 친군 좀 아니다.

준 영   (웃으며) 친구야, 동료! 남자만 보면 찍어 붙이고 있어.

준 기   (준영, 등 토닥토닥 쳐주며, 서글픈, 그러다 일어나 가는)

준 영   (가는 준기를 보며) 전화할게.

준 기   (서글프게 웃고, 돌아보며) 그래, 친구야!

준 영   (맘 짠하게 보다가, 일어나 건물 뒤쪽으로 가는)

씬 17. 건물 뒤, 공원, 밤.

준영, 몸을 웅크리고, 걸어와 주변을 보면, 수경이 없는, 준영, 그럼 그렇지 하는 표정으로 작게 웃고 한숨 짓고, 돌아서서 가는,

씬 18. 거리, 밤.

고장 난 자동차에, 일우와 민숙이 타고 있는, 렉카 차에 견인되는 장면을 찍고 있는, 촬영 렉카에 탄 스태프들, 지휘봉으로 길 가는 차들에게, '이쪽 보지 마시고, 달리세요!' 하며 주변 정리를 하는,

지 오   (모니터 보며) 숏 들어갑니다.

조 명   조용, 조용, 조용!

촬 영   (카메라로 민숙을 잡는)

지 오   (모니터 보며, 작게, 진지하고 따뜻하게, 자신의 부모를 보는 듯) 하나, 둘.. 큐... (지문 읽어주는 듯) 선생님, 라디오 켜세요, (일우, 동작하는) 뽕짝이 나오고, 다시, 다른 데로 채널을 돌리면,

민 숙 듣기 좋은데, 놔둬.

일 우 (어색하게 웃으며) 유행가 유치해 싫다매?

민 숙 (착잡한) 인생 별거 있어, 다 유치뽕짝이지.

지 오 (작게, 짠하게 웃는)

＊**점프컷 1, 차 안**〉〉

일우, 웃고, '날이 춥다, 이리 와봐' 하며, 민숙을 안는,

일 우 (민숙의 옷을 여며주며, 농담처럼) 그놈이 생기긴 잘생겼드라. 뺀질뺀질한 게.

민 숙 으이.. (하며, 일우를 치고)

일 우 (웃으며, 민숙 안고) 날이 춥네, 정말.

＊**점프컷 2**〉〉

지 오 (모니터 보며, 맘이 따뜻해지는, 눈가 붉어져, 가만 보다가, 작게) 음악 흘러 나오고 있습니다. 삼 초만 더 있겠습니다. 하나.. 둘.. 셋.. 수고하셨습니다!

스태프들, 지오와 동시에 박수 치며, 서로서로에게 '수고하셨습니다!' 하고 인사하는,

＊**점프컷 3, 차 안**〉〉

일 우 (민숙에게) 고생했다.

민 숙 정선생님이 좋았어, (지오에게) 재미없는 늙은이들 사랑 얘기 찍느라 고생했어. (조명, 촬영 감독 쪽 보며, 눈인사하고)

조 명 (웃고) 고생하셨어요,

지 오 (무전기에 대고 말하는, 진지하고, 고마운) 제가 두 분 선생님께 많이 고마워하는 거 아시죠?

민 숙 (보면)

일 우 (웃으며, 지오에게) 이 여잔 청찬을 잘 못 들어, 수고했어.

지 오 (멋쩍게 웃으며, 스태프에게) 우리 이러고 시내 한 바퀴 돌자! (민숙, 일우에게) 오선생님, 정선생님 그래도 되죠?! 안 돼도 갑니다. (스태프에게) 시내 한 바퀴!

스 탭 (웃으며) 예썰! (하고, 운전자에게) 시내 한 바퀴!

민 숙 어지럽게 무슨 시낼 돌아, 추워, 집에 가 눕고 싶구만, 얘, 차 세워.

일 우 (창가를 보고, 편안하게 웃으며, 말꼬리 자르며) 낭만적인데 뭐... (작게 서글픈 웃음 짓고) 민숙아, 아무래도 마누라가 오래 못 버틸 거 같다.

민 숙 (일우를 걱정스레 보는)

일 우 (맘 아픈, 눈가 붉어, 작게 혼잣말) 좀 전에 찍은 씬처럼, 마누라가 한 번 더 정신 들어서, 너처럼 다정하게 날 보고 웃음 좋겠는데, (웃고) 이거 센치지?

민 숙 (맘 아퍼, 외면하는)

지 오 (두 사람 보다가, 하늘을 보면, 별이 무수한, N) 나는 드라마가 이래서 좋다. 내가 모르는, 내가 외면했던, 내가 무관심했던 숱한 사람들의 삶까지 엿볼 수 있으니, 말이다. 아버지와 엄마가 생각난다. 준영의 어머니조차도.

씬 19. 규호의 촬영장(마지막 촬영), 밤.

규호, 모니터를 보고 있는, 촬영감독, 크레인에 올라가, 바닷가로 걸어 들어가는 해진(눈가 그렁해, 자살하는 느낌)을 찍는.

규 호 (눈가 그렁해, 모니터를 보는)

스크립터 (손수건으로 코를 닦고, 규호 귀에 대고, 작게 웃으며) 드디어 대망의 6개월 촬영이 끝나가네요..

규 호 (가만 보다가) 오케이.. 컷!

스태프들, 박수 치고, '와와!', 하며 휘파람 날리고, 폭죽을 쏘고 소리치는,

▪ 점프컷 1 〉〉
차문 열려진, 카 오디오에서 신나는 노랫소리가 흘러나오고, 몇몇은 술을 마시며, 그 음악에 맞춰 신나게 춤을 추는,
민희, 배우, 스태프에게 '고생하셨습니다' 하며 술을 따라주고 있고, 삼겹살

파티를 하는, 서로 술잔을 부딪히며, '다들 수고했다, 고생 많았다' 등등 인사를 하고, 담번에도 같이 일할 수 있으면 좋겠는데.. 등등의 말을 하는, 민희, 좋아라 웃으며 나름 혼자 춤추는,

* 점프컷 2 〉〉
해진의 차 앞, 해진, 눈가 그렁해 서 있고, 창주, 난감하게 서 있고, 규호, 맥주병을 손으로 비틀어 따며(마시지 않고) 창주를 빤히 보고 어이없이 웃으며,

규 호 (창주에게) 전화해.

창 주 (난감한, 정중하게 보며) 죄송합니다, 감독님 이러지 마십시오.

규 호 (어이없이 웃으며) 뭘 이러지 마, 내가 뭘 했는데.. 긴말 말고, 니네 사장한테 전화하라고.

창 주 회사에서 난립니다, 해진이랑, 만나지 마십,

규 호 (듣기 싫은, 핸드폰에서 번호를 찾아서, 전화를 하는) 입 닫어, 입 닫어. (신호음 가면, 맥주병, 차 위에 놓고, 다른 데로 걸어가는)

윤 영 (F) 웬일이야, 손감독님이.

규 호 (웃으며, 반대 방향으로 걸어가며) 식사는 하셨고요?.. 그런가? 하긴 드셨겠네. 시간이... 네, 오늘 완전 쫑 냈습니다. (하고, 웃고) 저 다른 일이 아니고, (멈추고, 담백하게) 나, 장해진이 오 일만 빌려줘요.

* 화면 분할, 윤영의 사무실 안 〉〉

윤 영 (서류를 보다가, 창가로 몸을 틀며, 착잡한 웃음 띤) 나중에 어쩔려 그래?

규 호 (차잠한, 짐짓 담백히게) 나중이.. 어딨어.. 그냥 딱 오 일만.. 빌려주라.

윤 영 (어이없는, 짐짓 편안하게 웃으며) 무슨.. 뜻? 나중은 없고, 짐짝도 아니고, 빌려달라는 건 대체 무슨 뜻인 건데?

규 호 (화나는 맘 참고) 회사 차원에서 장해진이한테 돈 많이 들인 거 알아요, 나도.

윤 영 (담담히) 돈 얘긴 내가 손감독하고 할 얘기가 아닌 거 같은데?

규 호 (맘 아프지만, 짐짓 편하게) 그런가요. 그럼 무슨 얘길 해야 되지... 나도.. 애아니고... 알다시피 울 아버지도 계시고.. 뭐, 그런 얘길 해야 되나...

윤 영 (편안하게, 한쪽에 놔둔, 술을 조금 마시고, 담담하게) 다른 사람은 몰라도 손

감독은 이런 일 안 만들 줄 알았는데.

규 호 (쓴웃음 짓고) 나도 이러고 싶지 않았죠..

윤 영 남자들 왜 그래, 정말?

규 호 김국장님 생각해서 나 한 번만 봐주라, 누나.

윤 영 먹살잡이보다 더하다? 누나는 무슨.

규 호 (속상한) ..

윤 영 오 일 줄게. 이후에 또 이런 일 있음, 그땐 정말 나랑 신랄하게 얼굴 붉혀가며 돈 얘기 해야 할 거야.

규 호 (맘 아픈) 고맙다고 안 할,

윤 영 (말꼬리 끊으며) 쉿. (하고, 전화 끊는, 사라지는)

규 호 (전화기 끄고, 해진에게로 가서, 해진의 손잡아 끌고 가며, '감독님, 감독님' 하는 창주에게 말하는) 니네 윤사장님하고 전화했다, 그러니까, 이제 창주 넌 좀 가라, 자식아, 가! (하고, 해진을 제 차에 태우고, 운전해 가는)

창 주 (답답하게, 가는 규호의 차를 보는)

씬 20. 달리는 규호의 차, 밤, F. O.

씬 21. 방송국 로비, 낮.

지오, 서우, 방송국 쪽에서 얘기하며 나오는, 지오, '오늘 줄줄이 미팅 잡아놨어요, 아무래도 남잔 신인으로 가야 할 거 같아', 서우, '신인도 나쁘지 않아, 몇 명이나 봐야 돼', 지오, '일곱 명, 30분 간격으로 근처로 싹 다 몰았어요' 등등 말하는데, 서우, 갑자기 뒤돌며,

서 우 주준영, 김작가 만났어?

준 영 (방송국 쪽으로 가다 돌아보는) ?

지오, 서우와 서 있는,

지 오 (서우에게) 먼저 식당 가서 시키고 있을게. (하고, 가려는데)

서 우 (지오의 팔을 잡으며, 준영에게 말을 거는) 안 만났어?

준 영　(지오를 속상하게 보고, 서우에게) 딴 작품 들어갔대요.

서 우　오영인은?

준 영　소속사 기획안 쓴대요.

지 오　(서우 귀에 대고) 나 좀 가자.

서 우　(못 들은 척, 여전히 팔 잡고) 우리 낼모레 빈탄에 기획회의 가, 자기 같이 가
　　　　서 머리 식히고 오자. 티켓만 끊음, 내 방 같이 쓰면 되잖아.

지 오　(놀라) 일하는데, 무슨.. 괜히 쓸데없이.. 우리가 놀러 가.. 일하러 가는.. 아,
　　　　(잡힌 팔을 빼려고, 흔들며) 이것 좀 놓고,

준 영　(지오를 맘에 안 들게 보는)

서 우　(준영만 보며) 같이 가자.

지 오　(난감한) 왜 그래, 정말?!

준 영　(지오를 서운하게 보다, 서우에게) 안 갈래요.

지 오　(준영 보면) ?

준 영　(지오를 보며) 안, 간, 다, 고. 그러니까, 겁먹지 말라고.

지 오　누가 겁을 먹,

준 영　이작가님 또 봐요. (그냥 가는)

그때, 민철, 지오 쪽으로 오다, 준영과 부딪히며,

민 철　너 단막 들어가냐?

준 영　(가며) 들어가라며요! 짜증 나게, 맨날 미닌 안 주고.

민 철　(가는 준영 보며) 쟤 너 때문이지.

지 오　(가는 준영을 보고, 기분이 안 좋은) 뭐가 나 땜에야, 라인업 때문이지. (하고,
　　　　가는)

서 우　(가는 준영과 가는 지오를 번갈아 보며, 재밌다는 듯 웃으며, 수첩에 적는) 내
　　　　가 너희들의 이 꼴불견 상황을 낱낱이 드라마에 써주마.

민 철　(서우의 머릴 감싸 안고, 끌고 가며) 에라이, 이 인간아, 그렇게 먹고살고 싶니?

씬 22. 엘리베이터 안 + 밖, 낮.

　　　　수경, 준영 나란히 서서 가는, 둘 다 말 없는,

준 영   …

수 경   …

준 영   (앞만 보며, 불쑥) 언제까지 말 안 하고 그럴 건데? 벌써 5일쨌 거 아냐?

수 경   (번호판만 보는) 알지.

준 영   (어이없이 웃으며, 보며) 어, 알어. 아는구나.

수 경   ..

준 영   너 이제 나랑 말 안 할 거니?

수 경   (보며) 그럴라고.

준 영   (웃으며) 누가 아쉽냐.

엘리베이터 서고, 준영, 내리면,

수 경   (화나, 작심하고 나가서) 저 싸가지.. 정말.. (하고, 나가, 준영의 손을 잡고,
비상구 쪽으로 가며) 너 이리 와.

그때, 현섭, 드라마국 쪽에서 나오다, 그런 두 사람 보며,

현 섭   니들 왜 손을 잡고 다니냐?

기자(앞 부에 나왔던), '소문만이 아니든데' 하며 사진을 펼쳐 들이밀면,
현섭, '(짜증) 뭔데' 하고 놀라 사진 보는,
사진 인서트, 소유, 윤영의 어깨에 팔을 두르고, 볼에 입을 맞추며 웃는 사진
이다(과거에 있었던), 현섭, 놀라 기자를 보고,

씬 23. 비상구 계단, 낮.

수경, 준영을 끌고 와 계단 일각으로 내려가는,

준 영   (끌려가며, 손목이 아픈) 아, 아, 아!

수 경   (화나, 씩씩대고, 준영을 한쪽으로 밀치며, 보는) 너는...

준 영   (손목을 이리저리 돌리며, 어이없이 보며) 너는 뭐? 너 말 끊지 말고, 할 말

다 해. 여기까지 나 끌고 와서 너 또 그냥 가면 그땐 진짜 가만 안 있어. 뭐가 불만이야, 자식아, 너! 내가 너한테 뭘 그렇게 잘못했어?!

수 경 (어이없는, 준영 빤히 보며, 화나 괜히 숨을 몰아쉬는)

준 영 웃기고 있어, 이게. (하고, 머리 쓸어 올리면)

수 경 뭐, 웃겨?

준 영 (꼬나보며) 그럼 웃기지, 슬프냐? 나 너랑 말장난할 기분 아니다. 할 말 없음가, 말꼬리 잡고 늘어지고, 괜히 푹푹 한숨 쉬고, 재수 없이 사람 신경 쓰게 하지 말고, 어? 가는 나 한 번만 더 잡어? (하고, 가는데)

수 경 (버럭) 나는 진지했거덩?!

준 영 (멈춰 서, 돌아보면, 어이없게 보는)

수 경 (돌아서서, 벽에 등을 기대고, 속상한) 너는 내가.. (어이없는 웃음 짓다가, 잠시 숨 고르고, 진지하게) 대가리가 든 거 없는 무뇌아 같지? 근데 나도.. 상처 받는다. (얼굴 부비고) 아, 쪽팔려, 진짜. 남자로 태어나 나랏일도 아니고, 이런 일로 아으..

준 영 (수경의 진심이 느껴지는) ?

수 경 (준영 보며, 속상해, 소리치는) 내가 정말 간만에 여자 맘에 들어서, 한번 사귈라고 하는데, 너는 이 자식 저 자식 찝적대고.. 니가 지금 내 입장 돼봐봐, 열 안 받겠나? 내가 너 좋다고 한 게 4개월 전이야! 근데, 너는 뭐야?! 너 내 말 안 믿었지?

준 영 (수경이 애 같은, 한숨 쉬고, 그렇게 무겁지 않은) 아으.. (하며, 벽에 기대, 수경 보는) ...

수 경 말해봐봐, 넌 그냥 내가 막말로 너 껄떡대는 정도로밖엔 신경 안 쓰잖아! 그러니까, 그날 내가 그냥 말도 않고 집에 갔는데도 전화 안 한 거 아냐?!

준 영 (어이없어, 작게 웃는, 수경이 귀여운) 전화 인 해시 그렇게 화난 거냐?

수 경 재밌냐?

준 영 (어이없이 웃으며) 귀엽다. 왜?

수 경 (속상해 웃으며) 내가 나가 죽어야지, 기집애한테 귀엽단 소리나 듣고..(얼굴 마구 부비며) 아, 쪽팔려, 진짜.

준 영 (맘 가라앉는, 가만 보다, 밝게) 오늘 춤추러 가자.

수 경 (가만 보다, 불쑥) 내가 아는 클럽 아님 싫어.

준 영 일곱 시에 가자. (하고, 나가는)

수 경 아홉 시.

준 영 (문 열고, 보며) 그래, 아홉 시.

수 경 (삐기듯) 왜냐면, 내가 한 네 시쯤에 여자랑.. 약속도 있고, 작품 하느라 이것 저것 처리 못한 일도 산더미,

준 영 (귀찮은) 그래, 아홉 시. (하고, 가며) 참 말 많아.

수 경 (좋은, 웃고, 나가려 하는데)

그런 수경의 얼굴 위로,

민 희 좋겠습니다, 누군.

수 경 (놀라, 문에 몸을 부딪히고, 소리 난 쪽 보면 민희 보이는) 야, 너 뭐야?

민 희 (계단에 앉아, 영수증을 붙이며, 무심하게) 축하드립니다. 드디어, 껀술 하나 제대로 올리셨습니다.

수 경 (웃고, 거드름 피듯 내려와 옆에 앉으며, 옆에 놓인, 과자를 집어먹으며) 너 이거 혼자 먹을라고, 여기서 일하지? 똥 싸는 폼으로, 참 일도 궁상맞게 하지. 10원짜리 하나라도 경비 칼같이 맞춰, 나중에 감사실 불려 가지 말고.

민 희 (일하며, 아무렇지 않게) 제가 양언니 좋아했, 었, 었, 던 거 아십니까?

수 경 (과자 먹으며, 민희 보며) 뭐?

민 희 (보며) 놀라시긴, 전 대부분의 남잘 좋아합니다. 그리고, 시들해지면 지금처럼 말하죠. 좋아했, 었, 었다고.

수 경 (어이없는) 좋아하는 그땐 말 안 하고, 지나면 말하는 저의가 뭔데?

민 희 (영수증 붙이며, 과자 먹으며) 마지막 남은 감정의 찌꺼길 (살짝 침 뱉듯) 퉤 (하며) 뱉는 심정인 거죠.

수 경 마지막 남은 감정의 찌꺼기가 아니라, 초 치는 심정인 거겠지. 아으, 이 사차 원. (하고, 가는)

민 희 (영수증 붙이며, 눈물이 뚝 흐르는, 손등으로 담담히 닦아내고, 과자 먹고, 일 하는)

씬 24. 몽타주, 낮.

1, 산사, 낮.

여러 명의 사람들과 규호, 해진, 스님과 함께 마당을 쓰는, 스님, 마당을 쓸며, 간혹 말을 하는 사람들에게 '묵언입니다' 하는, 말하던 사람들, 멈추고, 비질만 하는.

2, 산타마리오.
지오, 민철, 서우 배우들과 얘기하는,

3, 절 방, 낮.
규호, 해진, 사람들과 섞여, 바루 공양을 하는, 해진, 먹다가, 규호를 보면, 규호, 진지하게 제 할 일에 몰두하는,

4, 준영, 사무실에서 대본들을 챙겨 보는,

5, 수경, 지하철 계단을 노랠 부르며, 기분 좋게, 내려가는,

6, 산사, 낮.
사람들, 모두 옷을 갈아입고, 스님과 인사를 나누는, 해진, 그 사람들 속에 섞여서, 눈가 그렁해, 인사를 나누는,

▪ 점프컷 1, 절 주차장, 낮 ≫
규호, 차 앞에 기대서 있는,
그때, 해진, 눈가 그렁해 내려오면,

규 호 (작게 서글프게 해진을 보고, 웃는) 스님하고 그동안 징들었나? 인사가 길나.
해 진 (규호 옆에 와, 차에 기대서며, 울지 않으려 하지만, 자꾸 눈물이 나는, 규호랑 헤어질 걸 이미 아는 상태로)
규 호 (목을 흠흠 가다듬으며, 짐짓 아무렇지 않은 듯) 아, 5일 묵언했더니, 머린 맑은데, 목이 막 갈라진다. 흠..
해 진 (규호에게 안 보이려 몸 틀고, 훌쩍이는)
규 호 (맘 아픈, 어렵게 말 꺼내는) 이제.. 서울 가야지. 너는 어려서.. 잘 모르겠지만, 살다보면 남자 여자가 만나다 헤어지는 이런 일쯤은.. 아무것도 아니다.

해 진 ...

규 호 (전화 오면, 받고) 왔어? 그래, 입구에서 좀 기다려. (하고, 전화 끊고, 해진
보는데, 눈가 붉은, 맘 아프지만, 애써 웃으며) 좋은 배우.. 돼라.

해 진 (눈물 닦으며, 고개 끄덕이는)

규 호 (맘 아픈, 어렵게 말하는) 기왕 시작한 일 톱 돼야지. 연기 공부 놓치지 말고
하고.. 지금 얼굴 좋으니까 나중에도 얼굴 뜯어고치지 말고..

해 진 (울음이 멈추지 않는) 감독님도 작품 잘하.. 고.

규 호 잘하고가 아니라, 잘하시고 임마.

해 진 잘하시고요.

규 호 걱정 마라, 나는 못할라고 애를 써도.. 잘할 수밖에 없게 태어났어.

해 진 (눈물 닦는)

규 호 나중에 방송국에서 보면.. 웃으면서 서로 잘 지냈냐, 어떠냐, 안부도 묻고.. 그
렇게 지내자. 싸우고 끝내는 것도 아닌데, 쌩하니 고개 돌리고 그러지 말자고.
유치하게.

해 진 (안 보고, 눈물 닦으며) 자기가 그럴 거면서.

규 호 (맘 아픈, 해진의 머리 넘겨주고) 여기다 핀 꼽음 이쁘겠다.

해 진 (눈물 닦는, 맘 아프게, 규호 손 탁 치고) 손대지 마.

규 호 (맘 아픈) 창주, 절 초입에 있다. 난 여기서 간다. (하고, 운전석에 앉는데, 눈
물 그렁한, 이 앙다물고, 가는)

해 진 (두 손으로 얼굴 가리고, 울고)

규 호 (가는)

▪ 점프컷 2 >>
창주, 차 밖에서 서 있으면, 규호, 차 몰고 와서, 차창으로 고개 디밀고, 맘 아
프지만, 짐짓 담담하게,

규 호 (맘 아픈, 큰 소리로, 울고 싶은 것 참고) 야, 창주야, 올라가라!

창 주 네. (하고, 차문 열려 하면)

규 호 창주야, 장해진 좋은 배우다, 함부로 막 굴리지 마라, 안 그럼 너 죽는다!

창 주 (맘 아픈) 잘 키우겠습니다, 감독님.

규 호 그래. (울지 않으려 이 앙다물고, 그냥 가며, 음악을 크게 트는)

창 주   (차 몰고 가는)

씬 25. 달리는 규호의 차 안, 낮.

규호, 눈가 그렁해 가다가, 스피커폰으로 전화를 하는,

지 오   (F) 이게 이제 뻑함 전화질이네, 왜 자식아!
규 호   (큰 소리로, 참고) 다짜고짜 자식은.. 자식이, 아으.. 쌍, 야, 나 장해진이랑 헤
          어졌다. 쌍!

씬 26. 카페 안(좁은 골목에 있는), 낮.

서우, 민철, 다른 배우 미팅을 하고 있고, 지오, 죄송하단 눈인사하며 자리에
서 일어나, 카페 밖으로 나가며, 전화를 받는,

지 오   (안쓰런)
규 호   (F, 화난) 지대, 왕짱, .. 아으.. 정말.. 콱,
지 오   (답답한, 그러나 큰 소리로) 뭐라고, 할 말이 없다. 그냥 견뎌.

   • 화면 분할 〉〉

규 호   새끼.. 정말.. 너 그따위로밖에 정말 말 못하냐?! 아으 쌍.. 그냥 이걸.
지 오   (안쓰런 웃음 짓고, 짐짓 농담처럼) 아, 그 새끼 정말. 얌마, 너만 헤어졌어,
          나도 주준영이랑 헤어졌어. 시내지식이 헤이짐 헤어진 거지.. (불쑥) 우냐?..
규 호   ....
지 오   (안쓰럽지만, 짐짓 아무렇지 않게) 야, 손규호.. 야, 야.. 너 울면 나 전화 확
          끊는다. 짜증 나게, 자식이.
규 호   (울지 않으려 하며) 언제 술 먹자.
지 오   오냐, 형이 살게.
규 호   돈도 없는 게.. 내가 사, 새끼야.
지 오   아.. 자식.. 그래, 그래, 니가 사, 새끼야. 속도 100 넘지 말고. 끊어. (하고, 끊

고, 카페로 들어가려다, 건너편 길 쪽을 보는)

규 호 (울지 않으려 심호흡을 크게 하며, 가는, 화면 사라지는)

준영, 건너편 길 쪽에서 택시를 잡기 위해, '택시, 택시' 하는,

지 오 (준영을 보고, 그냥 들어가려다가, 작심하고, 준영 보며, 짐짓 편하게) 어디 가냐?

준 영 택시! (하다가, 택시 놓치고 소리 난 쪽 보는)

지 오 (짐짓 편하게) 왜 그쪽에서 택실 잡어!

준 영 (어이없단 듯 작게 웃는(?))

지 오 (괜히 웃음 띠고, 짐짓 편하게) 집에 안 가? 어디 다른 데 가?

준 영 ...

지 오 얌마, 선배가 물음 대답을 해야지, 왜 빤히 쳐다봐.

준 영 (어이가 없고, 속상하고, 작게 웃으며) 놀라서.

지 오 ?

준 영 내가 어딜 가든 무슨 상관인데, 그렇게 내 일거수일투족이 궁금한데, 왜 헤어졌어? 그냥, 옆에 붙어 있지. (하고, '택시!' 하고, 오면 타고 가는)

지 오 (서운하고, 어이없게 작게 웃고, 카페의 앉았던 자리로 들어가며) 말 참 이쁘게 한다.

씬 27. 달리는, 택시 안, 낮.

준영, 맘 아프고, 속상한,

씬 28. 거리 홍대 앞, 낮.

민숙, 수진, 귀고리 같은 걸 보고 있고, 수경, 이것저것 수진의 귀에 대주며, '선생님, 이거 해봐라, 이거' 하고, 그러다, 귀고리 보는 민숙을 치고, 민숙, 휘청하지만, 수경, 아랑곳없고, 수경과 수진 서로 귀고리를 해주며, 신이 난, 민숙, 서운하고, 속상한, 그때, 젊은이들, '와, 오민숙, 박수진 선생님이다' 하며 달려와, 민숙에겐 인사만 하고, 수진에게 핸드폰으로 사진 찍자, 사인해달라,

난리가 난, 그 바람에 민숙, 밀리고, 그중 두어 명만 민숙에게 사인을 해달라고 하고, 대조적인 수진과 민숙의 모습, 수경, 수진 옆에서 수진만 케어를 하며 '줄을 서라, 선생님 다치신다' 하며 말을 거드는,

씬 29. 저럼한 젊은이들 일본 오뎅집, 밤.

수경, 수진 서로 음식을 먹고, 수경, 정종을 계속 마시고, 애기하는,

수 경 내가 막 들이댐, 주준영이 싫어하지 않을까?

수 진 너는 왜 내 말을 그렇게 못 알아들어, 지금 애기의 포인트는 들이대는 게 중요한 게 아니라, 들이댈 맘이 있느냐가 포인트야.

수 경 (먹으며, 웃으며) 부끄럽게.. 물론 나는 들이댈 맘이 있지, 선생님.

민 숙 (두 사람 애기에 짜증이 나, 오뎅을 먹으며, 간장을 푹 찍고, 갑자기) 아우, 짜짜, 소태네, 소태. (주인에게) 아줌마, 이거 왜 이렇게 짜?

수 경 아니 그 오뎅을 왜 간장에 푹 담궈 담그길, 그러니까 짜지.(민숙의 오뎅 든 손을 잡고, 간장에 살짝 찍는 시늉을 하며) 오뎅을 살짝, 이렇게 살짝 담가야지, 살짝. 이걸 (간장에 푹 담그며) 푹 이럼 당근 짜지.

민 숙 (버럭) 너는 왜, 우릴 이렇게 시끄런 데 데려와, 이딴 걸 늙은이들한테 먹으라고 난리야, 왜?!

수 진 (맛있게 먹다가, 먹는 거 놓는) 그지, 좀.. 음식이.. 우리 먹기는...

수 경 (민숙에게) 아, 정말 작품 끝나고, 이제 서로 언제 볼지도 모르는데, 좀 사이좋게 놀다 헤어지자. 나도 바쁜 시간 내서, 일부러,

민 숙 니가 무슨 일부러 시간을 내. 너 주준영 보러 가기 전까지 시간 때울 생각으로 우리 부른 거 네기 모를 줄 알이?

수 경 (웃으며) 알았구나. (하고, 술 마시고)

민 숙 (수진에게) 애 좀 보내, 좀.

수 진 그래, 가라, 너. 주준영 아홉 시에 만난다며, 지금 아홉 시야, 가.

수 경 싫어요, (먹으며) 그 기집애가 저번에 나 두 시간이나 바람 맞혔는데.. 내가 미쳤다고, 시간을 딱 맞춰서.. 삼십 분 후에 갈래. (수진에게) 아까 하던 애기 계속하자, 선생님. 그러니까, 주준영한테 어떡하라고? 근데 개가 내가 하고 싶은 대로 다 하면 날 안 싫어할까? 갠 남자 경험이 좀 있는 거 같든데.. 내가

막 배려 없이 함 날 너무 초짜로 볼 거 같아.

수 진 초짜로 보임 어때? 닳고 닳은 거처럼 보이는 것보단 낫지.

수 경 아이, 모르는 소리, 여잔 남자가 경험이 좀 많은 거 같아야, 기가 죽고, 따라오고 그래. 선생님 아는 척하드니, 남녀 관계 잘 모르지?

수 진 (웃으며) 야, 한 남자랑 수십 년 산 내가 남잘 모름.. 1년 살고 헤어진 이(민숙 가리키며) 언니가 알겠니? (하다, 웃음 멈추는)

수 경 (낄낄대고, 웃다가, 수진의 시선 따라서, 민숙을 보면)

민 숙 (둘을 째려보고 있는)

수 경 (민숙의 목에 팔 두르며, 능글맞게) 선생님. 사랑해. 눈 풀고.

수 진 그래, 그래, 그거, 그거다, 그렇게 자신 있게. 주준영한테도 그래. 멋지다, 야.

수 경 (팔을 풀며, 수진에게) 아.. 그게.. 내가 할머니들은 참 편하게 먹어주는데, 젊은 여자는 내가 좀.. 아... (술 따라, 마시는)

수 진 (잔 잡으며) 취해, 그만 먹어.

수 경 괜찮아. (하며, 마시는)

민 숙 (궁시렁, 작게) 연애질하는 것도 아니고.. 술을 마셔라 마라... 쩔고 까불고.. (하고, 오뎅을 먹는)

그때, 수진, 핸드폰 문자 오고, 문자 보는,

수 경 선생님, (수진에게, 먹을 거 주며) 이거 먹어봐, 이거.

수 진 (한 입 먹고, 걱정스런, 핸드폰 접고, 민숙에게) 언니, 나 집에 좀 가봐야겠다.

수 경 아이, 선생님 말하다 가면 어떡해?

수 진 남편이 집 나갔대.

민 숙 뭐?

수 진 갈게. (하고, 전화하며 나가며) 양기사 어딨어요?

민 숙 (걱정스레 가는 수진을 보며) 또 무슨 일이래?

수 경 에으.. 저 샘 남편 분도 어지간하다, 정말. (하며, 민숙의 어깨에 손 올리고) 그지, 선생님?

민 숙 이제 쟤가 가니까, 나냐? 친한 척하지 말고 손 내려.

수 경 선생님은 무슨 말씀을 그렇게 서운하게 해, 친한 척이라니, (크게) 내가 선생님 사랑하는 거 선생님 정말 몰라?

주변 사람 다 보고,

민 숙 (당황한) 너, 너, 지, 지금 뭔 소릴 해?

수 경 (민숙 이마에 입 맞추며) 집에 가 계세요, 내가 나중에 경과 보고할게. 사랑
해, 귀연 선생님.

민 숙 ?!

수 경 (하고, 술 먹고, 시계 보다) 이런.. 늦었다... 선생님 안녕. (하고, 가다, 조금
비틀하고, 넘어지고, 아무렇지 않게 일어나 그냥 가는)

민 숙 재는, 재는.. (하다가, 주변을 보며, 사람들 민숙을 보고 웃으며 아는 체하고
가고, 억지로 웃고, 먹던 거 먹는, 쓸쓸한, 오뎅 먹으며) 정말 간장을 안 찍으
니까, 간이 괜찮.. 네요.

씬 30. 클럽 안, 밤.

수경, 준영의 손을 이끌고, 홀로 나가며,

수 경 춤추자, 춤춰, 춤춰. (하고, 홀로 나가, 신나게 춤을 추는)

준 영 너 뭐야? 지금이 몇 시,

수 경 (웃으며, 춤추며) 30분밖에 안 늦었잖아! (준영의 손잡고) 이렇게, 이렇게 흔
들어야지, 흔들어봐, 어서, 어서!

준 영 너 술 마셨어? 무슨 술 냄새가,

수 경 (춤추며) 좀.

준 영 너 일부러 늦었지?

수 경 너는 내가 그 정도로밖에 안 보이냐? 나, 니 생각보다 훨 괜찮은 인간이다!

그때, DJ, 숫자를 세며, 카운트다운을 하는,
사람들, 누구는 판초를 뒤집어쓰거나, 누구는 신이 나 악을 쓰는, 수경도 신이
나 악을 쓰는데.

준 영 (무슨 영문인 줄 모르겠는) 야, 야, 왜들 저래?

수 경 (붕붕 뛰며) 야, 천장 봐, 천장!

준 영　뭐? (천장 보며) 천장!

그때, 천장의 분사대에서 물이 확 하고 나오는,
준영, 물벼락을 맞고, 수경, 깔깔대고 웃고, 수경의 쫄딱 젖은 모습에 준영도
어이없다가 웃는, 음악, 계속 나오고, 수경, 소리치며, 술 마시며 신나게 춤을
추며, 준영 보고 눈짓하며 춤추라 하고,

▪ 점프컷 1 〉〉
수경, 준영, 밝고 좋은, 같이 신나게 춤을 추는, 두 사람 모습 보이는,
DIS.

씬 31. 클럽 근처, 밤.

수경, 손으로 입을 막고, 마구 뛰어오고, 준영, 그 뒤에서 쫓아오며 소리치는,

준 영　야야야, 거긴 안 돼, (하고, 수경을 끌며) 이쪽으로, 이쪽으로! (돌아보며) 쫌만..

하는데, 그때, 수경, 준영의 옷 앞에 구토를 하는,

준 영　(화나, 수경의 등짝을 패며) 야, 야!

씬 32. 편의점 앞, 밤.

준영, 휴지랑 물을 사가지고 나와 뛰어가는,

씬 33. 버스정류장 앞, 밤.

수경, 벤치에 누워 있는, 준영, 휴지를 물에 적시며,

준 영　야, 양수경, 일어나, 어?
수 경　(누운, 자는)

준 영   일어나서 입 좀 닦어, 어?

수 경   (자는)

준 영   (뺨을 톡톡 치며) 야.. 야... (그러다 화나는) 너 집 어디야? 일어나서 니네 엄
        마한테 전화해서 오라 그러든가? 야, 야, 야! (그러다, 민희에게 전화를 하는,
        받지 않는, 끊고) 미치겠네. (수경 보며) 야, 나 진짜 간다.

수 경   (자는)

준 영   그지처럼 아무 데서나 잠이 오냐, 넌? 아으.. 니 맘대로 해라, 자든가, 말든
        가.. (가방 들고, 가다가, 도저히 안 되겠는, 다시 와서, 수경의 몸을 흔들며,
        울상) 야, 양수경, 양언니, 언니, 야, 미친놈아, 인나!

씬 34. 지오의 집 근처, 밤.

        지오, 계단을 뛰어 내려와 길가로 뛰어가는, 그때, 택시 지나쳐 가고,
        지오, 모르고 뛰어가는데, 준영, 차에서 내려 부르는,

준 영   나, 여깄어!

지 오   (뛰어가다가, 멈춰서, 돌아보는)

씬 35. 지오의 집 안, 밤.

        연희, 문을 열고, '무슨 일이야?' 하는, 지오, 수경을 업고 들어오며,

지 오   술 처먹고 그러는 거야, 별일 아냐.

연 희   (쥬영을 보고, 지금 당황하고, 어색한) 준영이도.. 왔네.

준 영   (수경의 가방을 들고, 무심히 들어오다, 연희 보고(연희가 없는 줄 안), 순간
        조금 놀라는) ?!.. 어, 선배님..

연 희   (어색하게 웃으며) 들어와.

준 영   저는.. 그냥 가, 가방만 주고.. 갈라

연 희   (이미 들어가버린)

준 영   (난감한, 수경의 가방을 옆에 놓고 신발 안 벗고, 안쪽에 대고) 저기 난 갈게(요)

연 희   (주방에서 물을 끓이며) 주준영, 차 한 잔만 하고 가!

준영 (순간, 황망하게) 네. (하고, 신발 벗다가, 앞으로 고꾸라지고)

* 점프컷 1 〉〉
수경, 널브러져 자고 있는,
준영, 주방 탁자에 앉아, 연희가 능숙하게 여기저기 뒤져 녹차를 타는 뒷모습을 물끄러미 보다가, 한쪽 노트북에 켜져 있는 세트 설계도를 보는, 어색하고, 불편한,

연희 (차를 타면서) 오늘 세트 시뮬레이션 나왔거든, 그래서 그거 지오 보여줄려고.

준영 아, 네.

연희 (웃으며) 지오 꺼 보고 맘에 들면, 너도 나 일 좀 주라.

준영 (어색한) 아, 그럼요, 물론이죠. (노트북 보면, 강가 집 유리 카페 보이는) 세트 넘 이쁘다. 좀 볼게요. (하며, 커서 움직이는, 맘이 불편한)

* 화면 분할, 환상 〉〉
유리 카페 밤, 지오가 연희에게 재밌는 얘길 하며 맥주를 마시는 모습.
준영이 노트북 보는 모습 대치되는,

* 점프컷 2 〉〉
지오, 화장실에서 수건을 빨아서 나온 후, 의자 쪽에 걸어두며,

지오 넌 대체 애한테 무슨 술을 저렇게 멕였냐?

준영 (서운하게, 지오를 보는)

연희 누가 누굴 술을 멕여. 자기가 먹은 거지. 말을 해도.. (준영에게 차 주며) 재수 없이 하지?

준영 (어색한, 작게 웃고, 차를 마시는)

지오 (차를 마시고, 연희 보며) 이건 집에 있던 게 아니네.

연희 내가 오늘 사 온 거, 맛 괜찮아?

지오 좋다. (하고, 준영 보며) 수경이 술 좋아해도 약한 거 몰라?

준영 (안 보고, 화나는 참고) 만난 지가 얼마 안 돼서.. 잘 몰랐네. (지오 보며) 담엔

조심할게. (하다가, 에취 하고 기침하는)

지 오 (기분 그닥 안 좋은) 너도 옷이.. 젖었다?

준 영 응.

지 오 (탐색하듯 보며) 수경이도 그렇고... 대체 뭘 하고 놀았길래, 옷이 그래, 애들 처럼 물장난이라도 했냐?

연 희 (가만 두 사람의 대화 들으며, 차를 마시는, 어색한)

준 영 말하기 싫은데,

지 오 (가만 보는) ..

준 영 안 해도 되지? (하고, 차 마시는)

지 오 (화나는, 참고, 고개 돌리고, 어이없어, 차 마시는)

연 희 (준영 보며) 차 더 마실래?

준 영 아뇨. 갈래요.

연 희 차 마시고 가. 촬영도 없잖아.

준 영 (짐짓 편하게 웃으며) 나도 눈치가 있지, 뭐한다고 내가 여기서... (지오를 보며) 행복한 두 사람을 방해하겠어요.. 갈래요. (하고, 일어나, 가방 챙기는)

연 희 (지오에게) 바래다줘.

지 오 (차 마시며, 준영 보며) 안 그래도 되지?

준 영 (서운함, 참고) 물론, 낼 수경이 일어나면 나한테 전화나 달라고 해줘. (연희 보며) 선배 갈게요. (하고, 나가는)

연 희 나도 곧 갈 건데, 같이 가지..

준 영 (속상한, 참고, 나가며, 문을 쾅 닫고 가는)

지 오 (답답한, 차만 마시는)

연 희 쫓아가서, 택시 태워줘.

지 오 (컴퓨터를 보는)

씬 36. 지오의 집 앞, 밤.

준영, 속상해, 빠른 걸음으로 걸어가는,

연 희 (E, 밝게) 나 이번 주말에 소개팅할 거다.

씬 37. 지오의 집 안, 밤.

지오, 윗옷을 입으며, 웃음 띤,

지 오 애처럼 소개팅은..

연 희 (웃으며, 편안한) 재밌을 거 같아서 (윗옷 입고, 노트북을 메며) 혼자 갈래, 나오지 마.

지 오 (보며, 편안하게, 노트북을 잡아 메며) 가, 데려다 줄게, 차 안 가져왔다며.

연 희 (지오의 어깨에 멘 노트북을 다시 챙기며, 담담하게) 지오야, 너랑 나랑 무슨 사이야?

지 오 ?

연 희 (노트북을 메며, 편안하게) 지나간 애인? 아님 친구? 그것도 아님 대학 동기? 다시 시작하는 연인? 그것도 아님 감독과 세트 디자이너?

지 오 (가만 보며, 편안하게 작게 웃으며) 무슨 말이 하고,

연 희 (말꼬리 자르며, 편안하게) 내가 너 많이 좋아한 거 알지?

지 오 (보는) ..

연 희 전남편 만나기 전부터, 그 사람하고 결혼하고 나서도, 그리고 다시 이혼하고 나서도, 니가 만나자 그럼 모든 일 다 제쳐두고 올 만큼.

지 오 (보는)

연 희 (어색한) 오늘도 오랜만에 니네 집 오면서... 조금은 처음처럼 설레고.. 그런데, 이상하지? 설레는 건 설레는 건데, (어색한 웃음 짓고, 짐짓 편하게) 맘이 참 무거웠어. 왜 그럴까, 골똘히 생각하고 생각해봐도 잘 모르겠고.. (서글픈) 근데, 이제 알 거 같다. 내가 왜 그랬는지.

지 오 (보는)

연 희 우리가 만약 다시 시작한다면... 난 싫어.

지 오 (담담히) ... 왜?

연 희 (맘 아픈) 넌 가끔 너무 잔인해.

지 오 ...

연 희 언제나 그렇단 건 아니야. 근데, 니가 아니다 싶을 땐, 너무 잔인해. 아까, 준영이한테도,

지 오 (참담한, 맘 아픈) 그렇게 할 필욘 없었지, 나도 알아.

연 희 (맘 아픈) 두 사람 사이에 무슨 일이 있었는진 담에 듣자.

지 오 소개팅 잘해.

연 희 (웃고) 갈게. (하고, 가는)

지 오 (참담한, 옷을 벗고, 자리에 앉아, 자는 수경을 보는, 그러다 전화를 하는, 짐 짓 편하게, 목소리 높여) 잘 들어갔냐?

씬38. 준영의 집 안, 밤.

준영, 들어서며, 맘 아픈, 화를 참으며 딱딱 끊어 말하는, '물론, 나는, 잘, 들 어왔지' 하고, 전화를 확 끊고, 방으로 가, 문을 쾅 닫는,

씬39. 지오의 집 안, 밤.

지오, 부저음 소리 들리는 전화기를 내려놓고, 답답한, 의자에 몸을 기대는, F. O.

씬40. 몽타주, 낮.

1, 서우의 오피스텔 앞, 낮.
서우, 가방 들고 집에서 나와, 엘리베이터 쪽으로 뛰어가다, 신발 보고, 슬리 퍼인 걸 확인하고, 다시 집으로 뛰어가는,

2, 산타마리오, 카페 밖 + 안, 낮.
지오, 딴나게 뛰어서, 카페로 기면, 배우와 매니지 일어나, 지오와 인사하고, 악수하며, '죄송합니다. 제가 기획회의 가는 날이라, 처리할 게 많아서, (배우 에게) 야, 실물이 더 좋다' 하는, 그때, 수경, 뛰어 들어오며, '죄송합니다, 죄 송합니다' 하는, 미진, 웃으며, 차 가져와 주고,

3, 서우의 오피스텔 앞, 낮.
민철, 서 있던 택시 안에서 내리며, 서우의 가방을 받아서, 트렁크에 넣으며,

민 철   (화난) 뭐한다고, 이렇게 늦어!

서 우   밤새 원고 썼잖아, 내가 놀아!

민 철   작가가 원고 쓰는 게 무슨 유세냐?!

서 우   그러니까, 기획회의 가지 말재니까, 왜 가자고 난리야!

민 철   염병, 그쪽에서 투자하니까, 오래잖아! 감독이랑, 작가랑 밥 한번 먹는 게 투자자 소원..

서 우   (차 타는)

민 철   (서우 째려보고, 차 타는)

4, 공항 들어가는 길, 낮.

창주, 윤영, 차에서 내리고, 두 사람 공항 안으로 걸어가는,

창주, 걸어가며 전화를 하는 중이다, 답답한, '해외 출장 나간다고 제가 몇 번을 말씀드렸습니까? 예정에 없는 재촬영 스케줄을 무슨 수로 다 맞춰요!', 윤영, 걸어가며 말하는,

윤 영   (목소리 낮춰 말하는) 더 크게 떠들어라, 공항 사람들 전부 다 알게.

창 주   (멈춰 서서, 고개 돌리며, 전화하는) 이제 와, 그런 소리 하면 뭐해요, 떠나는데..

윤 영   (가다가, 웃으며) 자긴 웬일?

한쪽에 준영, 의자에 앉아 있다가, 윤영 쪽으로 걸어가고, 두 사람 걸으며, 얘기하는,

준 영   이서우 작가님이 놀재서, (표를 흔들며) 표만 끊어 오라드라고요,

윤 영   (준영에게로 가서, 어깨에 손 올리고, 앞만 보고 가며, 웃음 띤) 솔직히 말해, 정지오 때문에 온 거 아냐?

준 영   나한테 자꾸 깔짝깔짝 성질을 긁잖아.

윤 영   (웃으며) 아주 대판 붙을 기세네.

준 영   건들기만 해.

윤 영   건들길 바라면서, 뭘.

＊점프컷, 공항 들어서는 출입구, 낮〉〉

지오, 수경 뛰어오는, 수경, 앞을 보며, '같이 가요!' 하면, 민철과 서우, 출입
국장으로 뛰며, '빨리 와!' 하는, 지오, 뛰어가는,

씬 41. 비행기 안, 밤.

윤영, 서우, 비즈니스석에 앉아 있는,
윤영, 와인을 마시며, 신문을 보고 있는,

서 우 (일하며, 무심히) 나도 이코노믹 탈걸, 여기 넘 부담스럽다. 김국장님은, 왜
여기 안,

윤 영 (와인을 마시며, 신문을 보며, 말꼬리 자르며) 자기가 내는 것도 아닌데, 뇌물
같아 싫대, 정지오도 그렇고. 잘됐지 뭐, 덕분에 돈 안 들고. (하고, 와인잔에
술을 따르는데, 손이 떨리는)

서 우 (손님 눈치 보고, 작게, 윤영에게만) 왜 그래?

윤 영 (신문만 보며) 쉿! (하고, 웃으며, 술을 단숨에 마셔버리는)

서 우 (걱정스레 보며, 일만 하는)

카메라, 비즈니스석 뒤로 가는, 일반석으로 가면, 한쪽에 창주 있고,
민철, 각종 기획안들을 보다, 옆을 보면, 지오(대본을 보는데, 글씨가 뿌연,
귀에서 윙 하는 이명소리가 나서, 신경이 쓰이는)와 준영, 앉아 있고, 수경, 준
영(책 보는)의 다릴 베고, 누워서 자는,

민 철 (지오를 툭 치며, 턱으로 준영 쪽을 가리키며, 입으로) 뭐야?

지 오 (귀에서 윙 하는 이명소리가 나, 주변의 말소리가 커졌다 작아졌다 하는) 몰라.

민 철 (준영에게) 다리 안 아퍼?

준 영 (책만 보며) 괜찮아요.

민 철 넌 괜찮아도 (턱으로 지올 가리키며) 앤 안 괜찮을 거 같은데..

준 영 (책만 보는)

민 철 (어이없고 재미있게 웃으며, 기획안을 보는)

지 오 (귀가 멍한지, 대본을 보는데, 인상이 자꾸 구겨지는)

씬 42. 휴양지, 거리, 낮.

봉고차에, 모두 다 탄, 맨 뒤에 수경, 준영, 창주가 타고, 중간에, 민철, 지오, 서우가 탄, 맨 앞에 윤영이 탄, 운전자는 현지인,
수경, 차창으로 고개 내밀고, '야호, 풍경, 죽인다, 죽여!' 하며 준영에게 '야 야, 저거 봐라, 저거!' 하고, 준영, 같이 목 빼고, 편안한, '아, 바람 너무 좋다' 하고, 서우, 윤영도 편안한, 주변을 보는,
민철, 지오, 편안하게 주변을 둘러보며,

민 철 회사 일만 없음 한 보름 쉬다 가면 좋겠구만, 기껏 사흘 오기엔 너무 아깝다.

지 오 국장님은 회의하지 말고, (귀에 대고, 작게) 윤영선배랑 놀아,

민 철 (귀에 대고, 작게) 아까 창주한테 물어보니까, 투자자 미팅에, 드라마 엑스포 건 미팅에.. 잘하다가는 둘이 차 한 잔도 못하고 서울 가게 생겼다.

지 오 (귀에 대고) 안됐다.

민 철 (웃고, 창가 보며) 그래도, 좋다, 여기 오니까. (하고, 고갤 창가로 트는데, 윤 영이 손을 뒤로 해, 민철 쪽에 내미는, 주변 눈치를 살짝 보고, 윤영의 손을 잡 고, 창가를 보는)

지 오 (두 사람 모습을 보고 웃으며, 백미러로, 준영의 모습을 보는, 쓸쓸한 웃음 짓 고, 바깥을 보는)

씬 43. 탁 트인 호텔 방 앞 + 로비, 낮.

윤영, 드레스 차림으로 창주와 방에서 나오는(민철, 준영, 지오 외 다른 사람 은 한 빌라에, 윤영은 다른 호텔 방에 묵는 상황),

· 점프컷 》
윤영, 창주 로비로 나오다가, 맞은편 쪽에서 걸어오는 민철(말끔한 옷차림)을 보고,

윤 영 (편하고, 좋은) 와, 이게 누구야. 나랑 단둘이 만날 때도 그런 모습 좀 보여주 지?

민 철 (멋쩍게 웃으며) 괜찮냐?

윤 영 (따뜻하게 보고, 다가가, 민철의 옷매무샐 만져주며) 이것만 고치면. (고쳐주고) 됐다. (하고, 민철의 팔짱을 끼고 가는)

민 철 (어색하지만, 좋은, 그러나 작게) 한국 사람들도 더러 있든데, 괜히 시끄럽게 떠들면,

윤 영 (앞만 보고, 가며, 편안하게) 떠들라 그래, 사람들 입에 한두 번 썹혀.

민 철 (앞만 보고, 가며, 무심하게) 그렇게 자신 있음 나랑도 그냥 살아볼래.

윤 영 (웃으며, 가며) 그래볼까?

민 철 (웃고, 가는)

* 점프컷, 호텔 로비 〉〉
외국 투자자들, 자리에 앉아 있다. 일어나는, 윤영과 민철, 창주 오고, 그들과 악수하며 인사를 나누는,

씬 44. 빌라 형식(수영장이 있는)의 호텔, 낮.

수경, 수영복 차림으로 주스를 마시며, 건들거리며 수영장 쪽으로 내려오다, 갑자기, '준영아, 우리 같이 죽자!' 하며 준영 쪽으로 달려가(카메라, 수경을 쫓아가는 느낌으로), 주변을 구경하던 준영을 안고 수영장으로 뛰어가는, 준영, 놀라 '야, 너 뭐야!' 하는데도 아랑곳없이 뛰며 '우리 같이 죽자!, 같이 죽어버리자!' 하며 준영을 안고, 물로 뛰어드는,
준영, '악' 소릴 지르며, 물속에 빠지고, 수경, 그런 준영의 머릴 잡고 물속에 처박으며 '잠수!' 하고, 준영, 물을 먹고, 콜록대고, '너, 죽을래!' 하고 소리치는, 수경, 다시 아랑곳없이 '한 번 너 잠수!' 하며, 준영을 다시 물에 처박는, 준영, '야!' 하고 소리치는데,

그때, 베란다 문 열어놓고, 거실에서 일하다 나온 듯한 지오, 소리치는,

지 오 야, 너들 조용히 안 놀아!

준영, 수경 지오 쪽 보는,

수 경 미안해, 형!

지 오 자식이.. 말이야.. 오지 말래니까, 굳이 굳이 와가지고, 일을 방해하고.. 놀람 조용히 놀아! 자식이... (하고, 사라지는)

수 경 아... 참.. 예민하긴... (하고, 준영에게) 왜 그래, 귀에 물 들어갔어?

준 영 (서운하게 지오 쪽 보다, 수경 밉게 보며, 손바닥으로 귀를 두드리며) 그래!

수 경 (귀를 옆으로 하고, 붕붕 뛰며) 이렇게 해, 이렇게. 그럼 물 나와.

준 영 나도 알어. (하고, 붕붕 뛰는)

수 경 물 나오지?

준 영 어.

수 경 (웃으며, 버럭) 그럼 다시 잠수! (하고, 준영을 물에 처박는)

준 영 야!

씬 45. 빌라, 거실, 낮.

지오, 서우와 대본을 보던 중인, 밖에서 여전히 소란한 두 사람의 소리가 나는, 수경, '알았어, 잘못했어, (갑자기 또 신이 나서) 그럼 다시 잠수!' 하고 반복되게 장난을 치는, 준영, '너도 잠수!' 하며, 역전돼서 장난을 치는,

지 오 (대본을 보는데, 눈이 안 보이고, 바깥 소리도 짜증이 나는, 대본을 팍팍 넘기는)

서 우 (그런 지오를 보는) 내가 나가서 혼내줘? 정확히 말해, 일 돼? 집중하지 못할 거면 때려치,

지 오 (한쪽의 시놉을 들어보며, 말꼬리 자르며) 여기, 시놉에서 보면, 태일이가 인세를 강희한테 가는 도구만이 아니라, 인간적인 매력을 느끼는 게 좋은데, 아직까지 대본에 그게 안 보이는 게 좀 그러네.

서 우 (한쪽에 대본을 들어서 보며) 7부 7씬에 태일이 지문 좀 읽어봐줄래. 나는 그 부분에 포석을 간다고 깔았는데.. 18씬도..

수경, 발라드풍의 노랠 크게 부르는 소리가 나는, 준영, '고만해, 듣기 싫어' 하는 소리가 나는, 수경이 준영을 따라다니며, 노랠 부르는 상황이다.

지 오 (대본 보며, 바깥이 계속 신경이 쓰이는, 대본에 집중하려 하며) 아, 여기 있구나.. 됐다. 이 정도면. (하며, 볼펜으로 체크해두며)

서 우 (진지하게, 편안하게) 나도 다시 한번 고민해볼게. 그 담은?

지 오 (대본 넘기며) 8씬부터 쭉 이해가고, 28씬 장소가 앞과 중복되니까, 한번 봐줘요.

서 우 (보며) 29씬, 30씬 감정기복 어때? 급하지 않아? 늘어질 거 같아, 점핑했는데, 읽으면 읽을수록 자꾸 걸리... (갑자기, 버럭) 아, 정말 해도 해도 너무하네, 저것들, 진짜. (하고, 나가는데)

지 오 (벌떡 일어나, 서우의 손목을 잡고, 앉히며) 내가 갈게. (하고, 나가며, 버럭) 야, 양수..

수경, 수영장 앞에서 노래 부르다가, 준영의 얼굴을 끌어다 입을 맞추는, 지오, 그 광경에 멍한, 그때, 서우 나오며,

서 우 왜 안 들어.. ('와', 하려다, 수경과 준영의 입 맞춘 모습을 보고, 멍한, 지오 표정 살피는)

수경, 준영의 입에서 입술을 떼고 멍한 표정의 준영을 보고, 장난스레 '으.. 무서, 무서, 욕한 것도 아니고 입 맞춘 건데, 저 표정 봐라, 와, 무서, 무서' 하며, 수영을 해서, 가고, 준영, 황당하게 가는 수경을 보고 서 있다가, 무심히 고개 들면, 지오가 보이는, 두 사람 잠시 서로를 보고 있는,

지 오 (N) 대체 다른 사람들은 사랑했던 사람들과 어떻게 헤어지는 걸까? 연희와도 준영과도 이번이 처음 이별이 아닌데, 왜 이렇게 매 순간이 처음처럼 당황스러운 건지.

서 우 (고개 젓고, 자리로 가는)

지 오 (준영을 담담히 보는)

준 영 (지오를 가만 보는)

지 오 (맘 다잡고, 자리로 가서, 대본을 보며) 일단 그 부분은 체크해놓고, 6부 48씬 좀 봐주세요.

준영, 들어가는 지오를 보고 수영장 밖으로 나와 한쪽에 놓아둔 수건으로 몸을 감싸고, 가는, F. I.

지 오 (N) 모든 사랑이 첫사랑인 것처럼 모든 이별도 첫이별처럼 낯설고 당황스럽고, 어떻게 해야 할지를 모르겠다. 나만 이런 건가? 준영인 너무나도 괜찮아 보인다.

씬 46. 지오의 침실 안에 있는 욕실, 밤.

지오(목에 수건 걸고, 씻을 준비한), 문을 노크하며,

지 오 야, 야, 너 언제 나와?
수 경 (E) 쫌만, 쫌만,

씬 47. 욕실 안, 밤.

수경, 변기에 앉아, 배 아파하는,

수 경 아씨... 배가 너무 아퍼.
지 오 (E) 그러게, 왜, 그렇게 하드를 종일 빨고 다녀,

씬 48. 욕실 밖, 밤.

지 오 니가 애냐? 그렇게 형이 먹지 말래도.. 에으.. (하고, 돌아서서 가는)

씬 49. 복도 + 다른 욕실 앞 + 안, 밤.

지오, 복도를 걸어와, 다른 (수경이 있던 것과 다른) 욕실의 문을 열면, 그때, 준영 나오다가, 마주치는, 지오, 말없이 자릴 비켜주려 하면, 준영, 멋쩍게 지오와 자꾸 같은 방향으로 움직이는,

지 오 먼저 가.

준 영 (서운한, 지오를 지나쳐, 가려다가, 돌아보며) 저쪽 화장실은 누가 씻어? 왜 여기로 와.

지 오 (보면)

준 영 (괜히 말 시키는) 여기 생각보다 좋지? 더울 줄 알았는데, 그렇지도 않고, (어색하게 웃으며) 밤에 바에서 칵테일 파티한다는데, 나랑 이작가님은 갈 건데, 선밴 안 갈 거야, 별일 없음 같이,

지 오 (욕실로 들어가는)

준 영 (서운하고, 어이없는, 가는)

씬 50. 일층 욕실 안, 밤.

지오, 칫솔질을 하는데, 노크 소리 나고, 지오, 돌아보면,
준영, 문 열고, 조금 주저하며,

준 영 로션 가방을 두고 갔어. (하고, 들어와, 로션 가방을 들고, 나가려다가, 지오를 보는)

지 오 (양치하는)

준 영 (답답하고, 어렵게 말을 꺼내는) 있잖아, 아까, 수경이랑 수영장에서.. 그런 거.... 장난으로.. 정말 진지한 거 아니고, 장난,

지 오 (말꼬리 자르며, 아무렇지 않게) 너, 워낙 쉽잖아. 그렇게 이해했어.

준 영 (지오의 뒷모습만 보는, 맘 아픈) .. 정지오, 그런 말은 하는 게 아니지 않니? (하고, 눈가 붉어, 나가는)

지 오 (세수만 하는)

준 영 (화나, 다시 들어와, 냅다, 로션 가방으로 지오의 뒤통수를 계속 내리치는, 눈가 붉어) 못됐어, 못됐어, 진짜, 못됐어!

지 오 아! (하고, 보면)

준 영 야, 진짜, 어떻게, 그렇게, 못돼 처먹었니, 너는?!

지 오 (준영의 팔 잡고, 머리가 아픈) 이게 정말, 지금 누가 할 소릴 누가 하는 건데?! (다른 한 손으로 머리 만지며) 아, 대가리야,

준 영 (말꼬리 자르며) 내가 뭘 어쨌게?!

지 오 (큰 소리로 말하는) 니가 뭘 어쨌는지, 정말 몰라? 너 여기 왜 왔어?! 일하는 사람 속 뒤집을라고 왔어?! 수경이가 그렇게 좋음 둘이 따로 여행을 가든가 하면 되지, 왜 먼 데까지 따라와서, 사람 속을 뒤집어?! 정말 내가 말을 안 할라고 하니까, 지가 뭘 잘했다고.

준 영 (눈가 그렁해, 서운한) 그런 넌 뭘 잘했는데?! 나랑 헤어진 게 얼마나 됐다고, 다시 연희선배 찾아가.. 야, 그 여자한테 그렇게 당하고도 또 만나고 싶니?! 그리고 너 정말 내가 왜 여기까지 왔는지 진짜 몰라?! 말해봐, 몰라?!

지 오 뭐, 너?!

두 사람, 화나고 맘 아퍼 소리치는 모습 위로, 지오의 내레이션 들리는, 이때 준영의 대사는 작게.

지 오 (N) 그런데 정말 길들여지지 않는 건 바로 이런 거다. 뻔히 준영의 맘을 알면서도 하나도 모르는 척, 이렇게 끝까지 준영의 속을 뒤집는, 뒤틀린 나 자신을 보는 것.

준 영 그리고, 뭐, 내가 쉬워? 내가 안 쉬우려고 하니까 너 어떻게 했어! 사람 구질스럽게 만들었지?! 나는 너랑 헤어진 지 한 달이 넘어가는데도 지금까지 니가 나랑 왜 헤어졌는지 이유도 잘 몰라?! 근데, 니가 싫다니까, 그냥, 그런가보다 해!

지 오 (N) 사랑을 하면서 알게 되는 내 이런 뒤틀린 모습들은 정말이지 길들여지지 않는다. 그만하자고, 내가 잘못했다고, 다시 만나자고, 첨엔 알았는데 이젠 나도 우리가 왜 헤어졌는지 이유를 모르겠다고, 안고 싶다고 사랑한다고 말하고 싶은데, 왜 나는 자꾸 이상한 말만 하는 건지.

지 오 (가만 보다, 거울 쪽으로 등 돌리며) 넌 말이 많아. (하고, 거울을 보는데, 플래시가 터지며, 눈앞이 뿌연, 순간 뭔가 싶은)

준 영 (어이없는, 눈가 그렁해, 가만 지오의 뒷모습을 보다가) 할 만큼 했다는 말은 이럴 때 쓰는 건가보다. 야... 갑자기, 선배가 아니라, 내 자신이 지켜워진다. 그래, 정말 고만 정리하자. 정리해. (하고, 문을 쾅 닫고 나가는)

지 오 (거울 보며, 눈을 껌벅이는, 힘든 모습이다, N) 그리고 길들여지지 않는 것 또하나, 예기치 못했던 바로 이런 순간.

느린 화면, 음악 없는, F. O.

15부

통속, 신파, 유치찬란

헤어짐과 이별을 반복하며, 그와 나의 관계도 이미
통속해질 대로 통속해지고, 유치할 대로 유치해져버렸다.

··· 좀 더 멋지고, 세련된 반전을 기대하며, 끝임없이 머릿속으로 어떤 말을 할까
말을 고르고 있는 이 순간이 어쩌면 더욱 진실되지 못하다.

그 들 이   사 는   세 상

WORLDs Within...

1, 빈탄 휴양지, 시내, 낮.
전통춤을 추는 사람들과 같이 신나게 춤을 추는 준영과 수경, 민철과 윤영, 서우의 모습 뒤로, 지오, 의자에 앉아, 준영과 수경의 노는 양을 꼬나보며, 주스를 마시고 내려놓다가, 주스를 잘못 놔 엎지르고, 주변 눈치 보며, 손수건으로 옷을 닦는, DIS.

준 영 (N) 나는 정말 드라마에서는 물론 인생도, 이렇게 살고 싶진 않았다. 이렇게 통속적으로, 이렇게 유치찬란하게 다른 남잘 이용해 (이때, 수경 보여지는) 싸구려 질투심을 일으켜 사랑을 확인하는 (아무것도 의식하지 않는 듯, 마냥 밝은 준영의 모습이 클로즈업 되는) 짓은 정말이지 꿈에도 하기 싫었다.

2, 빈탄 휴양지, 시내, 낮.
모두 다 길에서 파는 아이스크림을 사서, 먹고 있는 상황. 민철, 윤영, 서우, 아이스크림을 받아서 맛있다 하고 먹으며 가고, 주인, 아이스크림을 떠서, 서 있는 준영에게 주려 하고, 준영, 받으려는데, 지오, 그걸 낚아채 먹으며 가는, 준영, 어이없고 속상해 지오를 보는, 수경(기분 좋은), 아랑곳없이 주인에게 영어로 '많이, 많이' 하고, 준영, 화가 나, 지오에게 가서, '이디서, 새치기야' 하며 아이스크림을 뺏으려 하면, 지오, 안 뺏기려 하며 실랑이다, '그래, 먹어라' 하며 준영의 입에 아이스크림을 넣는, 그 바람에 준영의 입가가 아이스크림 범벅이 되게 하고 가고, 준영, 분하고 화가 나, 가는 지오를 눈가 붉어 보는, DIS.

준 영 (N) 게다가, 이렇게 신파적이기까진 정말정말이지 싫었다.

3, 산타마리오 안, 밤.
규호, 미진과 듀엣으로 노랠 부르는데, 한쪽 TV 화면에 연예계 뉴스에 남자, 웃으며, 해진에게 윗옷을 입혀주는 위로 사회자, '천지연의 신인 장해진, 데 뷔 5개월 만에 벌써 재벌 2세와의 스캔들이 인터넷을 후끈 달구고 있습니다' 하고 멘트하는, 규호, 어이없고 서글프게 TV를 보며, 노래에만 열심인,

준 영   (N) 정말 선배들 말처럼 어쩌면 하늘 아래 별다른 드라마도,

4, 보석점, 안.
민철, 진열대에서 반지를 보고 있는, 그때, 종업원, 반지 하나 가져다주면, 기 분 좋고, 설레게 그 반지를 보는,

준 영   (N) 별다른 사랑도 없는 것일까?

5, 빌라, 준영의 침실 안, 밤.
서우, 코를 곯며 자고, 준영의 몸에 다리를 얹는, 준영, 그런 상황이 불편해서 뒤척이는 얼굴 위로,

＊플래시컷 〉〉
지오와 침대에서 장난치던, 준영의 모습,
준영, 뒤척이다, 더는 못 참고, 이불을 들고 침실을 나가는 모습 서너 컷 교차 되는,

준 영   (N) 드라마와 삶의 본질이란 게 어쩌면 정말 다 별거 아닌데,

6, 빌라, 거실, 밤.
지오, 대본을 보다 이불도 안 덮고 쪼그리고 자는, 준영, 이층에서 내려오다, 그런 지오를 안쓰레 보고, 가서, 자기가 가져온 이불을 덮어주는, 그러다, 문 득 화가 나, 이불을 다시 뺏어서, 맞은편 소파로 가서, 이불을 덮고, 눕는, 그 러다, 맘이 불편한지 다시 일어나, 이불을 가져가 지오에게 화나는 걸 참고 대 충 덮어주고, 지오의 머리맡에 쪼그려 앉아 (지오는 소파에, 준영은 그 소파

아래 앉은 상황) 속상하고, 그렇게 지오를 보는, 그러다 제 무릎에 제 얼굴을 파묻는, DIS.

준 영 (N) 다만 나는 아직 너무 어려 그걸 모르고 있는 것뿐일까? 정말 그렇게 믿고 싶지 않은데,

자막 – 통속, 신파, 유치찬란

씬 2. 빈탄 빌라, 거실 창가 밖, 낮.

윤영, 민철, 서우, 지오, 준영, 각자들 편안하게 앉아, 군것질을 하며, 드라마를 보는 (지오의 단막극, 인터넷으로 다운받아, 연결해 보는 상황),
카메라, 창가에서 안의 풍경을 잡는,

민 철 세상 좋아졌다. 외국 나와서 방송을 다운받아 이렇게 보고. (편안한 웃음 띠고) 정선생 연기 봐라,

씬 3. 빈탄 빌라, 거실 안, 낮.

민 철 보통 땐 별론데, 화면에선 어떻게 저렇게 팽팽하게 긴장감이 흐르시는지.. 어린 작가가 써서 대본 어설퍼, (지오(화면만 보는)보며), 연출 어설퍼.. 그런데도 연기자가 좋으니까, 그만그만 넘어가네.
지 오 (민철 어이없이 보는)
서 우 (드라마에 푹 빠져, 소피에 기대) 진짜 나이 든 배우랑만 일하고 싶다, 죽인다, 연기.
윤 영 (화면을 보며, 민숙과 일우의 연기에 감탄, 부러운 듯) 선생님들 연기 보면 정말 신경질 나게 잘해. 어떻게 저렇게 자연스럽지, 애들도 쫌만 하면 쪼가 생기는데, 어떻게 저렇게 쪼 하나 없이, (하고, 민철에게 와인을 따라주는)
준 영 (말꼬리 자르며) 쪼? 쪼가 뭐야?
윤 영 틀에 박힌 거, 슬프다, 눈물 주룩, 아프다, 미간 찡그리고, 사랑하면, 폼 잡고.. 그런 거.. 근데 선생님들은 안 그런다고. 울지 않아도 슬프게, 미간을 안 찡그

려도 아프게.. 사랑해도 담백하게, 욕을 해도 정이 묻어나게.. 끝없이 하던 대로 안 하고 (웃으며) 연구한다고? 넘치지 않지만, 부족하지 않은,

민철 앤 아직 그런 거 잘 몰라. 상투와 보편, 패러디와 표절도 구분 못,

준영 (민철 꼬나보면) ?

민철 내가 뭐 틀린 말 했냐? 너 모르잖아.

지오 (준영 보며) 가르치면 뭐하냐? 잊어먹음 그뿐인데.

준영 (지오 보면)

지오 (화면 보며) 상투, 새로울 것 없는 이미 너무나 익숙해져 습관이 되어버린 것, 보편, 일반적인 것. 드라마적, 철학적 의미로 말한다면, 우주와 존재의 관계를 관통하는 이치. 패러디와 표절, 베끼기와 작가의 새로운 재해석의 차이라고 내가 너 첫 작품 나간 날 포장마차에서 술 사주며 귀에 못이 박히게 (준영 보며) 얘기 안 했어?

준영 (화가 난, 애써 참으며, 비아냥, 보며) 아, 기억난다. 내 작품이 보편과 패러디를 가장해, 상투와 표절에 가깝다고, 게거품 물었던 거, 기억난다, 나.

지오 뭐, 게거품?

윤영, 서우, 민철 (두 사람을 보면) ?

준영 또 게거품 무네, 근데 그거 알어, 나중에 선배한테 욕먹었던 내 작품은 해외 나가 상 타고, 당시 선배가 했던 작품은 표절 시비 난 거?

지오 (화난) 말 그대로 표절 시비거덩? 표절 판정이 아니라?

준영 시비나 판정이나?

지오 (버럭) 너 자꾸 말 그따위로 할래?!

준영 그러다, 눈알 나오겠다.

지오 야!

서우 (화면 보며, 버럭) 어우, 시끄러, 니들은 왜들 그렇게 만나기만 하면 싸우고, 난리야! 드라마 좀 보자, 드라마 좀!

준영 (혼잣말처럼, 지오에게서 고개 돌리며, 답답한 듯, 궁시렁) 정말 꼴 보기 싫어.

윤영 (재밌는, 옆의 쿠션 전해주는)

민철 (옆의 작은 여러 개의 쿠션 던지며) 둘 다 꼴 보기 싫어! 나가!

지오, 준영 (잽싸게 쿠션 피하며, 못 들은 척 화면을 보며, 서로에게) 조용히 해.

＊점프컷 1 〉〉

준영, 지오, 윤영, 민철, 서우, 수경이 사 온 음식들을 먹으며, 얘기하는, 서우, 민철, 윤영, 음식이 제법 맛있다고 하며 음식을 맛있게 먹고,

수 경 (음식을 게걸스레 먹으며, 큰 소리로 생색내며) 당연 맛있지, 내가 이 음식 살 라고 생판 모르는 이누무 동넬 땀을 한 바가지나 쏟으며 얼마나 뒤지고 다녔 는데,

준 영 (음식 먹으며, 웃으며) 누구 땜에?

수 경 (버럭, 준영 보며) 누군 누구 땜에야, 너 땜에지?! (그 바람에 음식물이 준영 의 얼굴에 튀는)

준 영 (야단치는 것 같지만, 재밌는 듯 웃으며) 야... (웃으며, 수경의 등을 치는)

수 경 (웃으며) 미안, 미안, 미안, (하며, 준영 얼굴의 음식물을 떼어서 먹는)

준 영 왜 이럴까, 정말.. (하며, 휴지 빼서, 수경의 손을 닦아주는)

윤 영 (혼잣말, 재밌는, 민철의 귀에 대고) 은근 여우야.

서 우 (윤영 툭 치고, 지오를 보면)

지 오 (화난 채, 음식만 먹는)

수 경 (음식 먹으며) 참, 나 어제 시놉 봤는데, 진짜 이작가님, 남자 캐릭터 죽이드 라. 의리 작렬, 순정 작렬, 패기 작렬, 내가 작가님이 있어서가 아니라, 조태일 이가, 나중에 뇌종양 걸려, 지금까지 가진 것 다 버리고, 강희에게 찾아가, (연 기하듯) 내가 이렇게 됐어도, 내가 좋아요? 그러면 한번 살아보자 그럴 때, 야 씨, 진짜 남자답드라. 거침없잖아, 세상의 편견, 사랑에 대한 의리, 사람에 대 한 숭고함, 내가 그거 보면서 형이 그동안 말해왔던 인간다운 인간이 바로 이 캐릭터구나! 했잖아.

서 우 (무심히, 음식 먹으며) 크크.. 정감독이, 그 캐릭털 정말 사랑하지. 캐릭터 잡 는데, 아주 그냥 지가 직가처럼 팔 걷어붙이고,

준 영 (지오를 빤히 보며, 음식 먹으며, 말꼬리 자르며, 담담히) 가만 보면 입만 살 았어.

지오, 서우, 수경 (모두 준영을 보는)

윤 영 (민철의 귀에 대고) 쫌 쎄다.

준 영 (지오만 보며, 편안하게) 말발 세다고. 본인은 절대 그렇게 안 살면서 그저 입 만.. 드라마가 인생이라고? 드라마가 구라 아니고?

지 오 (준영을 꼬나보는(?))

수 경 (지오를 보다, 준영 보며) 야, 너 무슨 말을 그렇게 싸가지 없이,

준 영 (냅킨으로 입 닦으며, 지오 보며, 짐짓 담담히) 본인 같음 어떡할 거 같애. 자신보다 잘살고, 자신보다 영리하고, 자신보다 순수하고, 자신보다 사랑에 진지한 여자... 솔직히, 버겁고, 쪽팔려, 도망가고 싶지 않어? 조태일처럼 진솔하게.. 그렇게 못하지? 조태일은 환상이지? 드라마가 환상인 것처럼? 그지?

지 오 (준영을 빤히 보는)

윤 영 (재밌는, 서우의 귀에 대고, 작게) 너무 재밌어? 끝날까 무서,

서 우 (웃음 나지만 안 웃고, 윤영 귀에 대고) 나도.

수 경 임마, 형은 드라마가 곧 인생이고, 인생이 곧 드라마라고 신입부터 지금까지 쭉 초지일관 생각해온 사람,

준 영 (지오만 보며) 진짜, 사람 여럿 속였다. 애도 선배에 대해 잘 모르네.

수 경 뭐? (하고, 준영 보다, 지오를 보면)

지 오 (준영을 보며, 어이없게 웃음 띠다 이내 사라지는, 깊게 한숨 쉬며) 아우.. (생수병 들고 물 마시다가, 물이 없는, 팽개치는)

민 철 얌마, 너 뭐하는 짓이야?

윤 영 (민철을 툭 치는)

지 오 물 사러 가요. (하고, 나가는)

수 경 형, 물은 내가 사 올게, 내가. 형! (하고, 따라 나가는)

윤 영 (준영 보며, 웃음 띤) 한판 붙자는 거야? 뭐야?

준 영 선전포골 누가 먼저 했는데? 붙자면 못 붙을까. (하고, 음식 먹는)

윤 영 (낄낄대고, 웃다가, 웃음 참으며, 고개 숙인 채, 서우(등 돌리고, 뭔가 적고 있는) 보고) 인간아, 그 와중에 또 쓰냐?

서 우 (웃고, 적으며) 가만있어봐. 잊기 전에 써야 돼.

민 철 (웃고) 다른 건 몰라도 아까 준영이 입만 살았단 대산 꼭 (하다, 준영과 눈 마주치고, 음식 놓고) 참 나 일 있다. (하며, 가며, 윤영에게 윙크하는)

윤 영 (작게 웃고, 준영 보면)

준 영 (고개 돌려, 음식만 먹는)

씬 4. 빈탄 시내 편의점 안 + 밖, 낮.

지오, 물을 꺼내는데, 수경, 옆에서 눈치 보며,

수 경 (눈치 보며) 호텔서 시킴 되는데.. 왜 여기까지 나와?

지 오 (화나는 것 참고, 물 고르고, 계산대로 가는) 돈이 썩어나냐?

수 경 형, 주준영이한테 화났어?

지 오 (돈 내며) 아니.

수 경 그럼 나한테 화났어?

지 오 (짜증 나는, 버럭) 내가 너한테 왜 화가, (하다, 멈추며) 신경 쓰지 마, 작품 땜에 그래, 작품 땜에. (하고, 나가는)

수 경 (따라 나가며, 지오의 목에 팔을 두르며) 캐스팅 얼추 됐다며? 대본도 맘에 들고? 그리고 이제 내가 연출부에 들어가는데, 뭐가 걱정이야?

지 오 (생각 많은)

수 경 이번엔 정말 내가 확실히 서브할 테니까, 형이 원하는 대로 다 찍어, 다! 스텝도, 배우 컨트롤은 나한테 다 맡기고, 형은 그냥 시청률하고 작품성만.. 그리고 내가 이번에,

지 오 (가는)

수 경 (은밀하게) 내가 손규호 작품 하면서 그 자식의 비장의 노하우 완전 내 대가리에 입력 지대 시켰어, 내가 형 싹 다 알켜줄게! 내가 가만 보니까, 손규호 그게 잘 찍긴 잘 찍드라. 내가 보기엔 갠 천재야. 특히 멜로는 그냥, 아주 그냥 사람 애간장 녹이게 야시시한 게, 그러니까 내 말은 형도 이번에 너무 진지하게 그러지 말고, 된장을 좀 풀,

지 오 (멈춰 서서 보면)

수 경 (아차 싶은) 형, 어.. 그러니까 내 말은 형이 뭐 손규호만 못하다기보다는, 형도 잘하지만, 좀 더 잘할 수 없게 지금도 참 잘하지만, 그래도 그것보다, 좀 더,

지 오 너 준영이 많이 좋냐?

수 경 (갑자기 웃으며, 계면쩍이 웃는) 별로..

지 오 솔직히 말해.

수 경 내가 언제 여자한테 빠지는 거 봤냐? (하다가, 길거리의 상인이 1달러에 뭔가를 팔면, 그쪽으로 가며) 어, 저거 나 3달러 줬는데, 왜 여기선 1달러야.

지 오 (수경 보다, 착잡한)

씬 5.   빈탄 호텔 일각, 낮.

서우와 준영, 윤영(화려한 드레스를 입은), 걸어오며 말하는,

서 우   언닌, 그런 걸 돈 주고 사?

윤 영   그럼 땅에서 캐?

서 우   안 불편해?

준 영   안 불편하겠어요? 불편을 감수하고 입는 거지. 나도 입고 싶다.

서 우   (보며) 왜 양수경 보여주게?

준 영   (밉게 보며) 친구라면 그렇게 말하지 말지?

윤 영   그럼 친구람 어떻게 말해야 돼? 정지오 보여주게, 그렇게?

준 영   (어이없이 보며) 자꾸 그럴래?

윤 영   담 작품 뭐해? 나 들어갈 거 있나?

서 우   스릴러 한대? 스릴러? 귀신 할래? (준영 보며) 정지오가 싫어?

준 영   싫어.

윤 영   싫은데 왜 싸움을 걸어?

준 영   (멈춰 서며, 보면)

윤 영   우린 싫음 말도 걸기 싫은데, (서우에게, 웃으며) 우리랑 좀 달러, 그지?

준 영   되게 재밌어한다?

서 우   (멈춰 서며, 준영에게, 편하게) 그럼 슬프냐? 이 얘기가 재밌지.

준 영   (어이없는) 그렇게 말함 안 되지. 이작가님.

윤 영   (멈춰 서서, 따뜻하게, 서우에게) 그래, 맞다, 그렇게 말함 안 된다. 남은 가슴
에 피멍 드는데, 웃다니, 안 되지. (준영에게) 근데, 양수경 가슴에도 자칫, 피
멍 들겠드라. 신경 좀 써.

준 영   ?

윤 영   (나가며) 자 난 그럼, 김민철이랑 데이트 간다.

서 우   잘 놀다 와요!

윤 영   (장난스레, 춤추듯 가면서) 어.

서 우   가끔 저 언니 멋있지?

준 영   배우나 작가는 독한 말 하는 걸 멋지다 그래?

서 우   (어이없이 보며) 양수경 가슴에 피멍 들겠단 말이 독설이냐?

준 영 (서운해, 버럭) 윤영선배도 언니도, 양수경이랑 친해, 나랑 친해? 내가 더 친하잖아, 그럼 날 위로해야지? 지금 누굴 위로해?

서 우 (준영의 팔짱 끼며, 걸어가며) 산책이나 가자, 산책이나.

준 영 말꼬리 돌리지 말고?! 말해봐봐?!

서 우 (가며, 버럭) 할 말이 있어야 말을 하지, 니 말이 맞는데?

준 영 (눈 흘기며) 아으, 정말.. 그러니, 혼자 살어. (하고, 어이없어, 웃고)

서 우 (준영 보며, 웃으며) 내 대본 어때? 재밌지, 말해봐봐, 재밌지, 재밌지?

씬6. 빈탄 시내 달리는 차 안, 밤.

옛날 팝송이 흘러나오는, 윤영, 기분 좋게 노랠 흥얼거리며 껌을 씹으며, 거울 보며 화장을 고치고 있는데, 그때, 전화 오고, 창주(렌터카를 모는) 전화를 받는,

창 주 (밝게) 네. 이창줍니....

윤 영 (창가를 보는) ?

창 주 (이상한) 무슨 말씀이세요?

윤 영 (창주를 보는)

씬7. 빈탄 휴양지, 카페 밖 + 안, 밤.

민철, 조금은 들뜬 모습으로 주스를 마시다, 반지함을 보고, 다시 주머니에 넣고, 시계 보고, 주스를 마시는,

윤 영 (E, 편안한) 내가 말 안 한 게 뭐가 있겠어.

씬8. 빈탄 시내, 달리는 차 안, 밤.

윤영, 전화하는 소리 들리는,

윤 영 (어이없이, 웃으며) 뭐, 주가.. 조작?.. 이봐요, 신변호사님, (웃음 가신) 신변

호사님은 내가 주가 조작할 만큼 머리가 좋아 보여? (차가 덜컹하고, 창주에게, 갑자기 화난, 버럭) 야, 너 운전 제대로 안 해!

창 주 (땀나는, 긴장해, 운전하는) 죄송합니다.

윤 영 (냉정해지는) 나한테 떠넘기는.. (사이) 가서 얘기해. (하고, 전화 끊고, 한쪽에 둔 옷 갈아입으며, 창주에게) 차 돌려!

창 주 (룸미러로 보면) ?

윤 영 (옷 갈아입으며) 차 안 돌리고 뭘 멀뚱이 봐, 차 돌리란 말 안 들려?! 서울 간다잖아!

씬 9. 빈탄 시내, 도로, 밤.

크게 유턴해서, 달리는, 윤영의 차 보이는,

씬 10. 빈탄 카페 안, 밤.

민철(초조하고, 답답한, 조금은 불안한), 종업원이 주고 간 메모지를 보는,

창 주 (E) 윤대표님 급한 일이 있어 서울 가십니다.

민 철 (메모를 가만 보다, 화를 참고, 메모질 구겨서 주머니에 넣고, 나가는)

씬 11. 빈탄 카페 밖 거리, 밤.

민철, 화가 나고 속상해, 빠른 걸음으로 카페를 나와 길거리를 걸어가는데, 전화가 오는, 멈춰 서서, 받는,

민 철 (받으며, 답답한) 네, 김민철.. 누리야, 너.. 왜 그래? (하다가, 얼굴 굳는, 멍한)

씬 12. 빈탄 휴양지, 공항, 밤.

윤영, 창주, 들어가는,

씬 13. 빈탄 빌라 창가 밖 + 안, 밤.

창가로 보면, 준영, 가방에 짐을 챙기고 있는, 큰 수동 카메라를 제 가방에 넣는, 그때, 이층에서 지오 짐가방을 챙기고 내려오는,

지 오 주준영, 그 카메라 무거우니까, 내 가방에 넣어.
준 영 (말없이, 가방에 카메라 넣고, 물건을 챙기는)

지오, 준영을 물끄러미 보다가, 준영의 가방 쪽으로 가서, 카메라를 꺼내, 제 가방에 넣으려는데, 준영, 카메라를 뺏어, 제 가방에 도로 넣으며,

준 영 신경 꺼!
지 오 (화나는, 준영 보며) 진짜 정말.. (하고, 다시 카메라 뺏어, 제 가방에 넣으려 하면)
준 영 (다시 뺏으며) 신경 끄랬지?
지 오 (화난, 서서히 격앙되는) 너, 언제까지 이럴 건데, 언제까지, 나만 보면 눈 흘기고, 말끝마다, 토 달고, 갈구고, 대체 언제까지, 그럴,
준 영 (같이, 소리치는) 착각 좀 그만해?!
지 오 ?
준 영 (답답한, 머리 쓸어 올리고, 지오 보며, 짐짓 편하게) 우리 헤어지고 선배 나한테 집에 잘 갔냐, 전화 걸고, 길거리에서 어디 가냐 말 시키고 그런 거, 미련이었어? 아님 단순히 후배로서의 안부였어?
지 오 ?
준 영 후배로서였지? 첨엔 나도 믿고 싶지 않았는데, 두고두고 관찰한 결과.. 아, 정말 이 사람은 내가 후배네. 진짜, 감정 없는 후배네 하고, 믿겨지드라. 이제 선배가 날 좀 믿어주지. 내가 말했지, 지지난밤 욕실에서, 이제 그만둔다고!
지 오 (서운하고, 화나고, 복잡한, 준영 보는, 눈이 자꾸 침침해지는) ..
준 영 그리고 오늘 내가 선배한테 말한 건, 갈군 게 아니야, 토단 게 아냐, 미련이 남아, 껄떡댄 건 더더욱 아니고.
지 오 (버럭대는) 그럼 뭐야, 자식아! 사람들 있는데, 내가 하는 말끝마다 받아치고,
준 영 (버럭대는) 그건 받아친 게 아니라, 충고지?!

지 오   ?

준 영   (속상하지만, 진심인) 내가 정말 참을라고 해도 참을 수가.. 선배, 지금껏 나,
         양수경, 민희, 병욱이 철이 그런 후배들한테 뭐랬어? 작품 따로 인생 따로 살
         지 말랬지? 작품이 곧 그 사람이어야 한다고 빽하면 침 튀기며 열변 토했지?
         드라마가 뭐 별거냐? 대충 사람들 좋아하는 거 발라서, 시청률 나옴 되지, 거
         기에 무슨 인생이 있어! 그렇게 살면 나도 편했어! 근데, 너 기어이 날 설득해
         서 니 편으로 만들었지? 그리고 선배 넌 어떻게 살았어? 아까 그 작품만 해도
         그래, 중산층 중년부부의 쓸쓸함을 말한다고? 가질 거 다 가져도 인생의 외로
         움은 어쩔 수가 없는 게 인생이라고? (눈가 붉어, 맘 아픈) 그럼 남들 보기에
         가질 거 다 가진 울 엄마도, 쓸쓸함은 있겠네? 그걸 진짜 니가 이해해!

지 오   (맘 아프게 보는데, 오른쪽 눈에 보이는 준영의 모습이 주변은 까맣고, 콩알
         만 하게 구멍이 난 듯 보이는)

준 영   (눈물 나는, 참으며) 게다가, 새로 할 드라마는, 진정한 사랑 얘기라고? 죽음
         을 넘나드는? 지 여자친구가 지 기 좀 죽이게 잘산다고, 순간의 쪽팔림도 못
         이겨서, 전전날까지 부둥켜안다가, 하루아침에 고만 끝내자고 말한, 니가,
         야.. (맘 아픈, 비아냥, 소리치는) 말도 정도껏 번지르르하게 해!

지 오   (눈가 붉어, 보는, 맘 아픈)

준 영   애인 잃은 것도 화나 죽겠는데, 하늘같이 존경한 선배가 지금까지 한 말이 모
         두 구라였다는 걸 인정하기까지 난 좀 시간이 걸릴 거 같애. 그러니까, 그때까
         지 건드리지 마! 알았어! (하고, 짐 챙기는)

지 오   (맘 아프게 보는데)

         그때, 수경 졸린 얼굴로 내려오며,

수 경   뭐야? 왜 이렇게 시끄러?

준 영   (가방 챙기며) 넌 잠이나 자!

지 오   (방을 그냥 나가버리는)

수 경   (지오 보고, 준영을 보는, 뭔가 싶은, 조심스레) 나 잠 깼는데..

준 영   (속상하게) 그럼 짐이나 챙기든가, 낼 가는데 아침에 부산 떨지 말고.. (하고,
         걸어가다, 수경을 툭 치고, 이층으로 올라가는, N) 이쯤에서 우린 어쩌면 모
         두 백기를 들어야 하는 건지도 모른다.

씬 14. 몽타주.

1, 빈탄 바닷가, 밤.
민철, 서우 심각하게 얘기하며 걸어가는,

서 우 (걱정스레) 무슨 일이 있겠지, 아무 일도 없는데, 뭐한다고 이 밤에 서울을 갔
겠어.

민 철 (생각 많은) ...

서 우 좋아한다며, 서로 간에 그 정도 믿음도 없냐?

민 철 (앞만 보고, 가며) 애 엄마가 결혼한다네. 누리가 나랑.. 살재. (하고, 가고)

서 우 ?! (뒤에서 그런 민철을 걱정스레 보는)

준 영 (N) 냉정한 현실 앞에서, 사랑이란 건 차라리 철없는 유치찬란임을,

2, 서울 공항 출입구, 낮.
윤영, 창주 기자들의 플래시 세례를 받으며 나오고, 그때, 밴이 오면, 윤영, 창
주 밴에 올라타는, '성소유와의 스캔들이 사실이라고 밝혀졌는데, 인정하십니
까? ING 공동대표, 이대표와 연애설이 사실입니까? 주가 조작, 성 상납 사실
을 인정하십니까?' 등등의 질문이 쇄도하는, 윤영, 담담히 차에 타, 가는,

준 영 (N) 가십이 필요한 사람들 앞에서 이해를 바라는 건 더더욱 구차한 신파가 되
는 것을,

3, 빈탄 휴양지, 도로, 달리는 봉고차 안, 낮.

* 플래시컷 1 〉〉
준영, 지오(눈이 아픈지, 창가로 얼굴을 돌리고 있는) 뒷좌석에 앉아 있는,
민철과 서우, 수경(낄낄대며, 잡지를 보는) 타고 가는,
카메라, 지오를 잡는,
지오의 시각으로 보면, 밤엔 동전만 하게 보이던 시야가 이젠 그 속까지 조금
흐릿한,
준영, 지오를 일부러 보지 않기 위해 완전히 고갤 틀어 다른 쪽을 보고 있는,

속상하고, 맘 아픈,

준 영   (N) 세련되고, 쿨하고, 멋진 인생은 드라마에서나 가능할지도 모른다는 것조
차도, 우린 이제 인정해야만 하는지도 모르겠다.

4, 한국행 비행기 안, 밤.
준영, 잡지를 보고 있으면, 수경, 같이 보자고 하며, 짓궂게 자꾸 준영의 팔에
팔을 두르고, 민철, 자는지 생각하는지 모르게 눈을 감고 있고, 서우, 노트북
으로 대본을 쓰는, 그때, 비행기가 난기류를 만나 휘청이고, 옆의 지오, 윙 하
는 이명과 함께 땀을 흘리며, 눈을 껌벅이는데, 눈이 붉게 충혈된, 방송에선
'기류가 이상하다, 모두 안전벨트를 매달라, 자리에서 움직이지 말라'고 하는
데, 지오, 안전벨트를 풀고, 화장실로 휘청이며 가는, 스튜어디스, '손님, 자리
에 앉으세요!' 하고, 그 바람에 서우와 수경, 준영, 지오를 보지만, 지오, 아랑
곳없이 화장실로 들어가는,
준영, 속상하고 맘에 안 들게 지오 보다, 다시 책 보고, 스튜어디스, 화장실로
가서 안에 들리게 '손님, 비행기가 많이 움직입니다, 그 안에 바 잡으세요!'
하는,

준 영   (N) 그런데 왜 이렇게 불편한 건지. 아직도 너무 어린 나는, 나도 모르게

▪ 플래시 컷 1 〉〉 한국행 비행기 화장실 안.
지오, 화장실에서 땀을 흘리며 힘들게 쪼그려 앉아, 윙 하는 이명소리 때문에
귀를 막고, 아픈 눈을 껌벅거리는데, 뭔가 이상해, 손으로 눈을 만지면, 피가
묻어나는, 지오, 손바닥으로 눈을 가리고, 천장을 보며, 눈을 껌벅거리는,

준 영   (N) 마음 어느 한쪽에서 여전히 드라마처럼 인생의 반전을, 그와 나의 반전을
꿈꾸고 있는 것일까?

▪ 플래시컷 2 〉〉 도로, 새벽.
앰뷸런스 소리 나고,
앰뷸런스 안에, 지오(땀나는, 한쪽 눈을 뜨고, 힘든), 응급처치를 받은 상태로

누워 있고,

수경, 걱정스레 '형, 괜찮아, 괜찮아? 내 말 들려' 하는, 민철, 속상하고, 걱정
스레 '지오야, 지오야' 하는,

* 플래시컷 3>> 달리는 택시 안, 새벽.

준영, 서우, 뒷좌석에 탄,

준영, 계속 울면서, 창가 보며, 있고, 서우, 생각 많은,

* 플래시컷 4>> 준기 병원, 복도, 낮.

의사 한 명, 수술복 입고 뛰어가고, 준기, 멀리서, 그 의사를 보는, 그때, 준기,
호출을 받는,

* 플래시컷 5>> 준기 병원 수술실 안, 낮.

지오, 이동침대에 누운, 간호사들에 의해, 수술실로 들어가는,

수술실 천장의 등이 켜지는, 지오, 숨을 헉헉대고 고르는, 주사와 마취 마스크
를 쓰는,

* 플래시컷 6>> 수술실 밖, 낮.

민철, 수경, 각자 걱정스레 있고, 한쪽에선, 준영, 쪼그려 앉아 두 손으로 얼굴
가리고, 엉엉대고 울고, 서우, 준영을 안고, 걱정스레 등을 다독여주는,
F. O.

씬 15. 검찰청 앞, 다른 날 낮.

윤영의 차 오고, 수십 명의 기자들 윤영의 차로 달려드는, 그때, 창주와 경호
원 두어 명 내려, 질문하는 기자들을 막아서면, 윤영(청바지에 모자 쓴, 평상
복 차림), 기자들 막는 창주에게, 말하는,

윤영 잠깐만. (돌아서서, 기자들 보며, 담담하게) 검사들 기다린다니까, 30초 안에
끝내요. (하고, 서 있는)

기자들, 플래시 세례 터뜨리고, 이 장면이 TV 화면으로 바뀌는,

씬 16. 드라마국 국장실 안, 낮.

현섭, 민철, 오부장 등등 한쪽 TV로 윤영이 검찰로 들어가는 모습을 보고 있
는, 윤영 그림 사라지고, 기자 나와 말하는, 화면엔 본부장들, 성소유, 김인창
이 플래시 세례를 받으며, 검찰로 들어서는 동영상이 나가는,

기 자 오늘 검찰은 ING의 주가 조작과 방송국 관계자 뇌물 수수, 성 상납과 관련,
ING를 수색, 관련 서류를 압수하고, 전 PBC 제작이사 서영석씨, 현 PBC 편
성이사 이중건씨, 배우 성소유씨, 전 ING 소속 매니저 김인창씨 등을 검찰로
소환 사태 파악에 나섰습니다. 이번 사건은 전 ING 소속 장해진씨 로드 매니
저 김인창씨가 검찰에 탄원서를 내면서, 시발이 되었습니다.

오부장 윤영이만 힘들게 됐네. (현섭 보며) 윤영이네, 공동대표 이대표랑 김실장 자
식은 통털어 해먹고 대체 어디로 날른 거래?

현 섭 (민철 눈치 보며) 내가 알면, 검찰 가서 불지, 여깄겠어.

민 철 (말없이, 담담하게 화면만 보고 있는, 성소유의 화면에서 민철로 넘어가는)

현 섭 (답답한, 민철에게) 이렇게 되면 정지오 작품 제작 건은,

민 철 (말꼬리 자르며, TV를 끄며) 장프로덕션에서 맡기로 했습니다.

현 섭 (황당한) 야, 야, 야, 김국장 무슨 말이야?! 아직 사태가 어떤지도 제대로 파
악이 안 됐는데, 그거.. 윤대표랑 합의,

민 철 (웃을 입으며, 오부장에게) 오늘 공식적으로 통보했습니다. (하고, 나가는)

현 섭 (일어나, 김민철 따라가며) 야야, 김국장, 윤대표가 검찰에 소환됐는데, 대체
통보를 어따가 했... (말하며, 자리에서 나오다, 오부장 발에 걸려 넘어지고,
아파하고)

오부장 (일으켜 세워주며) 맘만 급해가지고, 에우..

민철, 국장실에서 드라마국 안으로 나오고,
수경, 캠코더로 지오에게 보낼 영상편지(철이를 인터뷰하는)를 담다가, 민철
보고, 이내, 다시 촬영하고,
두성, 자리에서 인터넷 보다, 나오는 민철의 눈치를 살피는,

규호, 가는 민철에게 말하는,

규 호 국장님, 오늘 제 막방 시청률 보셨어요?

민 철 (그냥 가고)

현 섭 (다리를 아파하며) 김국장, 김국장, 나 좀 봐봐, 김국장 (하며, 쫓아가고)

철 이 (규호에게) 형은 지금 국장님보고 그 말이 할 소리야?

규 호 (아무렇지 않게) 그럼 뭐가 할 소리냐? 애인이 검찰청에 소환된 것에 대해 기분이 어떠신지 물어보는 거 그게 할 소리냐, 자식아? 지만 생각 있는 거처럼.. (하고, 대본을 보고 있는, 준영에게) 너는 정지오한테 안 가?

준 영 (대본만 보며, 담담히) 오지 말래잖아.

규 호 그거야 경쟁자들인 우리 같은 놈들한테 지 아픈 꼴 보이기 그래 그런 거지, 너는 아니지, 임마.

준 영 (대본만 보며) 가서 할 말이 없어.

규 호 왜 할 말이 없어? 수술 잘했냐? 퇴원은 언제 하냐? 먹고 싶은 거 없냐? 이 주준영을 보고 싶었냐? 등등, 입만 열면 할 말이 천지구만. 왜 할 말이 없어?

준 영 (눈만 들어 보면)

규 호 (준영만 듣게 작게) 이 오빠가 다 안다. 너랑 정지오.. 그렇고, 그런 거.

준 영 (책을 탁 덮고, 나가는)

규 호 저저 쏘가지 봐라, 쏘가지 봐.

그때, 수경, 캠코더 촬영하며 규호에게 오며,

수 경 손선배, 정지오 선배에게 동료로서 따뜻한 한 말씀.

규 호 너 엄살 고만 피우고 병원에서 안 나와? 내가 일 끝나고 쉬지도 못하고, 니 직품 프로듀서 들어가는 것도 짜증 나는데, 너 입원한 바람에 이번에 나보고 B팀까지 나가라잖아, 콱, 별로 아프지도 않으면서 잔머리 쓰고 있어, 이게. 그리고 이거나 봐. (옆에 있는, 시청률표(붉은 표시된, 시청률 40.2프로가 넘는) 한번 흔들고, 쫙 펴 보여주는, 웃으며) 사십이다, 이 나쁜 놈아.

수 경 (캠코더 내리며) 아우... (하고, 가는)

규 호 (가는 수경 보며) 야, (시청률표 흔들며) 이거 클로즈업해야지, 어딜 가? (전화 오는, 밝게 받으며) 네, 여보세요?! 너 누구야, 규민이?

씬 17. 편집실 여자 화장실 안, 낮.

준영, 민희, 손을 씻고 있는, 수경, 캠코더를 들고 서서 말 거는,

수 경 야, 나 팔 아퍼, 내가 지난 5일간 연출부, 스탭들 찾아다니며 이 동영상 찍느라, 발이 부르트고, 입이 부르트는데, 다른 사람은 몰라도 니가 안 함 말이 안 되지, 자식아, 자, 고개 돌리고, 화면 봐.

민 희 (씻다가, 큰 소리로) 정지오 선배, 홧팅!

수 경 (말이 끝나기 전에 밀치며) 넌 어제도 찍었잖아. 준영이 너 말해, 어서.

민 희 좀 하라면 합시다, 좀. (하며, 준영을 카메라 앞에 디밀고)

준 영 (빼기를 체념한 듯이, 카메라만 보는, 자꾸 맘이 서글퍼지는)

수 경 자, 웃고, 말해봐봐. 이쁘게. 사랑스럽게.

준 영 (작심하고, 짐짓 담담하게) 수술 잘됐단 말은 병원에 전화해서 들었... (하다가, 눈가가 붉어지는, 가만 렌즈를 보는)

수 경 그래, 그래, 감정 좋고, 감정 좋고,

준 영 (더는 말 못하겠어서, 그냥 나가는)

수 경 (캠코더 찍으며) 야야, 그냥 감 어떻게.. 준영아!

민 희 (가는 준영 보다가, 수경의 캠코더 뺏어서 끄고) 고만 좀 해요, 좀! (하고, 다시 캠코더를 주고 가며) 눈치가 없어도 어떻게 그렇게 없어, 아우. 짜증 나 진짜.

수 경 (가는 민희 잡으며) 무슨 눈치? 내가 무슨 눈치가 없어?

민 희 (버럭) 주준영과 정지오의 관계요?! (하고, 가버리는)

수 경 뭐? 야, 너 뭐라 그랬어? 야! (하며, 따라가는)

씬 18. 산타마리오 안, 낮.

현섭, 민철 얘기하고 있는,

현 섭 (답답한, 화난) 핑계 대지 마 자식아, 자식도 어려서 품 안의 자식이지, 다 컸는데, 무슨... 그렇게 자식이 걱정됐음 이혼을 말지. 아, 아, 쓸데없는 핑계 대지 말고, 너 윤영이랑은 어쩔 거야?

민 철 ...

현 섭 설마, 헤어질 생각은 아니지? 제작이야 이번 일로 회사 사정이 악화됐으니까, 그렇다 쳐도, 둘 사이까지,

민 철 (술을 마시는)

현 섭 야, 자식아, 너 정말... (하고, 물을 벌컥 마시고, 민철 보며, 소리치는) 다른 땐 몰라도, 지금은 아니지, 임마! 너 세상 사람들이 하는 말 다 믿는 거야? 그 간의 방송사 비리, 윤영이 저 여자 하나 희생양 삼아, 일단락 지을라고, 쌩쇼 하는 거 아는 사람 다 아는데, 지금같이 윤영이가 힘들 때 다른 사람은 몰라도 너는, 그 여자 옆에 남아서,

누 리 (E, 풀 죽은) 아빠.

현 섭 (말하다, 그 말을 그대로 하는) 아빠, 아빠?.. (순간 뭔가 싶은) 이게 뭔 소리 야? (하고 보면)

민 철 (한쪽 보면)

누리, 큰 배낭에, 손에 옷가지 든 봉투를 들고 서 있는,
미진, 일하다가, 누리의 배낭이며 봉투를 받아주며,

미 진 (따뜻하게) 야, 니가 누리구나, 아빠 옆에 가서 앉아, 주스 줄게. (하고, 직원 에게) 키위 신선한 걸로 좀 갈아.

민 철 미진씨, 우리 누리, 키위 안 먹어, 녹차 아이스크림 줘.

누 리 (현섭에게 눈인사하고, 눈물을 닦는)

민 철 (손으로 눈물을 닦아주며, 맘 아픈, 따뜻하게) 얌마, 왜 울어, 이제 아빠랑 사 는데... 웃어야지, 울지 마, 그만해, 그만.

현 섭 (둘을 보며, 답답한, 속상한, 물 마시고, 한숨 푹 쉬는)

씬 19. 검찰청 안, 밤.

윤영, 검사들의 질문에 담백하게 대답하는 모습이 보이는,

* 점프컷 1 >> 검사실

윤 영 (웃으며) 친구들하고 같이 술도 못 마셔요?

검 사 (화난) 이 사람이, 방송사 본부장들이, 제작사 사장들, 국장들, 그 사람들이 어떻게 당신 친구야?!

윤 영 (어이없이 웃으며) 나는, 그 사람들이... 친구예요.

   ▪ 점프컷 2 〉〉 검사실

윤 영 (어이없고, 차분한) 뇌물 아닌 접대, 주가는 미국으로 간 이대표 소관, 나는 배우 관리, 명예대표! 지금 내가 같은 말을 열두 번을 더 해요, 귀먹었어요?

   ▪ 점프컷 3 〉〉 검사실

검 사 성소유씨랑, 지난 작품 하는 7개월간, 내연의 관계였다는 게,

윤 영 (어이없이 웃으며) 내가 남자 만난 게 법에 걸릴 일이예요? 그게 궁금함, 우리 집으로 와서 묻지, 왜 날 여기까지 끌고 와서 물어?

   ▪ 점프컷 4 〉〉 검사실
   윤영, 검사의 말 이어지는,

씬 20. 변호사 사무실 건물 일각, 밤.

   규호, 화가 나, 눈가 그렁해, 걸어가는 모습 보이고, 김변호사, 그 뒤에서 규호를 보며,

김변호 규호씨, 미안해. 규호씨, 오해하지 말어, 나도 이번에 안 거야,

규 호 (말 안 듣고, 그냥 차로 가서, 타고 가는)

김변호 규호씨!

씬 21. 산타마리오 안, 밤.

   수경, 준영, 민희 술을 마시는,

수 경 (준영에게 취조하듯) 정말 아니야?

민 희 아니라잖습니까?

수 경 (주먹으로 콱 팰 시늉을 하는) 조용히 안 해?! 콱?! (준영에게) 니가 말해, 애 말대로 정지오랑 너랑 그런 사이야, 아니야?

준 영 (술만 마시며, 그냥 건성으로 마시는) 아니야.

민 희 (수경 보다, 준영을 꼬나보는, 어이없이 웃고, 술 마시는)

수 경 정말이지?

준 영 (귀찮은) 그렇다고.

수 경 (민희 보며) 야, 기집애 거짓말을 할 게 있고, 안 할 게 있지? 이게 어디서 그런 쌩구라를.. 내가 아무리 좋아도 그렇지, 너 내가 그렇게 좋냐?

민 희 (준영 보고) 말하기 귀찮고, 속상해서 아무 말이나 하는 거 아는데, 선배, 그러지 말지.

준 영 (아무렇지 않게, 술잔 내밀며) 내 맘 다 아는 너까지 떠들지 말고, 술이나 따러, 기집애야.

민 희 (술을 따르는데)

수 경 (술병 잡으며) 내가 따라.

민 희 (악을 쓰며, 버럭) 고만 좀, 촐싹대고 가만 있어요!

수 경 (그 바람에 놀라, 자빠지고)

＊점프컷 1〉〉
수경, 준영, 술에 조금 취한, 민희, 멀뚱하게 전혀 취하지 않은 채, 술만 마시는,

수 경 (술에 조금 취힌, 술진 내려놓으며) 지오형이 나한테 뭐냐고?

준 영 (술에 조금 취한, 좁은 의자에 쪼그려 앉아) 그래, 정지오가 너한테 대체 뭐길래, 그렇게 정지오, 정지오 하냐, 넌?

수 경 넌 술만 먹음 그렇게 똥싸는 폼으로 앉드라.

준 영 너 정지오, 꼬붕이지?

수 경 너 술 취했지?

준 영 (서글프게 웃으며) 어?

민 희 (술 마시며, 혼잣말) 잘 논다.. 내가.. 여기 왜 있나,...

준 영 자, 이제 묻는 말에나 대답하지? 정지오가 너한테 뭐냐니까?

수 경 (술을 마시고, 좀 취한) 정지오는... 나한테... 울컥하는 인간.

준 영 뭐?

수 경 내가 손규호 인사위원회에 고발한 건으로, 강릉 가기 직전에 나 정말 죽고 싶
       었다. 강릉 가서? 드라마 연출 못해서? (고개 젓고) 아니. 동료라는 인간들한
       테 정떨어져서.

준 영 다른 인간들은 탄원서 안 써주고, 정지오는 써 줘서? 쳇 별거 아니네. (하고,
       술을 따르려는데, 흘리면)

민 희 (술병 뺏어, 술을 따라주는)

수 경 들어봐. 인간사에 상처 받고 강릉 내려간 지, 두 달째 되는 날이었다. 그날따
       라 장난 아니게 내렸지. (민희에게 내밀면)

민 희 (밉게 보고, 술 따라주고)

준 영 (취한 눈으로, 수경의 얘길 듣는, 지오가 그리운)

수 경 (술 마시고, 회상하듯) 폭설경보가 내려, 도로도 끊기고, 거리엔 차 하나 없는
       데, 형이 스무 시간 차를 타고 왔다면서 날 찾아왔었다. CD를 (크게 손으로
       원을 그리며) 이따만큼 차에 싣고.. 한 달을 꼬박 집에서 녹화했다면서.. 이 세
       상 온갖 영화랑 드라말 내 손에 쥐어줬지. 그러면서 형이 눈가가 그렁해선 이
       렇게 말하드라. 수경아, 형이 너한테 이것밖에 해줄 게 없다, 썅, 그러면서 내
       머릴 (준영의 머릴 흩트리며) 이러는데.. 야.. (눈가 그렁해지는, 멋쩍어 웃으
       며) 그동안, 세상에 가졌던 원한이 한순간에.. 눈 녹듯.. 그때 내가 그랬잖냐.
       형 너 같은 인간 한 사람만 있어도 난 세상 살맛 난다.. 썅.. (눈가 그렁해, 멋
       쩍어) 이게 남자들 간의 의리란 거다. 아냐? (술 마시고)

준 영 (술 마시고, 취한) 정지오 얘기 더 해.

수 경 싫어, 이제 나랑 내 얘기해. 너 나 어떻게 생각해?

준 영 괜찮다고 생각한다, 왜?

수 경 (좋은, 얼굴 부비고, 웃지 않으려 하며) 정말?

민 희 (수경 꼬나보는)

준 영 그래, 그러니까, 우리 정지오 얘기하자. 그 인간이 얼마나 좋은지에 대해서 얘
       기해도 좋고, 그 인간이 얼마나 나쁜지에 대해서 얘기해도 좋고, 그리고, 그
       인간이...

수 경 너 오늘 집에 들어가지 마라.

준 영 (생각에만 빠져) 그래. 우리..

수 경 (보는) 우리..뭐?

준 영 우리... 집에 들어가지 말고, 정지오한테 가자. 가서, 대체 눈이 어떻게 된 건 지, 눈이 아프면 아프다고 왜 말도 안 한 건지, 내가 왜 그렇게 싫은.. 암튼 뭐 든 속 시원하게 알아보고, (하고, 일어나다가, 비틀하고 넘어지는)

민 희 (가만 보다, 일어나, 준영을 세우며) 추태 보이지 말고, 일어나십쇼.

수 경 (웃으며) 뭐야, 기껏 양주(하고, 병을 세는) 하나, 둘, 셋.. 익!.. 많이 마셨..

준영, 구토가 나 욱욱 하며, 밖으로 뛰쳐나가고,
민희, 따라가서 구토하는 준영의 등을 치고,

미 진 (술병들 치우며) 나가서 집에 바래다줘.

수 경 오바이트하는데 챙피하잖아요, 좀 있다가. (웃으며) 누나, 준영이 귀엽지.

미 진 자기한테나 귀엽지, 나한테도 귀엽냐?

수 경 그런가? (일어나, 나가는)

씬 22. 병원 검사실 안, 밤.

지오, 간호사가 눈에 있는 붕대를 풀고 준비하는,

검사원 (이것저것 준비하며) 낮에는 괜찮다고 하셔놓고, 왜 다시 밤에 검사를 신청하 셨,

지 오 (무심히 말하는) 그게 낮엔 옆에 어머니가 계셔서, 제대로 집중을 못해서,

검사원 (보던) ?

지 오 (어색하게 웃으며) 그냥 다시 한번 확인을 하고 싶어가지고,

검사원 (웃으며) 침침하고, 뿌연 건 괜찮아요. 수술이 잘됐으니까, 시간이 가면.. (검 사대에 앉으며) 일단 한번 볼게요.

지 오 (붕대 푼 눈을 불편하게 껌벅거리고, 검사대에 앉는)

▪ 점프컷 1 〉〉
지오, 오른쪽(충혈 된) 눈을 검사대 대고,

카메라, 지오의 시각을 까맣게 보이지 않는 것으로 보여주는,
지오, 왼쪽 눈에 눈가가 붉어지는,

검사원 하얀 점이 보이십니까?
지 오 ...
검사원 풍선 보이십니까? 어떻게 보입니까?

　* 까맣게 아무것도 보이지 않는,

지 오 (막막한) ... 아무것도.. 안 보이면 이상한 거죠?
검사원 ?

그때, 지오모 문을 빼꼼히 열고, '지오야' 하고 작게 부르는,

지 오 (검사대에 있는 채로) 엄마, 나가.
지오모 왜 이리 늦어..
지 오 (따뜻하게) 나가 있어.
지오모 어.. (하고, 지오와 검사원 보고, 나가는)
검사원 (지오모 보고, 검사대에서 지오의 눈 보며, 의심스런) 다시 한 번 합니다. 흐리게 보이거나, 시각이 좁은 건지, 아님 전혀.. (하고, 검사대에서 눈을 떼고, 지오를 걱정스레 보면)

씬 23. 아이스크림 카페 안, 밤.

지오모, 자리에 앉아 편안한 얼굴로 종업원에게 아이스크림을 받아서 오는 지오(환자복을 안에 입은, 겉엔 잠바 입고, 눈에 붕대를 한)를 보는,

지 오 (지오모 앞에 앉으며) 자, 자, 먹자, 먹자.
지오모 근데, 수저가 왜 하나야?
지 오 (수저로 아이스크림을 퍼 먹으며) 사랑하는 사람들은 원래 하나 갖고 둘이 먹는 거야. (하고, 수저로 아이스크림을 떠주는)

지오모 담배 피우고, 냄새나 싫어. 하나 더 가져와.

지 오 싫어, 엄마가 달라 그래.

지오모 (일하는 종업원 한번 보고, 용기가 없어, 말을 못하겠는, 먹는 지오의 수저를 뺏어, 아이스크림을 먹는)

지 오 (웃으며) 으이그, 바보, 수저 달라는 말도 못하고, 그리고 세상을 어떻게 사냐?

지오모 (아이스크림 먹고, 한 수저 퍼주며) 눈 정말 괜찮다 그랬지?

지 오 (받아먹으며) 두 번이나 확인했는데 뭐가 걱정이야. 괜찮아.

지오모 감독한텐 눈이 생명인데, 그러게 눈을 그리 되도록 왜 놔둬, 바보야.

지 오 괜찮다고 했다. 아.. (하며, 입 벌리는)

지오모 (아이스크림 퍼주며) 엄마, 오늘 시골 안 갈래.

지 오 가. 낼 퇴원할 일만 남았는데, 엄마 있음 되려 귀찮어, 가.

지오모 (지오 어깰 툭 치며) 왜 말을 그렇게 밉게 해. (그때, 핸드폰 오고, 지오모, 눈 살을 찌푸리며, 액정판 보고, 지오에게 주며) 또 니 아부지지?

지 오 (전화 받으며) 예, 아부지? 눈 괜찮지. 엄마요? 곧 가요, 터미널에서 11시 버 스 (하다, 전화가 뚝 끊기는) 아부지, 아부.. (하고, 전화 끊으며) 아으, 정말 아부진 왜 이래. (전화기 지오모 주며) 제발 전화 좀 이딴 식으로 받지 말라 그래. 전화만 하면 자기 할 말만 하고, 그냥 뚝 끊어버리고.

지오모 너랑 똑같애.

지 오 ?

지오모 (웃으며, 아이스크림 주며) 너도 엄마가 맬 전화하면 바뻐 그러고 끊잖아. 잠 잘 땐 아예, 전화도 꺼놓고,

지 오 (받아먹으며) 내가 언제? 거짓말만 하고 있어, 아주. (하고, 수저 뺏어, 아이 스크림 떠 지오모 주며) 내가 엄마 전화 오면 늘 상냥하게, 헤이 하니 하고, 사랑한다 하고, 보고 싶다 하고, 뽀뽀하고, 그랬시, 언제, 내가,

지오모 (웃으며, 지오의 입가에 묻은 아이스크림 닦아주며) 맞아, 우리 지오 참 착해.

씬 24. 병원 입구 택시정류장, 밤.

　　지오, 택시!하며 택시를 잡으려 하는,

지오모 (가방 든) 엄마 버스 타도 되는데,

지 오   에헤, 택시 잡는데 무슨 버스.. (하고, 길가 보며 택시를 부르며) 택시!

지오모   (타려다가, 지오 보며) 정말 눈 괜찮지? 엄마 다 보이고, 촬영 나가도 괜찮은 거지?

지 오   (길가만 보며, 못 들은 척)

지오모   엄마, 니 드라마 보는 재미로 사는데, 눈 아픔 안,

지 오   (맘 짠해져, 지오모를 아이 안듯, 몸을 흔들며, 엄마를 달래듯) 괜찮다고, 괜찮다고, 고만 물으라고. (그때 택시 보며) 여기요!

택시 서고,

지오모   (지오의 뺨 만지며) 엄마가 또 올게.

지 오   그래, 그래, 닐 퇴원하고 전화할게. (하고, 문 열고)

지오모   (타고, 가며, 뒤창으로 지오를 보며, 들어가라고 손짓하고)

지 오   (가는 지오모에게 애써 웃으며, 손을 흔드는, 그리고 병원으로 들어가려다가, 작심하고, 뒤돌아서, 택시를 잡고, 타고, 가는)

씬 25. 준영의 집 거실, 밤.

수경, 물을 마시고(수경의 가방은 테이블에 있는), 민희 의자에 앉아, 수경을 밉게 보며,

민 희   이제 물 마셨으니, 갈 거죠?

수 경   갈 거야, 갈 거야, 걱정 마. 아, 걔 참 시끄럽네.

민 희   (일어나며) 그럼 나와요.

수 경   준영이 얼굴 한번 보고 갈게, 나가 있어. (하고, 이층으로 가는)

민 희   진짜, 구질스러 못 살겠네, 내가..

수 경   (돌아보며) 야, 너 혼자 감 택시비 아까우니까, 같이 가. 기달려. 알았지! (하고, 준영의 방으로 가는)

민 희   아으, 저 밉상. (하고, 나가는)

씬 26. 준영의 침실 안, 밤.

준영, 누워 있는,
수경, 문 열고 들어와 침대에 누운 준영 앞에 쪼그려 앉는,

준 영 (눈 감은 채) 가라, 좋은 말로 할 때.
수 경 (진지하게, 준영 보며) 알았어, 갈게. 근데 준영아, 난 니가 정말 좋다.
준 영 ...
수 경 (가만 보다가) 잘 자. (하고, 준영의 머리 넘겨주고, 가는)
준 영 ... (지오 생각에 맘만 아픈, 눈 뜨는)

씬 27. 준영의 집 근처, 밤.

민희, 수경 준영의 건물에서 나가는,

수 경 뭐라고?
민 희 만약 주준영 선배랑 안 돼도, (담담하게, 수경 보며) 상처 같은 거 안 받을 수 있냐구요?
수 경 (어이없단 듯) 상처는 약한 자의 소유물인 거 모르냐?
민 희 (멈춰 서서, 수경 보며) 그 말 믿어도 되죠?
수 경 너 나 못 잊었지?
민 희 (엘리베이터 나가며) 내가 이 남자 저 남자 좋아하긴 해도, 한 번 끝남 끝나는 스타일이거든요.
수 경 (낄낄대고, 웃으며 가녀) 기집애 말은 잘해.

수경, 민희 가면, 반대편으로 지오의 택시 와서 사고, 지오, 집 쪽으로 가는,

씬 28. 준영의 집 앞, 밤.

지오, 6층 문 앞에 서 있는,
그러다, 다시 작심하고(벌써 초인종을 몇 번 누른 듯한) 초인종을 누르는, 잠

시 그대로 있다가, 그러다, 다시 초인종을 누르면,

준 영   (E) 뭐야? 왜 집에 안 가고, 자꾸 초인종을 눌(하고, 문을 열고)러.

그러다, 지오를 보는,

준 영   (멍하니, 지오를 보는)
지 오   (조금 계면쩍게 보는, 어색한) ... 잤나보다?
준 영   (맘 아프게 보는, 왜 이러나 싶은) ...
지 오   밖에 날이 넘 추워. 감기 기운이 있나. 목이, 흠흠.. (하며, 목청을 가다듬고,
        문을 열고, 집 안으로 들어가는)

씬 29. 준영의 거실안, 밤.

준영, 어이없고 멍하게 들어서면,
지오, 마치 어제까지도 왔던 사람처럼 편안하게 걸어와 거실 바닥에 놓여진
쿠션을 집어서, 소파 위에 놓으며,

지 오   (편안하게) 자식아, 이런 건 좀 제자리에 좀 놔라.
준 영   (그런 지오를 어이없고, 맘 아프게 보다, 주방 쪽으로 가서, 정수기의 물을 따
        라 마시는)
지 오   (준영의 눈치 보며, 주방 의자에 앉으며) 왜 문병 안 왔나?
준 영   (안 보고) 양수경한테 그랬다며, 병원에 그 누구도 오지 말게 하라고.. (하고,
        물잔을 내려놓는데)

지오, 준영의 손을 잡는,
준영, 맘 아프고, 조금 화가 나고, 복잡한 마음이다, 그 손을 가만 보는,
지오, 일어나, 준영의 눈을 가만 보는,

준 영   (맘 아픈, 말하기 힘든) 어쩌자고 이래. (지오 보며, 속상한) 몇 달 만에 와서
        내가... 어이가 없어, 말도 안 나온,

지 오 (맘 아프게, 입을 맞추는)

준 영 (두 손으로 지오를 확 밀치며, 힘든) 뭐하는 거야! 지금!

지 오 (끌어안고, 다시 입을 맞추는)

준 영 (울며, 뿌리치며) 놓라구!

지 오 (눈가 그렁해, 다시 입을 맞추는)

▪ 점프, 플래시컷 1 〉〉

1. 준영의 침실 안, 밤.

준영, 지오 침대에 이불을 덮고, 옷을 벗고, 누운,

준영, 엉엉대고 울며, '이러면 다 돼?! 내가 .. 우스워! 지 멋대로 가놓고, 이제 와, 이러면... 내가 그렇게 우스워, 말해봐! 우스워?!'

지오, 준영을 안고, 눈물 흘리며 쉬쉬하며 이마에 입을 맞추며, 달래는, DIS.

2. 준영, 지오의 붕대를 한 눈을 만지는, 지오, 준영의 손을 내리고, 준영, 지오를 안는,

3. 준영의 거실 안, 새벽.

지오, 반바지와 티셔츠 차림으로, 물을 따라서, 물을 마시며, 소파로 가는,

그때, 준영, 자다 깬 얼굴로 속옷 차림에 위에 티셔츠를 걸치고 나와, '어딨어?' 하면,

지오, 소파에 앉아, 따뜻하게,

지 오 이리 와. (하고)

준영, 지오를 보다가, 침실로 다시 들어가, 이불 하나를 끌고 나와, 지오가 무릎에 누우라고, 제 허벅지를 톡톡 치면, 가서, 지오의 허벅지에 머릴 대고 눕는,

지오, 물을 마시는,

준 영 (N) 지금 이 순간 어떤 말을 해야 상투적이고, 통속적이지 않을까 생각해본다. 눈은 어떠냐고? 정말 괜찮은 거냐고, 우리가 오늘 이렇게 또다시 잠자릴 하게 된 게 우리 둘 사이에 어떤 의미가 있는 거냐고, 다시 아침이 되고, 서로

가 반드시 해야 할 말을 해야 할 때, 전처럼 또다시 쌔하게 날 버리고 가버릴 거냐고, 내가 그렇게 만만해 보이냐고 묻고 싶었다. 그런데, 어떤 말을 해도 지금은 다 유치할 거 같아, 하지 않았다.

지 오 졸림 자도 되는데, 안 졸림 우리... 강가 집 갈래?

준 영 (담담하게) 어. (하고, 일어나, 이불을 들고, 다시 침실로 가는)

지 오 (준영이 귀여운 듯 보고, 따뜻하게) 다람쥐야, 도토리 안 들고, 이불 들고 어디 가냐?

준 영 (눈 부비고 가며, 무심히, 애기처럼) 침실에.

지 오 (준영 보다, 왼쪽 눈을 가리면, 아무것도 안 보이는, 손 내리고, 주방 쪽의 수경의 가방을 보는)

＊점프컷 1 》
지오, 카메라의 화면을, 보는,
규호의 장면이 보이고,

지 오 (재밌다는 듯, 웃으며) 미친놈. (하고, 웃으며 보는데, 준영의 눈물 그렁한 모습이 보이는, 맘 짠해지는, 수경의 대사들이 들리는, 수경이가, 야, 너 어디가? 화면 끊기고, 수경이 셀프로 찍으며 말하는)

수 경 형, 나 양수경. (하고, 거수경례하고)

지 오 (맘이 짠하기도 하고, 불편하기도 한)

수 경 일단, 형이... 빨리 나아서, 출근하셨음 좋겠구요. 형이 가장 궁금해 하실 그간의 경과 보고합니다. 강가 집 세트는 완공된 거 아시죠? 조연들 캐스팅은 병욱이랑 제가 형 의견 들은 대로 진행하고 있습니다. 대부분 다 됐고, 주연 캐스팅 계약은 좀 난항이긴 해도 뭐.. 김국장님이 알아서.. 이 와중에 프로듀서 손규혼 놀다시피 합니다. 나중에 한번 족쳐, 형. 이작가님 대본은 수정본 9부까지 나왔구요. 형이 검토하실 수 있게 책은 안 뽑았습니다.

지 오 (가만 화면을 보는)

씬 30. 준영의 집 앞, 도로, 아침.

수경, 전화를 하며 기분 좋게 걸어가는,

수 경 뭐? 벌써 어딜 가는데? 야야 아직 출발 안 했음 쫌만 기다려봐, 나, 니네 집에 거의 다 왔어, (멈춰 서며) 야, 가방은 가지고 출근을 해야지, 무조건 오지 말라면 어떻(하다가, 무심히 앞을 보면, 지오가 준영의 집 건물 앞에 골똘히 생각하며 서 있는 게 보이는, 뭔가 이상한)

준 영 (E) 담에 가져가, 담에, 나 지금 바뻐. 전화 끊는다. (하고, 끊고)

수 경 야야야,

이내, 주차장에서 준영의 차가 나와, 지오 앞에 서고, 지오, 타면, 차가 출발하는,

수 경 (전화기 내리며, 뭔가 이상한, 시계를 보면, 아침 7시 반이다, 다시 차를 보다, 전화하는, 생각이 많은) 어, 형 어디야?

씬 31. 달리는 준영의 차 안, 아침.

준 영 (운전해 가며, 지오 보며) 왜?

지 오 (전화기 든 채, 창가 보며, 조금 어색한) 어.. 나.. 내가 어딨긴, 병원이지.. 참 대본 검토한 거, 이작가님한테 보냈으니까, 이작가님 재수정본 넘어오면.... 대본에 주인공 이름이 민호란 이름하고, 태일이란 이름하고 혼동되게 쓴 거 있다고, 정신 좀 차리고 수정하라고 해.. (이상한) 수경아.

준 영 (지오를 보는)

씬 32. 준영의 집 앞, 아침.

지 오 (F) 수경아, 수경아.

수 경 (담담히, 전화 끊고, 뒤돌아 걸어가는데, 눈가가 붉어지고, 화가 나는)

씬 33. 병원 일각, 낮.

규민(환자복 입고), 규호, 벤치에 앉아 있는,

규 호 (어이없고, 서글픈 웃음 지으며) 그러니까, 말을 조합해보면, 너는.. 프라하엔 간 적도 없고,

규 민 (아무렇지 않게, 편하게) 장해진 얘기나 해봐봐, 내가 TV 보고 오죽 놀랐음 나 싫어하는 형한테 전활했겠어. 다른 애들하고 다르게 갠 형하고 잘 어울렸는데, 왜 갑자기 개가, 일원그룹,

규 호 아부지가 언제까지 너보고 여있으라대? 6개월 후, 대선까지?

규 민 장해진이랑 왜 헤어졌,

규 호 (말꼬리 자르며) 너 프라하 가는 조건.

규 민 (어이없어, 낄낄대고 웃고) 코미디 찍네. (하고, 가는)

규 호 (가는 규민을 보는)

규 민 (돌아서서, 뒷걸음치고, 가며, 편안하게) 나 여기 넣으면서 형 앞길 막지 마라, 운운하드니, 너도 당했구나. 대단한 아부지.. 야... 근데 형, 이 정신병원은 진짜 밥이 별로야. (하고, 가는)

규 호 (가는 규민을 가만 보는)

씬 34. 강가 집 앞, 아침.

건물이 다 완공이 된, 주방 세팅된, 그러나, 의자나, 테이블 등은 비닐에 싸여져 있는,
지오, 둘레를 보다가, 창가 쪽 의자의 비닐을 뜯는, 카메라, 지오를 보여주다가, 창가로 가, 밖의 전화를 받는 준영을 보여주는,

서 우 (F) 검찰에서 지금 막 나와서, 우리 집에 처들어와 밥 먹어.

준 영 나왔어?

씬 35. 서우의 집 안, 아침.

서우, 자다 깬 듯 머리가 산발인 채, 김치에 밥을 먹고 있는 윤영을 보는,

서 우 어떻긴 뭐 어때? 가관이지. 모자 눌러쓰고. 세수도 못하고, 집에 못 가지, 어떻게 가. 대문 앞에 기자들 천진데. (하고, 책상으로 가서, 전화를 목 사이에

끼고, 글 쓰는)

준 영 (F) 나 갈까?

서 우 인간 됐네, 온다 소릴 다 하고,

윤 영 (편하게) 쪽팔리게 이 꼴을 누구한테 보여. 오지 말라, 그래. (하고, 밥 먹는)

서 우 오지 말래. 윤영언니 인생 원래 외로운 건지 진즉 아는 사람이야. 오지 말래니까. 냅둬, 그냥. 광고 10년 장기 계약 해온 거까지 포함해서 줄줄이 다 짤리고, 손해배상 청구까지 받고, 70프로까지 찍은 영화도 아침에 전화도 아니고, 문자로 계약 철회 통보 받았어. 그런 사람한테 자기가 와서 뭘 어떻게 위로해.

씬 36. 강가 집 밖, 낮.

준 영 (어이없는, 화나는) 지랄해, 진짜! 혐의 사실 확인 중인데, 공판 끝났대? 왜들 그렇게 천박하대?!

씬 37. 서우의 집 안, 낮.

서 우 (담담히) 자기만 몰라, 인생, 인간, 졸라 천박한 거. 끊어. (하고, 전화 끊고, 일만 하는)

윤 영 (수건으로 입가 닦으며, 담담히) 김민철이 내 연락 안 받는 건, 천박과 상관이 있나 없나?

서 우 (일만 하며, 속상한) 몰라! 언니 그 꼴로 앉아 있는데도 일한다고 자판 두드리는 날 봐봐. 아무도 믿지 마. (궁시렁) 윗층에서 뻔뻔히 TV 소리 나고 쿵쾅거리며 걸어다니는 소리가 나는데도, 어떻게 문도 안 열어주고, 전화도 안 받.. (갑자기, 친정 보며) 지젓도 기만 보면 미친놈이야, 저거!

윤 영 (창가로 걸어가며, 웃으며) 욕 터지네, 이서우, 욕 터져. 냅둬, 무슨 일이 있겠지.

서 우 속 넓은 척하지 마! 그것도 짜증 나!

윤 영 (창가 앞에 쪼그려 앉아, 서글프게 웃으며, 편하게) 그럼 뭐라 그래? 어떻게 나한테 그럴 수 있냐? 내가 지금 얼마나 힘든데? 죽도록 사랑한달 땐 언제고 쌩까냐? 그러면서 길길이 날뛰어? 돌은 년처럼?

서 우 (아랑곳없이, 눈가 붉어져, 일하며) 이 바닥 정말 싫어. 이누무 여의도 방송가

바닥, 그저 사람 씹어 제끼는 게 뭐 대단한 유머나 되는 양, 지들이 언니한테 언제부터 이렇게 관심이 많았대. (일하다, 옆에 윤영의 기사가 실린 신문을 던지며) 드런 바닥!

윤 영 그 드런 바닥에, 자기가 살고, 내가 살고 있다네.

서 우 (보면) ?!

윤 영 (서글프게 웃으며, 창가 보며) 누워 침 뱉기지.... 집에 가고 싶다.

준 영 (N) 서우선배 말처럼 인생이 경박한 거라면, 윤영선배 말처럼 그런,

씬38. 민철의 집 안, 낮.

누리, 과자 먹으며 TV 보며, 낄낄대고, 민철, 빨래한 옷감을 개키고 있는(16부에 회상 있음)

준 영 (N) 세상도 결국 우리가 사는 세상이라면, 이젠 나도 어쩔 수 없이 인정해야 할 거 같다.

씬39. 강가 집 안, 낮.

지오, 주머니에서 약을 꺼내고, 준영, 주방 쪽에서 차와 물을 준비해 가지고 와, 지오에게 물을 주면, 지오, 약과 물을 먹는,

준 영 (걱정스레 보며) 내가 인터넷 봤는데, (조심스레) 녹.. 내장이라는 게.. 무서운 거든데?

지 오 (물을 더 마시고, 가볍게) 그래서, 약 먹잖아. 관리만 잘함 문제없어.

준 영 (걱정되는, 조심스레 묻는) 그래도, 조심해얄 거 같은데, 나 B팀 들어가서, 촬영 같이 나눠 찍자, 어?

지 오 (보고, 웃음 띠고, 가볍게) 넘보지 마, 내 밥그릇이야. 넌 그게 나빠, 좀 괜찮은 거 같음 숟가락 들이대는 거? 이번엔 내가 멋진 솔로 홈런 날린다고, 기대해도 좋아, 봐라. (홈런 치는 시늉하며) 슝!

준 영 (어이없이 보며) 어쩜 그렇게 얄밉게 말을 하나? 숟가락을 들이대? 아으, 말하기도 싫어, 진짜.

지 오 (웃고, 물 마시고) 윤영선밴 괜찮지?

준 영 (걱정스런) 괜찮은 척하는 건지, 정말 괜찮은 건지 모르겠어, 인터넷에 욕이 장난이 아냐.

지 오 사랑받는 만큼 욕먹는다. 인과응보의 논리는 어디서나 작용한다는 윤영선배 명언이지. 이겨낼 거야. (하고, 차를 마시는)

준 영 (주변 보며) 여기가 주인공 태일이랑 강희가 처음 하루 같이 있게 되는 공간이라고 했나? 잘 졌다, 초라한 제작비로 제법 잘 졌네. 근데.. (조금 떨떠름한) 강희가... 연희선배야?

지 오 (같잖다는 듯) 드라만 드라마야.

준 영 (장난치듯) 오우, 드라만 드라마야? 인생 아니고? 솔직히 말해, 강희가 연희지?

지 오 야, 내가 너랑 여기 왔는데, 어떻게 강희가 연희냐, 너는 꼭 다 알면서...... (차를 마시는)

준 영 왜 말을 하다 끊어? 그리고 나 잘 몰라, 내가 뭘 다 알어?

지 오 알잖아, 진짜 몰라? 알면서 괜히...... (말을 말자 싶은, 차를 마시는)

준 영 (재밌는, 지오를 놀리듯, 팔로 지오를 툭툭 치며) 나 몰라? 그러니까 말 좀 해줘? 그럼 강희가 연희가 아님, 강희가 나야? 태일인 선배고?

지 오 (그러지 말란 뜻으로) 에헤...

준 영 (놀리듯) 그럼 이번 드라만 우리 얘기야? 그럼 해피 엔딩이야, 아님 새드 엔딩이야?

지 오 차나 마셔요. (하고, 차를 마시며, 창밖을 보는)

준 영 으이... 좀 말해줌 어디가 덧나. 튕기긴. (웃고, 차 마시는)
      (N) 헤어짐과 이별을 반복하며, 그와 나의 관계도 이미 통속해질 대로 통속해지고, 유치할 대로 유치해져버렸다는 것을. 좀 더 벗시고, 세련된 반전을 기내하며, 끊임없이 머릿속으로 어떤 말을 할까 말을 고르고 있는 이 순간이 어쩌면 더욱 진실되지 못하다는 것을. 그렇다면 남은 건, 통속적이고 유치한 대사라도 하고 싶은 말을 하면 되는 건가? (불쑥 말하는) 근데, 하나 짚고 넘어가자, 우리 이제 어쩔 건,

지오, 준영의 입을 맞추는,
해질녘, 두 사람의 입맞춤이 DIS. 되는,

준 영 (N) 연인들의 화해란 게 이렇게 싱거울 수 있다니, 이젠 다시 헤어지지 말자는 맹세, 참으로 그리웠다는 고백,

씬 40. 도로, 달리는 차 안, 밤.

지오, 김밥을 세 개를 한꺼번에 운전하는 준영에게 먹여주고,

준 영 (N) 너만을 사랑한다는 다짐도 없이, 이렇게 시시하게 무너져버릴 수 있다니,
준 영 (먹으며, 말하는) 그러니까, 선배는 선배가 하는 이번 드라말 나랑 첫 이별을 하는 순간부터 생각해두고, 계속 머릿속으로 굴렸다는 얘기야? 나랑 헤어져서도 옆을 생각 안 하고, 계속?

준영과 지오의 대사 나오며, 내레이션 흐르는,

지 오 밥이나 먹고 말해.
준 영 (한 손으로 운전하며, 가슴 치고) 물, 물.
지 오 안전운전에 방해돼. 그냥 참어. (하고, 김밥 먹는)
준 영 으이.. (하며, 운전하는) 눈에 붕댄 언제 푼대?
지 오 곧. (하고 먹는)
준 영 그만 먹어, 담 휴게소에서 나 먹을 거란 말야.
지 오 사랑한다.
준 영 ?!
지 오 (따뜻하고, 진지하게) 무지 사랑하고, 많이 보고 싶었고, 미안하고, 그리고 이젠 우리 절대 (눈가 붉어) 헤어지지 말자. (어색한 웃음, 한숨 쉬고) 휴... 챙피해. (하고, 창가를 보는)
준 영 (순간 가슴 찡해져, 눈가 붉어, 앞을 보며, 밥을 씹으며 가는, N) 그때 알았다, 예정된 통속이 유치가 신파가 때론 절대적으로 필요한 순간도 있다는 걸.
지 오 (문자 오고, 문자 내용 보고, 준영을 보며) 나 아무 데서나 좀 내려줘라.
준 영 왜?
지 오 (창가로 고개 돌리며, 답답한) 수경이가 보재.

씬 41. 포장마차 앞, 밤.

　수경, 화가 나서, 포장마차에서 나오고,
　이내, 규호가 포장마차에서 나와, 수경의 먹살을 끌고, 포장마차로 데려가려
　하며,

규 호　이리 와, 자식아, 이리 와. (하며, 포장마차 안으로 데리고 들어가려 하는, 포
　　　장마차 안에 민희, 답답한 얼굴로 앉아, 술 마시는 게 보이는)
수 경　(화난, 속상하고, 맘 아픈) 이것 좀 놔보라구, 젠장, 힘은 조낸 쎄가지고, 쌍?!
규 호　에헤.. 자식 정말. (하고, 수경을 벽에 밀치고, 화나 보며, 조금 취한 듯한) 추
　　　접다고, 고만하라고?!
수 경　나는.. 너한테 들을 말이 없다, 너 비켜.
규 호　너? 너? (어이없이 웃으며) 이게 이제 막가네?
수 경　너랑 나랑 언제 막가지 않은 적 있냐? (하고, 가려 하면)
규 호　(어이없이 웃다가, 웃음 멈추고, 수경을 가지 못하게 가슴팍을 손으로 밀며,
　　　한숨 쉬고, 참고, 달래듯) 니가 지금 정지오 만나 뭐라 그러게? 하늘 같은 선
　　　배 여자 찝적댄 건 넌데, 니가 무슨 할 말이 있어?
수 경　너는 가서 술이나,
규 호　(다시 못 가게 막으며) 걔들 잠시 잠깐 사랑 싸움에 찢어진 그 틈새에 하필 니
　　　가 재수 없이 낀 거야. 몰랐을 땐 몰랐다고 치고, 알았음 끝내, 새끼야. 구려,
　　　추저워!
수 경　너 장해진이랑 헤어지고 심심하냐?
규 호　(어이없게 보면)
수 경　(비아냥) 나이 먹을 만큼 먹은 사식이, 시 아부시 성화에 못 이겨, 사귀던 어
　　　린 배우 기집애랑 헤어져놓고, 남 일에 감 놔라, 배 놔라, 내가 보기엔 새끼야,
　　　니가 추접고, 니가 구(려),
규 호　(주먹을 날리고, 수경 휘청하면, 먹살 잡으며) 너 다시 말해, 새끼야, 다시 말
　　　해봐, 새끼야!
민 희　(나와, 두 사람에게 소리치는) 고만해요, 좀, 고만!
규 호　이 새끼가, 술에 취해 인정이 돌아서 좋게 말해주니까, 이게 어디서 깝죽대고,
　　　선배한테,

수 경　(입가 터진, 눈가 붉어져, 일어나며) 선배.. 엿 먹어라, 어? 너 나중에 술 깨고 나랑 원빵으로 붙어. (하고, 가는)

규 호　지오한테 가냐? 질 낮은 트렌디 드라마도 아니고, 구리게, 미친놈.

민 희　(가는 수경 한심스레 보다가, 규호 끌고) 갑시다, 가. 집에 모셔다 드릴게, 가요.

규 호　냐. (하고, 민희 밀치고, 그냥 가다가, 두성과 지나가는 철이를 보고) 야, 너 연출 그따위로 할래?

철 이　(술 취해서, 멈춰 보면)

규 호　(철이를 툭 치며) 니가 정지오야? 왜 모든 캇트가 정지오 그림에서 본 거야? 이게 연출 공부하라니까, 베끼기 공부를 하고, 너, 생각이 있어, 없어, 새끼야?

철 이　(화난, 참으며) 뭐?

두 성　(철이에게) 야야, 쟤 술 취했어, 그러지 말고 가자.

민 희　(그런 규호 뒤에서 안고, 끌고 가며, 철이에게) 그래요, 선배 가요, 가. 술 취했어.

철 이　에으 쌍. (하며, 가면)

규 호　뭐 에으 쌍! (하고, 달려가, 철이를 주먹으로 치는) 이게 선배한테 어디서, 감히!

철 이　(규호 안고 뒹굴며) 선배면 선배답게 행동해!

민희, 두성, 철이를 말리지만, 철이를 못 당하고, 규호, 철이와 엎치락뒤치락 하며, '선밸 쳐, 니가, 죽었어, 이 새끼' 하며 철이를 치고, 민희, 악을 쓰며 말리는, '이러다 누구 죽겠다, 고만해!'

씬 42. 산타마리오 안, 밤.

지오와 수경 마주 앉아 있는, 술이 놓여진,

지 오　(답답하지만, 짐짓 편하게 담담하게) 나는 니가 이렇게까지 심각한 줄은 몰랐다, 준영이한테 물어봐도 뭐, 별일 아니라 그래서,

수 경　(어이없이 웃는, 눈가 그렁한) 그러니까 뭐야? 그간 주준영에 대한 내 모든 행동을 주준영도 형도.. 그러니까 뭐냐? 그냥 내가 늘 하는 주접 정도로.. 그

렇게.. 여긴 건가? 그래?

지오   ...

수경   말해봐? 양수경 또 주접 깐다, 그랬어, 어?

지오   (미안하지만, 단호하게, 가만 보며) 아니라고 말 못해.

수경   (어이없는, 맘 아픈) 야... (눈가 그렁해, 울고 싶은, 심호흡을 후후 하는)

지오   그래도 나도, 준영이도 너한테 미안하,

수경   (그냥 일어나 가는)

미진   (술잔을 드는 지오의 술을 뺏고, 가져온 주스와 바꿔주며) 고만 마셔.

지오   잔인할 땐 잔인해야 돼요.

미진   누가 뭐래. (하고, 가는)

지오, 창가 보며, 가는 수경을 보는데, 이상한, 왼쪽 눈을 가리면 아무것도 안 보이고, 오른쪽 눈을 가리면, 시야 한쪽에마저 조금 뿌연, 맘 아프게 휴, 하고 한숨 내쉬는 데서 엔딩.

16부

드라마처럼 살아라 3

언젠가 지오선배가 했던 말이 생각난다.
　　모든 드라마의 모든 엔딩은 해피엔딩밖에 없다고. 어차피 비극이 판치는 세상,
어차피 아플 대로 아픈 인생, 구질스런 청춘, 그게 삶의 본질인 줄은 이미 다 아는데,
　드라마에서 그걸 왜 굳이 표현하겠느냐. 희망이 아니면 그 어떤 것도 말할 가치가 없다.

　　드라마를 하는 사람이라면 세상이 말하는 모든 비극이
희망을 꿈꾸는 역설인 줄을 알아야 한다고. 그는 말했었다.

그들이 사는 세상

WORLDs Within...

* 플래시컷들 >>
1, 1부에서 촬영차가 전복되고, 준영, 그 모습을 보며, 멍한,

2, 15부 씬 15. 검찰에 들어가기 전, 윤영, 플래시 세례를 받던,

3, 15부 씬 38. 민철의 집에서 민철 옷을 개던,

지 오 (N) 나는 결코 인생이 만만하지 않은 것인 줄 진작에 알고 있었다.

4, 15부 씬 29. 준영의 침실 안에서 지오의 품에 안겨 울던 준영,

5, 해진의 집 앞(8부에 나왔던 해진의 동네),
규호, 한쪽에 차를 세워두고, 차에 기대서서 해진을 기다리는데, 스포츠카(남자배우가 운전하는) 오고, 해진, 웃으며 내리고, 그와 친한 듯 장난치며 인사하고, 차가 가면 집으로 들어가려다가 규호를 보는, 규호, 가만 해진을 보면, 해진, 그냥 집으로 들어가는, 규호, 어이없이 웃다가, 돌아서서 가는(회상씬 없는 컷, 촬영 요, 15부 이후에 간 것으로 실징),

6, 지오(안대를 푼)의 촬영장(바닷가, 수산시장, 경매장), 낮.
경매하는 분위기를 만드는, 경매사들의 물건과 경매를 하는 모습이 빠르게 보여지는, 꽃게 물건이 한 짝 바닥에 확 깔리고, 경매사, '서해 원풍! 15만 원!' 부터, 중개인들의 빠른 손놀림들 보이고, 경매사 '15만, 15만 5천, 15만 5천 하며 중개인을 보면, 중개인 1, 빠른 손놀림으로 흥정하고, 태일 옆의 남자 1(태일의 친구), 심각하게 주변 타이밍을 재고, 남자 1, 가격을 손으로 빠르게 말하

는, 경매사 '16만 5천, 18만 5천! 18만 5천', 하면, 태일, 빠른 손놀림으로 가격을 표시하고, 경매사, '20만, 20만, 20만, 315번 낙찰!' 하면, 태일과 남자 1, 서로 기분 좋아, 하이파이브를 하는,

• 점프컷 1 〉〉

지 오 (모니터를 예리하게 보다가) 캇!

경 래 레일 깔어라!

지 오 (경희에게) 경희씨, 오케이컷, 두 번째 꺼 쓰자.

그때, 상인남 화가 나 촬영장으로 오며,

상인남1, 2 야, 야, 야, 니들 여기 안 치워!

지 오 (돌아보면)

수 경 (상인남 1에게 다가가며, 화난) 아씨, 이 아저씨가 또 왔네, 또 왔어. 상가협의회에 가서 말해요! 우리가 뭐 그냥 찍는 줄 알어요. 다 허락 받고,

상인남1(버럭버럭 화내는) 나는, 나는 허락 안 했다고. 그러니까,

상인남2 (계짝을 집어던지며) 치우라고, 새끼들아, 치워!

지오 외, 스태프들, 그 바람에 놀라고,

수 경 에우 쌍, (화나, 상인남 2의 멱살을 잡고) 너 이리 와, 너 오늘 죽었어, 이리 와!

하는데, 상인남 2, '이 자식이' 하며 수경을 치고, 수경, 화나 상인남 2를 치고, 상인남 2, 나가떨어지고, 그때, 상인들의 친구들 '너희 뭐야' 하며 달려오고, 가로막으며 '아저씨들, 이러지 맙시다' 하는 스태프들을 '비켜' 하며 치고, 계짝을 수경에게 던지는, 지오, 놀라 달려와 '에헤헤, 그만해요' 하며 상인을 말리는데, 수경을 때리는 상인남 1 '넌 뭐야?' 하며 지오를 치고, 경래 화가 나, 상인남 1을 치고 상인남 1, 다시 경래를 치면, 지오, 화가 나, '아우' 하며 상인 1을 치고, 난리가 난,

몽타주, 지오의 내레이션이 깔리는,

지 오 (N) 행복과 불행, 화해와 갈등, 원망과 그리움, 이상과 현실, 시작과 끝, 그런 모든 반어적인 것들이 결코 정리되지 않고, 결국엔 한 몸으로 뒤엉켜 어지럽게 돌아가는 게 인생이란 것쯤은, 나는 정말이지, 진작에 알고 있었다. 아니, 안다고 착각했다. 어떻게 그 순간들을 견뎠는데, 이제 이 정도쯤이면, 이제 인생이란 놈도 한 번쯤은 잠잠해져주겠지, 또다시 무슨 일은 없겠지, 나는 그렇게 섣부른 기대를 했나보다.

7, 경찰서 안, 낮.
지오, 수경, 피 터진 채 구치소에 앉아 있는,

지 오 (수건으로 피 터진 입가를 닦고, 수경을 주며) 입 좀 닦어.
수 경 (천장만 보며, 맘 아픈, 비아냥) 주접이라고..
지 오 ?
수 경 (지오 안 보고, 이 앙다물고, 힘주어 말하는) 그동안의 나의 모든 행동을.. 주접이라고 생각했단 말이지. (지오 맘 아프게, 보며) 그지?
지 오 (답답한, 수경을 보며, N) 이런 순간에, 또다시 한없이 막막해지는 걸 보면. (수건을 도로 주머니에 넣고, 눈가를 만지는, F. O)

자막 - 드라마처럼 살아라 3

씬 2. 국도, 달리는 규호의 차 전경, 밤.

규호가 운전하고, 수경과 지오가 뒤에 탄,

규 호 (어이없이 웃으며, E) 가관이다. 가관이야, 감독이랑 조감독이 눈탱인 밤탱이 되고 주둥이가 나란히 터져갖고 앉아 있는 꼴이라니.. 아우, 아우, 아우..

씬3. 달리는 규호의 차 안, 밤.

규 호 제작비 아끼라니까, 합의금만 수백을 해처먹고,

지 오 그거 내 월급에서 나가거든.

규 호 (수경 보며) 넌 어떻게 말이 없냐? 입에 풀 붙였냐?

수 경 (창가만 보며, 가면)

규 호 입에서 단내 나겠다? (웃고, 지오 보며) 준영이가 너 지 집으로 데려오라드
라, 이제 아주 대놓고 드나드나보다?

지 오 (순간 좀 당황해) 드나들긴 누가 드.. 걔 단막 대본 분석 땜에, (하고, 수경을
힐끗 보면)

규 호 (말꼬리 자르며) 신경 쓰지 말어, 냅둬, 그러다 디지게.

지오, 수경 (규호를 보며)

규 호 그리고 정지오, 너 조감독 바꿔, 자식아.

지 오 (화나는) 가만있지.

규 호 가만있긴 뭘 가만있어! 야, 양수경, 너 맨날 정지오라면 간 빼줄 거처럼 샐샐
대더니, 기집애 문제 끼니까, 얄짤이 없는 거냐? 아우, 미친놈. 주둥이만 우정
입네, 의리입네, 좋아하고 있네.

지 오 (버럭) 너 고만 안 해?!

수 경 (화를 참고) 나 여기서 고만 내려주지.

인서트 – 규호의 차, 갑자기 끽 하고, 서는,

규 호 (갑자기 끽 하고 세우며) 내려.

수 경 (내리며, 문을 쾅 닫는)

지 오 에으.. (하고, 내리려 하면)

규 호 (그냥 확 달리는)

지 오 (그 바람에 뒤로 제껴지며, 화가 나) 암마!

규 호 (달리며) 칼을 뺐음 잘러, 새끼야. 언제까지 받아줄래? 쟤가 징징대면 준영이
줄 거야?!

지 오 (버럭) 너는 너나 잘살아, 자식아, 차 안 세워!

규 호 (버럭) 해진이 기집애가 나 쌩깠어, 쨔샤, 그러니까 건들지 마.

지 오 (짜증 나, 주먹으로 창을 쾅 치고) 어우, 사는 게 뭐 이따위야! 에으.

씬 4. 준영의 집 안, 밤.

지오, 샤워한 모습으로 욕실에서 나와, 소파에 앉아 대본을 보다가, 탁자에 놓인, 메모를 답답하게 보는,

준 영 (E) 양수경이가 30분만 보재. 말하고 나갔으니까, 들어오면 바가지 긁지 말기.

지오, 답답한, 다시 대본을 보는, 눈이 침침한지 두어 번 껌벅거리고, 약을 꺼내 먹고 물 마시고, 대본 보는,

씬 5. 거리, 밤.

수경, 앞서서, 천천히 걷고, 준영, 뒤에서 그런 수경을 맘에 안 들게 보고 걸어가는,

준 영 (잠시 생각하다가, 수경의 앞으로 가서 막아서며) 언제까지 걸어? 밤을 꼴딱 새고 걸어? 잠깐 보재놓고, 두 정거장씩이나 대체 언제까지..,
수 경 (준영을 가만 보는, 맘 아픈)
준 영 (답답해, 머릴 쓸어 올리며) 야, 우리 딱 까놓고 말 좀 하자, 솔직히 너랑 나랑 무슨 일이 있었니? 내가 널 사랑한다 그랬니? 못 잊겠다 그랬니? 너 없음 죽겠다 그랬니? 대체 뭘 원해? 나한테 원하는 게 뭐야, 너? 내가 너한테 무슨 죽을 죄를 그렇게 졌다고.. 지오신배도 미안하다, 나도 미안하다, 몇 날 며칠을 그랬음 된 거 아니야?
수 경 (가만 보는) ...
준 영 날 막 패고 싶니? 팰래? 그리고 잊어버릴래? 그래, 그럼 차라리 날,
수 경 (뺨을 세게 치는)
준 영 (어이없고, 뭔가 싶어서, 수경을 보면)
수 경 (이미, 돌아서서 가는)
준 영 (가는 수경 보고, 어이없는, 수경과 반대로 가다가, 분해, 멈춰 서서) 미친놈..

내가 뭘 그렇게 잘못을.... (하며, 수경 쪽으로 뛰어가, 수경의 팔을 잡으며, 화
난) 야, 아무리 화가 나도 그렇지, 너 어떻게,

수 경 (준영을 꼭 안고, 엉엉 우는)

준 영 (멍한, 애가 왜 이러나 싶은)

▪ 점프컷 1 》 편의점 안 + 밖, 밤

준영, 휴지를 사서, 나와, 한쪽에 앉아 있는, 수경에게로 가서 주면,

수경, 휴지를 꺼내, 코를 힝 하고 소리 내서 푸는,

준 영 (그런 수경 안쓰레 보는)

수 경 (짐짓 괜찮은 척) 아씨.. 나는, 왜 이렇게 울면 코가 나와.

준 영 (답답한, 머리 쓸어 올리며, 한숨 쉬는, 어떻게 해야 되나 싶은)

수 경 (준영 안 보고) 재미라곤 코딱지만큼도 없는 코미디 영화 봤다, 생각해라.

준 영 (수경을 보면) ...

수 경 (준영 보고, 맘 아프지만, 짐짓 밝게) 영화 제목은, 혼자 찧고 까불다 당한 남
자의 최후의 한순간. 그리고, (준영 안 보고, 맘 아픈) 지오형한텐, 내가 너 쳤
다고.. 말하지 말고.

준 영 (안쓰럽지만, 짐짓 어이없게 보고 웃으며) 그 말함 너 죽어. 내가 아빠한테도
정지오한테도 안 맞아봤는데, 너한테.... 너, 정지오 성깔남 알지? 너 죽어. 켁
소리도 못하고 그냥 죽(어),

수 경 (준영의 머리 흩트리며, 쓸쓸한 웃음 짓고) 귀연 놈. (하고, 일어나, 뒷걸음쳐
서 준영 보고 가며 말하는, 맘 아프지만, 짐짓 당당하게) 내가.. 나오란다고
나와줘서 고맙다!

준 영 (안쓰레 보는) 가.

수 경 (준영을 맘 아프게 보며, 고개 끄덕이고, 앞을 보며 가는)

준 영 (가는 수경을 가만 보다가, 일어나 가다가 다시 뒤돌아 수경을 보는)

지 오 (E) 수경이, 자식이 무슨 말을 했냐니까, 왜 딴소리야?

씬6. 준영의 집 안, 밤.

준영, 세탁기에서 말린 빨랫감을 낑낑대고 가져와 거실에 풀어놓고 있고, 지

오, 거실 소파에 앉아 준영(지오와 등을 보인)을 맘에 안 들게 보며, 말하는,

준 영 (아무렇지 않게) 딴소리는 지금 누가 하는데, 누가? (빨래 부려놓고, 개며) 선배가 딴소리하면서, 왜 나보고 그래? 암튼 성격 이상해, 지 맘에 안 들면 그냥 쓸데없이 딴지를 걸고, (보며) 아버지 닮았지?

지 오 (맘에 안 들게 보고) 엄마 닮았거든.

준 영 (일하며) 등발만 엄마지, 하는 짓은 아버지야.

지 오 (준영을 앉은 채로 돌려, 제 눈을 보게 하며) 수경이가 뭐래?

준 영 연희선배가 뭐래?

지 오 수경이가 뭐라고 했는지 물었다?

준 영 연희선배가 뭐라고 했는지 물었다?

지 오 선본댄다, 대기업 다니는 놈이랑, 이제 됐냐?

준 영 대기업 다니는 놈? 왜 말을 그렇게 해? 너 아직 연희한테 미련 있지?

지 오 (어이없어 보면)

준 영 (빨래만 챙기며) 왜 연희라 그래서 기분 나쁘냐? 내가 기집애라 그럴려는 걸 참은 거야, 선배? 웃기고 있어? 지가 선보면 보는 거지, 문잘 왜 보내? 그 저의가 뭐야? 나 선보니까 질투 나면 잡아라 그 뜻이야, 뭐야? 하는 짓마다 여우같이,

지 오 너 수경이랑 심각했지?

준 영 (맘에 안 들게 보면)

지 오 너 정말 걔한테 맘 없었어?

준 영 너 내가 아직도 쉽다고 생각하지?

지 오 그래.

준 영 (일어나, 화난, 표성으로, 방으로 쾅쾅 소리 나게 계단을 밟고 올라가는)

지 오 야, 너 어딜 가, 이리 안 와, 야!

씬7. 준영의 방 안, 밤.

지오, 계단을 따라 올라오면,
준영, 침대에 누워, 이불을 뒤집어쓰고 있는,

지 오 너 오늘은 내가 그냥 안 넘어가, 너 나랑 얘기 좀 해. (하고, 이불을 확 벗기면)

준 영 (얼굴을 내밀고, 깔깔대며 웃겨 죽겠는)

지 오 ?!

씬 8. 준영의 거실, 밤.

준영, 라면을 끓이며 기분이 좋은,

준 영 자기야, 밥 먹고 일 간다며, 빨리 와, 어서.

지오, 옷을 갈아입고 나오며,

지 오 징그럽게 왜 안 하던 짓을 해, 약 먹었어? 자기야는 뭐야?

준 영 (아랑곳없이, 김치를 이쁜 그릇에 담아내며) 꼭꼭 씹어 먹어.

지 오 라면 하나 끓여주면서, (젓가락질하며) 이게 씹어 먹을 게 뭐 있나?

준 영 (의자에 무릎을 올리고 앉아, 지오 보며) 재밌지? 둘이 오래된 연인처럼 진짜 막 싸우고, 내가 자기야, 자기야 하고 그러니까. 진짜 같이 사는 거처럼 재밌지, 그지, 그지?

지 오 (어이없단 듯, 보면) 너는 혼자서도 안 심심하겠다, 어쩜 그렇게 잘 노세요, 어쩜 그렇게 (하며, 웃음이 나는, 먹고)

준 영 웃김 웃어, 뭘 또 안 웃을라고?

지 오 (웃음 참고) 안 웃겨! (하고, 짐짓 화난 척) 그래서 수경이랑은 정말 정리 잘 한 거야?

준 영 잘했다니까, 선배 너처럼 구질구질 말 안 하고 딱 한 마디, 딱 한 마디로 끝냈지.

지 오 (준영을 보며, 라면을 입에 넣으려 하는)

준 영 정지오는 내 전부다. 이미 난 그 남자한테 정 주고 마음 주고,

지 오 (놀라, 라면을 뜨거워하며) 아, 뜨거, 앗 뜨거, 너너너너 설마 몸까지 줬단 말을 한 건 아니지?

준 영 (웃으며, 지오를 빤히 보며) 우리 동거할래?

지 오 (젓가락을 탁 놓으며, 화난, 나가는)

준 영 (웃으며) 야, 너 또 삐졌냐?

씬 9. 준영의 집 엘리베이터 안, 밤.

지오(방송국에 일 가는), 준영(배웅하고), 타며, 지오 조금 화난,

지 오 (말하며, 들어서는) 너는 내가 무슨 말을 하면 아주 귓구녕을 닫고, 말을 안 듣지?

준 영 (어이없게 보며) 야, 동거하잔 말이 그렇게 싫어?

지 오 결혼이면 결혼이지, 동걸 왜 해?

준 영 왜 그렇게 획일적으로 살아? 언젠 나보고 획일적으로 살지 말라며? 들떨어져 보인다고, 다양함을 추구하자며? 남들은 결혼, 우린 동거, 괜찮지 않니?

지 오 (버럭) 니가 그렇게 내 말을 잘 들어?

준 영 (어이없게 보다) 아우, 지루해, 정말. (하고, 고개를 모로 트는)

지 오 (화나) 뭐?

준 영 (고개 돌리고, 지오 보며, 웃음 띤) 이것도 재밌지? 지루해, 이런 말하는 거. 진짜 난 애인한테 이 말 너무너무 해보고 싶었다. 지루해, 이렇게. 근데 해보니까, 진짜... 지루하지?

지 오 (황당하게 준영 보다, 문 열리면 나가는)

준 영 (웃으며) 자기야, 같이 가자, 자기야, 자기야. (하고, 나가는)

씬 10. 준영의 집 엘리베이터 밖, 밤.

준영, '같이 가자' 하며 뛰어와 지오의 등에 매달려 업히는,

지 오 (돌아보며) 무거.

준 영 뭐가 무거? 하나도 안 무거.

지 오 (몸을 흔들며) 내려.

준 영 (웃으며) 업어줘, 업어줘.

지 오 (마지못해) 누가 널 이겨, 누가? (하며, 업고, 가며) 세상에 뭐 이런 게 다 있는지, 여자 입에서 동거가 뭐야, 동거가? 아우, 아우, 맘에 안 들어, 안 들어.

준 영 (아랑곳없이, 즐거운, 하늘을 올려다보며) 우와, 별이 총총이다!

지 오 말꼬리 돌리는 덴 선수지.

준 영 (지오의 고갤 손으로 잡아 하늘을 보게 하며) 선배도 봐봐. 넘 이쁘지.

* 인서트
밤하늘, 별이 여러 개 빛이 나는,
그러나, 지오의 눈엔 하늘 한쪽에 둥글게 희미한,

준 영 이쁘지, 이쁘지?
지 오 (보며, 애써 웃으며, 착잡한) 어, 이쁘다. (하고, 짐짓 더 밝게) 자, 이제 준영이 버리러 가자. 준영이 버리러 가. (하며, 뛰어가고)
준 영 (깔깔대며, 좋으며) 뛰어, 뛰어, 뛰어!

씬 11. 민숙의 집 안, 밤.

수경, 소파에 앉아 맥주병을 빙글빙글 돌리며 생각이 많은,

민 숙 (샤워하고 나온 느낌으로, 수경에게 오며, 답답한) 너는 집에 안 가? 맥주 한 모금만 마시고 간다더니, 맥주 들고 고사 지내? 얘가 왜 이래, 정말, 내 집을 지 집처럼 들어와선? 가, 어? 나 잠 좀 자자, 낼 촬영 있어, 얘?
수 경 (맥주를 병째 마시고, 불쑥) 선생님은 왜 그렇게 늙었어?
민 숙 뭐?
수 경 (웃으며, 편안하게) 선생님이 사십 년만 젊었음, 나랑 연애하고 좋잖아?
민 숙 (어이없이 보며) 내가 젊음 미쳤니, 너랑 연앨하게? 얘가 내 수준을 뭘로 보고 이래.
수 경 (술 마시고) 나, 쫑났다. 주준영이랑요.
민 숙 관심 없어.
수 경 (버럭) 관심 좀 가져, 좀! 선생님이랑 나랑 친구잖아!
민 숙 (같이 소리치며) 너 지금 누구한테 와서 찐짜야? 그리고 내가 왜 니 친구니? 이게 귀엽다 귀엽다 오냐오냐했더니,
수 경 (큰 소리로) 선생님도 친구 없고, 나도 친구 없고, 솔직히 말해서 선생님한테 나라도 없음 누가 선생님한테 말 붙여주냐?!
민 숙 ?

수 경 스탭들 전부 선생님 싫어해, 알아요! 나도 그래?! 정지오도 남이고, 주준영도 남이고, 손규호도 스탭들도 다 내가 정신 빠진 꼴통새끼.. (속상해, 한숨 쉬고) 선생님도 알고 보면 좋은 사람인데, 나도 알고 보면 괜찮은 놈.

민 숙 (속상하지만, 짐짓 편안하게) 넌 안 늦었어.

수 경 (눈가 붉어 보면)

민 숙 (안 보고, 맘 짠한) 나는.. 늦었는지 몰라도, 너는.. 아직 괜찮아. 젊잖아. (수경의 맥주병을 잡아 입가 닦고, 한 모금 마시는)

수 경 (민숙을 고맙게 보고 웃고, 민숙의 맥주를 뺏어 마시며) 내가 준영이 팼어요.

민 숙 정떨어지게 잘했네.

수 경 고마워, 쪼잔하다고 욕 안 해줘서요.

민 숙 주접 엔간히 떨고 가.

수 경 수진이 선생님, 남편하고 웃으며 사진 나왔든데, 남편 다시 왔대요?

민 숙 왔대. 짐 싸가지고 젊은 애한테 갔드니, 젊은 애가 싫댔대.

수 경 에으, 그냥 콱 이혼하고, 살지, 뭐한다고... 일우 선생님은 부인은?

민 숙 아프긴 해도 괜찮대.

수 경 (눈치 보며) 선생님, 솔직히 일우 선생님 맘에 있지?

민 숙 (보며) 솔직히 말해줄까?

수 경 그래, 솔직히 말해주라, 나도 선생님한테 솔직히 말하니까, 선생님도 나한테..

민 숙 (장난) 나는.. 솔직히.. 니가 맘에 있어.

수 경 (술 마시다, 뿜으며, 웃는) 에우, 그럼 진작 말을 하지!

민 숙 (옷을 털며) 에우, 얘가 드럽게 정말, 왜 이래?

수 경 (버럭) 주준영~~(길게 부르는)!

민 숙 ?!

수 경 이걸로 끝이에요, 이제 더는 내 입에서 개 이름 인 나올 거야. (하고, 맥주 마시고)

민 숙 (수경 보는)

씬 12. 서우의 집 안, 밤.

서우, 책상에 스탠드 켜놓고, 엎드려 자고 있고, 윤영(몸가짐이 그닥 흐트러지지 않아도, 눈빛은 많이 취해서, 풀린), 서우의 냉장고에서 소주와 머그잔

하나를 꺼내 들고, 창가로 가서 보면, 멀리, 윤영의 사진이 붙어 있던 광고판의 사진이 뜯겨지는 게 보이는, 윤영, 그 모습을 담담히 보려 해도, 머그잔에 술을 따르는 손이 떨리는, 애써 담담히 술을 마시는,

▪ 분할 화면, 아래위로 분할되면, 윤영과 민철.
누리, 한쪽에서 자고 있고, 민철, 거실(?) 바닥에 앉아 광고판에 해진의 광고가 새로이 붙는 걸 담담히 보고 있는, (광고판 제작, 박주희씨와 상의)

씬 13. 플래시, 몽타주컷.

스태프들의 힘들게 일하는 모습들 컷컷 보여지는,

씬 14. 국도변, 낮.

태일(지오가 분해서 뛰는 상황, 지오가 지오를 찍는 상황), 기분 좋게, 죽기 살기로 뛰고, 지오, 렉카 차에서 모니터를 보며,

지 오 (모니터를 보며, 태일을 독려하는 듯) 더더더더더!

▪ 점프컷 1〉〉
여전히 태일, 죽기 살기로 뛰어오는 모습 보이는,

지 오 (빠르게, 큰 소리로) 좀만 더, 좀만 더, 좀만 더! 캇!

그때, 동시에 수경도 '캇!'을 하는, 태일(지오가 아닌, 배우), 멈춰 서서, 그대로 눕고, 스태프들 뛰어가고, 렉카 차 서고, 지오, 렉카 차 위에 있다가 수경을 보면, 수경 '도로 달리는 바닥 컷 갑니다!, 태일이 좀 쉬고!' 하며 차에서 내리는, 스태프들, 촬영 준비하고,

지 오 (수경을 웃음 띠고 보면)
수 경 (박수를 치며, 큰 소리로) 빨리빨리 움직여라, 빨리빨리! (하고, 돌아서다, 자

길 보고 있는 지오와 눈 마주치고) 뭘 봐? (하고, 가는)

지 오 (이상한, 어색하게 웃으며, 가는 수경을 보며) 이제 나랑 말하기로 한 거냐?

수 경 (보며) 왜, 싫어?

지 오 (웃음 띤, 수경이 고마운) 아니.

수 경 (퉁명스레) 웃기는.. (하고, 박수 치며, 스태프 쪽으로 가며) 가자, 가자, 가자!

지 오 (수경이 고마운, 스태프에게) 막내야, 저기 도로에 쓰레기 있다, 좀 치워!

씬 15. 민철의 집 안, 낮.

민철, 옷을 갈아입는 중이다. 문 두드리는 소리가 계속해서 쾅쾅거리며 나는,

민 철 (문 쪽에 대고, 소리치는) 나간다고!

문 두드리는 소리 계속 나는,

민 철 (옷을 대충 입으며, 문 쪽 가서 문을 열어주며) 문 부서지겠다!

서우, 말없이 화난 얼굴로 노트북을 들고 들어와 탁자로 가서, 노트북을 연결하고 화가 나 민철을 보고, 말하는,

서 우 윤영언니 우리 집에 있는 거 알면서, 왜 들여다도 안 봐? 애가 학교 갔음 와봐야 할 거 아냐, 몇 날 며칠 언니가 우리 집에 와 있는 거 뻔히 알면서, 회사 가고, 애하고 외식하고, 그러고 싶어!

민 철 (옷을 마저 입으며) 회사일이 바빴고, 에히고 할 얘기가 많았이.

서 우 (보며) 언니, 알콜릭인 거 알았어, 몰랐어?

민 철 (담담히, 넥타이 매는)

서 우 (버럭) 원수진 사이래도 사람이 이 지경이 되면 돌아본다! 둘이 대체 무슨 사이야? 십 몇년 전 헤어진 사람 못 잊겠다 난리쳐 다시 만나놓고, 좋을 때만 만나 히히덕거리며 섹스만 했니? 고작 이럴라고 옆사람들 들들 볶아가며 다시 만났어?! 둘이 그렇게 쿨해? 몸만 섞고 마음은 안 섞었어?!

민 철 (말꼬리 자르며, 버럭) 지금 내려가볼려 그랬다!

서 우 왜 소릴 질러, 지금 소리 지를 사람이 누군데?!

민 철 니 할 일이나 해!

서 우 뭐?!

민 철 (가방 챙기며) 넌 이 와중에 일한다고 노트북 들고 쳐들어왔으면서 무슨 말이 많아? 십 년 가까이 파트너로 일하면서 언니 언니 하고 부르는 사람한테 며칠 맘 써준 게 그렇게 성질이 나냐? 너만 머리가 있고, 너만 맘이 있어서, 너만 속상해?! 나는 멀쩡해 보이냐!

서 우 ....

민 철 어떻게 그렇게 늘 너만 잘났어?! (하고, 문을 쾅 닫고 나가는)

서 우 (가만 보다, 미안한, 한숨 크게 쉬고, 화를 참으며, 일에 몰두하려 하는)

씬 16. 서우의 집 거실 안, 낮.

윤영, 샤워를 한 채 몸에 수건을 두른, 주방 의자에 앉아, 술에 취했지만, 정신을 차리려고 하는, 그러나 잘 되지 않는,
민철, 베란다에 마른 수건이 널려 있는 걸 하나 들고 오는, 창 너머의 광고 판엔 해진의 사진이 붙어 있는,

윤 영 (힘이 든) 정신 들려고 샤월 했는데.... 못 일어나겠어서..

민 철 (윤영의 앞에 의자 가져다 놓고, 앉아, 윤영의 머릴 수건으로 닦아주며, 맘 아프지만, 짐짓 편안하게) 술 마심 샤워하면 안 되는 거 몰라. 그러다 심장마비로 죽을 수도 있어.

윤 영 몰랐.. 어.

민 철 (머리만 닦아주며) 넌 왜 그렇게 모르는 게 많냐?

윤 영 (힘이 든) 전화... 했었어.

민 철 알아.

윤 영 이상.. 해.

민 철 이상하긴 뭐가 이상, (하고, 윤영의 손을 잡아, 수건으로 닦아주다가, 뭔가 이상해, 아래를 보면)

윤영이 앉은 자리의 의자를 타고, 윤영의 소변이 흘러내리는,

민 철 (담담히, 보다가, 의자에서 내려와 소변을 닦는)

윤 영 (눈가 그렁해, 민철을 보며, 서글픈) 나 다신 안 만.. 나줄 줄 알았는데.

민 철 (맘 아픈 것 참고, 수건으로 바닥을 닦으며) 그게 니 수준이야.

윤 영 그럼 니 수준은.. 어떤데?

민 철 (바닥 닦다가, 멈추고, 걸렐 한쪽으로 놓고, 윤영을 올려다보며, 눈가 붉어, 따뜻하게) 이 정도론.. 안 끝나는 수준.

윤 영 (왈칵 눈물 나는, 애써 참고, 바닥을 닦는 민철의 머릴 흩트리는)

씬 17. 민철, 서우의 오피스텔 앞, 낮.

준영, 운전석에 윤영, 조수석에 앉아 있다,
민철, 조수석 문 열고, 준영에게 말하는,

민 철 집에 도착해서 전화해라. 일단 바든, 냉장고든 술이란 술은 다 치우고.

준 영 알았어요.

윤 영 (민철 보며) 나보고 얘기해?

민 철 (윤영 보며) 경고다, 술 마시지 마라,

윤 영 (웃음 띤) 만약 그럼 병원에 확 처널 거지?

민 철 이제야 내 성질을 아는구나.

윤 영 (웃고) 넥타이 푸르고 다녀. 별로라고 몇 번을 말해.

민 철 (넥타일 풀어, 주머니에 넣으며, 준영에게) 가라. (하고, 문 닫고)

준영 차 출발하는,
민철, 가는 차 보나가, 위를 올려다보면, 서우, 창가에서 내려다보다가, 밈 아프게 사라지는,

씬 18. 달리는 준영의 차 안, 낮.

윤 영 (준영 보며, 작게 서글프게 웃는)

준 영 (편하게) 솔직히 말함 어제 대본 완고 나왔는데, 대본도 별로고, 역할도 그저 그래요, 근데 느낌은 있어, 찍음 재밌을 거 같애요, (짐짓 더 밝게) 선배가 좋

아하는 연상연하, 땡기지?

윤 영 (준영 보며, 웃음 띤) 난 단막은 안 하는데.

준 영 (편하게 받아주며) 알아요, 근데 하자. 상대역은 어제 오디션 봤는데, 아주 괜찮은 친구 골랐어요. 연극하던 친군데,

윤 영 (서글프게 웃으며) 내가 걱정돼?

준 영 (앞만 보며) 에이, 왜 그래? 나는 선배가 필요해서 그런 거지, 뭐, 다른 뜻 같은 거 없어, 그러니까, 오바하지 말고, 널 창주씨 보내요, 계약하,

윤 영 (말꼬리 자르며, 가볍게) 나 낼 미국 갈라고.

준 영 (보면)

윤 영 (웃고, 창가 보며) 아주 아니고 잠깐, 우리 애가 와서.. 지랑 놀재. 딸년 키우는 게 이런 재미다 싶어. (준영 보며, 짐짓 더 밝게) 걔 보는 게 남자보다 더 설레. 자긴 이런 느낌 모르지?

준 영 (걱정스런) 떠나는 거 김국장님은 알고 있,

윤 영 (창가 보며, 웃음 띤, 말꼬리 자르며) 그건 몰라도, 내가 지 아님 갈 데 없는 건 알어, 가서 전화함 돼.

준 영 (어이없단 듯, 웃으며) 둘이 언제부터 그렇게 두터운 믿음이 있었어.

윤 영 (낄낄대고 웃으며) 나중에 나, 자기 드라마 미니 주연 주라.

준 영 (웃음 띤) 어우, 됐어요, 무슨 미니 주연.. 주말이나 일일 가서 엄마나 해. 참 정 안 가.

윤 영 정들어 뭐하게? 음악이나 틀어.

준 영 (웃으며) 골고루예요. (하고, 음악 틀면)

윤 영 (창문 열고, 고개 내밀고, 노랠 따라 부르는)

준 영 추워, 문 닫어.

윤 영 너도 불러.

준 영 싫어.

윤 영 불러.

윤영, 준영, 둘이 신나게 노랠 부르며 가는,

준 영 (N) 그날 윤영선밴 다른 어느 때보다 멋졌다. 나는 그날 처음으로 드라마를 만들려면 드라마처럼 살라는 정지오의 말이 가슴에 사무쳤다.

씬 19. 방송국 주차장, 낮.

규호, 걸어와 한쪽을 보면,
해진 매니저(앞에 사람과 다른), 한쪽에 차 세워놓고 있는 게 보이는,
매니저, 밴을 열어주고, 규호, 어이없단 듯 웃고, 차 안으로 들어가면,

씬 20. 밴 안, 낮.

규호, 차에 타서, 해진의 앞에 앉으면, 매니저, 문 닫아주고,

규 호　(어이없는 웃음) 뭐야?

해 진　(안 웃는, 보는)

규 호　많이 컸다, 사람을 오라 가라, 언제 이렇게 컸어?

해 진　(눈가 붉어) 헤어지잘 땐 언제고 왜 집 앞엔 찾아,

규 호　(해진의 얼굴을 두 손으로 잡고, 입 맞추고, 입을 떼고, 해진을 보는)

해 진　(속상하고 눈가 붉어 보는)

규 호　(시계 보고) 아버지 만나러 가는 중이었어, 내 인생에 그만 좀 태클 거시라 말
　　　　할라고. 다녀올게. (하고, 문 열고 가는)

해 진　(가는 규호 보며, 속상해, 눈가 붉어서) 두 번은 안 참을 거예요! 나도 이제 컸
　　　　다구요! 다시 한 번만 자기 멋대로 헤어지자고 하면 가만 안 둘,

규 호　(가며) 시끄러! 자식아! (하고, 기분 좋게 가는)

준 영　(N) 그래 드라마처럼 못 살 것도 없지. 끝날 것 같은 인생에도 드라마처럼 반
　　　　전이란 건 있는 법이니까. 그날 그 순간 그 생각이 든 건 얼마나 다행인가.

씬 21. 지오의 촬영장(앞 씬의 도로) 몽타주, 낮.

1, 스태프들 차량 통제를 하고,

2, 스태프들, 크레인을 준비하고,

3, 지오, 경래에게 주문을 하고, 특수효과팀에 '눈 대충 뿌림 CG로 커버할게
요!' 하고 말하는,

지 오 태일이하고 강희가 거릴 뛰어오고, 뒤에 아무도 달려오는 사람이 없다는 거, 확인하면,

경 래 둘이 길에 눕고, 크레인으로 아래위로 받자는 거잖아?

▪ **점프컷 1》》**
태일과 강희 손을 잡고, 마치 도망을 가듯, 가는, 그러나, 모두 들뜬 모습이다,
지오, 렉카 위에서 모니터를 보면, 지오와 준영의 모습으로 보이는, 지오, 기분이 좋은,

지 오 더더더더더, 캇! (그때, 눈 때문에 모니터 한쪽이 뿌연)

▪ **점프컷 2》》**
경래, 크레인 위에서 태일과 강희를 찍는,
모니터로 보면, 속도감 있게 카메라가 위에서 아래로 죽 하고 내려오는,
지오, 눈을 깜박이고, 모니터를 보면, 모니터의 오른쪽이 서리 낀 것처럼 뿌연,

지 오 (심호흡하고, 큰 소리로) 죄송합니다 한 번만 더, 갑니다!

▪ **점프컷 3》》**
경래의 킹크레인 올라가고,
지오, 길가 쪽의 먼 곳을 보면, 나무 (지오의 시야에서 오른쪽) 한 그루가 우뚝 솟아 있는 게 보이는,

▪ **점프컷 4》》**
인서트-모니터(오른쪽이 **뿌연**)

지 오 잠깐만 쉬어 갑니다.

▪ **점프컷 5》》**
경래, 크레인에 올라타 있고, 지오, 서서 경래와 의논하는,

경 래 (길가를 보며) 어디 말하는 거야, 어디?

지 오 (손으로 먼 곳에 나물 가리키며) 저기, 멀리 나무 있잖아, 왜 미루나무처럼 비죽이,

경 래 (보며) 그냥은 못 받겠는데, 알았어, 카메라 흔들어서 가보,

지 오 (말꼬리 자르며, 기분 좋은) 그렇지, 흔들어서!

경 래 (웃고, 지오의 어깨를 툭 치고, 스태프에게) 야, 나 안전띠 하나만 풀자!

지 오 (스태프에게) 자자자, 준비하자, 준비!

* 점프컷 6〉〉
수경을 포함한 스태프들, 다시 준비를 하는,

* 점프컷 7〉〉
지오의 모니터로 보면,
카메라가, 누워 있는 태일과 강희(지오와 준영이 분한)을 위에서 아래로 죽 내려오다가, 멀리 나무가 보이는 곳까지, 휙 하고 지나가는,

지 오 (기분 좋게) 캇! 오케이! 한 번만 더!

경 희 (지오가 이상한, 지오가 원하는 그림이 잡힌 듯한) 감독님 나무 잘 잡혔,

지 오 (무시하고, 경래 보며) 형 한 번만 더 가요!

* 점프컷 8〉〉

지 오 레디.. 큐!

* 점프컷 9〉〉
경래, 카메라를 빠르게, 아래로 갔다가, 나무 쪽으로 휙 하고 돌리는,

지 오 (기분 좋게) 캇! (하는데)
지오의 얼굴 위로, 수경의 '형!' 하는 목소리 들리는,
느린 그림, 지오, 수경 쪽 돌아보면,
수경, '형!' 하며 달려가고,

* 플래시컷 10 》〉
지오, 수경을 보다, 경래 쪽 보면,

* 플래시컷 11 》〉
경래, 킹크레인 위에서 카메라를 놓치고, '악!' 하며 앞으로 떨어지는,

* 플래시컷 12 》〉
박살이 나는, 카메라.

* 플래시컷 13 》〉
주변의 모습 스태프들, 길가로 떨어져 곤두박질치는 경래에게로 달려가고,

* 플래시컷 14 》〉
지오, 자리에서 멍한, 경래 쪽을 보는, 부감으로 보이면서, 노을이 떨어지는,

씬 22. 달리는 준영의 차 안, 밤.

준영, 초조하게 룸미러로 차를 보고, 추월해서, 기어를 옮겨가며, 빠르게 가는,

씬 23. 병원 앞, 밤.

준영의 차, 급하게 서고, 준영, 다급하게 병원으로 뛰어 들어가는,

씬 24. 수술실로 가는 복도, 밤.

준영, 에스컬레이터를 마구 뛰어올라가, 복도를 달려, 규호, 수경, 경희와 의사와 스태프들 서너 명 얘기 나누며 서 있는 걸 못 보고 지나쳐 가는,

규호   (준영에게) 야야야, 준영아!
준영   (뒤돌아보는)

씬 25. 병원 밖 일각, 밤.

지오, 눈가 붉은 채 벽에 기대서 있고,
민철, 현섭, 지오를 보며 소리치고 있는,

민 철 (속상해, 소리치는) 언제부터 눈이 그렇게 됐어, 언제부터 눈이 안 좋았냐고
문잖아, 자식아!

현 섭 (답답해, 넥타이 풀며 지오에게) 너 미쳤어? 임마, 그냥 크레인도 아니고 산
처럼 높은 킹크레인에서 카메라 휘두르게 만들어놓고, 안전띨 푸르게.. (속상
해, 버럭, 악을 쓰는) 니 눈 언제부터 그랬어?!

민 철 (현섭을 잡아서 밀치고, 지오의 얼굴을 두 손으로 잡아, 맘 아프게 보며) 오른
쪽 왼쪽 다 그래? 말해봐, 얼마나 그런 거야? 나는 보여?

지 오 (안 보고, 맘 아픈, 민철의 손을 치고, 고개 숙인) ..

민 철 말해봐봐, 새끼야, 나는 보이냐, 너?

규 호 애 좀 고만 잡아요!

규호와 준영(고개 숙인 지오를 보며, 눈가 그렁하고, 맘 아퍼, 시선 돌리는)이
오는,

지 오 (준영이 왔는지 말았는지도 모른 채, 고개 숙인 채 서 있는)

민 철 (규호 보며) 박감독은?

규 호 머릴 스무 바늘이나 꿰맸는데, 멀쩡해요. 머리가 차라리 터진 게 다행이래요.

현 섭 사지는?

규 호 타박싱하고, 필에 금긴 기 빼고 멀쩡혜요. 히늘이 도왔지. (지오 보고, 민철에
게 작게) 쟤 담당의 만났어요. (하며, 턱으로 다른 자리 가리키고, 가는)

현 섭 (맘 아프게 있는 민철 툭 치고) 가보자. (하고, 규호를 따라가는)

준 영 (지오 근처에 서서 말없이 눈물 참고, 화나, 지오를 보며, 가만 서 있는)

민 철 (지오에게, 속상해서 말하는) 오늘부로 너는 연출 끝이야. 그렇게 욕심이 났
냐? 당장 연출 안 함 죽나? 지 몸 하나 못 챙기는 놈이 무슨.. 니 눈엔 데스크
에 앉아 있는 나 같은 놈은 사람 같지도 않냐? 꼭 현장에 나가야, 연출이야!
백 명 스탭 통솔하는 놈이, 지 욕심에 눈이 어두워서 스탭이 죽든 말든, 너 같

은 놈은 연출도 아니야, 이 새끼야! (하고, 가며, 한쪽에 서 있는 준영에게, 소리치는) 낼부터 주준영이 촬영 나가!

준 영 (고개 숙인 채, 가만있는)

지 오 (흐르는 눈물 담담히 닦고) 나 잠시 시골집에,

준 영 (눈물 참고, 속상하고, 화나, 그냥 가는)

지 오 (가는 준영을 안 보고, 눈물 참고, 전화하는) 수경아, 형인데.. (호흡하고) 후.. 차 좀 가져와라. (하고, 전화를 끊는)

씬 26. 지오 시골집 안, 새벽녘.

지오, 집 한 켠에 앉아 있고, 방 안에서 지오모 우는 소리가 나는,
집에서 수경이가 나와, 지오 옆에 쪼그려 앉는, DIS.

씬 27. 강가 카페 안(준영의 촬영장), 다른 날, 낮.

준영, 한쪽 의자에서 대본을 보며, 콘티를 짜고 앉아 있는,
스태프들, 분주하게, 카페를 찍으려, 레일을 깔고, 태일과 강희는 메이크업을
받는, 수경, 우유 한 잔을 가져와 준영에게 디미는, 준영, 수경을 보고, 그냥
콘티를 짜는, 수경, 걱정스레 보고 그냥 가면, 민희, 오다가 우유잔을 뺏어 들
고 다시 준영 옆에 앉으며, 디미는,

민 희 밥도 안 먹고.. 마셔요.

준 영 (일만 하는)

민 희 신경 쓰여 죽겠습니다, 감독이 돼가지고, 스탭들 불안하게 아무것도 안 먹고,

준 영 (갑자기 뺏어서, 벌컥벌컥 다 마시고, 잔 내려놓고, 다시 콘티를 짜는)

민 희 (잔 들고 가는)

* 점프컷 1 〉〉
카페 밖, 봉균(규호 때 카메라)이 카페 안을 찍으려고 크레인 타고 내려오고,
준영, 모니터를 보는, 태일이와 강희가 서로 수줍게 웃음을 띠고 얘기하며 차
를 마시는 모습이 보이는,

준 영 (화나, 버럭대는) 자기들 왜 그렇게 웃어?! 설렌댔지, 논댔어! 몽타주라고 함부로 가지 말라 그랬지?! (스태프에게) 다시 한 번 갑니다!

씬 28. 다른 날, 지오 시골집 우사, 낮.

지오모(속상해, 무표정하게 말도 안 하는), 우사 안을 치우고 있는, 지오, 우사 바깥에서 그런 지오모를 보고, 작게 웃음 띤, 짐짓 더 밝게,

지 오 청소를 왜 그렇게 무계획적으로 해, 일단 소똥을 한쪽으로 싹 다 몬 다음에 손수레를 갖다가 착착착 나름 되지, 소똥을 여기 한 무더기 저기 한 무더기... 내가 그랬어봐라, 정신 사납게 사방천지 늘어논다고 귀가 따갑게 잔소릴,

지오모 (일만 하는)

지 오 (어렵지만, 짐짓 밝게 말하는) 병원에 갔었어. 며칠만 쉬었는데도 왼쪽 눈은 좋아. 왼쪽 눈은 잘만 간수하면 정상처럼 된대. 원근감 안 잡히는 것도 나중엔 적응된대.

지오모 (손수레에 소똥을 담기만 하는)

지 오 나랑 정말 말 안 해? 아우, 그래 하지 마. 치사하다, 치사해. 아주 치사빤스다, 빤스.

지오모 (손수렐 끌고 나가는)

지 오 (답답하게 그런 지오모를 보다, 우사로 들어가, 청소를 하는)

그때, 지오부, 와서 말 거는,

지오부 (지오를 보다가, 머뭇대며) 녀 아랫마을 순지 알지, 왜 너랑 같이 초등학교 다니던, 차 사고로 다리 저는,

지 오 (일만 하는, 안 보고) 알아요.

지오부 걔가 지난겨울 결혼해, 올봄에 애를 낳는데.. 아주 잘살어, 애도 잘 키우고, 살림도 잘하고, 마농사를 하는데, 그것도 을마나 야무지게 잘하는지,

지 오 (일만 하는)

지오부 (머뭇대며) 그러니까, 내말은 너도...

지 오 (일하며, 안 보고, 맘이 짠해지는) 저 괜찮아요, 아부지.

지오부 됐다, 그럼. (하고, 가다가, 멈춰 서는)

준영, 어색하게 인사하는,

준 영 안녕하세요.

지오부 (어색하게, 눈인사하고) 기분이 별로 안 좋다, 쟤가. (하고, 가는)

준 영 (가는 지오부 보는데)

지 오 (휘파람을 획 부는)

준 영 (돌아보는데, 눈가 붉은)

지 오 (눈가가 붉은, 맘이 짠해지는, 애써 따뜻한 웃음 띤) 와... 우리 다람쥐가 나
보러 왔다.

준 영 (가만 보는, 아직까지 화가 그닥 풀리지 않은, 눈가 붉은)

씬 29. 시골 길가, 벤치, 해저물녘.

준영의 차 한쪽에 놓여 있고, 차 안에 지오, 스스로에게 화가 나, 눈가가 붉다.
조수석에서 고개 숙이고 앉아 있고, 준영, 운전석에 앉아 지오를 보며, 맘 아
프게 악을 쓰며, 소리치는,

준 영 니가 나한테 어떻게 이럴 수가 있어?! 어떻게?! 말해봐, 언제까지 날 속일려
그랬어, 언제까지?! (눈물 닦고, 어이없이 보며, 소리 점점 커지는) 나는 니가
나한테.. 이럴 줄은 몰랐어, 아무리 니가 잔인하다고 해도, 나는 니가 나한테
이렇게까지.. 할 줄은 정말 몰랐어. 내가 너한테 뭐야?! 내가 너한테 뭐야?!
이 바보야!

지 오 (버럭, 소리치는) 고만해! 연출 안 함 그뿐 아냐!

준 영 ?

지 오 (화나, 눈물 나는, 악쓰며 소리치는) 연출 안 함 되잖아! 연출 안 함 그뿐 아
냐! 날보고 뭘 더 어쩌라구?! 데스크에 앉아, 이제 니들 드라마 시다바리만
하면 되는 거 아냐! 그럼 되잖아, 더 뭐가 문제야! 뭐가?! (하고, 목에 두른 수
건으로 눈물 닦고, 준영 안 보고) 6개월만 하면 끝나니까, 이번 껀 정말 잘하
고 싶어서.. 드라마 하나 10년 20년 하는 거 아니니까, 나는 내 눈이 그 정도

는 버틸 줄 알았다.... 버텨줄 줄 알았어, 정말. (더는 못 참고, 수건에 얼굴을 묻고, 엉엉 울다가) 젠장, 정말. (하고, 차문 열고 쾅 닫고, 나가는)

준 영 (맘 아프고, 서운하게, 눈물 흐르는, 그런 지오를 보는, N) 언젠간 지오선배가 했던 말이 생각난다. 모든 드라마의 모든 엔딩은, 해피 엔딩밖엔 없다고.

씬 30. 시골집 앞 길, 밤.

지오모, 지오를 기다리는 듯 서 있다가, 지오, 수건으로 눈물을 닦으며 성큼성큼 그 앞을 지나쳐 가는 걸 보고, 맘 아프게 지오가 왔던 길하고 지오가 가는 길하고 번갈아 보다가, 준영 쪽으로 가는,

준 영 (N) 어차피 비극이 판치는 세상, 어차피 아플 대로 아픈 인생, 구질스런 청춘, 그게 삶의 본질인 줄은 이미 다 아는데, 드라마에서 그걸 왜 굳이 표현하겠느냐.

씬 31. 시골집 부엌, 밤.

지오, 부엌으로 들어와 한쪽에 놓인, 큰 솥을 부뚜막에 올리고, 옆에 있는 볏단을 넣는,
지오모, 조심스레 들어와, 지오가 휘젓는 주걱을 잡아서 자기가 들고, 소죽을 휘젓는,

준 영 (N) 희망이 아니면 그 어떤 것도 말할 가치가 없다, 드라마를 하는 사람이라면 세상이 말하는 모든 비극이 희망을 꿈꾸는 역설인 줄을 알아야 한다고, 그는 말했었다. 나는 이제 그에게 묻고 싶어진다, 그렇게 말한 선배 너는 지금 어떠냐고. 희망을 믿느냐고.

지오모 (가슴이 아퍼, 멀멀한) 길가 다시 가보니까... 준영이 차가 고대로 있어, 너 기다리는 거 같은데, 가봐.

지 오 (한쪽 부뚜막에 앉으며, 담담히) 이제 말을 거네.

지오모 안 걸라고 했는데, 뭐... (눈가 닦으며, 애써 담담히) 말할 게 생기네.

지오부 (가방 하나를 들고 오며) 뭐 들고 온 게 별로 없어, 담을 것도 없다. 가라. (하

고, 가는)

지오모 (소죽만 저으며) 가봐서 없음.. 택시라도 잡아 타고, 따라가. 오면 진짜 안 봐. (하고, 눈가 닦는)

지 오 (생각 많은) ....

씬 32. 길가, 준영의 차 안, 밤.

준영, 담담히 길가를 보는데, 지오, 길에서 천천히 오는, 준영, 지오를 보고, 맘이 아프면서도, 한편으론 감격스러운, 지오, 조수석에 타는,

준 영 10분만 더 기다려서 안 오면, 진짜 너하고 끝낼라 그랬어.

지 오 (준영 안 보고, 편하게) 나는 좀 전에 여기서 나갈 때 너랑 끝낼라 그랬어.

준 영 (왈칵하는 것 참고, 지오를 보고) 우리 화해한 거지? 그럼 뽀뽀해.

지 오 (아무렇지 않게 준영에게 입을 맞추고, 안전벨트 하는데)

준 영 (눈가 그렁해) 한 번 더해.

지 오 (눈가 그렁해, 준영의 입을 깊게 맞추는)

씬 33. 병원 바깥, 주차장, 밤.

경래, 머리에 붕대 하고 웃고, 지오, 어색하게 웃으며 '몸은 어때?, 형수 걱정 많이 하죠?' 등등의 말을 하고, 경래 '놀랬지? 나도 나지만 정감독이 놀랬겠다 싶드라, 괜찮아' 하는, 카메라, 한쪽으로 가면 준영, 차 안에서 그런 지오를 보는, 경래, 기분 좋게 '아픈 김에 쉬어 간다고, 아주 내친김에 입에서 단내 나게 쉬니까, 좋다' 하며 웃는, 지오도 밝게 웃고, 준영, 지오를 편안하게 보는,

씬 34. 여의도 밤에서 아침 되는, 몽타주, 아침.

씬 35. 전철 계단, 아침.

누리(학교 가는)와 민철(출근하는)이 빠른 걸음으로 가고 있는, 누리가 앞장서서 가고,

누리가 뒤에서 따라오며 말을 걸며 가는,

민 철　너 솔이랑 자꾸 왜 노냐?

누 리　(가며) 아빠가 무슨 상관이야.

민 철　그래? 그럼 너도 내 인생 상관 마. (하고, 누리 앞질러 가는)

누 리　(멈춰 서서, 민철 밉게 보며) 헤어진댔잖아! 왜 또 만난대!

민 철　(보고, 주변 사람들 한번 둘러보고, 누리 보며) 뻥이야. 안 헤어져. 니가 아빨 모르나본데, 아빠는 이 사람 저 사람 아무나 좋아하고, 함부로 헤어지고, 그런 거 싫어. 안 헤어질 거야.

누 리　(눈가 붉어) 못됐어. (하고, 가는)

민 철　그래, 니 아빠 못됐다, 그걸 이제야 알았냐? 임마, 낼모레면 너도 성인이야. 언제까지 애처럼 아빠 문제에 징징댈 거야. 자식이 말이야. 독립 좀 해라, 정신적으로. (가는 누리 보고, 웃으며) 학원 갔다 집에 곧장 와. 치마 좀 말아 올리지 말고, 허벅지가 다 보인다.

씬 36. 드라마국 안, 낮.

규호, 컴퓨터로 일을 하는, 진범, 민희, 영화 얘길 하다가,

진 범　(문 쪽 보며, 편하게) 왔어, 형?

지 오　(어색하게 웃으며 와서) 어. (하고, 자리에 앉는)

진 범　커피 줄까, 형?

지 오　(가방을 열며) 좋지?

진 범　아니나, 녹자 마셔라. (하고, 가고)

규 호　(지오 보고 못마땅한) 너는 연출이야? 뭐야? 니 드라말 왜 내가 편집을 해, 왜, 이 싸가지 없는 누무 새끼야?

지 오　(가방에서 대본 꺼내며) 프로듀서는 뭐 날로 먹는 게 프로듀서냐? 미친놈. 간만에 일 좀 했나보네.

규 호　(웃고, 의자를 끌고, 지오 옆으로 와서, 툭 건드리며) 해진이랑 나 다시 만난다.

지 오　만나든지 말든지 새끼야, 너 알아서 해. 너는 내가 너랑 무지 친한 줄 알드라.

말 걸지 마. 난 니가 싫어.

규 호　(웃으며) 나는 니가 좋아.

현 섭　(들어와, 자리 가서 앉으며) 야, 정꼴통, 너는 시골에서 간만에 왔음 자식아, 뭐라도 들고 와야지, 빈손으로 그냥 오면 되냐?

지 오　전에 볶은 고추장 갖다 줬잖아요!

현 섭　(웃으며) 야, 그거 디게 맛있드라. 안 달고, 요즘은 왜 그렇게 고추장들이 단지, 야, 말 나온 김에 니네 어머니한테 메주 좀 팔라 그래라. 우리 마누라가 메주만 있으면 지가 한번 담궈본,

민 철　(들어오며, 버럭) 시청률표 또 왜 안 붙었냐?! (하고, 그 말 듣고, 움직이는 직원에게) 내가 날이면 날마다 챙겨야 돼? 출근하면 게시판에 시청률표, 그게 그렇게 힘들어?

진 범　(녹차 들고, 민철에게, 작게) 형 왔어요. (하고, 지오에게 차 주고, 자기 자리로 가서 앉는)

지 오　(조금 민망해 차를 마시는)

민 철　(지오 보고, 철이 보며) 얘가 너한테 형이지 나한테도 형이야? 배울 만큼 배웠단 것들이 어떻게 호칭 하날 제대로 구살 못해. (하고, 가는)

규 호　(낄낄대고, 웃으며, 지오에게) 가봐.

지 오　갈라 그랬어. (찻잔 놓고, 들어가는)

현 섭　(규호에게) 규호야, 오늘 점심 뭐 먹을까?

씬 37. 국장실 안, 낮.

민철, 웃옷 벗고, 자리에 앉으며,

민 철　(지오 안 보고, 자리에 앉아, 사인을 하며) 아침저녁 뭐가 이렇게 사인할 게 많아, 사인하느라 일을 할 수가 없네,

지 오　(들어와, 자리에 앉는, 죄지은 사람처럼 있는)

민 철　이누무 서류더미 땜에... 얘는 개런티 협상을 대체 어떻게 한 거.. 이렇게 올리지 말라고 해도, (문 쪽에 대고) 야, 철아! 철아!

민 희　(들어와) 철이선배, 작가 만나러 갔는데요.

민 철　우라질.. 알았어. (하고, 사인하는)

민 희   (나가고)

민 철   (사인을 하며) 주준영이 메인이야. 니가 이서우랑 대본을 맞추든, 편집권을 가
       지든, 메인은 주준영, 타이틀 순서도 주준영, 누가 뭐래도 주준영이 메인이다.

지 오   (고개 숙인 채 있는) ...

민 철   (보며) 불만 있냐?

지 오   (고개 젓는)

민 철   없음 꺼져, 새끼야.

지 오   (나가는)

민 철   일주일에 촬영 3일 이상 못한다, 어김 죽어, 너?

지 오   (고맙게 웃고, 고개 끄덕이고 나가는)

민 철   (사인하는)

씬 38. 도로, 강가 촬영장 근처, 낮.

수경과 스태프들, 바리케이트를 치고, 무전기로 다른 지역의 스태프들과 교신
을 하는, 그때 차 하나 쌩 하고 지나가고, 수경, 그 차를 보고 화가 나, '저거,
저거, 저거' 하며, 무전기를 하는,

수 경   (화나, 버럭대는) 삼거리 정류장 뭐하냐? 왜 이렇게 차가 와! 바리케이트 치
       는데, 스탭 다침 어쩔려고.. (사이) 뭐?! (무전기 내리고, 스태프에게, 급하게)
       야, 다들 바리케이트 치우고, 길가로 붙어! 어서, 어서, 어서!

스태프들, 수경 말 듣고, 일사불란하게 바리케이트를 치우면, 지오의 차 이내
쌩 하고 그들을 지나쳐 가며, 비상등을 쌈박이는,

수 경   (가는 지오의 차(민희가 운전하는) 보고, 무전기에 대고) 현장, 현장, 정지오
       감독님 가셨다, 촬영 준비해!

*점프컷 1≫
민희 외 스태프들, 태일과 강희의 키스 씬을 찍기 위해서, 이동차와 크레인을
동시에 준비하고 있는, 스태프들, 눈이 날리게 하기 위해 강풍기와 눈 재료들

을 준비하는,

준영, 이동차 위에서 심각하게 대본을 보며 생각하고, 지오, 배우들과 함께 서서 진지하게 얘기를 하고 있는,

지오 (대본 보며, 태일에게) 이 씬 음악 붙여 갈 거라서, 길게 갈 거야. 캇 소리 나기 전까진 움직이지 말자, 해 떨어지는 시간 있으니까 NG 남 하루가 죽어, 어디 가서 심호흡 좀 하고 맘 좀 가라앉혀.

태일, 강희 (고개 끄덕이고)

지오 (웃으며, 태일의 어깨를 치며) 첫 키스 씬인데 가글 좀 하고. (하고, 스태프 쪽으로 가며) 스탠바이가 왜 이렇게 길어! 빨리 좀 가자! 빨리! (하며, 준영 옆에 가면)

준영 (대본만 보며) 나는 선배 카메라, 신경 안 쓰고 먼저 돈다... (하고, 보면, 지오가 기분 좋게 자길 보고 있는 걸 보고는) 촬영장이 그렇게 좋아, 아주 하루 진종일 입이 헤벌어져선,

지오 촬영장보다 니가 더 좋아. (하고, 윙크하고 다른 쪽으로 가면서) 오감독(카메라 만지는)님, 준비됐어요!

준영 (가는 지오 보며, 작게 웃고, 강가 쪽 보다, 진지하게) 햇살 좋다, 빨리 가요!

* 점프컷 2 〉〉
지오, 크레인이 찍는 모니터를 긴장되게 보고 있고, 준영, 태일과 강희가 앉아 있는 벤치 주변의 이동차에 올라타 진지하게 모니터를 보고 있는,(상황에 따라)

* 점프컷 3 〉〉
준영의 모니터에 태일이와 강희가 입을 맞추는 순간이 보이고,

준영 캇!

* 점프컷 4 〉〉
지오의 모니터를 보면, 크레인의 카메라가 강에서 벤치에 앉은, 두 사람 쪽으로 가는 게 보이는,

지오 더 깊게 더 깊게, 두 사람 키 넘어서, 뒤로 쭉-(기분 좋게) 한 번 더!

*점프컷 5〉〉
카메라감독들, 추운 날 선풍기를 잡고 선 스태프들, 눈발을 날리게 하는. 그때, 진짜 눈이 오고, 수경 '눈이다' 하면, 지오, 준영 하늘 보고 좋은 '쉿쉿!' 하고, 촬영을 하는,
카메라, 지오와 준영(렉카 위에 탄)의 촬영 모습을 한 화면에 잡는, 키스하는 태일과 강희의 모습이 어느새 지오와 준영의 모습으로 바뀌고,
지오와 준영 기분 좋게 '컷!' 하는,

씬 39. 몽타주.

1, 도로를 즐비하게 달리는 촬영차와 발전차들의 모습, 다른 날 밤.

2, 창밖으로 눈이 펄펄 오는 편집실, 밤.
지오와 준영, 피자며, 파스타며를 먹으며, 편집자와 그림을 보며, 깔깔대고 기분 좋게 웃는, 준영, '그 컷 빼고, 빼고..' 지오, '야, 넌 니가 찍은 그림을 다 빼냐?' 준영 잘난 척하며, '그러게, 잘 찍어, 나처럼', 지오 '아우, 뻥이다, 뻥' 하며 두 사람 장난치는,

3, 드라마국 안, 다른 날, 낮.
지오와 준영, 규호, 수경, 민희가 시청률표를 보는, 현섭, 민철, 규호, 수경, 민희, 굳은 얼굴로 준영과 지오를 보면, 지오와 준영, 얼굴이 둘 다 담담하다 못해 어두운, 복도로 나오며, 눌이 얼굴 마주 보고, 좋아서, '아샤샤사사' 하며 커플 춤을 추고, 좋은, 뒤에서 규호, 철이, 수경, 민희, 민철, 현섭 웃고, 자리로 가면, 클로즈업 시청률 27프로에 별표가 쳐진,

4, 서우의 집 안, 밤.
서우, 링거를 꼽고, 컴퓨터 앞에 앉아, 처참한 몰골로 일을 하는,

5, 종편실, 다른 날, 낮.

지오, 심각하게 '디졸브, 음악 프레임 인!' 하며 종편을 하고 있는,

6, 세트장, 낮.
수경, 일하는 민숙에게 커피를 가져다주며, '선생님 아무래도 나 선생님을 사랑하는 거 같애', 민숙, 놀라 커피를 흘리며 '앗, 뜨거워, 이게 이제 들이댈 여자가 없어서 나한테까지, 가, 꼴 보기 싫어' 하고 가고, 수경 웃으며 '선생님, 내가 들이대는 거 싫음 여자 하나 소개시켜줘라, 어' 그때, 민희, 수경의 머릴 잡고 가며, '일 좀 해라, 일 좀, 이 인간아' 하고, 가고,

7, 눈이 쌓인 산 속(상황에 따라 바꾸셔도 됩니다), 낮.
스태프들, 촬영 준비를 하고, 지오와 준영, 추위에 떨면서, 심각하게 대본에 대해 얘기하는,

8, 산타마리오, 쫑파티 하는, 밤.
지오와 준영, 서우, 규호, 민철, 현섭, 미진 그 외 스태프들 모두 모여, 노래하며 신이 난,

블랙 자막 – 드라마처럼 살아라

자막, 사라지고, 1년 후.

씬 40. 시장판, 낮.

윤영, 거친 생선 아줌마로 분해서, 젊은 시장 여자와 머릴 뜯고 싸우고 있는,

윤 영 (입가가 터지고, 머리가 산발이 된, 시장 여자의 머리채를 잡아 뜯으며, 눈가 붉어져, 악을 쓰는) 그래 이년아, 나 서방 잡아먹었다, 내가 서방 잡아먹는 데 니가 보태준 거 있어, 이년아! 보태준 거 있어!

시장녀 (머리채를 잡힌 채) 이년이, 사람 죽이네, 이년이 사람 죽여.

윤 영 그래, 너 오늘 나한테 죽어봐, 이년. (하며, 시장녀를 패대기치고, 그 위에 올라앉아, 머리채를 잡고, 흔들며) 왜 사람 성질 건드리니, 왜 가만있는 사람 성

질을 건드려! 왜?!

그때, 화면 넓어지면, 윤영의 주위를 빙글빙글 도는, 이동차 위에 현섭이 보이는, 기분 좋게 '캇!' 하고, 박수를 치는,

* 점프컷 1>>
윤영, 힘이 드는지, 헉헉대고, 시장녀를 손잡아 일으켜 세우며, '언니, 수고', 시장녀, '너도' 하고, 창주와 코디, 담요 들고 와서, 윤영을 안 듯이 하고, 데리고 가는, 힘이 들어 크게 헉헉대며 현섭을 보며,

윤 영 나 덱고 연출하는 게 평생 소원이라드니, 기껏 이 역할 줄라고, 그랬냐? (하고, 바닥에 침 뱉고, 웃으며, 오는 현섭을 밀치고) 꼴 보기 싫어! (하고, 가는)
현 섭 (웃으며, 윤영 보고) 날 버리고 민철이한테 간 복수다, 이 여자야! 밤 촬영에서 보자! (하고, 사탕 까서, 스태프 입에 넣어주며) 너만 먹어.

씬 41. 윤영의 차가 대기해 있는 곳, 낮.

윤영, 가발을 벗고, 창주, 문 열어주면, 차에 타는,

씬 42. 윤영의 차 안, 낮.

윤 영 (차에 타자마자, 민철이 건네준 뜨거운 물을 마시며, 몸을 으스스 떨며) 왜 왔어?
민 철 누리 학교 원시 쓴대. 학교 가는 길에 잠깐 들렀어, 여기서 5분 거리거든.
윤 영 좀 안아주라.
민 철 (안아주고, 윤영의 등을 손으로 부벼주며) 그러게 내복을 좀 입지.
윤 영 (물 마시며) 살쪄 보여, 싫어.
민 철 이후 방송 순서는?
윤 영 (물 마시며) CF하고 밤 촬영, 세 씬.
민 철 (답답한) 돈 그렇게 벌어, 뭐할래?
윤 영 (웃으며) 너 줄라고.

민 철 행여, 니가 날 주겠다. 일 귀신. (하고, 창주에게) 히터 좀 더 틀자.

윤 영 (웃고, 차 마시고, 이를 딱딱 마주치며, 몸을 떨며) 으... 추워.

씬 43. 거리, 낮.

준영모, 지오와 팔짱을 끼고, 군것질을 하며 즐겁게 얘기하며 걸어가는,

준영, 그 뒤에서 준영모를 맘에 안 들게 보며, 따라가는,

준영모 (지오에게, 친구처럼 편하게) 그거는 니 생각이지, 어른 멜로가 진짜 멜로야.
폴링 인 러브 같은 거 봐라, 그게 어디 추하니 한없이 설레지.

지 오 (웃으며, 음료 먹으며) 어머닌 그거 보고 설레할지 몰라도, 젊은 애들은 지루
해요. 그리고 두 시간짜리 영화하고 드라마하곤 다르다니까. 시청자가 안 봐.

준영모 넌 가만 보면, 준영이보다 더 시청률 시청률 하드라,

지 오 (웃으며) 쟤는 아직 인생을 몰라 그러지. 시청률 없는 감독은 날 샜다고 보면
돼.

준영모 어머.. (하며, 전자상가 쪽의 TV 앞으로 가며) 쟤들 결혼하니?

인서트 - 연예가중계, 규호와 해진의 기자회견 장면, 규호, 해진, 웃음 띠고 있고, 플래
시 터지는,

준영모 멋있다야, 이번에 저 감독 작품에 쟤 주연하지?

준 영 (싫은, 준영모에게) 엄마, 배고파. 가자.

지 오 (준영 아랑곳없이, TV 보며, 싫은) 미친놈, 암튼 저것도 중증이야.

준영모 뭐가?

지 오 작가가 싫다는데 군이군이 지 와이프 될 여잘 주인공으로 가잖아요. 그것도
지 맘대로 개런티 왕창 주고, 챙피한 줄 모르고, 그냥 입이 귀에 걸려서는, (준
영 보며, 턱으로 화면의 규호 가리키며) 쟨 인생을 왜 저렇게 산대니? 너두 싫
지?

준 영 (어이없고, 밉게 보는) 니가 더 싫어.

지 오 (팰 듯이, 콱 하는, 준영모에게) 근데, 저 여자애 웃고 어머니 웃고 같다?

준 영 나 배고파!

준영모 (준영에게 버럭) 너는 왜 그렇게 밥타령이야!

지 오 그러게 점심을 왜 안 먹어?

준 영 언제부터 둘이 그렇게 죽이 잘 맞어, 언제부터? 아아아, 됐어, 됐어, 둘이 그
        럼 여기서 날밤을 까고 얘길하든 말든 난 배고파 갈래. (돌아서 가며) 뭐하는
        짓이야, 길거리에서... 정말 짜증 나게. (하고, 가는)

준영모 야, 너 일요일에 엄마랑 찜질방 갈 거야!

준 영 몰라. (하고, 가고)

준영모 모르면 어떡해! 야!

지 오 (가는 준영 밉게 보고) 냅둬요! (준영모 보며, 편안하게) 근데 아버진 연락해
        요?

준영모 여자가 애 뱄댄다. 도장 찍어줄라고. (가고)

지 오 (따라가며, 아버지가 맘에 안 드는) 그러지 말고, 어머니도 이제 연애해요!

준영모 애가 지금 무슨 말을 해.

지 오 왜, 어머니 나름 남자들한테 매력 있어요.

씬 44. 준영의 집 안, 밤.

        준영, 짜증이 나, 입이 댓발 나와 투덜거리며 밥을 퍼서, 식탁에 탁탁 소리가
        나게 내려놓는, 지오, 계란말이를 해서 도마에 놓고, 자르며, 그런 준영을 보
        며, 어이가 없는,

준 영 (옆의 반찬들을 탁탁 성의 없게 함부로 놓고, 자리에 앉으며, 밥을 먼저 먹는)

지 오 저저저저, 쏘가지 봐라, 쏘가지!

준 영 (눈을 흘기며, 입을 삐죽이며, 밥을 먹으며) 내가 뭘?!

지 오 (눈 부라리며, 계란 주며) 오리주둥이 그만 안 넣.

        그때, 오븐에서 띵 소리가 나는,

준 영 생선이나 가져와!

지 오 (한 소리 하려다가) 내가 정말, 너 같은 걸 애인이라고 밥해주고, 계란 말아주
        고, (생선 꺼내 식탁에 놓으며) 정말 내가 전생에 무슨 죄를 지어서, 너 같은

걸 만나서 이 고생인지.

준 영 (밥을 먹으며, 눈을 흘기며) 꼴 보기 싫어, 진짜.

지 오 (어이없이 보며) 너 캐스팅 땜에 그러냐?

준 영 조승원 내가 먼저 말해놨다고, 근데 왜 선배가 가서 지분대!

지 오 너 조승원한테 언제 말했어?

준 영 (큰 소리로, 지오의 얼굴에 밥알을 튀기며) 전번, 전번, 전번에!

지 오 (지지 않고, 준영의 얼굴에 제 얼굴을 디밀고, 큰 소리로) 나는 전번, 전번, 전번, 전번에 말해놨어!

준 영 으이... (하고, 지오의 얼굴에 묻은 밥알 떼 먹고) 이서우 그럼 나 줘!

지 오 (준영의 얼굴에 묻은 밥알 떼 먹으며) 그 여자가 물건이냐, 널 주게?

준 영 (땡깡 쓰며) 카메라, 경래선배 그럼 나줘!

지 오 그냥 날 갖지.

준 영 (소리치는) 이번에 나 정말 대박 나야 된단 말이야!

지 오 너 지난번 8부작 대박 났잖아! 그때, 너 오작가님 내가 소개했지? 장해진이도 내가 같잖은 손규호한테까지 가서 빌고 빌어갖고 해줬지? 야.. 너도 염치 좀 있어! 내가 잘되는 게 그렇게 싫어!

준 영 결혼 안 해!

지 오 (화나는 참고, 어이없는) 그래, 하지 마! 뭐 니네 엄마도 나보고 30평짜리 아파트 전세 아님 너 못 델고 간다 그러고, 너도 나보다 일이 더 좋고, 나도 더는 구차해서 매달리기 싫어! 하지 마, 하지 마. (하고, 속상해, 밥을 마구 먹고, 소파로 가서 TV를 트는)

준 영 (서운한) 너 그 말 진심이지?

지 오 (눈을 크게 뜨고) 진심이면? 콱, 그냥.

준 영 (밥을 마구 먹고) 내가 알아봤다, 알아봤어, 무슨 순정, 무슨 지고지순한 사랑, 드라마에 말로만 떠벌이고..

지 오 고만해라.

준 영 그렇잖아도 고만할 거다, 오줌 마려서. (하고, 화장실을 가서, 문을 쾅 닫는)

지 오 (화나서 TV 채널을 여기저기 돌리며) 성질만 내면 다 지 뜻대로 되는 줄 알고, 맨날 성질만 내고, 아주 그냥 못돼 처먹었어. (하다, 리모컨 놓고, 혼잣말) 도저히 못 참겠네. 뭐, 드라마에서 말로만 떠벌여.. (화나, 화장실 쪽에 대고) 야, 주준영 너 나와봐! 빨리 안 나(와),

준 영   (갑자기 튀어나와) 너 죽었어! (하고, 급하게 나와, 쿠션으로 지오를 두들겨 패며)

지 오   야, 너 왜 그래? 미쳤어?

준 영   (손에 든 임신 테스트기를 보여주며) 너 이거 어쩔 거야?

지 오   (놀라, 테스트기 보며, 멍한)

준 영   (옆의 쿠션 집어, 지오를 때리며, 울상 돼서 소리치는) 일생에 도움이 안 돼, 일생에! 그러게 왜 기굴 안 써, 왜, 왜, 왜! (바닥에 내려앉아, 발을 구르며) 이 제 나 어떡해, 연출 못함 어떡하냐구?! (두 손으로 얼굴 가리며, 엉엉 우는)

지 오   (눈치 보며, 안고) 미안해, 미안해. 워워, 우리 준영이 진정하자, 진정해, (순 간 이상해, 준영 보며) 근데 나 기구 썼는데?

준 영   (버럭) 불량품을 썼겠지!

지 오   아.. 그랬구나. 몰랐다. 몰랐어. (하고, 안고) 미안, 미안. (하면서도, 기분이 좋아, 입이 벌어지는)

준 영   (지오를 떼내고, 눈물까지 난, 손등으로 쓱 닦고, 씩씩대며) 이서우 나 줘, 경 래선배도 나 주고.

지 오   (다시 안고, 다독이며) 그래, 그래, 이제부터 니가 뭐든 해달라는 거 다 해줄 게, 다.

준 영   (다시 떼내며, 울상) 정말.

지 오   (호기롭게, 크게) 그럼.

준 영   (울상) 남아일언 중천금이다.

지 오   그럼.

준 영   (울상 짓고, 일어나, 언제 그랬냐는 듯, 씩 웃으며, 건달처럼 다릴 흔들며) 내 연기 괜찮았냐?

지 오   ?

준 영   야, 이 바보야, 그거 두 줄이 임신이야, 한 줄은 아냐.

지 오   (잠시 멍하게 생각하다, 일어나) ... 너 죽었어.

준 영   (도망 다니며) 나는 니가 그렇게 잘 속을 줄 몰랐지.

지 오   (따라다니며) 너 오늘은 그냥 안 넘어가, 어디 속일 게 없어서, 그딴 걸, 너 이 리 안 와. 이게 이제 눈물 연기까지. (버럭) 너 이리 안 와!

준 영   (도망 다니며) 야, 니가 지금껏 나한테 한 짓을 생각해, 헤어지자 그랬지, 눈 아픈 거 거짓말했지, 내가 오늘 한 짓은 그동안 니가 한 짓에 비함 세 발의 피

딱지야, 이거 왜 이래.

지오 이게 끝까지, 잘못한 게 없지. (하고, 준영을 잡아채며)

준영 (갑자기 비굴하게, 빌며) 선배 잘못했어, 잘못했어,

지오 너 진짜 잘못했어,

준영 그래, 그래. (하면서, 어느새, 쿠션을 집어, 지오 때리며, 돌변) 진짠 뭐가 진 짜야, 니가 너 못됐어.

그렇게 잡고, 안 잡히고를 반복하며 노는 지오와 준영의 모습에서 엔딩.

함께한 나의 동료분들에게

많이 고맙습니다.
이번엔 정말 시청률도 내고 싶었는데, 또다시 그 꿈은 못 이뤘네요.
다음엔 더 노력하겠습니다.
너무 많이 미안하지만 그래도 행복했습니다.

배우분들의 노고에 감사드립니다.
그리고 그 누구보다 스태프 여러분들에게 머리 숙여 감사드립니다.

어떻게 그 고마움을 일일이 열거할까요.

함께 일한 게 영광이었습니다.

제작사와 〈KBS〉에도 미안함과 고마움을 함께 전합니다.

두 분 감독님, 등에 업혀 여기까지 왔습니다. 감사합니다.

노희경 올림

　많은 영화감독과 드라마 연출자에게 있어서 어떤 이야기이냐는 매우 중요하다. 더 나아가 어떤 이야기를 어떤 방향으로 끌고가느냐는, 영화보다 긴 호흡을 필요로 하는 드라마 연출자에게는 무엇보다도 중요한 화두이다. 나에게 드라마 대본이란 경전이나 성경의 의미이다. 정극이든, 로맨틱이든, 사람의 삶, 곧 인생의 이야기를 그려놓은 지침서이기 때문이다.

　연출자는 경전을 든 수도사와 같다. 그 경전을 해석하고, 행간의 의미를 찾아내고 책의 목적을 위해서 항상 공부하지 않으면 안 된다. 인생의 기쁨이나 슬픔, 위로와 희망, 작은 기적 등 많은 이야기들을 연출자는 어떻게 재미있고 즐겁게, 편안하게 전달할 것인가에 최선을 다해야만 한다. 그 때문에 감독에게, 적어도 드라마를 연출하는 나에게 대본의 의미는 드라마의 기본 이천에, 인생을 공부하게 하는 가장 신성한 책 중의 하나이다.

　드라마 대본을 책으로 묶어내는 일은 몇몇 관계자만 소유하고 있는 일이 아니라 모든 이들에게 특별하고 색다른 기쁨을 줄 거라 믿는다. 이 대본집을 읽는 모든 이들이 나와 같이, 행간에서 자그마하지만 소중한 각각의 인생을 새로이 느꼈으면 한다.

감독 **표민수**

'친구도 필요 없고, 애인도 필요 없고, 하늘 아래 나 혼자인 것처럼 철저히 외로울 때가 있다' 는 대사를 읽으면서 생각했습니다. 어쩌면 이리도 나와 같은 생각을 하셨을까! 대본을 읽으면서 내 마음을 그대로 옮겨놓은 듯한 글들이 너무나 많았던 기억이 납니다. 새로운 대본이 나오면 밑줄을 그어가며 대본을 봤고, 힘들 때나 마음이 잡히지 않을 때 가끔 지난 대본을 꺼내어 읽어 내려가다보면 마음이 차분해집니다. 좋은 글은 사람의 마음을 움직인다고 하는데, 저에게 노희경 작가님의 글이 그렇습니다.

저에게는 잊을 수 없는 작품인 〈그들이 사는 세상〉이 책으로 출간된다고 하니 기쁩니다. 드라마와는 또 다른 느낌으로 많은 독자들의 마음을 따뜻하게 채워주시리라 믿습니다.

준영이어서 행복했던 송혜교

노희경 작가님의 글이 연기하는 배우들이나 함께 작업하는 스태프들한테만 보여지기 아깝다고 생각했는데 대본집의 형태로 출판된다고 하니 참 다행스러운 일입니다. 자기가 연기한 작품의 대본이 책으로 출판된다면 그것 또한 배우로서 영광스러운 일이기도 하고, 한 자 한 자 고민하면서 연기하며 보냈던 시간을 추억할 수 있어서 독자의 입장으로서도 반갑습니다.

많은 분들이 이 책을 보면서 함께했던 많은 사람들을 생각하고, 추억하는 시간을 보내셨으면 합니다.

지오 현빈

첫 연습을 마치고 난 오랜만에 설레는 기분을 느꼈다. 내가 가장 사랑했고 심혈을 기울였던 〈거짓말〉의 대본을 읽었을 때 같은 느낌이랄까! 너무 지긋지긋해서 외면하고 싶은 상황들조차 아름답게 쓰여 있던 장면들, 사랑하면서 사랑을 몰랐던, 그냥 사랑이 힘들고 그래서 외롭다고 생각했던 순간들을 〈그들이 사는 세상〉에선 아무렇지 않게 말한다.

〈거짓말〉에서 성우가 준희를 사랑할 때 느끼는 죄의식이 〈그들이 사는 세상〉엔 없다. 그냥 그들은 사랑하고 헤어지고 또 사랑한다. 나약한 우리의 모습이다. 그럼에도 그 모습이 예쁘다. 있는 그대로 말할 수만 있다면, 아니 내가 뭘 원하는지 알 수만 있다면, 우리는 지금보다 훨씬 더 자유로울 것만 같다. 다시 한 번 작품과 사랑에 빠지고 싶다!

윤영으로 살았던 배종옥

이 책의 저자 인세와 출판사 수익의 일부는
기아·질병·문맹이 없는 세상을 만들어가고자 하는
JTS에 기부됩니다.

배고픈 사람은 먹어야 합니다.
아픈 사람은 치료받아야 합니다.
아이들은 제때에 배워야 합니다.

이것은 인종과 국가, 민족, 종교, 계급, 남녀에 관계없이
모든 인간이 누려야 할 기본 권리입니다.
그러나 이 지구상에는 이 기본적인 권리마저
누리지 못하는 사람들이 많이 있습니다.

JTS는 이렇게 고통받는 사람들을 돕고자 하는
따뜻한 마음을 가진 사람이라면
누구나 각자가 가진 것을 내어놓아
서로 만나서 함께하고자 합니다.

희망을 일구어가는 사람들 JTS와 함께하고 싶으신 분들은
www.jts.or.kr을 통한 회원가입, 02-587-8992로 문의전화
해주시기 바랍니다.

JTS 는 유엔경제사회이사회로부터
특별 협의지위를 부여받은 국제 개발 및 구호 NGO입니다.

전화 02. 587. 8992 www.jts.or.kr
후원 국민은행 086-01-0339-254 (사)한국JTS

• 좋은벗들 www.goodfriends.or.kr
• 평화재단 www.peacefoundation.or.kr